本书为中国矿业大学2019年度社科前沿研究专项“中国传统文论涵养社会主义核心价值观研究”（项目编号：JG194423）阶段性成果，并受到中央高校基本科研业务费的资助。

中国书籍学术之光文库

国家导向 · 现实需求 · 学科回应

中国传统文论涵育社会主义核心价值观丛书之二

中国传统文论与核心价值观创造性转化及发展研究

邓心强 | 著

中国书籍出版社
China Book Press

图书在版编目（CIP）数据

中国传统文论与核心价值观创造性转化及发展研究/邓心强著. —北京：中国书籍出版社，2020. 3

（中国书籍学术之光文库）

ISBN 978-7-5068-7672-8

Ⅰ. ①中… Ⅱ. ①邓… Ⅲ. ①中国文学—古代文论—研究②社会主义核心价值观—研究—中国 Ⅳ. ①I206. 2②D616

中国版本图书馆 CIP 数据核字（2019）第 289981 号

中国传统文论与核心价值观创造性转化及发展研究

邓心强 著

责任编辑 李 新
责任印制 孙马飞 马 芝
封面设计 中联华文
出版发行 中国书籍出版社
地　　址 北京市丰台区三路居路 97 号（邮编：100073）
电　　话 （010）52257143（总编室） （010）52257140（发行部）
电子邮箱 eo@ chinabp. com. cn
经　　销 全国新华书店
印　　刷 三河市华东印刷有限公司
开　　本 710 毫米 ×1000 毫米 1/16
字　　数 348 千字
印　　张 20
版　　次 2020 年 3 月第 1 版 2020 年 3 月第 1 次印刷
书　　号 ISBN 978-7-5068-7672-8
定　　价 99. 00 元

自 序

博士毕业后数年，便面临着学术研究的转型。经综合考虑，我选择了中国传统文学理论批评与社会主义核心价值观涵养培育这一话题。首次从事跨学科研究，其间的酸甜苦辣，经历后颇有感触。传统文学理论批评是我的专业，而核心价值观是党的十八大后政府和社会普遍关注的重点话题。最初并不是为了赶时髦而紧跟政治热点，主要是我认为人文学者的研究不能纯粹在书斋里，停留在书本上和理论中，如能适当地结合社会发展和现实需要力所能及地做出一些回应，则能体现人文学者的学术使命和社会担当。而这一点，在近年来多次国家社科项目辅导和培训时，也被多位专家所首肯。人文社科研究要根据高层发布的课题指南，要关注社会热点和国家需要，已经成为一种趋势。那几年中华优秀传统文化受到政府和学界的广泛关注，中央领导人和不同领域学者都意识到在民族复兴的伟大征程中，要想增强中国文化的软实力，对内增强凝聚力、对外提升国际竞争力，必须重视中华优秀传统文化的传承与弘扬，于是陆续出台各项文件，并在社会各界产生了广泛效应。而中国传统文学理论批评在古代属于集部的“诗文评”，是传统文化的重要组成部分，是古代文化巨苑中的一道极亮丽、绚烂的风景线。我作为其中的一名研究者，怎能对此无动于衷呢?毫不理会未免愧对于这个伟大的时代。于是，依托个人专业来探寻核心价值观的涵养和培育，便成为水到渠成的时代课题。结合近五六年来国家发展和社会走向来看，本书稿的形成无疑也是时代的产物，是对国家重大问题做出的学科回应。

最初我以中国传统文论史料为根基，通过大量研读学科的经典篇章，全面地点评国家、社会、公民三大层面社会主义核心价值观10词（法治、平等除外）在此学科中的多维内涵、丰富表现，分析十大关键词在此学科中体现出的美学观念与人文精神，以及它们所彰显出的中国古人丰富的精神世界及学科特征，依托传统文论来为核心价值观提供理论资源与话语支撑。所撰书稿《中国传统文论涵育社会主义核心价值观10词研究》（32万字，今后拟出版），可为当前学界、政界、社会全方位培育和践行社会主义核心价值观提供重要参考，成为社会各界普及、宣传社会主义核心价值观的重要载体。此外，它既可为从事马列·社科的学人提供思路和视角，也可为教育界提供原始素材。

回首走过的数载路程，跨界研究做得比较辛苦。一方面首次尝试，没有相关经验可借鉴，虽然2014—2017年传统文化的勃兴备受关注，马列社科的研究人员从事传统文化与核心价值观关联的研究也很多，但聚焦传统文化中的“文学理论批评”（古代集部“诗文评”）来培育核心价值观，从收集的资料和中标的课题来看在国内是首次，相关资料非常缺乏，少有人问津。这也预示着此课题的原创性。另一方面，涉猎核心价值观的培育属于马克思主义、思想政治教育相关的内容，作为长期研究文学的学者，跨界后在思维方式、话语系统等方面都需要补课，是有一定难度的。最重要的是研究前期文章不好发表、书籍也不好出版，在纯粹“文学”研究的圈子里，认同度并不高。自己一度也曾困惑过，但我将其视为一个人一生研究历程中会遇到的“瓶颈”状态，视为学术探索中可能会遇到的景观，并勉励自己按照预定和期待，将已有的研究方案坚持到底。当然，中途也听取了部分专家的意见，做了一些调整。至于最终成果质量如何，有否启迪，圈内学者怎么看待和评价，就交由各类读者去评说吧！

这一课题综合采用跨学科研究法和文本细读法来进行。跨学科研究有助于学术创新，一方面能为具有百年历史的中国传统文论学科开拓新的研究空间，另一方面突破泛泛地从传统文化领域研究核心价值观的既有格局，沉入集部“诗文评”领域来寻求切入点，也许相对具体和实际一些。“中国传统文化”是一个浩瀚、广阔的领域，目前很多从事哲学、文化学的学者筚路蓝缕，研究它与核心价值观的关系，有大量成果问世，给了笔者极大启发。而我要研究的是“传统文学理论与批评”中究竟蕴藏着哪些与“富强”“民主”“文明”“爱国”“敬业”等关键词相关的话语资源，通过挖掘来寻求对接，夯实其理论根基以实现“古为今用”的学术研究旨归。作为立足于古代文论学科的研究成果，此前“今用”主要在于为当下文论体系建构提供启示和借鉴，而这本成果的“今用”则关乎国家文化领域内的意识形态，与政治密切相关。而文本细读法的选取，是力图使我对传统文论蕴含核心价值观资源的多维点评和解读更接地气，紧扣学科文本展开阐释，而非想当然地“对接”，或在作品之外的伦理、学术、风气等层面“转悠”。我力图通过文本聚焦来解读文字中蕴藏的丰厚信息，通过不断地穿越，与古人对话，了解他们在传统农业社会的思维方式、价值观念、审美体验、文化心态和操守境界。这都体现在拙著《寻根对接：中国传统文论培育社会主义核心价值观研究》（光明日报出版社，2019）中。文本细读法是一项非常基础而重要的研究方法，它与跨界研究相结合，成为著者近年来研究社会主义核心价值观涵养与培育课题的重要特色。

目　录

CONTENTS

第一编 01

研究回眸与前沿跟踪：核心价值观研究进程与审思

当前社会主义核心价值观教育研究综论

2013 年 12 月底，中共中央办公厅印发了《关于培育和践行社会主义核心价值观的意见》并发出通知，要求全国各地区、各部门结合实际认真贯彻执行。其中第二款“把培育和践行社会主义核心价值观融入国民教育全过程”下面，三条主旨句分别为：“培育和践行社会主义核心价值观要从小抓起、从学校抓起。”“拓展青少年培育和践行社会主义核心价值观的有效途径。”“建设师德高尚、业务精湛的高素质教师队伍。”可见党和政府对培育和践行核心价值观的高度重视。此后数年来，伴随着学界对“核心价值观”多维度研究的蓬勃兴起①，学者对其“教育”的研究也如火如荼地展开。

截至 2018 年 3 月 20 日，笔者在“中国知网”输入“社会主义核心价值观教育”搜索发现，共有 2573 篇文献，而国家图书馆共有相关著作约 20 部，这比通常意义上的理论研究要少很多。如何对当代国民、对大学生、对青少年进行价值观教育，成为当前一大学术热点。通过回顾和梳理，对其研究成果、范式的学术反思，将有助于后续探讨的继续推进与深入。

一、关于核心价值观教育的“方式与途径”研究

在从国家意志到学界精英、民间组织等均意识到对国民进行价值观教育的重要性和迫切性后，以怎样的方式和途径来进行价值观教育，便成为学界瞩目的话题。

杨汉民指出，当前可通过加强思想政治理论课的主渠道作用，充分发挥网

① 近十年来，关于核心价值观和核心价值体系的研究综述有多篇，其中典型的四篇有：王娟：《社会主义价核心值观研究综述》，载《理论导报》2008 年第 8 期；白纯等：《社会主义核心价值观研究综述》，载《文史杂志》2012 年第 3 期；杨义芹：《十八大以来关于社会主义核心价值观的研究输要》，载《理论与现代化》2013 年第 4 期；刘芳：《社会主义核心价值观研究述评》，载《北京行政学院学报》2015 年第 2 期。

络平台的育人效果，突出社会实践活动的重要功能以及着眼于各方面力量的统筹协调，将优秀传统文化贯通于社会主义核心价值观教育的各个环节，以完善大学生的知识结构和提高综合能力，进一步开创高校思想政治教育工作的新局面。① 鲁静认为，大学生社会主义核心价值观教育日常化建构的切入点在于，在目标上探究发展性需要的贴合点，在内容中凸显日常性活动的关注点，在形式上融合新媒体新话语的兴奋点，在机制中把握不同主体发挥作用的着力点。② 靳玉军则指出："高校应充分利用教科书中的隐性课程、校园文化形态的隐性课程、人际互动形态的隐性课程、实践活动形态的隐性课程等进行社会主义核心价值观教育。"③ 也给人新的视野。喻嘉乐则集中于高校的研究生教育，他指出培育社会主义核心价值观的灵魂工程应当是信仰教育，即以生命关怀为核心、以实事求是精神为统领、以党团活动为实践方向、以感受经典为陶冶方式，在e空间中隐形育德，宣传核心价值观。他还主张将核心价值观贯彻到研究生的科研、学习等日常活动之中，尤其要融入学术性的、研究性的方式方法中去，以切实提高其成效。④ 石芳从"灌输与交往""对话""理解"三大方面分析了核心价值观教育的基本方法，指出利用好"法制规范"的强制路径、"大众传媒"的信息化路径和"学校教育"这一核心路径。⑤

就文献看，当前学界关于高校核心价值观教育的路径和措施主要有如下几种：一是加强校园文化建设，通过创造生动活泼、贴近90后大学生身心实际的各种文艺活动来宣传核心价值观，使学生在参与过程中获得熏陶、锻炼和启迪，或通过榜样示范效应来进行此项教育。⑥ 二是充分利用互联网媒体，在电子时代利用网络优势占领价值观教育的阵地，开拓学生喜闻乐见的教育形式。三是通过梳理典型、利用基层党组织、校园社团、思想政治课、心理健康教育等，

---

① 杨汉民：《优秀传统文化与大学生核心价值观教育》，载《教育文化论坛》2014年第5期。

② 鲁静：《价值观教育的日常化建构——大学生社会主义核心价值观教育的思考》，载《教师教育研究》2014年第5期。

③ 教育部思想政治工作司组织编写：《高校培育和践行社会主义核心价值观创新案例》，知识产权出版社，2015年版。

④ 喻嘉乐主编：《新时期研究生群体社会主义核心价值观教育研究》，浙江大学出版社，2015年版。

⑤ 石芳：《当代价值与文化丛书：多元文化背景下的核心价值观教育》，人民出版社，2014年版，第36－46页。

⑥ 教育部思想政治工作司组织编写：《高校培育和践行社会主义核心价值观创新案例》，知识产权出版社，2015年版，该书第十一章有相关论述，参见第301－326页。

或多管齐下，或创造特色来进行价值观教育。四是主张从“生活化”和“化生活”两个不同层面，将其融入大学生的日常生活。

二、核心价值观教育的“载体”研究

在信息和传媒时代，社会急剧转型，人们的生活方式、学习途径和心理面貌相应地发生了显著变化。如何对国民进行价值观教育，选择怎样的“载体”也成为学界关注的重点。

刘峰认为，当前高校大学生社会主义核心价值观教育在社会层面、学校层面、个人层面都存在诸多制约因素。探讨应对之策，要从四个方面进行推进：注重顶层设计，加强整体谋划；明确教育指标，整合课程体系；创新教育模式，丰富教育载体；加强教育队伍建设。同时，要加强理论研究，总结先进经验，从而提高社会主义核心价值观教育的实效性和吸引力，即主张从课程体系、教育模式、队伍建设等层面进行核心价值观建设。① 喻嘉乐分析了网络育人的可行方案：建设专题网站、建构自助互动学习的云课题、采用拇指交互式②，都具有一定的可操作性。徐贵权与课题组以调查方式对高校、中学、小学三类教育机构融核心价值体系入学校的现状进行了详细调研，指出学生都高度认同具体形象、榜样典型、社会实践、灵活性活动等教育载体。③

也有学者就如何充分利用“中国传统文化”资源来进行此项教育展开研究。如徐卫东指出，应重点培育和弘扬以爱国主义为核心的优秀民族精神、以自强不息为核心的民族品质、以尊老爱幼为核心的优秀民族礼仪等，来宣扬核心价值观。④ 陈俊分析了此项教育与文化传承的逻辑关系和教育要义，指出要开展以家国情怀、社会关爱、人格养成为内容的思想政治教育。⑤ 此外，王秋艳等

---

① 刘峰：《大学生社会主义核心价值观教育的困境与对策》，载《高等财经教育研究》2015 年第 2 期。

② 教育部思想政治工作司组织编写：《高校培育和践行社会主义核心价值观创新案例》，知识产权出版社，2015 年版，第 207－212 页。

③ 徐贵权：《社会主义核心价值体系融入国民教育方法途径研究》，中国社会科学出版社，2015 年版，第 242－280 页。

④ 徐卫东：《论国学教育与社会主义核心价值观教育》，载《教育评论》2015 年第 3 期。

⑤ 陈俊：《文化传承与大学生社会主义核心价值观教育的逻辑关系及教育要义》，载《教育评论》2015 年第 4 期。

人从“家训家风”角度探讨了此项教育实施的原则和机制。① 钟永圣立足于传统经典中的阐发和古代的应用，探讨了12个核心价值观词汇的源头与实质等②，都给人耳目一新之感。

三、他山之石：关于核心价值观教育的“传统借鉴”和“西方参照”

不同国家的核心价值观教育，给急需“输血”的中国当下很多参照和启迪。学者论述道：

> 中华优秀传统文化和社会主义核心价值观是相互联系的辩证体、相互交融的有机体、相互共生的统一体。两者通过联系、交融、共生，不断实现“同化”和“顺应”，不断产生新内容，扩充新内涵，最终促成升华。③

学界乘此东风也给外国的价值观建设进行了盘点和梳理。一些学者比照分析了外国价值观教育的特点后，指出在四个方面可为中国提供借鉴：①与时俱进，注重文化传承。②加强制度建设，进一步完善社会主义核心价值体系教育的法制体系。③坚持党的领导，充分调动人民群众参与。④放眼世界，心态开放。④ 此外，张伟、祝灵君也做了相关探讨。篇幅之限，就不展开。张陟遥在分析了新加坡高校的核心价值观教育范式后，指出中国高校在核心价值观教育方面面临的困境：多样选择与一元需求的矛盾，整体价值和个体价值过度偏向，多样需求和单一教育模式的冲突。应参照新加坡，做到以核心价值观为主导与多样价值追求相统一、情感认同和价值追求相结合、主渠道灌输与全方位教育引导相结合，从而为国内价值观教育提供建议和对策。⑤ 黄德珍则剖析了国外的社会教育理论、价值澄清理论、道德认知发展理论、价值教育反省理论、社会信息理论等，从课堂教学为主、以学生为本、始于青少年三位一体展开，分

---

① 王秋艳等：《家训家风：创新社会主义核心价值观教育的新形式》，载《信阳师范学院学报》2015年第1期。

② 钟永圣：《传承与复兴——社会主义核心价值观的中华传统文化解读》，中国青年出版社，2015年版。

③ 肖季文、欧凯：《中国传统文化与社会主义核心价值体系》，载《文史杂志》2012年第3期。

④ 汪早容、陈书云：《浅析国外大学生社会核心价值观教育》，载《经济与社会发展》2012年第11期。

⑤ 张陟遥等：《核心价值观教育范式问题探析——以新加坡的核心价值观教育为例》，载《毛泽东邓小平理论研究》2013年第9期。

析了国外开展核心价值观的共同特点。①

也有学者立足于国内，就中国传统社会如何进行儒家价值观教育做了分析。如胡晓风着重论述了如何让中华优秀传统文化在引领研究生社会主义核心价值观的培养中发挥积极作用，她从涵养情志、立足传统吸收现代文明以及加强监督和奖惩机制等角度，论述了让当前核心价值观内化为全体研究生自身的价值认同体系，促使他们成为社会主义核心价值体系的倡导者和践行者，并指出这是当前进行核心价值观培育的根本举措。② 这些观点给了国内学人很多参照和启迪。

四、核心价值观教育的“理论先导”

当前学界理论层面，就如何有效对大学生进行核心价值观教育进行了各种探讨。主要从如下方面展开，也取得了不少成果。

一是价值观教育的必要性和紧迫性。从培养社会合格人才的需要、大学生主观上营养不可或缺、外来文化的输入和辨析、健康的校园文化建设等方面，论述了当前必须对大学生进行价值观教育的迫切性。③

二是大学生价值观教育的特征剖析。孙体楠指出：大学生价值评价逐渐向个体化偏移、学生价值取向多样化发展、大学生价值观选择趋向实用性、大学生在价值观念上的困惑和矛盾明显增多，是价值观受教育者的显著特征。④ 史蓉则认为，大学生的主流发展一向坚持“爱国”和“成才”这主线，他们拥护改革开放，对中国的前途充满信心，其特征主要表现为：价值目标短期化、价值实现功利化、价值追求个体化与价值实现自我化等方面。⑤

三是价值观教育的方法论原则。韩丽颖提出，构建当代大学生核心价值观要坚持三个方面的统一：社会性与个体性的统一，理想性与现实性的统一，历

① 黄德珍等：《社会主义核心价值观教育研究》，中国文史出版社，2015 年版，第 30 – 35 页。

② 胡晓风：《优秀传统文化与研究生核心价值观教育研究》，载《吉首大学学报》2015 年第 12 期。

③ 吉喆、谢春虎、钟京凤：《当代大学生核心价值观论析》，载《思想教育研究》2012 年第 7 期。

④ 孙体楠：《改革开放以来大学生价值观状况与教育对策》，载《中国青年研究》2009 年第 2 期。

⑤ 史蓉：《社会主义核心价值体系与大学生核心价值观培育》，载《思想教育研究》2010 年第 10 期。

史性与时代性的统一。① 矫宇则认为，重塑大学生核心价值观必须做到突出主导价值观与尊重差异相结合、理性接受教育与情感认同教育相结合、优化教育环境与整合教育资源相结合这“五个结合”。② 刘芳指出在进行核心价值观教育时，应处理好如下几对关系：指导思想一元化与社会思潮多元化之间的关系、理论研究与日常宣传之间的关系、强制教育与灌输教育之间的关系、讲宽容与讲原则之间的关系等。③ 刘小新则提出坚持教育与自我教育、教育与管理等“六结合”的原则。④ 黄莹莹则提出“德治统一”“知性统一”“义利统一”的“三统一”原则。⑤

四是教育机制的建设。有学者指出，针对青年学生的教育实践应该是多渠道多层次共同着力，应建立课堂教育机制、教师示范机制、文化陶冶机制、家教协同机制、情感认同机制等来涵养大学生的社会主义核心价值，从而把握意识形态教育的主阵地。⑥

此外，学界关于核心价值观教育的其他理论探讨也如火如荼地展开。如石芳博士分析了核心价值观的特征和本质，集中剖析了它起支配作用的核心理念、它所具有的深刻性与抽象性、它的普遍性和超功利性等典型特征。同时从建构个体精神家园、培养国家认同感和文化软实力等方面，分析了在多元文化时代核心价值观教育的现代意义。从实践与生活世界、多元文化背景下教育内容的建构原则方面分析了核心价值观教育内容的合理性。⑦ 这些观点给人启迪，都值得参考。

五、核心价值观教育的“个案”：高校做法与建议

高校是青年学子的汇集之地，是即将步入成人社会的最后一个关口。教育

---

① 韩丽颖、杨晓慧：《当代大学生核心价值观的凝练》，载《思想政治研究》2012 年第 11 期。

② 矫宇：《大学生社会主义核心价值观的构建》，载《吉林工商学院学报》2009 年第 4 期。

③ 孙芳：《社会主义核心价值体系引领下的大学生价值观教育引导机制研究》，载《学理论》2009 年第 24 期。

④ 刘小新：《当代大学生主导价值观研究》，首都师范大学出版社，2005 年版。参见相关内容。

⑤ 黄莹莹：《论当代大学生核心价值观的建构》，载《教育与现代化》2009 年第 2 期。

⑥ 李建华：《大学生涵养社会主义核心价值观的十大机制》，载《光明日报》2014 – 12 – 31（13）。

⑦ 石芳：《当代价值与文化丛书：多元文化背景下的核心价值观教育》，人民出版社，2014 年版，第 36 – 46 页。

部思想政治工作司组织编写了《高校培育和践行社会主义核心价值观创新案例》（知识产权出版社，2015）一书，在广泛调研、征集基础上，以不同高校弘扬社会主义核心价值观的具体案例为重点，展示了各地、各高校在培育和践行社会主义核心价值观工作中的新思路、新探索、新实践、新成果，将社会主义核心价值观融入教育教学、校园活动、网络媒介、制度建设和立德修身之中，是汇集此项教育个案之典范。该书以 11 章篇幅，精选全国数十所有代表性的高校，立足于丰富多彩的文艺活动，全面总结高校践行价值观的经典做法。典型如武汉大学"以红色资源唱响唱好立德树人主旋律"、大连民族学院"再读家训・重拾家史"、上饶师范学院"践行《弟子规》，力做文明人"、北京大学"教授茶座"——从教导到引导的范式转换，复旦大学"经典读书计划"——从群体到团队的机制转换，等等。该书籍对每一案例推广核心价值观教育的构思设想、操作方式和不足缺陷进行了较中肯的分析，这在全国都有很强的示范意义和推广价值。

此外，为广泛宣传高校师生培育践行社会主义核心价值观的典型事例和有效做法，福建省教育工委、教育厅在全省高校开展了培育和践行社会主义核心价值观案例征集活动。最终汇成《引领成长　润物无声》一书，书中将 191 篇案例分类汇编，大致分为经验总结类、工作招数类、校园文化类、实践育人类、人物故事类、教学活动类六类。这是近年来地方省份率先在高校依托校园活动开展核心价值观教育的典范，是一次成功的尝试。喻嘉乐则从营造良好导学关系、推动创新创业实践教育、建设自媒体时代网络平台、开展相应社会实践等方面，对浙江大学的研究生培育社会主义核心价值观的案例进行了详细解读和分享。① 凡此种种，皆足称道。

六、对当前核心价值观教育存在缺陷、问题的分析

一些学者反思了当前核心价值观教育的问题和不足。如喻嘉乐分析了新时代研究生价值观的变迁与特征，就研究生与本科生的价值观异同、研究生价值观教育的实况和存在的问题等进行了详尽分析。他指出当前的硕士价值观教育存在信仰教育不够、社会影响扩大不够、课程教育需提升、网络阵地需占据等

---

① 喻嘉乐主编：《新时代研究生群体社会主义核心价值观教育研究》，浙江大学出版社，2015 年版，第 213－228 页。

问题。① 石芳从存在前提的现代性质疑、教育内容的片面空洞、教育方法的简单低效、教育途径的单一孤立等方面揭示了当前核心价值观教育的困境。②

朱千波、朱琳、王功敏等人从自媒体或微时代角度出发，从海量信息带来价值观的多元化、信息传播的个体化带来话语权的消减、传播技术的快速更新带来教育方式的不适应三个方面，分析迎来的“挑战”，指出当前此项教育存在的现实困顿。③ 韩文乾则从社会大环境影响小环境、大学生的盲目心态和自主心态、高校新媒体建设的相对滞后、新媒体的巨大价值导向作用四个方面分析了其成因。④ 张广斌指出“学校”是此项教育开展的主阵地，而“青少年”则是关键期，他结合培育和践行社会主义核心价值观的文件精神与当前中小学价值观教育情况，提炼出了推进社会主义核心价值观教育的十条建议。⑤ 作者立足于中学教育存在的典型问题，所提意见切中肯綮、发人深省，颇具参考价值。

对核心价值观“教育”维度的研究，往往是伴随着其培育和践行、其理论和实践研究来展开的，在梳理后为后来者导航，这里选取教育维度来总结和评述，所归纳的文献也许挂一漏万，所研究的范式可能更多更广，但大体不出如上六大维度。

七、审思与前瞻：对当前核心价值观教育存在问题的继续思考

学术研究在审视和反思中且行且进。数年来国内不少学者对培育和践行核心价值观存在的问题、体现出的不足等进行了详尽剖析。如刘峰撰文探讨了当前高校核心价值观教育在社会、学校和个人层面存在的制约因素，深入剖析了高校课堂教学方法单一、顶层设计和整体规划缺乏、校园育人氛围不浓厚等不足，所论亦较中肯。除一些论文、著作论点、选题大量重复外，依照笔者多年

---

① 喻嘉乐：《新时期研究生群体社会主义核心价值观教育研究》，浙江大学出版社 2015 年版，第 213 – 228 页。

② 石芳：《当代价值与文化丛书：多元文化背景下的核心价值观教育》，人民出版社，2014 年版，第 36 – 46 页。

③ 典型如朱千波：《移动互联网视域下高校社会主义核心价值观教育》，载《中国高等教育》2015 年第 9 期。另见毛俊等人文章。

④ 张广斌：《中小学社会主义核心价值观教育的十条建议》，载《中国德育》2015 年第 1 期；毛俊：《“微时代”青年大学生社会主义核心价值观教育》，载《江苏高教》2015 年第 4 期。

⑤ 张广斌：《中小学社会主义核心价值观教育的十条建议》，载《中国德育》2015 年第 1 期。

观察和体验，当前国内的核心价值观教育尚存在有待改进之处。

其一，目前核心价值观教育立足于“高校”研究得较多，对“中小学”关注得不够。这从现有文献基本上立足于“大学生”谈起，便可见一斑。即便是少数几篇谈论“青少年”核心价值观教育的，也以绝对地谈论“青年”居多，而对“中小学”则少有涉猎。大学是海阔凭鱼跃的自由天地，18 岁左右的青年对核心价值观的理解更加深入和全面，加之高校环境氛围适于展开系列校园活动，此项教育就很自然地成为学界探讨的焦点。然笔者认为，既然省办公厅高度重视，带头示范，理应把关注的焦点置于“中小学”中去，虽然初、高中毕业班因考试压力增大，平时业余时间紧张，但这并不妨碍省教育厅组织专家学者编写一套适合 6 ~18 岁中小学学生的新型教学书籍乃至参考书。在应试教育氛围浓厚的中小学，如何让核心价值观融入到人文社科课程中去，这是今后相当一段时期内需要关注的问题。

其二，大学围绕此项教育开展各类活动如过多，极易冲淡青年学子的正常学习。随着对大学生开展核心价值观教育的多项研究成果问世，以及高校共青团和学生处的重视程度越来越深，目前高校以开展“核心价值观教育”为由组织各类活动，但存在和隐性课程结合不密切、缺乏和导师联动的机制等问题，容易搞违背教育规律的“形象工程”和不接地气的“拍脑袋工程”，过多影响到学生的正常学习。一些高校在大一就让学生疲于奔命地应付各种社团活动和校园竞赛等，无暇去研读教材、进行专业拓展和读书积淀，这已为学者们所诟病。在缺乏检查和督促机制的当下，有的高校让学生动起来后，不做必要的反馈和总结，也无法形成经验向社会推广。价值观 12 个词的内容极其丰富，涉及的范围也很广，无须通过校园活动来“样样皆抓”，有针对性和侧重地就“国家—社会—个人”三个维度的某些词，进行深入浅出、刻骨铭心的研究或讲座，必将使学生真正折服，内化为个人的“三观”。

其三，口号、理论太多，实践、行动得不够；聚焦“大学”及以前太多，缺乏各年龄、阶层和职业的落实。习近平总书记指出，核心价值观的教育要进课堂，入脑入心，这是覆盖全体国民的一项系统工程，绝不只是面对大学本科生。当前此项教育的研究主要集中于本科和硕士培育过程中，而缺乏更开阔的视野。比如，不妨将视线转向中小学，转向本科生以后，齐抓共管，关涉社会不同年龄、阶层和职场人士，以“现身说法”的榜样示范方式带领他们领略核心价值观的要义与魅力。无须 12 词一次全背，也不奢望所有价值观的教育都在一两次活动中解决。此项教育才刚刚起步，如何对公检法人员、企事业单位员工、中年男士、老年女士、公务员、政治家、知识分子等群体进行核心价值观教育，是当前加强意识形态阵地建设的关键一环。核心价值观在高校研究层面成为近年来一大特点，但在社会各阶层的具体培育和践行上，目前还做得很不够。

其四，教育过程中宜充分发挥文化的魅力和艺术的功效，目前各界对此认识还不够。对在微时代和自媒体环境下成长起来的青年一代，进行核心价值观教育，远比对40后、50后、60后展开教育要难得多。12个词在学生读中小学和平时生活时便已有所接触，因过于熟悉而丧失了陌生感和好奇心，加之我国长期的思想品德教育和高校两课过多采用“灌输”和“一言堂”的方式进行，学生很难产生学习兴趣并集中注意力。在学生被手机和网络分散精力的今天，如对他们进行此项教育时不改变施教的方式和途径，就会适得其反。据很多学者调研反映，当前学生对关于国家和社会层面的6个词认同度很高，但践行极少，意识跟上了但行动落后了。只有引导学生参与其中，或用强烈的情感去打动他们的教育，才能使他们产生共鸣，于美的享受中远离说教和灌输，在心悦诚服中加深印象，主动将价值观内化，才有践行的可能。如学人所谈：

> 无论是建设网站还是开展网上教育，都力求给青少年学生一种愉悦的心情、一种奋发向上的力量，使他们在耳濡目染中接受与认同社会主义核心价值观的思想精髓。①
>
> 摒弃空洞虚假的宣传和命令式的说教，采取渗透和双向互动的方式，将理论灌输转化为人物故事和风俗文化等人们熟知的故事和话语，将教育内容综合使用文字、图像、视频、短评、专家讲解等各种传播技巧，促使理论教育生活化、生动化、通俗化。②

施教者应多了解文艺通过创造生动感人形象而给读者直观印象，通过赋予情感而引发读者共鸣、通过在美的氛围中不自觉实现怡情功效等特点，来实现此项教育的实际成效。③

---

① 刘峥、刘新庚：《青少年学生社会主义核心价值观导引体系研究》，载《中国青年研究》2012年第3期。

② 王功敏：《新媒体环境下大学生社会主义核心价值观教育的机制构建》，载《思想理论教育导刊》2015年第9期。

③ 本书第五编第二篇有详细思考，可参看。

在国家和政府呼吁对全民族展开核心价值观“入脑入心”教育的背景下，此项教育该如何展开，分怎样的步骤和计划来实施，如何建立监督和测评机制等问题，将成为今后相当一段时间内学界研究的重点。伴随着核心价值观的培育和践行在全社会各个层面的实施，这项常态化的教育空间巨大，也等待着更多学者去探索。

反思与前瞻：近三年高校研究生群体开展核心价值观教育述论

自2014年习近平在北京大学考察时指出青年的价值观处于形成和确立的关键时期①以来，学界对包含“研究生”群体在内的青年核心价值观教育现状和途径等进行了各项研究，这方面的成果与日俱增。其后，在2015年1月19日，中共中央办公厅、国务院办公厅印发《关于进一步加强和改进新形势下高校宣传思想工作的意见》中强调：“做好高校宣传思想工作，加强高校意识形态阵地建设，是一项战略工程、固本工程、铸魂工程”，“以加强高校网络等阵地建设为重点，积极培育和践行社会主义核心价值观”。在国家导向和学界呼吁下，理论界、政治界、教育界等均聚焦高校如何开展核心价值观教育，进行了多维探讨，这日趋成为学界一个热点话题。必要的反思是对已有实践及其成效的一次审视，独特的前瞻是对未来更好地进行此项教育的一种构想和规划。

一、回顾与盘点：当前关于研究生核心价值观教育的范式、成就与特点

研究生作为知识精英群体，肩负着建设中国特色社会主义的重任，加强其社会主义核心价值观教育，对于提高他们的能力水平和思想素质，有着重要意义。自中共中央提出在全国开展社会主义核心价值观的培育和践行工程以来，各高校对青年学子的意识形态教育也在如火如荼地展开。学界对研究生群体展开的核心价值观教育研究的相关成果也与日俱增。通过国家图书馆和中国知网搜查，这方面的成果有1部专著和多篇期刊文章，大体从如下七个方面展开。

一是探讨开展研究生核心价值观教育的重要性与必要性。喻嘉乐在《新时代研究生群体社会主义核心价值观教育研究》的“绪论”中，以习近平总书记

① 《习近平在北京大学考察时强调：青年要自觉践行社会主义核心价值观——与祖国和人民同行　努力创造精彩人生》，载《人民日报》2014－5－5（1）。

"扣扣子"的论述为起点，以较大篇幅详细论述了当前践行研究生社会主义核心价值观的时代要求与重要意义。作者指出："一所大学，仅仅做到知识上的传承已不足以肩负起时代和社会所期望的研究生教育，研究生的成长和成才必须伴随着价值观念的引导和示范、价值理想的选择和确立、价值行为的规制和整合。"① 对研究生开展核心价值观教育，是一项"内化于心、外化于行"的长远工程。作者依次从提升国家研究生培养质量的重要保障、推进社会文明的有效途径、促进个人成长的必要环节三个方面，论述了在新时期开展此项教育是符合时代要求的活动。

二是对当前研究生核心价值观的多维分析。朱春艳从"爱国为核、创新为基、信念为魂、品行为本"四个方面，提炼出既体现出社会主义的本质，又表现出当代研究生群体特征的核心价值观。喻嘉乐则对比了研究生和本科生价值观的差异后，详细分析了当前研究生价值观的四个变迁：抹平个性国家至上的集体主义价值观、盲目性和功利化的利益至上的价值倾向、理性回归后的平衡统一价值观、自由开放和宽容多元的价值观。②

三是探讨"传统文化资源"与展开"研究生价值观教育"之间的关联。如胡晓风着重论述了如何让中华优秀传统文化在引领研究生社会主义核心价值观的培养中发挥积极作用，她从涵养情志、立足传统吸收现代文明以及加强监督和奖惩机制等角度，论述了让当前核心价值观内化为全体研究生自身的价值认同体系，促使他们成为社会主义核心价值体系的倡导者和践行者，并指出这是当前进行核心价值观培育的根本举措。③ 喻嘉乐指出中华传统文化是当前社会主义核心价值观的文化根基与血脉，他简略剖析了传统文化和当前核心价值观之间存在的价值契合，分析了传统儒、道等流派蕴含的核心价值观及其同化机制，指出了传统核心价值观的局限性、面临的外部质疑及其转换和再造。④

四是从新媒体、微时代角度论析研究生核心价值观培育面临的机遇、存在的挑战，对其表现和原因进行了分析。朱千波从海量信息带来价值观的多元化、

① 喻嘉乐主编：《新时代研究生群体社会主义核心价值观教育研究》，浙江大学出版社，2015 年版，第 2 页。

② 喻嘉乐主编：《新时代研究生群体社会主义核心价值观教育研究》，浙江大学出版社，2015 年版，第 121 – 127 页。

③ 胡晓风：《优秀传统文化与研究生核心价值观教育研究》，载《吉首大学学报》2015 年第 12 期。

④ 喻嘉乐主编：《新时代研究生群体社会主义核心价值观教育研究》，浙江大学出版社，2015 年版，第 45 – 90 页。

信息传播的个体化带来话语权的消减、传播技术的快速更新带来教育方式的不适应三个方面分析了迎来的“挑战”，也从资源的丰富、工作的效率、渠道的拓宽三方面分析了现有的“机遇”。① 韩文乾则从社会大环境的渗透、新媒体平台建设的相对滞后等方面，详细分析了网络对高校核心价值观教育产生不良影响的成因。他们所论立足于高校，自然对研究生群体同样有效，只是没有提得那么响亮和明确。

五是从各种机制建设、人才培养角度，论析开展研究生核心价值观培育存在的问题和应注意的事项。喻嘉乐同时指出当前研究生价值观教育存在的突出问题主要有四点：课程教育亟须提升、信仰教育需要加强、网络阵地急需占领、社会影响尚待扩大。②

六是具体探讨在微时代和信息化语境下开展研究生核心价值观教育的途径和方式，对此项教育的培育和践行做了思索。这主要体现在标题中包含“高校”或“青年”的数篇论文中。如许灿荣指出新媒体环境下，青年社会主义核心价值观培育应该从新媒体平台建设、新媒体平台活动设计、传播契机的把握等方面着手，使青年社会主义核心价值观培育得以有效推进。朱千波则认为积极应用“微视”“微课”等移动互联时代的新媒体，教育引导学生树立和践行社会主义核心价值观。韩文乾指出，应利用新媒体推动高校课程和校园文化建设，加快高校网络平台建设。毛俊指出，核心价值观教育唯有因势利导，以“微时代”为契机，将教育与时代主动对接，以科学、合理的路径与举措加强与改进；自觉提高思想认识，更新教育观念，突出人本化、生活化；积极改进课程，提升教师媒介素养，创新教学内容与形式；全面占领理论阵地，牢牢把握理论主动权，优化教育环境。

喻嘉乐在主编的著作中，开设两章分析了新时代研究价值观的“外部境遇”和“现状扫描”，指出“信息化增强了价值观教育的主体意识”，对研究生道德品质、价值观念和学习方式等都产生了深刻影响，其后依次从“信仰教育”“德育课程”“社会实践”“网络育人”四个方面，对新时代研究生的核心价值观教育途径进行了探索。著述后面附录了“研究生树立核心价值观的言行坐标”，精

① 朱千波：《移动互联网视域下高校社会主义核心价值观教育》，载《中国高等教育》2015年第9期。

② 喻嘉乐主编：《新时代研究生群体社会主义核心价值观教育研究》，浙江大学出版社，2015年版，第137－143页。

选古代格言，从立志、修德、明辨和谦恭等方面做了梳理，给读者很大的启迪。①

七是个案探讨和经验示范。这主要集中在对研究生群体培育和践行核心价值观走在前列或富有经验的高校，集中总结实施此项教育的步骤流程与成败得失。如浙江大学对研究生开展的西部行、硕士挂职锻炼、推动创业实践活动、建设研究生"五好"导学团队等②，都极具示范效应。教育部思想政治工作司编著的《高校培育和践行社会主义核心价值观创新案例》（2015）在广泛调研、征集的基础上，以全国不同省份30余家高校弘扬社会主义核心价值观的具体案例为重点，展示了各地、各高校在培育和践行社会主义核心价值观工作中的新思路、新探索、新实践、新成果。每一节在对相应高校进行"案例描述"和"案例典型特征与推广价值"界定后，设置"讨论与建议"板块，进行经验总结和推广。

可以肯定的是，随着教育部对"研究生创新能力提升"的日益重视，研究生核心价值观培育路径和教育方式将成为今后相当长一段时间的热点话题，这也将日益受到研究生教育和管理部门的重点关注。通观当前相关成果，取得了一些成绩，主要有三个突出特点：一是非常密集地在2015年产生，说明此项研究才刚刚起步，一些思考并不十分深入和成熟。今后数年这将是多个学科共同关注的话题。二是绝大多数成果以"大学生"（本科生）的核心价值观教育作为研究对象，聚焦研究生群体的则少之又少，还有极大的研究空间。三是当前关于研究生核心价值观教育的成果中，从"自媒体""微信"角度论述的，重复度极高，对其教育方式的多元思考和创新力度还不够。在如何落脚到通过此项教育来切实"增强研究生创新能力，提升其整体素养"方面，我们认为还大有文章可做。

二、前瞻与审视：对新时期开展研究生核心价值观教育的新举措及其思考

在研读了当前大量关于"大学生核心价值观教育"的各式成果后，我们得到较多启迪，也引发了不少思考。有的是前辈点出但未尽展开的想法；有的是读到研究者的某句话某个观点后，情不自禁地生发出来自己的点子；有的则是

---

① 此处（第六点）所论诸多观点参见书末"参考文献"。

② 喻嘉乐主编：《新时代研究生群体社会主义核心价值观教育研究》，浙江大学出版社，2015年版，第213－228页。

和材料碰撞派生出来的个人不成熟的看法。为使今后高校对研究生群体开展核心价值观教育更富有成效，在培育方式和践行途径上不断寻求革新和突破，在高校人才培养质量上进一步适应时代需要，这里略陈十二点存在的问题与相应举措，求教于学界。

（1）高校对研究生群体进行核心价值观教育，缺乏必要的顶层设计和协同作战，表现为各个部门单打独斗，零散而不成气候，缺乏通盘考虑。据笔者了解，学校的研究生院和宣传部各自忙碌，彼此通气不够，开展的活动多半从各自部门的需要出发，较少从学校人才培养整体目标和活动策划整体局面出发去考虑。再者，负责本科教育的团委和学生处与研究生院协同配合以形成本硕相连的梯队实施方案，目前实施得还不够。这应引起领导部门的高度重视。

（2）当前各级官方媒体在对研究生进行核心价值观教育时，过于僵硬，缺乏必要的灵活性和人情味儿。比如，学校各部门以及研究生常用的学术或社交网站，如提升新媒体界面的友好度，通过优化用户界面、提高用户体验来满足研究生（多数为24~30岁青年群体）的差异化需求，就能更长久地吸引研究生经常登录，使其在无形中不自觉地受到影响。

（3）当前高校尤其是人文社科专业研究生的课程和教材缺乏照应和互动，响应国家倡导培育和践行核心价值观的号召显得有些迟缓。一方面鉴于高校老师在渗透核心价值观进入具体章节方面，意识还不强，自然在执行上还有很长的路要走。另一方面，现有课程设置或调整多是从是否国际化，是否能增强研究生创新能力，是否有利于增强实践技能，是否有利于学生创业等方面展开，少有从核心价值观培育和践行层面来分步骤、分计划、分学科、分年级地调整学科方案，进行课程设置。

（4）当前高校对研究生群体进行核心价值观教育，缺乏在校和入职的紧密衔接。无论是专硕还是学硕，或者相当一部分“直博”连读生、应届博士生，最终是要经过2~6年的高层次教育后走入社会、踏上工作岗位的。或者将读研期限称为其入职前的能力训练和知识准备期亦不为过。当前对研究生的核心价值观教育缺乏和入职必备的能力、素养、经验的衔接，表现为研究生日常管理中未结合职场常见的自由、平等、真诚、和谐等价值观展开，似乎单纯停留在“校园”和“书本”来开展日常活动和教育管理，缺乏必要而适度的“社会”转换，视野不够开阔。高校可在研究生的实习环节、就业签约后的反馈、创业课程、基地培训、邀请校友回校做经验交流等方面，结合“经验分析”“案例讲解”“实践动手”等来加大对核心价值观的弘扬，避免“校园”和“社会”脱节的“两张皮”现象。

（5）当前研究生核心价值观教育中缺乏对“学生最关心什么”的全面了解。据调查显示，当前研究生对政府倡导和国家主流媒体反复宣扬的核心价值观，很清楚的仅占 10.1%，还有 33.65% 的人“模糊”和“不清楚”。① 在 12 个词中，青年学子普遍对敬业、友善和诚信认同度最高，但对其余很多词出现“践行”与“认同”不一致的情况（虽然意识上认识到其重要但难行动起来）。在社会转型和新媒体崛起的当下，很多高校教育者在研究生的日常管理中工作力度不够，普遍对当前占据主体的 90 后研究生有何特征，需要什么和关心什么了解不够。而高校研究生院（处）目前还缺少这方面的“智囊团”提供专门信息②，致使对研究生的核心价值观教育很难进行因材施教、有的放矢。教育者搞专题、做指导，主要从学术规范训练和能力提高方面着手；管理部门开展的各项活动虽能结合微时代论文评选、PPT 制作、诗文创作、图案设计等展开，但都对当前研究生群体之所想所需、所困所虑、所好所恶等缺乏深刻而全面的了解，其教育活动就很难从价值观角度切入，无法引起研究生的兴趣，使其在参与或渐染中获得熏陶和提高。

（6）研究生群体以“治学”和“研究”为主旋律，目前高校未紧扣此特征展开诸如“敬业”“诚信”等核心价值观教育。“研究生”顾名思义是通过系统学习专业知识来提高治学能力、能够独立进行科学研究的群体代名词。他们在课程学习、聆听报告、论文发表、毕业选题等各个环节所进行的一切活动，都是为了获取独立从事科研的能力和素养，熟悉研究的规范、步骤和流程，以在基础领域推进学术创新，在应用领域解决具体实际问题。每个学科，都有开创性的知名前辈做出过耕耘，有兢兢业业治学的学者在身边，他们都是科研“敬业”和学术“诚信”的化身，高校可充分利用这笔宝贵资源，通过设置“治学楷模”的方式来现身说法，对青年学子进行核心价值观教育，培育方式不拘一格，可报告、可展板、可访谈。

（7）当前研究生核心价值观教育，立足于“校本特色”来展开，做得还很不够。一所高校的办学特色，反映它在培养人才上的目标与定位，也是衡量它

---

① 许灿荣：《新媒体环境下青年社会主义核心价值观的培育研究》，载《青年探索》2015 年第 1 期。

② 据我们了解，一些研究生院的教改课题多从案例库建设、创新能力提高、国际化教育等方面展开，从“社会主义核心价值观教育”展开的目前并不多，也较难得到认同。这普遍地反映出高校对研究生群体的核心价值观教育不够重视。

在强手如林的高教领域是否具有个性的重要指标。然而十余年来，高校普遍走上扩大规模以求综合性发展的道路，很多高校的办学特色并不显著甚至渐趋泯灭，更遑论其依托校本特色来对包括研究生在内的青年学子展开核心价值观教育了。比如，如著者所在的211高校“中国矿业大学”就应紧扣“煤矿开采”来做文章，就中国百年煤矿史所产生的大批学人为建设富强文明的新中国而彰显出的爱国、敬业精神，就大批毕业生奔赴山西、河南等煤矿基地和地下矿井为求得和谐环境而体现出的友善态度和追求自由的姿态面貌等校本特色来进行核心价值观教育。一枝独秀不是春，百花齐放春满园，无论是国内985、211高校，还是省属重点乃至职业学院，都可在办学定位、人才培养和校风形成上做出自己的品牌，然后打响品牌，使数届毕业生的成长成才与核心价值观教育形成良性循环。

（8）当前高校研究生核心价值观教育对社会时政“热点”的联系与关注不够。价值观属于人文社科领域催生的关于交际、处世、做人等方面的基本要求，它关乎人才培养的质量和水平，可以在学生入学到毕业全程的数十个环节中去贯彻实行。当前90后研究生多半出生在社会极速发展的传媒信息时代，对新生事物的敏锐性和好奇心远远超过了常人的想象，伴随着微博、微信的崛起，“低头族”和“剁手党”能在瞬间知晓世界任何一个角落发生的新闻事件，而社会是瞬息万变的，各类新奇人物、事件层出不穷，学校宣传部门和研究生管理部门，如能紧扣热点展开价值观教育，必将极大地引发学生们的浓厚兴趣，同时令其在关注、讨论中获得熏染，在校方必要的引导中树立正确的价值观。

（9）研究生教育管理部门对汇聚各自学校近三年开展的关于培育和践行核心价值观的活动总结和案例收集工作还做得不够。在学校领导重视、主要部门做出顶层设计来实施系列关核心价值观教育的活动以后，学校不能一味地做重复性的工作，而要做好经验交流和案例汇聚工作，便于此项教育在研究生群体中的普及和推广。高校中“拍脑袋”不接地气的活动不少，但对核心价值观培育和践行的成效缺乏必要的评估与总结，不便于今后进一步实施新计划。如活动富有特色，甚至产生一些高质量案例作为学校的教育品牌，不断延续和传承下去，必将进一步对多届研究生乃至本科生形成持续的教育效果。在主管单位、教育厅甚至教育部调研和收集地方践行案例时，便可水到渠成地成为学校的一大特色，并有机会经过媒体宣传成为其他省份借鉴和参照的经典例子。①

（10）当前开展研究生核心价值观教育，对其“主体性”的发挥与弘扬做得还不够。研究生是“三观”趋于成形并有自己独特思考和判断能力的青年群体，由于受社会不良风气之影响，也存在着部分浮躁和功利的习气，加之被转型期的多元价值观浸染，对一些事物和现象容易表现得懒散或过激，如对其进行核心价值观教育时不充分激发其“主体性”，则会使其流于形式，难以达到初衷。王功敏曾从强化信息交互机制、优化选择引导机制、改进接受反馈机制、完善管理干预机制等方面②，对新媒体环境下本科生的核心价值观教育进行了探讨，能给人很多启发。我们认为，建立研究生核心价值观形成的身心机制与关键点，价值观的评价体系，形成榜样进行宣传与奖励，关注案例及时分析与共享，培育教师和课程交叉进行，对研究生此项教育进行后期跟踪、记录和反馈等，都不失为加强核心价值观教育的有效手段。这需要投入大量精力，发动心理学、教育学与管理学方面的师资共同参与和完成。

（11）当前高校对研究生实施核心价值观教育时，采用交往和互动方式的程度还不够。据我们观察和了解，三大层面的核心价值观教育如采用传统的以教师在课堂上讲授为主的方式，则会枯燥乏味，对新媒体环境下成长起来的当代研究生缺乏吸引力与感染力。高校已呼吁了十余年的教学改革，加强师生的互动已成一大趋势。有人指出：

> 加强教学内容与形式创新偏狭于硬性灌输的弊端，强调“交往”“互动”，改变，更尊重学生。“微时代”，追求自由、平等，求新、求变，青年学生更不愿接受“一言堂”的教育。③

教师在备课内容上准备再充分，如不考虑到受教者的身心特点并进行教学方式的改革与调整，教育的效果只会大打折扣。

（12）对研究生进行核心价值观教育时，在结合学生日常生活、增强教育方式的体验性和情感化方面，做得还不够。目前高校从事此项教育的主要是两类

---

① 教育部思想政治工作司组织编写：《高校培育和践行社会主义核心价值观创新案例》，知识产权出版社，2015 年版。

② 王功敏：《新媒体环境下大学生社会主义核心价值观教育的机制构建》，载《思想理论教育导刊》2019 年第 9 期。

③ 毛俊等：《“微时代”青年大学生社会主义核心价值观教育》，载《江苏高教》2015 年第 4 期。

人群：一是研究生或本科生教育管理者，常以推出征文、竞赛、茶座、活动月等活动为主要方式；二是从事思想政治教育工作的高校“两课”教师，主要将其结合“两课”来讲解。他们缺乏运用中国传统文论诸如“情动于中而形于外”“不真不诚，不能动人”等方面的知识与方法，使此项教育陷入机械化而难以对研究生产生开阔胸怀、提升境界的效果，自然很难使研究生在离开课堂和校园后依然以身作则地去践行核心价值观。这与高校在开展此项教育时没有密切结合研究生关注的生活学习内容来展开，没有采取引导研究生进行情感体验的方式去培育和践行有关。无论哪个年级的研究生，他们都身在校园，人生经历和社会阅历都有不足，时空之限使他们对国家倡导自由的价值、友善的重要性、和谐的社会意义等，都缺乏一定的情感体验，只有千方百计地通过社会事件、中外人物的案例征集、现象讲解等，精心设置具体场景和一定的问题，将其带入到某种语境和氛围中去，他们才能对核心价值观中的每个词有更深切的理解和体悟。

随着近年来全国硕、博士生的扩招，横跨研一到博三共六个年级的研究生群体在高校占据了相当大的比例。在多元文化激烈碰撞和不同价值观念相互激荡的今天，对这批祖国接班人进行核心价值观的教育迫在眉睫，应当受到学界和管理方的高度重视。因篇幅之限，这里主要“把脉诊断”，在梳理成就和现状后指出存在问题，具体“开出药方”还需边实践边摸索。所论仅抛砖引玉，以期后来者不断探索研究生核心价值观教育的途径和方式，使此项教育收到良好的效果。

当前社会主义核心价值观研究的问题审视与趋势展望

2012年底，党的十八大在广泛征求意见和参照学界论述的基础上，提出了社会主义核心价值观的凝练与培育这一重大时代课题。七年多来，这个与文化强国、民族振兴、中国梦紧密关联的话题，持续成为社会热点和学界焦点，不断被各界所关注。国内对社会主义核心价值观的研究如火如荼，相关成果众多。2019年3月，我们在中国知网查阅的文献年度成果分布如表1－1所示：

表1－1　近年来国内“社会主义核心价值观”研究的成果分布情况

年度	2011	2012	2013	2014	2015	2016	2017	2018	2019
数量/篇	268	43	921	3451	4612	4114	3253	2490	134

从数据分布来看，2014—2016年是核心价值观课题关注度最高、成果最多的三年。其中不排除有相当一部分应景文章和重复论文，但研究的多维度、探讨的广泛度着实罕见。

从搜索结果来看，国内近年来单就核心价值观的各式“综述”（综论、述评）类文章，就达240余篇，这个数字着实惊人。2008—2010年三年期间共5篇，从2011—2017年的最新文献分析来看，2013年开始，相关综述呈现“井喷”态势，至2016年抵达高峰，2017年开始出现低谷，处于研究的调整和反思期（表1－2）。

表1－2　近年来社会主义核心价值观研究“述评”（综述、综论等）的成果分布情况

年度	2011	2012	2013	2014	2015	2016	2017
数量/篇	5	11	9	76	61	60	35

学界对这个课题的深入探究和不定时回溯，也有助于研究的深入。由表1－2可见，2018年以后如不转换角度、跨学科研究、寻求新的突破口，则此

课题研究较难创新和超越。七年多来学界关于核心价值观的研究现状和存在问题的梳理，除指出缺乏实证性研究、加强传播核心价值观的平台建设、对大学生群体以外的培育群体缺乏关注、培育践行的机制有待完善等①不足外，有的话题在2015—2017年已获得推进和突破，如借鉴西方培育核心价值观路径的研究大量涌现。但有的综述还缺乏通观全局的学术高度，未能以跨学科的视野对现有研究予以把脉和定位。这与该项研究的成果太多太杂、阅读消化有难度不无关系。在大体上查阅、读完2012—2019年间国内出版、上传的关于依托中国传统文化培育核心价值观的主要成果（多数在图书馆D616类，以及中国知网库）后，专就所读文献并结合个人思考，简要分析当前研究社会主义核心价值观存在的主要问题及发展趋势，以供学人参考。

一、普遍缺乏对话探讨的意识和争鸣商榷的氛围

七年来，关于核心价值观的研究成果不计其数，近似观点极多，这个问题在论文方面尤为突出，很多论文写作前不查重，只图发表，一些作者缺乏学术敏感和学术眼光。一些“短平快”的成果流于“平面”和“表面”，缺乏深度，对策、应用研究冲淡了成果应有的立体感。而有的成果仅据作者兴趣、围绕某个话题展开，对学界动态和研究进展把握不足，争鸣风气也较为欠缺。因此对核心价值观内涵阐发、国民认同、培育路径的研究方面，要么认识出入很大，要么千篇一律，不利于社会主义核心价值观研究的创新。在2013—2016年国内成果呈现“井喷”态势后，尤其是2017年后，关于此话题的研究便很难有大的突破和超越。笔者认为促进学者对话，加大争鸣和商榷，有利于在对话、碰撞中获得新的研究空间。

在2012年核心价值观12个概念被正式提出之前，学界关于期刊、报纸及各种媒体对核心价值观的凝练问题有过持续多年的探讨，这便是一种很好的风气，促进了学界加深对核心价值观提出背景、必要性、类型的认识。近七年来的学术争鸣却寥寥无几。很多话题是可以通过争鸣来达成认识的，如“文明”的所指有哪些？传统文化中的“自由”有怎样的内涵，它与当前提倡的自由有哪些不同？核心价值观12个关键词哪些吸收了传统文化资源和西方文化资源，又各

---

① 楚玲玲等：《社会主义核心价值观问题研究综述》，载《知识经济》2016年第16期，第176页；杨增岽：《聚焦社会主义核心价值观研究的若干前沿问题——“全国思想政治教育高端论坛暨南社会主义核心价值观学术研讨会”综述》，载《社会主义核心价值观研究》2015年第1期，第96页。

有哪些偏重？今人对传统文化进行创造性转换体现何在，其涵养和培育成效如何检测，实证研究怎样进行？网络空间和自媒体传播中如何使传播方式真正落地生根，落到实处？为此，笔者呼吁国内一些主流报刊，应继续发表关于核心价值观争鸣和探讨的文章。这一系列话题都需要多方讨论，而不是关起门来自想自写、自圆其说。

当前研究应忌讳画地为牢、各行其是，笔者倡导应在学术争鸣中各抒己见，在学术质疑中提出不同看法，在学术批评中加深理解和认识，在学术商榷中回应和反馈，形成一种追求真理的、纯正的学风，而不是发表一些应景性文章和一些无独创和新见的重复性文章。

二、在核心价值观阐发的准确以及“度”的把握上，还需进一步努力

核心价值观十二大关键词，是吸取传统价值观、西方价值观和近现代革命历程融合而成的新概念，是国家的精神旗帜。学界对很多词的内涵阐发，目前还没有达成一致，在不同学者那里理解起来还是见仁见智。这固然与核心价值观自身的开放性、多元性有关，但若在学界尚未有较明确的说法，更遑论社会和普通民众去深刻地理解它、宣传它。比如，有很多普及型的核心价值观读本，依然把“富强”阐发为国家富有和民族强大，而只字不提它指向精神强大和心灵富有的“软性”内涵；对“文明”，只提及当前很热门的“政治文明”“生态文明”，把它与传统社会的专制、强权相对应，或与经济发达后对环保的重视对接起来，而鲜有谈及个体举止、言行文明的内涵，更遑论在文学艺术层面，“文明”还有发挥才智、精心创制美文的指向。在笔者学习和研究核心价值观的多年里，发现人们（有的甚至是教授、博导）对每个词汇的理解莫衷一是，众说纷纭。这一方面与核心价值观内涵丰富，在每个层面的所指不同有关，另一方面也与人们在近年来政治性话语大量渗透不断熏染后产生的理解偏差有关。但不容忽视的事实是，我们在阐发核心价值观词汇时应力求多元和发散、客观和准确，不能出现差错和误解。再者，允许学术争鸣和探讨，真理只有在不断争鸣和应用中才越发体现出其价值，当前要在核心价值观每个词汇的全面性、准确性上去努力。

三、让培育和践行回归日常生活

核心价值观是党和政府的长期战略规划，它在民众中的生根发芽和被广泛认同，需要漫长的过程。七年来在社会各界的共同努力下，人们对核心价值观

关涉的12个词汇已有较深切的理解，但相比于传统社会践行了上千年的仁义礼智信、刚健有为、天人合一等价值观，爱国、富强、敬业等主流核心价值观还是刚“入伍”的“新兵”，要让它从学界和官方文件中真正走入最广大人民群众的心中，就必须深入百姓的日常生活中去，融入到人们的学习、工作和生活中去，与每个人的衣、食、住、行发生紧密关联。正如有的学者所分析：“回归生活世界，既是传承和弘扬优秀传统文化的内在需要，也是培育和践行社会主义核心价值观并以此规范和引领生活世界的必然诉求。为此，当前就要以人们的生活世界为基本场域，坚持融入与引领的统一。融入，就是要让社会主义核心价值观走进实践、走进生活，紧贴群众的思想实际，发挥意识形态自觉，使之真正成为老百姓认同且笃行的价值观；引领，就是要善于用社会主义核心价值观来统领各种意识形态，使之与社会主义的主流意识形态相符合、相一致，这就要在利用中华优秀传统文化培育和践行社会主义核心价值观时找准它们之间的契合点。”① 习近平总书记也曾说：“要注意把社会主义核心价值观日常化、具体化、形象化、生活化，使每个人都能感知它、领悟它，内化为精神追求，外化为实际行动，做到明大德、守公德、严私德。”② 这些都为今后核心价值观的涵养和培育指明了方向。传统文化本身既有“高、大、上”层面的国家体制、阶层意识，相对抽象的审美艺术和文化心理，更有实实在在源自生活的思维习惯、行为举止、风俗习惯等，它们都可作为核心价值观的载体。所谓核心价值观培育的日常化，即需要接地气，让每个公民从衣食住行中，从点滴生活中感受到法治、公正和自由、友善的存在，从平凡点滴中感受其重要性，领悟其内涵，并自觉去践行。我们认为目前这方面的成果还需要加强。

四、多学科、多领域的调动和投入

因中国传统文化博大精深、源远流长，范围非常宏大、宽广，几乎人文社科各学科都有涉足，而核心价值观是政府倡导，属于国家主流意识形态的范畴，且是“价值观”，多为伦理学、政治学和马克思主义、思想政治教育领域的学者所积极关注。其研究的力度近年来也很大，而核心价值观的培育和涵养不仅是关乎当前文化强国和民族振兴的大事，也是对传统价值观的升华和超越，它浓

---

① 刘芳：《中华优秀传统文化：社会主义核心价值观的精神滋养》，载《思想理论教育》2015年第1期。

② 《习近平在上海考察时强调：当好全国改革开放排头兵不断提高城市核心竞争力》，载《人民日报》2014－05－25。

缩了中华优秀传统文化的精华，是在新时代的创造性表达，同样有着开阔的研究空间。中华优秀传统文化涉猎的学科范围比核心价值观要宽广得多，从现有成果来看，国内关于二者“关联”的研究，也多数是从事思政和马列的学者在进行，较少有其余学科学者的积极参与。北师大吴向东教授曾指出：

> 社会主义核心价值观作为一个综合性命题，其理论研究本身就涉及哲学、政治学、历史学、文化学等多个学科。培育和践行社会主义核心价值观更是一项系统工程，涉及文学、教育学、心理学、传播学、社会学、法学、管理学等多个学科，需要在教育引导、舆论宣传、文化熏陶、实践养成、制度保障等方面狠下功夫。在这一意义上，加强社会主义核心价值的理论研究，必须整合不同学科的资源，实现跨学科、多领域的融合创新。①

吴教授所论切中肯綮。我认为，要想进一步拓宽该课题的研究领域、转换研究视角，今后应让更多历史、文学、哲学、社会学、教育学、艺术学、民族学等领域的学者参与进来，对培育涵养核心价值观有更多的启发，百家争鸣，有利于拓宽核心价值观研究的空间。

五、主题多样和形式多元的平台搭建

正是由于当前继承与弘扬传统文化与培育核心价值观在社会的“实践”层面上容易发生分离，在宣传和教育中也容易脱节，故在依托传统文化来涵养核心价值观、寻求二者的融通与互动时，无论是在研究还是在实践方面，都较为单一，缺乏主题多样和形式多元的平台搭建。在实践中真正融合二者并非易事。应当说，当前在探讨核心价值观培育和践行的路径、方式上，学界做出了很多探索，但在以传统文化为载体培育核心价值观方面做得还很不够。无论是传统文化的多元传播还是“国学热”以多种形式与观众见面，都不可忽视对核心价值观的培育与涵养。

六、培育和践行核心价值观的成效分析与评估

七年来，关于践行核心价值观的探讨，学界成果丰硕，各种论文中涉及核心价值观践行方式及活动总结的，比比皆是。七年时间节奏很快，社会各界响应中央号召和政府呼唤，在践行核心价值观上也采取了各种行动，但学界目前

---

① 吴向东：《为培育和践行核心价值观提供学理支撑》，载《光明日报》2015－09－10。

还没有对践行和培育核心价值观的成效予以分析和评估，在培育路径方面缺乏评价机制的研究。学者们大多关注如何培育社会主义核心价值观的路径研究，却忽视了对培育结果和效果的研究，关注评价机制研究，有利于对反馈情况加以改正，不断完善，使得社会主义核心价值观的培育和践行进入良性循环。社会主义核心价值观是一个可供众多领域学者钻研的、空间广阔的话题，前七年学者们在这个场地里“纵横跌宕”，基本无暇回头来对成效进行检验，这也与价值观的宣传、教育和研究“还在路上”有关。而当前数十篇研究综述在指出问题时，主要停留在中西价值观培育路径比较、培育形式的多元化探索、利用网络媒体展开大众化教育等方面。无论是在学理还是实践层面，对现有研究皆缺乏通览审视和总体评析，缺乏独到的眼光。这与七年来核心价值观研究的各式成果汗牛充栋难以穷尽有关。预计今后数年适当对前期践行核心价值观的效果进行评估，予以必要的反思和改进，提出下一步方案，将是学界的一个重点话题。

七、大众和媒体时代的通俗化传播方面

世纪之交，国人目睹信息与科技高度联合的长远效应。伴随着网络的飞速发展和全面普及，多种自媒体支配着人们的日常生活，学界探索以网络为媒介来展开核心价值观的涵养和培育，前期做了大量工作，相关成果极多。如李春山博士认为：“应充分发挥新媒体的有效作用，推动传统文化与新媒体的有效对接，进而打造培育和践行社会主义核心价值观的有效载体，以此消解传统文化的传承困境，使传播路径更加多广……充分利用微信微博等网络新媒体，加大普及宣传力度，对优秀传统文化进行通俗解读，使群众看得懂，记得住，用得上。”① 此外，李金华等人也指出：“以网络新媒体为新方式传播中华优秀传统文化的内涵，通过互联网得到更加深入的了解和解读，使优秀传统文化及核心价值观更深入人心。”传统文化中除却实物以图片见诸网络外，多数还是以文字符号来呈现，而很多网民（尤其是大众化读者）的文化水平和阅读习惯不同，对通俗的悬疑、武侠、侦探等网络文学兴趣十足，对热播的宫廷剧、古装片、玄幻片与穿越片爱不释手，对承载各式信息的手机一刻不忘，他们的阅读方式和审美趣味已完全被新兴媒体和社交方式所主宰。因此，当前培育核心价值观

---

① 李春山等：《中华优秀传统文化涵养社会主义核心价值观的现实困境与多维路径研究》，载《思想教育研究》2016 年第 1 期。

要想获得人们心理、认知、情感多方面的认同，不可不充分考虑大众化时代大众的审美趣味和认知方式。

笔者认为，依托博大精深的中华传统文化，以便捷及时的微博、微信等为载体传播和培育核心价值观，需要对语言文字加以适当的转化，在传统文本展示和阐发中做出三种尝试，才能获得更广大网民的认可和支持，才能切实走通俗化之路，实现当前宣传核心价值观的目标：一是对民族经典文本要添加必要的注释、翻译，以减少大众读者的阅读障碍。二是需要适当地添加点评和阐发，即传统经、史、子、集的文本中如何蕴藏着关于诚信、友善、爱国的记载，古人是如何理解和认为的，有着怎样的思想和观点，需要有关专家适当“点”出来，大众才能读懂、领悟。三是需要辅以精美图片，或相应场景，或漫画勾勒。当然，以网络为媒介促进核心价值观教育和传播，还要充分考虑民众在快节奏时代“短、平、快”的阅读习惯，要顾及数以亿计的大量网友对图片直观而形象的心理感受，对生动有趣文字的青睐和喜好。无论是翻译还是阐发，既要准确、短小，也要凝练透辟，图文结合要精美而恰到好处。这需要政府和学界共同来努力。

八、“大”与“小”的结合：理论视野和具体工作

核心价值观似一块丰富的宝地，吸引无数学者耕耘；它也是一方大观园，七年来有各类读者前来观览。通观现有成果，有政治学、哲学、伦理学等领域的专业学者参与，也有各高校从事思想政治教育和学生工作、共青团工作甚至社区建设的大量人员参与，还有大量党政机关如宣传部、文化部、政策研究室相关人员参与，研究主体的驳杂决定了成果质量的参差不齐，探讨话题的深浅有别，论述的力度和眼光也大相径庭。近年来，相关成果繁复冗杂，不计其数。这些作品总体可归为三类：宣传动员类、学术研究类、实践分析类。

我们认为，当前关于核心价值观的研究既要有国家战略的高度，深入把握十八大党和政府提出培育和践行核心价值观这一重大历史话题的时代原因和文化背景，也要能贴近地面，聚焦微观话题，在具体培育、践行上扎扎实实地深入下去。核心价值观的提出与国内社会在急速变化和整体转型期间，需要加强思想道德文化建设有关，也与国外多元文化激烈碰撞，西方势力不断渗透，中国需要筑牢堤坝、加强思想引领有关，更与民族复兴时期国家需要坚强的“文化软实力”做后盾有关，它是实现中国梦与民族复兴的重要环节，有助于推动新时期文化强国的建设。价值观是社会思想观念的根基，是凝聚社会共识、实

现团结和谐的基本途径，培育和践行好核心价值观有利于对内、对外树立国家形象。同时它在党的十八大上被提出，以及前期核心价值观体系的凝练与升华，也是党和政府十余年来高度重视精神文明建设和关注社会道德状况的结果，不仅及时而且意义重大。因此我们认为，当前不能在实践性操作的研究中停留于经验层面，而缺乏大局眼光。站得不高看得不远，就容易在研读材料时挖掘不深入、理解不透彻，容易在具体写作时“只见树木不见森林”，陷入经验型的总结而缺乏学理性的凸显。

在经过2012—2014年的“奠基式”基础性研究后，通观立项课题和出版论著，2015年关于核心价值观的研究发生了重大转变，由前期侧重于理论宣传、内涵阐发、逻辑关联、渊源回溯到此后从国民教育、实施路径、传播途径、践行方式等方面展开，如果在核心价值观的传播教育和践行探索上不着力于对具体和微观问题的研究，还依然停留在早期一些宏大的论述上，不仅容易制造泛泛之论，也对解决如何具体推动核心价值观深入人心、如何使核心价值观被国民认同且入脑入心等问题毫无益处。因此，笔者认为此后关于核心价值观的研究，需要两者兼顾和结合，既要有宽广的学术视野和较深的理论素养，也需要坐冷板凳，做一些扎扎实实的具体工作。可能不同的研究主体所做的事情有不同侧重，但同时关注二者，将对增强学术成果的厚重感和立体感有一定帮助，也能促使社会主义核心价值观的培育和践行真正落到实处。总之，“大”（理论视野）与“小”（具体工作）两方面缺一不可，这也符合马克思主义理论与实践相结合后循环往复、互补助益的发展规律，这可能是今后此课题研究的一大趋势。

社会主义核心价值观是一项具有划时代意义的重大课题，有着广阔的研究空间和多元的文化内涵。七年来，学界从不同层面展开研究，无论是理论探讨上还是实践推动上，都取得了丰硕的成果。如能正视当前普遍存在的问题，并在研究内容、视角、方法和思维方面做些许调整，将会迎来下一个研究的春天。我们对此深切期待。

审视与前瞻：中国传统文化与社会主义核心价值观“关联”的问题分析

2012年11月，党的十八大报告明确提出“三个倡导”，在全社会积极培育社会主义核心价值观。2013年12月，中共中央办公厅印发了《关于培育和践行社会主义核心价值观的意见》，明确提出以“三个倡导”为基本内容的社会主义核心价值观（以下简称“核心价值观”），与中国特色社会主义发展要求相契合，与中华优秀传统文化和人类文明优秀成果相承接，是我们党凝聚全党全社会价值共识作出的重要论断。七年来，国内马列、党史、思想政治等不同领域学者对其展开了广泛而深入的探讨，各大主流媒体和重点期刊相继发表大量文章，但都主要从核心价值观的内涵界定、凝练建构、基本特征、逻辑关联、培育践行、文化渊源、传播教育等方面展开。据2019年3月笔者查阅和分析文献，其中关于“核心价值观”和“中国优秀传统文化”的关联研究，已有文献620余篇。从现有资料来看，主要体现在多篇标题鲜明的成果①及部分书籍的章节论述中。

习近平总书记多次在不同场合从“中华优秀传统文化”角度来谈论核心价值观的培育与践行。他明确指出：“社会主义核心价值观传承着中国优秀传统文化基因。”② 他还深刻指出：“要讲清楚中华优秀传统文化的历史渊源、发展脉络、基本走向，讲清楚中华文化的独特创造、价值理念、鲜明特色，增强文化自信和价值观自信。”这就要首先弄懂什么是传统文化，包括哪些内容，经历了怎样的传承和流变，在此基础上进一步把握社会主义核心价值观中蕴藏的深厚的历史文化渊源，从而坚定文化自信、价值观自信和道路自信。习近平总书记

① 参见胡晓风：《优秀传统文化与研究生核心价值观教育研究》，载《吉首大学学报》2015年第12期；徐卫东：《论国学教育与社会主义核心价值观教育》，载《教育评论》2015年第3期。

② 习近平于2014年2月24日在中共中央政治局第十三次集体学习时的讲话。

强调，中华传统文化是我们民族的“根”和“魂”，如果抛弃传统、丢掉根本，就等于割断了自己的精神命脉。习近平总书记多次从传统文化的角度谈论核心价值观的培育和践行，高屋建瓴地分析了传统文化在树立核心价值观自信、培育核心价值观的大众认同等方面的必要性和重要性。他在2014年北大讲话时进一步强调：“我们提出的社会主义核心价值观，把涉及国家、社会、公民的价值要求融为一体，既体现了社会主义本质要求，继承了中华优秀传统文化，也吸收了世界文明有益成果，体现了时代精神。”习总书记直截了当地指明了社会主义核心价值观基本内涵的三大思想来源，而中华优秀传统文化自然是其中不可忽略的思想源泉。这是中国官方和高层领导对二者关联的深刻理解和集中表达，具有统领意义和前瞻价值，掀起了此后数年学界对二者关联的多角度阐述和持久的研究。依笔者分析，对于中华优秀传统文化与核心价值观二者关联的研究，大体经过了辨析差异、分析关联、对接涵养、学理探究、个案分析、双创探索等多个维度的演进。本文结合国内最新文献成果，就此问题做一述评，反思得失，为学界寻找新的研究空间。

一、研究著作中的多维度展开

2012年以来，关于社会主义核心价值观的研究著作不胜枚举，其中有一些是在追溯核心价值观的渊源或探寻路径时涉及它与中华传统文化之间的关联，一些是哲学、文化性和思想政治教育方面的学者做的较为深入的分析。

（一）专门性著作中的关联分析

从目前的文献来看，论述中国优秀传统文化与核心价值观关联的研究著作共有三部。第一部是曹雅欣《国学与社会主义核心价值观》（2015），该著以传播优秀中华传统文化为己任，2014年作者在网上创办“子曰诗说”公众号，从国学视角出发对社会主义核心价值观做了一番解读，后结集成该书正式出版。它立足于民族典籍，选取经典古语、古例对每个概念的多元内涵进行了阐发。作者善于从《说文解字》入手，对核心价值观12词所凝练的传统文化精髓及其当代价值进行了揭示。其特点是：契合时政，文笔轻松活泼，阐发通俗易懂，便于民众理解和接受；重在传播国学和传统文化，定位也很鲜明；从网络走入书本，图文并茂。

第二部是钟永圣博士的《传承与复兴：社会主义核心价值观的中华传统文化解读》（2015），该书由作者陆续发表在《中国青年》杂志上的专栏文章组成。作者立足于古代典籍和事例，以轻松活泼的标题和大众化的语言，深入浅出地介绍、解读核心价值观的由来、作用及践行方式，是国内较早从传统文化的角度出发解读社会主义核心价值观的读本。作者呼吁从民族原创经典中寻找关于核心价值观的种种起源与发展。该书最大的特点是：文笔轻松活泼，便于大众传播；将传统文化与核心价值观结合，从传统文化中找到核心价值观的源头和落脚点。

第三部是温小勇博士的《怡养涵育：培育社会主义核心价值观的传统理路》(2015)，这是国内聚焦中国传统价值观和核心价值观对接的一部代表性专著。该书从中国传统价值观入手，将其纳入培育社会主义核心价值观的当代语境和现实使命当中，从学术上回答了以优秀传统文化涵养核心价值观必须厘清的三个问题：核心价值观所具有的中国特色、中国风格和中国气派；核心价值观本身所具有的优越性；优秀传统价值精华的创造性转化。该书对传统价值观进行了深入揭示，对它与社会主义核心价值观的内在关联进行了辩证分析，并就其中蕴藏的精华与核心价值观衔接和对话，就汲取传统价值观精华来培育社会主义核心价值观的路径进行了探讨。该著旨在激活传统，学理性较强，为积极培育和践行社会主义核心价值观提供时代化与大众化相结合的路径，亦引起广泛关注和思考。2015 年后，国内目前再无类似专著出现。

（二）代表性著作中的章节涉及

较为典范的著作是郭广银主编的“社会主义核心价值观研究丛书”（12 册，2014），该丛书每个词汇一册，每册近 350 页的篇幅，是国内最早系统而深入地阐发核心价值观的丛书。它结合中外历史和近现代革命进程，对核心价值观每个词汇的哲学渊源、文化根基、多元内涵、流变演进等做了深入剖析。每一册中立足于中华优秀传统文化来阐发该词汇的篇幅很大，如“爱国篇”从爱国的文化起源、伦理本质、历史建构等方面进行了深入的阐发，对爱国价值观如何受传统文化的滋养进行了详尽分析。依笔者所见，该书特点主要有：①主题聚焦、逻辑严密、视野开阔、立足前沿。②辩证客观，就每个词汇在古代社会形成的传统和局限性进行了分析。③横贯古今，理论结合实际，有很强的立体感和厚度。另外一套是韩震主编的《社会主义核心价值观 · 关键词》（2015），丛书共计 12 册，以传统积淀的角度对每个关键词形成的内涵进行了研究，结合大量历史案例和典籍语录，对该词在传统社会和当下语境的丰富表征进行了揭示。其特点是：主题鲜明，线索分明，通俗易懂且附有格言警句、延伸阅读及相关链接。

李春山、何京泽著有《社会主义核心价值观大众化研究》（2017），将中华优秀传统文化作为涵养培育核心价值观的有效资源，主张弘扬民族文化的精髓，采取批判、礼敬和传承相结合的方式，对传统文化中的廉政因子、红色资源、乡贤宗亲文化以及传统节日文化加以发挥，以之为载体阐发核心价值观的当代传承。①

韩震、章伟文等合著的《中国的价值观》(2016) 融通古今，全书三章分别从“国家发展的价值目标”“社会进步的价值理念”“公民素养的价值规范”三个层面，对社会主义核心价值观12词进行了全面解读。作者还从关注群体和义理、胸怀天下和顺应自然等方面对传统社会的价值观进行了描述和提炼，对近代社会转折时期价值观的建构进行了总结和分析。全书贯通古今，对照鲜明。

江畅、周海春、徐瑾等著《当代中国主流价值文化及其构建》对儒家文化的基本方向、主要内容进行了详细分析，指出当代中国价值文化的发展要弘扬传统文化的基因，要在吸收与利用、保护与嫁接上下功夫。②

李金和《当代中国核心价值体系建设的理论与实践》，从仁爱、民本、三纲五常角度论析了传统中国核心价值体系的原初表达及其异化，分析了它在近代的裂变与重估，并对传统价值观的现代转化与继承进行了研究。③

刘冬、罗玉峰主编的《沐浴经典——社会主义核心价值观读本》(2016) 是国内首部从文学经典角度涵养和培育核心价值观的著作。该书深入挖掘古代文学经典作品中蕴含的中华文化精神与思想精华，按主题分为十二编，每编选取与主题相关的经典文章，予以注解和导读，帮助青年人在头脑中“深根厚植”社会主义核心价值观，以发挥民族经典“润物细无声”的育人效果。

崔志胜《社会主义核心价值观基本问题研究》第七章“国外社会价值观建设的经验教训及启示”选取了苏联、美国、新加坡三个典型国家，结合每个国家的国情和实践，总结了它们进行价值观建设的内容、进程和方式以及经验和教训，对推动中国当前社会主义核心价值观建设具有一定的启发意义。④

潘玉腾《推进社会主义核心价值体系大众化研究》(2012) 第三章“中国

---

① 李春山、何京泽：《社会主义核心价值观大众化研究》，人民出版社，2017年版，第187－198页。

② 江畅、周海春、徐瑾等：《当代中国主流价值文化及其构建》，科学出版社，2017年版，第158－180页。

③ 李金和：《当代中国核心价值体系建设的理论与实践》，知识产权出版社，2012年版，第13－30、121－126页。

④ 崔志胜：《社会主义核心价值观基本问题研究》，中国社会科学出版社，2014年版，第205－263页。

传统社会核心价值观大众化的经验与启示”，对中国传统社会核心价值观的大众化经验与启示进行了研究。他认为传统社会重视对民众实施价值引导，身教示范，上行下效；惩恶扬善，通过乡约民俗纯化民风；设立层级官学、统一儒学教材，扶持各类私学，扩大儒学影响；利用小说戏曲和说书等民间文艺，重视家训家规的传播和渗透；形成反省内求、慎言力行和慎独自律的民族特色，值得传承和借鉴。

此外，方爱东从人与自然、人与社会、人与自我三重关系就“中国传统价值观”的基本内容和特点进行了提炼，指出其合理性及限度，认为应对其加以整合、改造和提升。① 陈静集中以中国优秀传统文化为依托确立主流价值观，对传统社会的“易”“和谐”“博爱”“自强”“忧患”等思想进行了分析，从而与当前核心价值体系达到相通，实现对接。② 李进金认为社会主义核心价值观是对中华文明的深度挖掘和创造性继承，他分析了核心价值观与传统文化的关系③，并在每个词汇的专题讲解中，以开阔的视野挖掘其中蕴藏的与传统对接、从传统中获取的资源。刘佳设立专节对中国传统价值观的构成、特点和实质进行了分析④，并从民主意识增强、主体意识觉醒、幸福意识确立、市场意识形成等方面分析了当前社会主义核心价值观对传统价值观的超越。⑤ 黄进在《社会主义核心价值观研究》中设立专章论述“中国传统文化中核心价值观的内蕴解读”，从其产生由来、存在样式、演进历程、扬弃发展、时代意义等多个维度进行了揭示。⑥ 喻嘉乐认为中华传统文化是培育社会主义核心价值观的“文化血脉”，传统文化是我们最深厚的软实力、能引领社会风尚、拯救价值迷失，可为人们提供“安身立命”的精神慰藉，中华传统文化为社会主义核心价值体系和核心价值观提供道义支持，⑦ 其著作对传统文化所蕴含的核心价值观及其

---

① 方爱东：《社会主义核心价值观研究》，中国科学技术大学出版社，2013 年版，第 213 - 216 页。

② 陈静：《社会主义核心价值体系的大众化》，学习出版社，2014 年版，第 67 - 73 页。

③ 李进金等：《社会主义核心价值教程》，北京大学出版社，2015 年版，第 1 - 14 页。

④ 刘佳：《多层聚合：社会主义核心价值观的理论来源研究》，冶金工业出版社，2014 年版，第 54 - 56 页。

⑤ 刘佳：《多层聚合：社会主义核心价值观的理论来源研究》，冶金工业出版社，2014 年版，第 57 - 60 页。

⑥ 黄进：《社会主义核心价值观研究》，南京师范大学出版社，2014 年版，第 59 - 84 页。

⑦ 喻嘉乐主编：《新时代研究生群体社会主义核心价值观教育研究》，浙江大学出版社，2015 年版，第 46 - 51 页。

内化机制，以及如何在现代社会实现转化和再造，进行了深度探索①。朱颖原《社会主义核心价值观多维研究》指出，传统价值观是当代中国价值观的文化渊源，并对中国传统价值观的历史演进、主要内容和价值意义进行了深度聚焦和详尽分析。②

中国马克思恩格斯研究会会长韦建桦指出，当前要用历史唯物主义理论讲清中国传统文化与社会主义核心价值观的辩证关系，尤其要注意梳理和鉴别、转化和更新两大层面的问题。前者即去粗取精、去伪存真；后者即对价值加以改造和扬弃，对传统文化的内涵加以补充、拓展和完善，增强其影响力和感召力。③ 山东师范大学尚志晓则将当前培育践行社会主义核心价值观的几个着力点概括为“固根”“聚心”“筑基”和“化实”，而“固根”即认为当前核心价值观要不断地吸取和借鉴中华优秀传统文化。④ 类似著作还有很多，兹举代表，不再冗述。

（三）从教育角度研究中国传统文化中核心价值观的培育路径与经验

邱国勇著《社会主义核心价值观教育研究》，在整合社会主义核心价值观教育的文化资源时，设专节对创造性弘扬中华优秀传统文化进行了深入分析，认为建构社会主义核心价值观，不能脱离深厚的文化底蕴。要吸纳中国多民族、多教派创造的丰厚文化，在吸纳中推陈出新，与核心价值观相融合。⑤ 该书从“教育”角度对社会主义核心价值观展开研究。从历史维度，设专章对古代儒学核心价值观教育的确立和发展进行了全面挖掘⑥，并从民本、德政、和谐、内省、义理层面以及启迪诱导、因材施教、环境塑造、灌输途径等方面，对古代核心价值观教育的启示与借鉴进行了详细分析⑦。

孙剑坪《全球视野下的核心价值体系——兼论对高校学习社会主义核心价值体系的意义》第九章以1840年为界限，对中国传统社会、近代社会的核心价

---

① 喻嘉乐主编：《新时代研究生群体社会主义核心价值观教育研究》，浙江大学出版社，2015年版，第55－90页。

② 朱颖原：《社会主义核心价值观多维研究》，人民出版社，2014年版，第23－63页。

③ 俞可平等主编：《社会主义核心价值观建设的理论与实践》，重庆出版社，2015年版，第3－5页。

④ 俞可平等主编：《社会主义核心价值观建设的理论与实践》，重庆出版社，2015年版，第20－24页。

⑤ 邱国勇：《社会主义核心价值观教育研究》，人民出版社，2014年版，第125－129页。

⑥ 邱国勇：《社会主义核心价值观教育研究》，人民出版社，2014年版，第40－55页。

⑦ 邱国勇：《社会主义核心价值观教育研究》，人民出版社，2014年版，第56－84页。

值体系和价值观教育的内容和特征进行了深入分析①，均给人较多启迪。

教育部组织编写《高校培育和践行社会主义核心价值观创新案例》（2015），分析了社会主义核心价值观的深刻内涵和文化根脉，总结了青年学生树立和培育社会主义核心价值观的现实途径及养成方法。其中第二章重点发掘优秀传统文化来滋养当前核心价值观，案例解析了大连民族学院的“再读家训”、上饶师范学院的“践行《弟子规》”等活动，都是基于培育核心价值观而对传统文化展开的一种传承与弘扬。第十章介绍了中山大学立足于《弟子规》《大学》等古代典籍，通过阅读经典、立德树人，在青年学子群体中间开展核心价值观教育的案例。该书特点是由官方组织，集体编写，聚焦案例的收集和解读，有很强的实践性和示范性。

（四）其他类别著作

通俗读本方面，七年来一些宣传和普及核心价值观的著作如雨后春笋一般涌现，它们不同程度地从古代历史、传统文化中汲取资源，寻求培育之道。如顾作义《我们的价值观十二讲》（2014），以古人名言、历史故事及近代链接对核心价值观 12 词进行了阐发，其名言和故事多数取材于传统文化。此外，《社会主义核心价值观十讲：党员干部读本》（2014）、《社会主义核心价值观讲坛》（2015）等著作，均是如此。这类普及性著作起到了对国民进行核心价值观教育和传播中华优秀传统文化的功用。

此外，在核心价值观正式提出之前，学界就“核心价值观体系”和“中华传统文化”之关系也进行了一定研究。龚群在《社会主义核心价值体系重大关系研究》中指出二者是“基础”与“蕴含”的关系，从天人合一的自然价值观、民胞物与的博爱价值观、协和万邦的和谐社会价值观、爱国主义的价值观四个层面，对传统社会的价值观进行了概括和凝练②，并就其当代意义及其与核心价值体系的关联进行了深入阐发。孙伟平在《创建“价值中国”——社会主义核心价值体系研究》中采用专章就中国传统价值观及其基本特质进行了详细研究。③《社会主义核心价值体系和核心价值观研究》（2014）集中论析了传

① 孙剑坪：《全球视野下的核心价值体系——兼论对高校学习社会主义核心价值体系的意义》，中国社会科学出版社，2015 年版，第 211 – 224 页。

② 龚群：《社会主义核心价值体系重大关系研究》，北京师范大学出版社，2012 年版，第 119 – 152 页。

③ 孙伟平：《创建“价值中国”——社会主义核心价值体系研究》，社会科学出版社，2015 年版，第 76 – 113 页。

统文化中“共有精神家园”的构成与特征，对其内涵与生存基础做了解析。① 吴育林等学者合著的《当代中国价值问题与价值重构》(2014)，在第三章“当代中国价值重构的思想资源”中设立一节集中探讨了以儒学为主干的中国传统价值观的演进脉络、核心理念和现代价值，是类似研究中国价值观著作中从“价值观”维度回溯和凝练传统文化较有代表性的成果之一。

这些著作将中国传统文化与社会主义核心价值观的关联研究推向了一个新的阶段，很多观点、视角、材料认识都给了读者极大启迪。

二、相关论文中的多侧面阐发

目前既有直接论二者关联的学术论文，也有核心价值观综述中对二者关联的概括，还有发表于《人民日报》《光明日报》等主流刊物上的学者论析，阐发的角度非常丰富，给我们的启发也极大。

(一) 从“溯源”角度，认为当前培育核心价值观时“中华优秀传统文化”应在场

王秋雷指出，优秀的传统文化是中华民族独特的文化基因，培育和践行社会主义核心价值观必须深深立足于优秀的民族传统文化之中。他指出当前核心价值观是各阶层利益在思想领域的集中诉求和反映。当前为反对反动甚至错误的思潮（如历史虚无主义思潮），在西方大力进行价值观渗透的威胁和苏联解体的历史教训面前，尤其需要大力弘扬中华民族精神，“用社会主义核心价值观引领多样化社会思潮，需要弘扬优秀的民族传统文化”②。还有学者在详尽分析中国特色社会主义核心价值观的多种源流时，重点强调“优秀传统文化”是其中重要的一支。如持“三元说”的北京师范大学吴向东认为，社会主义的文化传统、中国的传统价值观、西方资本主义的价值体系是社会主义核心价值观当代建构的重要资源。③ 复旦大学林尚立认为，中国社会主义核心价值观，应该是当代人类社会核心价值、马克思主义核心价值与中国社会文化基本价值的有机

① 向玉乔、李伦主编：《社会主义核心价值体系和核心价值观研究》，湖南师范大学出版社，2013 年版，第 243－255 页。

② 王秋雷：《传统文化视域下的社会主义核心价值观研究》，载《高等财经教育研究》2015 年第 1 期。

③ 吴向东：《社会主义核心价值观的当代建构》，载《科学社会主义》2005 年第 4 期。

统一。[①] 冯平则认为，活在当下国人精神世界的传统文化、现代西方文化和社会主义是我们凝练中国社会价值系统的思想资源。[②] 此外，田心铭[③]、唐晓燕[④]也有类似看法。

学者还认为凝练社会主义核心价值观必须扎根中国历史文化土壤，传承中国传统价值的精华，如有的学者在开放式探讨核心价值观的表述、范围时主动从“传统资源”中寻求。他们强调对中华民族优秀传统文化的继承与发展，包括孝、悌、礼、义、廉、耻、仁、爱、和、平等的思想[⑤]，强调社会主义核心价值观是在国际国内经济、政治、文化、社会等领域的全方位展开，其表述为人民民主、共同富裕、中华复兴、世界大同等。这种概括基于“凝练”需要，但又不限于12词。

（二）探讨价值观的培育和践行时，认为中国传统文化不可或缺

学界对核心价值观的培育方法和践行途径进行了多元探讨，取得了累累硕果。学界一致认为中国古老的历史文化和灿烂的思想文明是催生当前价值观的肥沃土壤，不应忽视和淡漠，应借培育之机遇来弘扬传统优秀文化，实现民族的伟大复兴。

杨义芹认为，“核心价值观培育必须与我国的文化土壤、时代背景紧密联系在一起，形成具有中国特色的价值目标和规范体系”[⑥]。还有人指出利用微博展开“微讨论”来宣传和弘扬当前核心价值观，深入开展“传统文化教育”。“责任导向、用真情感动、用能力影响、用胸怀感染，深入开展理想信念教育、家国情怀教育、社会关爱教育、人格修养教育、传统文化教育、感恩励志教育、创新创业教育等。”“重视民族传统节日的思想熏陶和文化教育功能，利用新生入学、毕业季以及其他重要时间节点等契机……使学生在潜移默化中认知认同

① 林尚立：《社会主义的意识形态与当代中国的核心价值观》，载《学习时报》2006－12－18。

② 冯平等：《“复杂现代性”框架下的核心价值观建构》，载《中国社会科学》2013年第7期。

③ 田心铭：《中国社会主义核心价值观：以人为本，实事求是，独立自主》，载《马克思主义研究》2011年第11期。

④ 唐晓燕：《社会主义核心价值建构的理论资源与方法论》，载《浙江社会科学》2012年第9期。

⑤ 余洪波、刘余莉：《关于构建社会主义核心价值观的思考》，载《理论学刊》2011年第5期。

⑥ 杨义芹：《十八大以来关于社会主义核心价值观的研究述要》，载《理论与现代化》2013年第4期。

社会主义核心价值值观，潜移默化，润物尤声。”① 这些论述都给了读者很大的启发。如王秋雷指出弘扬中华优秀传统文化是培育社会主义核心价值观大众认同的重要途径②。类似论文还有很多，不再展开。

（三）认为核心价值观是中国优秀传统文化的创造性转化

国家对核心价值观教育不断重视，力求使青少年中“入脑入心”，将其贯穿国民教育的全过程。从现有研究成果来看，学者从两方面展开分析二者关联。

一是通观全局，站在宏观角度指出核心价值观的弘扬必须以“传统文化”为根基。如王泽应在谈到核心价值观为和平崛起提供持续不断的精神动能和价值引导，为全面建设小康社会提供较好的精神文化支撑和道义支持，而中国当下需要以核心价值观来凝聚人心和化解矛盾，并详细分析了其三大现实意义。③沈壮海认为，积极培育社会主义核心价值观，是社会主义核心价值体系建设的核心工程，是更好构筑中华民族精神家园的客观要求，是奏响当代中国发展进步主旋律的重要举措，也是进一步提升国家文化软实力的战略支点。④ 这些论述都颇具高度，有战略眼光和全局意识。

二是认为传统文化自古以来延绵不绝，生生不息，核心价值观是其在 21 世纪初的一种演变和创新。在社会转型的当下，核心价值观的培育和践行必然面临着“日常生活化”“年轻人化”和“课堂化”等几大鲜明趋势。而在这一过程中，传统文化中许多内容需经过创造性转化，其精华方才能被核心价值观所吸收并传承。如中国古代浓厚的“民本”思想可经创造性转化后融入当前的“民主”价值观中；古代儒家“仁德”的思想也可创造性转化，去掉其中因宗法制而染上尊卑、等级观念的部分，创造性地融入当前“诚实”“友善”等价值观中。在实现传统和当代有效对接的同时，也使得传统文化得以发扬光大。

（四）行动探索：依托中华优秀传统文化来培育核心价值观的实践分析

相比学理性探讨，对中华优秀传统文化与核心价值观关联方面的实践研究也在进行。学人在探讨每一种价值观时，直接立足于传统寻求话语渊源，或进

① 俞明祥等：《运用微博加强大学生社会主义核心价值观教育探析》，载《思想教育研究》2014 年第 7 期。

② 王秋雷：《传统文化视域下的社会主义核心价值观研究》，载《高等财经教育研究》2015 年第 1 期。

③ 王泽应：《社会主义核心价值观之本质规定性及路径选择》，载《湖南师范大学社会科学学报》2007 年第 5 期。

④ 沈壮海：《核心价值观凝练的思维四结》，载《光明日报》2011－06－13。

行有效注解和深入阐发。如潘忠宇就“诚信”的理念进行重点研究指出，诚信是中华民族优秀道德传承下来的诸多美德中最重要的道德要求和核心价值，在诸多中华美德对个人品德的要求中，居于核心地位，是其他一切道德价值之本，它是个人道德的本源，也是社会道德的基础，诚信是市场经济最重要的人文环境基础和健康有序发展的保证①，作者通过贯通古今的深入阐发来给“诚信”定位。

也有学者从传统文化中寻求“范畴”，进一步丰富和完善当前的核心价值观范围。如杜鸿林指出，价值观是开放的而非内敛和封闭的，故可再凝练聚焦“科学、幸福、鼎新、厚德”四个价值范畴。② 应该说，这些论文都有较强的应用性。

三、问题分析与反思前瞻

纵观七年来国内关于社会主义核心价值观的研究路径、方法、范式及其成果，核心价值观来源的“传统”维度被学界高度重视。目前针对社会主义核心价值观与传统文化的关联的研究成就斐然，在理论认识和实践操作上也有很多可取之处。但现有研究尚存在如下典型问题，需引起后续关注。

（一）以跨界、多学科研究打开现有视域，颇有必要

当前探究核心价值观多集中在哲学、政治学领域，视野还可进一步打开，多个学科都能展开研究且大有作为。固然核心价值观中“诚信”“公正”“富强”“法治”等和政治学联系极为紧密，但“爱国”“和谐”“自由”等词汇则处于交叉地带，与传统文学、史学、哲学、艺术学、民族学等息息相关，几乎整个中国传统国学都曾赋予其内涵。如习近平总书记曾指出，把握社会主义核心价值观中蕴藏的深厚的历史文化渊源以坚定文化自信和道路自信的前提是，要讲清楚中华优秀传统文化的历史渊源、发展脉络、基本走向，讲清楚中华文化的独特创造、价值理念、鲜明特色③，这就要首先弄懂什么是“传统文化”，包括哪些内容，经历了怎样的传承和流变。因此，几乎每个价值观词汇都曾在传统文化的土壤中浸泡和滋养过，其吸取了中国历史文化和传统思想哪些养分，

---

① 潘忠宇：《社会主义核心价值观的道德基础》，载《宁夏日报》2013－03－01。

② 杜鸿林：《关于培育和践行社会主义核心价值观的若干思考》，载《理论与现代化》，2013年第2期。

③ 习近平：《胸怀大局把握大势着眼大事　努力把宣传思想工作做得更好》，载《人民日报》，2013－08－21（01）。

经历了怎样的变化和延续等问题，都值得下一步深入研究。如北京师范大学吴向东教授所论："社会主义核心价值观作为一个综合性命题，其理论研究本身就涉及哲学、政治学、历史学、文化学等多个学科。"① 可见，要调动除政治学以外的多个学科联动"作战"，方能真正寻找到每个词汇背后的民族基因与文化要义。笔者斗胆预测，这将是党的十九大后学术界一项长期而系统的工程，也将成为此话题今后的研究趋势之一。

（二）对核心价值观词汇的精神脉络和文化基因分析得还很不够

习近平总书记明确指出："社会主义核心价值观传承着中国优秀传统文化基因。"② 而"文化基因"是中华民族在创造千年文化的历程中，无数民众在劳动实践中，大批知识分子在著书立说中不断提炼、阐释、解说而逐步生成的，它融入这个民族的血液与肢体之中，有的甚至隐性地化为精神气象。属于"文化基因"和"精神脉络"的优秀传统文化，往往似雪花落入大地，不那么明显但已与土壤融为一体，这尤其需要研究者潜入"大地"中去厘清和辨析，使之彰显和贯通。这需要对民族文化有精湛透辟的深入理解，离不开富有才情的学者去阐述解说，远非单纯从《尚书》《左传》《论语》《史记》等古代典籍中寻找几句词汇的引用就罢了。以"自由"为例，就需从哲学领域中庄子追求齐物和逍遥的精神境界、文学领域注重"虚静"说讲究与客体融为一体以达到审美的自由、历史学中民族反对压迫和剥削追求睦邻友好礼尚往来的格局中，来综合探寻其文化基因，才能深入揭示这个核心价值观词汇蕴藏着的民族精神和文化要义。③ 至于其余词汇，均可如此置入"大文化"的范围进行透视和解说。这需要跨学科的视野和底层沉潜的功夫。突破 2012—2015 年惯常地从传统文献中寻找所谓语句和史例的泛化研究，转向隐性的民族文化基因与精神脉络的深入研究，将成为今后此话题研究的难点与重点，也是寻求创新的维度和方向。

（三）对传统文化中哪些部分要创造性转化、哪些不能被当前核心价值观所吸取，尚需区分和细化

培育核心价值观需从传统文化中寻求资源，这已成学界共识。而因时代的变化和语境的变迁，很多传统文化中和价值观有关联的因素需要厘清，从中提取精华。如传统儒家思想宣传的"仁义道德"，其中在发展演绎中带有宗法等级

① 吴向东：《为培育和践行核心价值观提供学理支撑》，载《光明日报》2015 - 09 - 10。
② 习近平：《在主持中央政治局集体学习时的讲话》，载《人民日报》2014 - 02 - 26.
③ 参见拙文：《当前文化自信和民族底蕴的建构——基于核心价值观"自由"一词的思考》，载《理论月刊》2018 年第 1 期。

制的观念、带有服从的元素需要剔除，提取孔孟关于仁爱之心、在血缘基础上推己及人、注重家族乃至民众和谐的部分，加以创造性转化和吸收，为构建当前新型的“诚信”“友善”等核心价值观提供文化基础。以马克思主义理论为武器，以理性和思辨的眼光去发现传统文化中合理和有效的成分，加以智慧的吸收和创造性转化，这个过程是漫长和艰辛的。当前学界在这方面的工作还有待细致、深入。随着学者研究从肌肤到血肉，并渐趋骨髓，这可能是今后核心价值观研究的一大趋势和突破点。

（四）从道家、佛家等流派中吸取核心价值观的营养和资源目前做得还不够

中国传统文化是由儒、道、释和墨家、法家、纵横家等的思想文化综合构成的，这些不同思想流派在中国文化的成长和壮大过程中，都发挥过重大作用，做出过积极贡献。西汉罢黜百家独尊儒术后，儒家思想被推举为国家意识形态，坐上了中国文化中的“第一把交椅”，对后世影响极为深远。在分析核心价值观的传统文化资源时，学界几乎主要着力于从传统儒家文化中寻求其理论来源，而较少涉及道家、佛家思想资源，这是失之偏颇的，至少是不全面的。道家、佛家等思想流派对“和谐”“友善”“自由”等的巨大贡献是学界有目共睹的。愚以为，这将是今后核心价值观研究的又一个重要课题。

2018 年是党的十九大后的第一年，国家“十三五”也已开局。在党和政府大力推进中华民族伟大复兴的道路上，核心价值观研究将是今后相当长一段时间研究的热点，是时代赋予的重大课题。在学界对其各方面展开研究的路途上，停下来适当进行学术审视和反思，就核心价值观与中国优秀传统文化之间的联系进行总结和钩沉，将有助于此项课题的进一步推进。核心价值观的研究还需要进一步深入中国传统儒、道、释为主的文化土壤中去挖掘，需要针对每个词吸取传统资源如何辩证取舍、如何结合现实有效进行创造性转化与创新性发展，如何加大探讨争鸣，如何多个学科协同作战，通过跨界研究推动学术创新，将成为今后相当长一段时间的研究趋势和重点。

前沿与问题：当前中国传统文化创造性转化与创新性发展研究综论

中国传统文化的创造性转化与创新性发展（以下简称“双创”）是当前推进文化强国建设和中华传统文化外译传播的一个重大工程。自党的十八大后习近平总书记在多个场合屡次提到这一重要话题，它逐渐成为学界密切关注和深入研究的一个热点课题。2013 年 12 月 30 日，中共中央政治局第十二次集体学习时，习近平总书记首次提出“创造性转化中华传统文化”的思想，强调“努力实现中华传统美德的创造性转化、创新性发展”①，这是基于伦理视角来论述的，旨在吸取传统优秀资源加快文化强国的建设。紧承其后，在 2014 年 10 月 15 日的文艺工作座谈会上，他提出文艺创作要通过创造性转化、创新性发展中华传统文化，为文艺创作提供文化源泉。② 2016 年 5 月 17 日，在哲学社会科学工作座谈会上，习总书记再次提出“要推动中华文明创造性转化、创新性发展，激活其生命力，让中华文明同各国人民创造的多彩文明一道，为人类提供正确精神指引”③。此外，五年来习近平总书记还有很多相关论述④，足见这个话题被中央领导所高度重视。结合近年国家战略布局与发展改革进程，“双创”问题是关乎传统文化在当今社会的继承发展和新时期文化建设的资源问题与动力问题，其重要性和紧迫性不言而喻。

截止到 2018 年 12 月，我们在中国知网上以较宽泛的关键词检索“中国

---

① 习近平：《建设社会主义文化强国着力提高国家文化软实力》，载《人民日报》2014－01－01。

② 习近平：《在文艺工作座谈会上的讲话》，载《人民日报》2015－10－15。

③ 习近平：《在哲学社会科学工作座谈会上的讲话》，载《人民日报》2016－5－18。

④ 参见：2014 年在纪念孔子 2565 周年诞辰国际学术研讨会暨国际儒学联合会第五届会员大会开幕式上，习近平总书记再次强调，要实现中华传统文化的创造性转化创新性发展，吸收、借鉴中华传统文化中的有益成分，为解决当前世界所面临的难题提供思路。

(中华优秀)传统文化”与“创造性转化(与创新性发展)”，近年来关于此话题的研究共涌现出文献50余篇，搜查报纸有相关评析近10篇。发现学界对其关注程度远不及“核心价值观(价值体系)”“文化自信”“四个全面”“中国梦”等同样关乎传统文化或思想政治建设的重大话题，研究的力度和广度也不及这类话题，并且尚无一篇文献综述，而核心价值观主题的各类综述则多达240余篇。在陆续通读完或长或短的主要文章后，这里就学界成果综述如下，并对当前研究“双创”话题存在的一些问题予以分析。

一、研究成果与现状梳理

单从提法上来说，“双创”是我国新近出现的话题，但从实际而言它又是一个老话题，早在三十多年前学界就掀起了中国传统文化现代转型的大讨论，相关成果众多。进一步追究，则发现传统文化的现代化问题在“五四”前后就为学界所关注，在20世纪80年代一度成为学界热点话题。因其讨论空间极其广大，相关成果不计其数，这里缩小范围聚焦到近期，就“双创”话题的近年研究来看，它经过了中央政府和领导人重视倡导、理论界做出及时回应和探讨—学术界做出多角度研究的历程。相关成果大体从如下五个方面展开。

(一)对传统文化的属性、特点与定位之研究

“中国传统文化”无疑是“双创”的主体，学界对其特点、属性进行了多方位的认识。山东大学何中华教授从人与自我的建构、人与自然的关系、人与人的关系三个层面，分析了传统文化中优秀成分的当代价值。他认为“重新找回现代人的自我，重建现代人的自我，就不能不进行一番文化上的‘寻根’，重新接续我们同传统文化之间脐带般的关系”①，并结合商业社会道德滑坡、工业时代生态失衡以及人在现代化中迷失自我等问题，认为传统文化中的精髓应激活、传承和弘扬，古为今用。另有学者从培育社会主义核心价值观的源泉、民族发展的精神动力、蕴藏解决时代难题的重要启示等方面，剖析了传统文化的时代价值，并对儒家文化的精髓进行了提炼。② 有学者则在研究中国传统文化的属性和内核时认为，传统文化是农耕文明的产物，离不开人对自然的依赖，其历史悠久并涉及众多领域，内涵极其丰富，它是重人、爱人和民本思想等民

① 何中华：《在创造创新中彰显传统文化的时代价值》，载《光明日报》2017-01-09(15)。

② 王素芳：《中华优秀传统文化的创造性转化和创新性发展——以儒家文化为例》，载《吉林教育学院学报》2017年第3期。

族精神的体现，并且认为中国优秀传统文化是中国式马克思主义的丰厚滋养，二者在亲和力、包容性、内核方面有着很多的相通性。① 复旦大学余培源则集中总结和分析了中华优秀传统文化所包含的八点人文精神：崇人、尚群、民本、和合、诚信、追求大同、自强不息。② 此外，学界分析了传统文化产生的根基，它的精髓与生命所在，它在当下语境下理应被思辨继承的必要性以及重要性。

（二）对“双创”的认识和评价研究

“双创”作为一个新颖的命题，既反映出国家领导人在时代转折点上对优秀民族传统文化的鲜明态度，也体现出中央政府在国际化浪潮中弘扬民族传统、吸收民族资源进行民族振兴的决心和眼光。它与一直以来呼吁的创新、倡导的创业在某些方面有近似之处。学界对其研究从多方面展开。

其一，“双创”提出的背景与动因。学者们就“双创”继“现代化”之后被重点提出的语境和动因进行了分析。山东师范大学尚志晓教授认为：“从现实需要看，大到民族复兴和中国特色社会主义事业发展，小到和谐人际关系构建和个人健康成长，都有传统的因素参与其中，都与中华传统文化有着千丝万缕的联系。”“当代中国正满怀信心地全面建设小康社会、实现社会主义现代化，这其中既包括文化小康、文化现代化的内容，更需要强大文化（包括传统文化）的力量支撑和精神保障。而全面建成小康社会和实现社会主义现代化，又恰是完成古老中国对未来美好生活的憧憬，完成近代以来民族独立、国家强盛的孜孜追求。这就把我们当前的事业与作为源流的历史文化紧密联系在一起，把现实文化建设与传统文化服务于现实需要紧密联系在一起。”③ 这种分析高瞻远瞩，也间接道出了“双创”的文化价值和现实意义。而从主体使命看，处于执政地位的中国共产党率领广大人民群众，主动扛起传承弘扬中华传统文化大旗，这是合乎历史必然性的正确选择。不仅如此，由于全球文化与世界文化是多样性的统一，世界文明同样需要中华传统文化，尚教授分析了“双创”提出的深厚基础和更加宏阔的动因，其必然性得以清晰显现。还有人认为，贯彻“双创”方针就是要根据社会主义市场经济、民主政治、先进文化、社会治理等的发展

---

① 李昱：《论中国传统文化及其创造性转化和创新性发展》，载《思想理论研究》2017 年第 5 期。

② 余源培：《关于传统文化创造性转化的思考》，载《中共宁波市委党校学报》2014 年第 3 期。

③ 尚志晓：《中华传统文化的创造性转化与创新性发展》，载《光明日报》2017 - 01 - 09。

需要，积极推动中华优秀传统文化与之相协调相适应，实现其当代价值。① 另有学者分析，当前要创造与市场经济相适应的社会主义先进文化，必然要对历史遗留下来的传统文化加以适当改造，创造新型的、与传统不同的家庭、婚姻以及人际方面的道德观念，而传统文化中的精华部分和文化基因是与当前社会主义文化相契合的，转化或创造也就成为必然。② 鞠忠美则从必要性和可能性角度分析了“双创”提出的时代语境③，均属此类。

其二，“双创”的内涵与特点。“双创”究竟指什么，如何理解，又有着怎样的特征？学界对此众说纷纭。尚志晓认为“创造性转化”是指中华传统文化的现代转型，包括在理念上、内容上、表达上、形式上等各个层面，并就其内涵思维进行了阐发。而“创新性发展”是指中华传统文化的提升超越，重在阐发立足现实并解决当今时代问题的创新内容。其内涵则表现为充分尊重传统文化的思维主线和思维特征；从传统文化中汲取思想养料，在现实条件下致力于文化提升和思想超越。④ 陈先达则指出，创造性转化和发展包含三条：一是分辨，区分精华与糟粕；二是激活，通过与时代结合对传统文化做出与时代相适应的新的诠释；三是创新，接续中华民族文化优秀基因推进社会主义文化建设，提出新的概念、新的观点。⑤ 有学者从实现“双创”的方法论层面总结了“双创”的理论内涵：赋予新义、改造形式、增补充实、拓宽延伸、规范完善。⑥ 此外，鞠忠美从文化的功用层面给出了自己的定义，并认为“双创”的目标是“发挥中华优秀传统文化的当代价值”，而关键是“人”这一主体。⑦ 这些观点既有代表性，也能给人启发。

其三，“双创”的意义和价值。“双创”为何近年来频繁被提出？其出场有哪些功用？学界结合其提出背景进行了多元解读。国家主流媒体《光明日报》

---

① 李军：《坚持“创造性转化、创新性发展”方针　弘扬中华传统文化——认真学习习近平同志在纪念孔子2565周年诞辰国际学术研讨会上的重要讲话精神》，载《光明日报》2014－10－10。

② 陈先达：《中国传统文化的创造性转化和发展》，载《前线》2017年第2期。

③ 鞠忠美：《论中华传统文化的创造性转化》，载《理论学刊》2017年第4期。

④ 尚志晓：《中华传统文化的创造性转化与创新性发展》，载《光明日报》2017－01－09。

⑤ 陈先达：《中国传统文化的创造性转化和发展》，载《前线》2017年第2期。

⑥ 李军：《坚持“创造性转化、创新性发展”方针　弘扬中华传统文化——认真学习习近平同志在纪念孔子2565周年诞辰国际学术研讨会上的重要讲话精神》，载《光明日报》2014－10－10。

⑦ 鞠忠美：《论中华传统文化的创造性转化》，载《理论学刊》2017年第4期。

曾就“双创”方针的价值和意义进行深刻总结，其认为这是继20世纪40年代提出“推陈出新”，50年代提出“百花齐放、百家争鸣”后，党在新的历史条件下对文化发展规律和文化发展责任、使命、路径的认识达到的一个新高度，将对中华文化走向新辉煌发挥强有力的指导和推动作用。一方面，“双创”方针从尊重传统、古为今用、推陈出新方面深刻揭示了文化发展的客观规律；另一方面，它有力廓清了对待中华传统文化的错误倾向，尤其是虚无主义、复古主义、功利主义的极端思潮。《光明日报》还认为，“双创”方针为弘扬中华优秀传统文化提供了正确方法，并指明了出路。贯彻“双创”方针，就是要根据社会主义市场经济、民主政治、先进文化、社会治理等的发展需要，积极推动中华优秀传统文化与之相协调相适应，实现其当代价值。政府还呼吁，当前社会各界必须以钉钉子精神贯彻落实好“双创”方针，着力解决好理论和现实中面临的突出问题。此外，其他报刊文章亦对“双创”的意义做出过评析，这成为近年来一个广受探讨的热点话题。

（三）“双创”的途径与方式研究

如何推动“双创”，怎样取得预期的成效，采取哪些方式使它真正落到实处，这是近年来学界众多学人共同关注的话题，也是“双创”的重点。大批学者就“双创”的途径进行了多维探究。

如黄前程通观中国古代史，据文化资源分类，认为中华传统文化创造性转化的方式可分为创新发展、解析重构和移植再造三种。在这三种方式中又存在着一种共同的、最为基本的文化创新创造方法——诠释学方法，而“格义”也是一种特殊的诠释学方法。时代化路径、大众化路径和日常化路径，是推进创造性转化的三个基本路径。① 这种分析很有理论深度，给读者极大的启发。晏振宇则从历时性诠释、批判性继承、综合性创新、实践性超越四个方面，探讨了“双创”的路径，② 亦启人深思。

有学者指出，中华传统文化的创造性转化与创新性发展，可归纳为以下五种方法：赋予新义、改造形式、增补充实、拓宽延展、规范完善，并结合事例进行了分析，这是目前代表官方的最全面的方式。有的学者认为，对传统文化应该进行阐释和阐发、宣传与教育、监督和保障，通过对传统文化进行阐释与

---

① 黄前程：《中华传统文化创造性转化的理论基础、历史经验与当下思考》，载《贵州社会科学》2016年第12期。

② 晏振宇、孙熙国：《传统文化创造性转化的路径》，载《中国特色社会主义研究》2015年第6期。

发挥，挖掘其当代意义，通过人民群众的实践活动实现其当代价值，以及用优秀文化教育人实现其化人的效果，并在政策、法律和理论、制度上跟进，形成有效的监督保障机制，则能确保“双创”的实施。①

还有学者认为找准“文化 +”模式和高校教育的结合点，以及探寻高校和社会、行业、企业的文化交汇点以实现优秀传统文化的创新性发展。具体途径是充分利用高校公选课和专业课程，教学和传播传统文化知识，依托高校校园活动及地方文化资源，来进行传统文化的创造性转化，借助媒体和受众的变化，来使传统文化焕发出新的光彩。② 而陈先达将区分和辨析、激活和诠释、提出新观点和新概念作为“双创”的方式③，亦显示出学者的独立思考。

还有人将实现“双创”的方式总结为四点：阐发传统文化精华，立足于典籍去总结；通过对话、比较和交流，来对那些隐藏在字面背后的传统文化进行阐发；借助大众传媒和现代传播技术，寻求传统文化和现代科技的结合；加大创作力度、开发文化创意作品，以融入当代日常社会。④ 也有学者就马克思主义、中国哲学、西方哲学之间的关系提出“综合创新”说。⑤ 诸论各有其理，也启人深思。

（四）关于“双创”的实践探索

在明了“双创”的途径和方式后，一批成果就推动“双创”进行了尝试，或者立足于专业进行踩点式研究；或者结合现实问题予以阐发；或者就前期活动进行总结。这些成果都比较接“地气”，属于“双创”的实践类研究。

贾建梅就中国共产党对传统文化的创造性转化与创新性发展进行了回顾和聚焦，从共产党在和谐思想基础上对小康的阐发、在民本思想基础上对以人为本进行升华、对与时谐行的时代化改造，并就其经验进行了总结。⑥ 还有人研究代表性人物的实践活动，如立足于党内领袖毛泽东，就其在延安时期采用

---

① 鞠忠美：《论中华传统文化的创造性转化》，载《理论学刊》2017 年第 4 期。

② 黄之晓：《高校推进中华传统文化创造性转化和创新性发展研究》，载《当代职业教育》2016 年第 9 期。

③ 陈先达：《中国传统文化的创造性转化和发展》，载《前线》2017 年第 2 期。

④ 王素芳：《中华优秀传统文化的创造性转化和创新性发展——以儒家文化为例》，载《吉林教育学院学报》2017 年第 3 期。

⑤ 李昱：《论中国传统文化及其创造性转化和创新性发展》，载《思想理论研究》2017 年第 5 期。

⑥ 贾建梅等：《中国共产党对中国传统文化的创造性转化与创新性发展》，载《商丘职业技术学院学报》2017 年第 5 期。

“古为今用”“批判继承”“推陈出新”等方法创造性地进行深入分析，对毛泽东对待传统的态度、方法及启示进行了揭示。①

黄之晓专门就高校推进“双创”进行了总结，设想和方案都比较微观和具体，可操作性强。比如立足于所在单位——江苏信息职业技术学院，就校园内的“双创”活动进行了分享，开展“礼敬中华优秀文化”为主题的文化品牌活动，包含中华经典诵读会、名著名片赏析、中国故事创意设计、文化大讲堂、读书沙龙、鸟巢书屋、书香寝室等项目，涵盖学院的教学科研、学生工作、工程实践、就业教育等方方面面，承载教育、教学、管理、文体活动等诸多功能。② 她还就“双创”与地方文化结合、“双创”与现代传媒结合、“双创”与社会文化和企业行业相结合等方面，提出了独到的看法。

刘晓文则聚焦于一词，专门就传统“诚信”观的创造性转化和创新性发展进行了分析，既从宏观层面上分析了吸收西方诚信文化的精华，涵养培育当前核心价值观之“诚信”，也从微观层面分析了继承和弘扬个人诚信品德的诸多方法。③

周斌则从“家训”角度切入论“双创”。他认为在现实实践中，传统家训的创造性转化要以基本价值主题为导向，以现代社会伦理关系为依托，充分发挥社会主义核心价值观的引领作用，准确把握传统家训中一些价值观念的古今之别，力求避免传统观念的僵化滞后。与此同时，传统家训的创造性转化要重视家训的方法论意义，使人们充分感受传统家训的规矩意识，将传统家训文化融入家庭教育、学校教育和社会生活。对家训展开“双创”研究，能充分展现中华民族的文化自信和文化自觉，并有助于涵养社会主义核心价值观。④ 此外，刘宣琳作为艺术类学者就安徽贵池傩戏面具在制作方面采用数字化方式⑤，也是对“双创”的一种践行。

---

① 刘冬雪：《延安时期毛泽东对传统文化的创造性转化及启示》，载《唐山师范学院学报》2017 年第 3 期。

② 黄之晓：《高校推进中华传统文化创造性转化和创新性发展研究》，载《当代职业教育》2016 年第 9 期。

③ 刘晓文、姜秀英：《社会转型期中国传统诚信文化创造性转化和创新性发展》，载《思想政治教育研究》2015 年第 3 期。

④ 周斌：《实现传统家训创造性转化的原则与策略——基于培育和践行社会主义核心价值观的视角》，载《探索》2016 年第 1 期。

⑤ 刘宣琳：《传统文化的创造性转化和创新性发展研究》，载《蚌埠学院学报》2016 年第 1 期。

（五）关于“双创”的其他学理思考

“双创”既是一个宏大的学术话题，也是一个有很大讨论空间的社会话题，更是一个具有很强实践性的现实话题。学界围绕它还做出了很多理论思考。

余源培就传统文化的创造性转化，提出了三点思考，即从整体上传承中华文化重视伦理建设的优良传统；对传统文化、要坚持唯物史观的批判性继承原则；弘扬以爱国主义为核心的民族精神，克服文化封闭主义。① 这是哲学方面的人文学者对“双创”做出的思考。黄前程深入分析了文化现代化理论、文化全球化理论和文化动力机制理论，构建了中华传统文化创造性转化的理论基础。此外，他还就“双创”中必然遇到的中华传统文化、西方文化、马克思主义三者之间的关系问题，进行了分析。② 这些学理性思考加深了对此话题的深入认识，也使它的多元研究空间逐渐开拓出来。

二、问题反思与趋势展望

“双创”是一个具有重要时代意义的话题，它的提出与国家近年来重视中华优秀传统文化的资源利用和基础发展有关，更与新时期各国之间文化竞争不断加剧、文化重要性日益凸显有关。从以上梳理来看，关于“双创”的研究还不太理想，这可能是由于中国传统文化博大精深，研究它需要有扎实的积累功夫有关，需要站在古与今、中与外的多个维度来审视，对学者的知识结构和理论视野也提出了极高要求。目前学界才处于起步阶段，有分量、有深度的学术论文并不多，相关专著也极少。整体而言“双创”话题当前深入推进得并不多，研究空间还极大。

关于“双创”话题，目前哪些研究已经透彻，哪些尚未去做，哪些需要行动，今后有着怎样的趋势，这些都值得反思和审视。这里提出若干问题与同行切磋。

（一）要深入、系统地学习“中国古代史”，对传统文化存有“敬畏”之心

新时期，随着大众文化的普及以及市场法则对社会的渗透，人们对中国传统文化呈现出一种复杂的心理状态。一方面，时下流行的快餐文化甚嚣尘上，利用各类新型媒体来传播，迅速占领读者群体，并极大地挤压了读者的阅读空

① 余源培：《关于传统文化创造性转化的思考》，载《中共宁波市委党校学报》2014 年第 3 期。

② 黄前程：《中华传统文化创造性转化的理论基础、历史经验与当下思考》，载《贵州社会科学》2016 年第 12 期。

间。随着微时代各类信息的爆炸，人们对新兴的、流行的快餐文化，直观而活泼的读图文化，充满感官刺激的娱乐文化情有独钟。另一方面，国家和社会近年来普遍重视中华优秀传统文化，通过央视多种节目的开播，通过中小学教材加大古代作品的比例，通过经典外译工程的实施，人们既能认识传统文化的重要性，也能感知到传统文化在当下的“复活”与生命力。然而新生代群体在西方文化不断渗透背景下成长，他们普遍地对传统淡漠和疏忽，认为传统文化是过时的文化，是古老的封建文化，是落后的旧文化，没有从心底区分这几对关系，更无法辨析传统文化的内涵和功用，深刻认识其特征和意义。

因此，我认为当前应该对国人（尤其是青少年群体）加强“中国古代史”的专门教育，一如国家对青少年加大“中国近现代史纲要”教育一样。关于“中国传统文化”课程在高校已开设多年，学生并不陌生。而传统文化似一幅长长的画卷，凝结着数千年来无数杰出的中国古人之心血，它是在五千年的古代历史长河中渐次展开的，不是单单凭借有限的书本和课堂来完成的。作为炎黄子孙要全面、深入了解中华传统文化的发生与演进，了解它的组成与特征，必须首先系统深入学习“中国古代史”，了解每个朝代中国古人的创造，了解中华文化的生成与发展，了解民族精神的缔造，我们认为这才是真正的前提。

并且，国人需要对中华优秀传统文化保持敬畏的心态。“敬畏”者，即崇敬、珍爱也，这是生发尊敬、赏识创造的前提，而非轻描淡写地对传统只知皮毛，或将其作为知识予以接受。中华优秀传统文化是数千年来无数先贤共同创造的，是中华民族的一笔宝贵财富。只有在了解古代历史的前提下，才能培养对传统文化熟悉和热爱的朴素感情，才能对无数古圣先贤的杰出创造产生荣耀和骄傲，才能在内心生发出由衷的热爱之情。

（二）“双创”中以核心价值观为引领进行二者的深度融合，或基于文化自信和文化强国来展开思索

中国传统文化的创造性转化需要立足于当下，与当下人们的生活发生密切关联，尤其要充分考虑现实社会中的意识形态，以及国家的文化政策和人伦、风俗方面的各项建设。习近平总书记多次论及“双创”是与他一贯重视传统文化的继承与发展一脉相承的，而对传统文化资源的挖掘和利用，对民族精神的熔铸和弘扬，都不能与当前国家思想文化建设的主线相脱离，不能抛开核心价值观的引领来空谈“双创”，不能离开文化自信和文化强国的时代语境和国家导向来谈“双创”，否则“双创”很难落地生根。

因此我认为，当前推进“双创”，应与社会高度重视的涵养、培育和践行核

心价值观深度融合，与开发文化资源、提升文化自信的国家大政方针深度融合。这要求学者们，一方面在研究和弘扬传统文化时，要着力挖掘其中蕴藏着的关于富强、民主、敬业和友善方面的理论资源，寻求话语支撑，不能在继承和传播传统文化时，仅仅关注其中的知识、典故、雅趣、乐事而不与核心价值观挂钩，在对中国传统文化展开宣传和教育时，不能脱离富强、民主、公正和法治等词汇而两张皮，各行其是。另一方面，要思辨地挖掘传统文化中的精华，就其中蕴藏的对当前文化建设具有积极作用的资源，进行全方位挖掘，通过整理予以传播和弘扬。与此同时，要系统整理和深入挖掘中华数千年传统中，究竟有哪些宝贵资源，有哪些部分具有独特的民族特征和永恒魅力。要深入探究中国如何通过“文化自信”达到富有内蕴力和包容性。

（三）直面典籍，精读文本，提炼归纳，激活传统

虽有学者在探讨此话题时，不惜笔墨提炼中华传统文化的精髓，或将中华民族精神总结为多个方面，但从目前研究来看，由于传统文化博大精深、包罗万象，不能单单从文化学、哲学、伦理学、政治学等方面去研究传统文化，挖掘其中的宝贵资源，予以诠释阐发、延伸拓展或创造新义，还需要从历代重要典籍中进行提炼和概括，全面挖掘其中蕴藏着的宝贵资源，批判地继承其中精华和要义。

2017 年 3 月 27 日，习近平总书记在联合国教科文组织总部演讲时强调，“让收藏在博物馆里的文物、陈列在广阔大地上的遗产、书写在古籍里的文字都活起来，让中华文明同世界各国人民创造的丰富多彩的文明一道，为人类提供正确的精神指引和强大的精神动力。”所谓让“书写在古籍里的文字都活起来”，就是强调要挖掘经典著作中蕴藏着的、在当今社会仍然能发挥作用的价值，弘扬其体现出的民族的优良传统。只有通过它们，才能“讲清楚中华优秀传统文化的历史渊源、发展脉络、基本走向，讲清楚中华文化的独特创造、价值理念、鲜明特色，增强文化自信和价值观自信”①。这也指出了今后一段时间内学者的奋斗方向。传统文化除了指实体器物、政体制度、文学艺术、人类规范和民风民俗外，还包括思想观念、人文精神。而这些往往凝结在民族典籍中，需要源源不断地开采，在“活古”中“化今”。

（四）积极关注少数民族优良传统的转化与利用

中华民族是个大家族，虽然汉族人口众多，但汉族终究只是“中华民族”

① 习近平：《在主持中央政治局集体学习时的讲话》，载《人民日报》，2014 - 02 - 26.

家族中的一位成员。“中国传统文化”不能狭隘地等同于“汉族传统文化”，其他少数民族也在中华文明的演进和发展中，发挥过重要的作用。民族兄弟如一家，才有中国传统文化的辉煌和卓著。因此，当前“双创”普遍是从中华民族的整体概念上进行，如后期进一步展开深入研究，则少数民族的优良传统和精粹文化也不能被忽视，应加大研究力度，传承和弘扬，积极转化和利用。

当前，一方面国家在不遗余力保护正日益消失的非物质文化遗产，另一方面国家社科规划办和各地民族大学在加大对少数民族资源的合理开发和利用。乘此东风，我们认为在今后展开“双创”研究时，不能遗忘或疏忽少数民族的优良传统。一枝独秀不是春，百花齐放春满园，只有多方位深入少数民族的历史和文化，深入他们的民族典籍和日常习俗，深入他们与汉族的互动关系史，才能使“双创”取得更大的丰收。

（五）数千年文化历史中大转化的经验和启示研究大有可为

晚清以来，中国社会面临着前所未有的大变局。随着中华人民共和国成立和改革开放的稳步推进，中国社会在政治、经济、文化、思想诸多方面正在发生着翻天覆地的巨大变化，也面临着诸多前所未有的难题。这已为学界和社会所公认。在中国崛起和民族振兴的当下，提出“双创”有其独特的战略价值和时代意义，对此前既有的、悠久的文化进行一定的转化，发挥其当代价值，在“推陈”中“出新”，这在数千年的中华文化历史上，当然不是首次。

比如汉代儒学便实现了第一次大的创造性转化，它在先秦原始儒家基础上，结合阴阳五行说，融合了儒、道、法而成为中国封建社会的主流意识形态（亦被学界称为“外儒内法”或“阳儒阴法”），这不仅是汉初社会发展的需要，也是大一统中央集权政体的需要，这次转化不仅推动了原始儒学的发展，奠定了中国主流意识形态的基本格局，也契合了汉代思想文化和人伦纲常的各项需要。其转化后的成效也较为显著。而第二次大的文化转化则发生在南北朝和隋唐时期，在外来的佛教传入中国后，对其应该是容纳还是排斥，如何与本土的儒家、道教相处，怎样取长补短、渗透共存，成为此后一千年来的重要文化命题。经历“三教”激荡后，中国文化实现了新的转化，并产生了强大的生命力。而近代以来马克思主义在中国的传播，以及新儒学的兴起，被有的学者称之为是在传统社会断裂和转型后中国传统文化的“第三次创造性转化”①。应该说，中国

① 李昱：《论中国传统文化及其创造性转化和创新性发展》，载《思想理论研究》2017 年第 5 期。

传统文化巨大的包容性和顽强的生命力，都通过这三次大的创造性转化体现出来。这里仅是简要勾勒，而每次转化的途径与过程，方式和启示等，都值得学界深入研究。古今的“转化”有何异与同，外在背景、路径方式、存在问题等有何差异，等等，都需要宽广的视角和扎实的功夫去研究。总之，这可为当前的“双创”提供借鉴和参照，这方面的探索还大有可为。

（六）经济时代的“文化唱戏”与“以文化人”的成效性

如果粗略勾勒，则20世纪80年代是一个读书和求学的时代，而90年代市场经济兴起，商业气息逐渐浓厚起来，国家在大力发展经济，民众也重视物质和财富。到21世纪十余年来，综合国力提高，个人口袋鼓起来，是一个建设文化和传播信息的时代。各地政府和社会群体意识到单有丰厚的物质而缺少文化内涵，单有很好的创意而缺乏新媒体的传播，均很难取得发展。这三个阶段各有其时代痕迹。在当下市场化语境下，开展“双创”不能过度地仰仗于此前“文化搭台、经济唱戏”的老做法，不能在文化产业的大力推进和改革下被异化或打折扣。习近平曾批判过市场经济下的急功近利的功利主义，这与他的文化建设观是格格不入的。有学者曾结合大量艺术作品分析了以前为了“三性统一”而盲目追求“观赏性”，导致艺术作品的质量下降，民众审美品位的低俗化的现象。① 有学者对浮躁而功利的商业时代，采取所谓“文化搭台，经济唱戏”的做法进行了批判。这容易给一些过于追求商业利润、讲究票房和点击率排行榜的商家可乘之机，披着文化的外衣行谋利之实。

在“双创”中还要充分发挥传统文化的“以文化人”之功能，文化虽然范畴广大、包罗万象，但积淀下来和传承后世的主要还是制度、思想、艺术、习俗等方面的“软性文化”，它们在创造性转化后能作用于人的精神、心灵、情操，能渗透并影响人们的思维方式、审美心理、行为习惯乃至日常生活。中华优秀传统文化的学习、继承和弘扬，绝不只是对知识的记忆和器物的欣赏，更是深层次关乎民族精神的软性文化之功能的现代体现，“以文化人”集中表现在通过传承传统中的精华来滋养人的精神世界，提高人的道德情操，增强人的心灵志趣，尤其要通过培育优秀人才和净化鉴赏环境，来充分发挥传统文化的魅力。这是今后在推进“双创”的实施和传播过程中需要格外注意的问题。

“双创”问题虽然发自领导人和中央上层部门，经学界探讨后引发社会的广

---

① 仲呈祥：《关于中华优秀传统文化实现创造性转化与创新性发展的思考》，载《文化软实力研究》2017年第2期。

泛关注，但其实施需要政府、学界和百姓“三结合”，真正使传统文化走入老百姓中去，渗透到人们的日常生活，还需要全民以高度的热情集体参与，以良好的文化使命感去监督。所谓关注其“成效性”，就是指对依托传统文化来化人的效果进行评估和调整，对于好的做法、好的效果，以案例、报告、论著、微信公众号等多种途径来传播和分享，对于不良的、变异的、错误的做法，要及时制止，加强监督和评估环节的机制建设。

（七）弘扬传统文化时要与“地方文化”密切结合

“双创”中的“中国传统文化”不只是国家层面、代表主流社会价值取向的文化，还应包括各省市遗留下来的优秀地方文化。中国地大物博，先秦时期“五霸”和“七雄”以地域为格局，便初步奠定了中国各省市的文化地图。从而在漫长的演进中形成了燕赵文化、巴蜀文化、湖湘文化、吴越文化、齐鲁文化等多元格局。早在20世纪90年代，就已出齐中国地域文化的丛书，近年来，随着各地经济文化发展的需要，对地域传统文化的挖掘取得了很大的成绩。各地在进行“双创”时，要将主流的属于中华民族共同的优秀文化，连同地方有特色、有积淀的文化精粹相结合，更充分发挥地方传统文化的优势，为当地民众所喜爱和接受，并通过系列活动获得当地人的文化认同，激发其爱国爱家的豪情。虽有学者已经认识到其重要性并局部地在实施①，但这方面的研究深入度还远远不够。笔者认为，当前对各地的地域文化研究，要实现从早期整理、中期挖掘、后期传播，到近期“双创”视角和跨学科视野的转换。地方学者要分辨地方文化中的精华与糟粕，淘汰其中的陋俗和落伍的成分；要结合新媒体将其中优秀的部分加工改造，以新的载体进行传播和扩散；要能针对当下经济和文化建设提出新的概念与新的观点，即在赋予新义、增补充实、规范完善等方面多做文章。

三、对“三化”问题的深度思考：时代化、大众化和世界化

在今后推进“双创”过程中，不能走复古主义、历史虚无主义和功利主义的路子，这是底线；而秉持“取其精华，去其糟粕、推陈出新、综合创新”等原则，这是方法。无论何人在何地，面对传统文化中哪一类别、哪一层面，都应在内心坚守这些成为共识的、被历史和实践检验为正确的理念和原则。在

① 黄之晓：《高校推进中华传统文化创造性转化和创新性发展研究》，载《当代职业教育》2016年第9期。

“双创”过程中，不能不兼顾时代化、大众化和世界化三个方面。

（一）关于时代化

“双创”的主体是中国传统文化，落脚点是当前文化建设，即立足于当前的思想、政治和文化，重点挖掘传统文化中的精华，或者予以丰富和完善，或者在此基础上创生新概念、新观点。对于如何传承、发展、用好传统文化，习近平总书记给出了一套方法论：“对历史文化特别是先人传承下来的价值理念和道德规范，要坚持古为今用、推陈出新，有鉴别地加以对待，有扬弃地予以继承，努力用中华民族创造的一切精神财富来以文化人、以文育人。”① 古为今用、化人、育人，与“双创”的时代性异曲同工。笔者认为“双创”的时代性集中体现在两个方面：一是在对古人创造的传统文化进行诠释、阐发、丰富和完善时，要有当下意识和当代视野，即如何结合活生生的当下中国社会现实，而避免盲目复古、机械照搬，努力寻找、挖掘传统文化中在当前仍然有价值的因子，对当下人的生存与发展仍然有正向作用的方面。二是在“转换”中要发挥主体的聪明才智，要调动主体的各项能量，以服务于当前人们的物质和精神需求。转换归根结底需要古与今“对接”，既往的和当下的发生关联，言在彼而意在此，主体要灵活、聪慧，并牢记“文化发展”的使命，对于古书、古物、古现象、古事件，既要“进得去”也要“出得来”，方能在“创造性转换”基础上谈“创新性发展”。

（二）关于大众化

传统文化既有精英知识分子创造的部分，也有底层百姓创造的部分，它雅俗共赏，丰富多彩。在当下，人们依然能找到各自的兴趣点和归属地。随着社会的发展，传统文化不仅生存的空间发生了翻天覆地的变化，传统文化延续的载体和传播的途径，也在随着新兴科技的飞速发展而发生巨大变化。尤其是近三十年随着商业社会和信息社会的全面铺开，大众作为文化创造的主体和接受者，正在某种程度上改变着社会主流的文化走向。大众文化异军突起，以不可阻挡之势弥漫到社会每个角落。在最初，传统文化一度被认为只是小部分知识分子的雅好。近年来，随着人们观念的解放和传统文化的多元扩散，人们发现博大精深的传统文化还可以多种载体（电视、电影、网络、博客、微博、微信公众号等）、多种形式（百家讲坛、诗词大会、见字如面、朗诵者等节目）走进

① 摘自《“习近平谈核心价值观”——民族的根与魂》，载2014年7月31日　人民网－人民日报海外版。

民众，并参与大众的趣味生成。因此，在当下，“双创”要想赢得人们的支持，要想焕发生命力，必须考虑其大众化问题。除丰富、完善其传统文化的内容和形式外，“双创”的主体要熟悉掌握现代传媒科技，要谙熟当前大众的接受习惯和审美心理，要对“传统文化”这道大菜艺术进行烹饪和加工，才能使它在大众化时代色、香、味俱全。

（三）关于世界化

近代史是中国以不断挨打、丧权辱国为代价换来的血泪史，一百多年来中国走过了漫长而曲折的发展道路，其中收获最大的是学会如何由被动到主动地融入世界，从最初“师夷长技以制夷”、开眼看世界，到如今的主动推动中华传统文化走出去，以文化强国作为百年奋斗目标。中国人无论是面对既有的传统文化还是当下正在参与建设的社会主义文化，都是充满热情、满怀激情的。中国改革开放四十多年的历程和经验足以证明，在当前世界新格局面前，固步自封和抱残守缺注定要退回历史老路上去，唯有以开放的姿态和意识吸收世界上有益的多元文化，以我为主，为我所用，才能使“双创”真正落实。创造性转化的目的是继承和弘扬传统文化，为当下服务，激活传统，古为今用；创新性发展的目的是推进、丰富传统文化，完成这一代人的使命，它们都不只是局限于中国自身问题的解决。在全球化时代，中国有更加宽广的胸怀、格局和担当，以中国文化的现代化来参与、推进世界文化的发展。这需要中国人民在“双创”时不盲目排外，不唯古独尊，也需要主动拿来，博采众长，广泛吸收，在“中”与“外”交织的坐标轴上实现本土传统与外来文化的合流和交融。

中国优秀传统文化的创造性转化与创新性发展是一个多学科均可参与的宏伟课题，目前小论文居多，而大部头的力作，尤其是突破宏观上的学理探讨，立足于不同学科、不同专业展开“双创”的成果，目前还相对较少，甚至稀缺。百年来中华优秀传统文化翻译传播的途径与方式、得失，“双创”如何与新媒体深度结合，中国古代儒、道、释各家各派的“双创”进展问题，等等，都还值得进一步探讨。我们在爬梳近年来国内关于“双创”研究的各式成果后，粗略地提出了如上不成熟的七点看法。可能挂一漏万，不全面也不深入，权当抛砖引玉吧！

第二编 02

中国传统文论与核心价值观创造性转化及发展

论当前“富强”价值观的创造性转化与发展

“富强”是社会主义核心价值观的第一词，具有“开先锋”之意义，它集中体现了中国人对国富民强的深切渴盼和孜孜以求。历经近代被动挨打的屈辱历史后，中国社会1949年尤其是1978年以后，在政治、经济、文化、外交等方面发生了翻天覆地的变化。经数代人的不懈努力，国人已基本实现了第一个百年奋斗目标，正朝着文化强国和民族振兴的大道上迈进。富强价值观不仅对于洗刷落后的历史、推动人们过上幸福的生活意义重大，而且对于引导全体国民建设中国特色社会主义的大国与强国具有强大的激励作用。在时代的鲜明比照和处境的巨大变化中，我们对富强价值观的体验格外深刻和强烈。

从近年来研读相关研究专著来看，学界普遍将“富强”理解为“民富国强”，即定义为“人民的富裕”和“国家的强大”，主要侧重于从经济和物质层面分析，且在回顾中国历史和结合近现代革命历程来分析富强的外延、必要性和重要意义，具有较浓厚的政治色彩，内涵也较为狭窄。其实，从当初对核心价值体系的探讨到党的十八大核心价值观的正式确立，学界对核心价值观的特征分析基本成为共识，每个词都具有稳固性、建设性、凝练性和开放性，它的内涵是多元而丰富的。尽管在惯常使用中会有所侧重，但其内涵绝不只是一两个方面可包容殆尽的。此外，从笔者近年来依托中国传统文论（古代集部的“诗文评”）来涵养“富强”价值观的各方面来看，当前富强的文化视域将得到极大拓宽，其理论内涵也将得以大幅度提升。经过历代圣贤和名士从财富积累、国家稳固、政治统一、气节风度、理想信念、精神建设、心灵世界等多个方面的阐发后，该词汇在建设中华文明、铸造民族精神和形成民族风格等方面，发挥了极其重要的作用。

学界普遍认为，文运同国运相牵，文脉同国脉相连。党中央近年来高度重视传承发展中华优秀传统文化。党的十八大以来，习近平总书记作出一系列重要论述，提出一系列明确要求，为传承发展中华优秀传统文化提供了根本遵循，并在不同场合多次论及传统文化的“创造性转化”与“创新性发展”（本书多简称“双创”），学界就“双创”的内涵意义、学术价值、具体方法进行了多维探讨①，也给新时期核心价值观研究指明了方向。对于中华传统文化的创造性转化与创新性发展，目前主要以五种方式进行：赋予新义、改造形式、增补充实、拓宽延展、规范完善②，这在方法和操作上给了我们很大启迪。

2017年初，党中央下发《关于实施中华优秀传统文化传承发展工程的意见》，第一次以文件形式全面部署了中华优秀传统文化传承发展工作，在全党、全社会乃至学术界引起了热烈反响。因此我们认为坚定文化自信，并推动中华优秀传统文化创造性转化与创新性发展，进而创造中华文化新的辉煌，是时代和人民赋予的历史使命。从这个角度来看，有必要立足于中国古代文论以扬弃继承、转化创新的态度，采用对内容和形式加以补充、拓展和完善的方式③，对“富强”价值观的“双创”问题深入思考，展现并还原该词汇的独特魅力和时代价值，尤其是小结其精华，融入到当前文化建设中来，通过凝练和分析予以传承和弘扬。

一、富强指经济发展和物质富裕

按照马克思主义的观点，人们只有首先解决衣食住行的温饱问题才能谈得上政治制度、意识形态和文化艺术等各种建设。社会生产力的发展和经济水平的提高、人们物质财富的不断增加，是国家和民族走向富强的前提。没有经济的发展和物质的富有而论富强，永远是一句空话。古代文论中，《墨子》中“且夫仁者之为天下度也，非为其目之所美，耳之所乐，口之所甘，身体之所安，以此亏夺民衣食之财，仁者弗为也”。“古者王公大人，为政国家者，皆欲国家

---

① 近年来这方面代表性成果主要有：陈先达：《中国传统文化的创造性转化和发展》，载《前线》2017年第2期；刘奇葆：《推动中华优秀传统文化创造性转化、创新性发展》，载《求是》2017年第8期；黄前程：《中华传统文化创造性转化的理论基础、历史经验与当下思考》，载《贵州社会科学》2016年第12期；李昱：《论中国传统文化及其创造性转化和创新性发展》，载《思想理论研究》2017年第5期；鞠忠美：《论中华传统文化的创造性转化》，载《理论学刊》2017年第4期；王素芳：《中华优秀传统文化的创造性转化和创新性发展——以儒家文化为例》，载《吉林教育学院学报》2017年第3期。

② 李军：《坚持“创造性转化、创新性发展”方针　弘扬中华传统文化——认真学习习近平同志在纪念孔子2565周年诞辰国际学术研讨会上的重要讲话精神》，载《光明日报》2014-10-10（1）。

③ 刘奇葆：《推动中华优秀传统文化创造性转化、创新性发展》，载《求是》2017年第8期。

之富人民之众，刑政之治”等论述，皆是从经济和物质层面出发的。近代以来，以丘逢甲、柳亚子、梁启超为代表的志士仁人在文学理论中怒其不争地抨击当时社会，其文字背后也是立足于经济和物质的，正是清朝后期经济衰退，综合国力每况愈下，物质上积贫积弱，百姓民不聊生，才促使了他们对制度、文化进行了系列批判。尤其是桐城派文论家在义理、考据、辞章外，增加了“经济”一途①，清代“富强”价值观的这层指向更加突显。

二、富强指政治上的稳固和强大

由于历史原因，传统社会汉族长期占据主导，其统治时间最为长久，在华夏民族中扮演着重要角色。然而在中华民族的历史中，其他少数民族也以各种方式参与了历史文化进程，创造了灿烂的民族文化，各民族一道推动了华夏民族共同体的形成。在传统文论中，从社稷稳固、政治强大、缓和民族冲突层面论及“富强”的篇章，比比皆是。《礼记·乐记》论到“是故治世之音安以乐，其政和。乱世之音怨以怒，其政乖。亡国之音哀以思，其民困。声音之道，与政通矣”，建构起了“乐”和治乱的关系，这是从文艺出发探求政治稳固。隋唐结束南北朝长期的纷争局面后，政治家兼文论家魏征从风格、特征入手分析，提出融合中国南、北文学之主张，“若能掇彼清音，简兹累句，各去所短，合其两长，则文质斌斌，尽善尽美矣”，也具有相当的典型性。表面是论文学问题，深层则是政治家从国家稳固、国家统一和促进民族、地区融合层面论述富强的。近代文论家基于小说、戏剧的文学功能而在篇章中发表看法，间接批评社会体制和国民人心，大体上亦属此义。

三、富强指大力推进文化建设

经济和文化如一体两翼，自古以来不可分割。在科技不发达的传统农业社会，科举制和文官制长期占据支配地位，古人中国人对礼乐、文艺的重视要远远超过其他国家，从而形成中国古代制度文化、思想文化和艺术文化繁荣昌盛的大好局面。愚以为，这与古人高度重视文化建设是分不开的。中国作为文明古国的形成，与古代历朝各代不断地进行文化建设分不开。通观古代文论，古人对通过文化建设来推进国家富强极为关切，曾从多个维度进行探讨。《礼记》

---

① 桐城派之“经济”与当前“经济”内涵不同，它主要指“经世济民”，但包含有发展生产力、关乎百姓物质生活等方面的指向。

专门有《乐记》篇，视“乐”为国家富强的镜子，“礼以道其志，乐以和其声，政以一其行，刑以防其奸”，大力倡导礼乐和政令。刘勰《文心雕龙·时序》篇“逮明帝秉哲，雅好文会，升储御极，孳孳讲艺，练情于诰策，振采于辞赋”，也是帝王带动和示范以促进文化繁荣之典范。曹丕《典论·论文》视文章为“经国之大业，不朽之盛事”，对荣乐、富贵和享受的看淡，对著书立说的推崇（“二者必至之常期，未若文章之无穷”），都反映出古人对文化、对声名的积极追求。此后，从诗、乐角度论及文化意义上的“富强”之篇章，比比皆是。

四、富强指大力促进社会变革，通过改革摆脱落后局面

在古代，这也可视为走向“富强”的途径和方式之一。落实到文艺层面，清末文论家冯桂芬在《复庄卫生书》中反思自己数十年创作“才力茶靡不能振”，提出“长于经济者，论事之文必佳”的看法，希望通过“经世致用”之学来改造桐城派逐渐丧失活力的“义法”观，赋予散文新的生机，这与他采用西学、模仿洋器来推进社会变革的观点遥相呼应。郭嵩焘评析魏源之作曰：“默深先生喜经世之略，其为学淹博贯通，无所不窥，而务出己意，耻蹈袭前人。”积极寻求变革。梁启超在《夏威夷游记》中竭力引进西方思想文化，“吾虽不能诗，惟将竭力输入欧洲之精神思想，以供来者之诗料可乎？要之，支那非有诗界革命，则诗运殆将绝。”从而开启了清末“诗界革命”的先河。凡此种种，不胜枚举。这些，都是从“文艺层面”论及富强的“变革”内涵。其根本原因在于近代中国各方面的落后，危机重重，士人具有强烈的忧患意识，试图从创作、学术、思想层面入手，寻求社会变革的突破口。这种忧患意识，值得当今中国借鉴和传承。

五、富强指向壮士的胸襟、气魄与追求

无论是国家的强大、民族的振兴，还是思想的先进、文化的繁荣，都主要得力于社会各阶层的集体创造。在士人积极推动中国文化建构的传统社会，富强还通过文人的志向、操守和气度来体现，这在传统文论中极为常见，不胜枚举。他们在围绕作家作品展开的评析、议论中展现了士人的风范，体现了古代知识分子的追求，也发出了民族的最强音。刘勰《文心雕龙·诸子》篇记载：“丈夫处世，怀宝挺秀；辨雕万物，智周宇宙。”道出了古代文人的普遍追求。而曹植曰：“犹庶几勠力上国，流惠下民。建永世之业，流金石之功”（《与杨德祖书》），这反映出古人希望建功立业、为国为民的普遍愿望。在此驱使下他们看淡名利，敢为天下先；他们文武兼备，渴望成为国家栋梁，或刻苦读书为国献策或者奔赴边疆，保家卫国（这在“爱国”关键词中亦有充分体现），谱写了壮丽的民族诗篇。此外，曹丕“不以隐约而弗务，不以康乐而加思”。“古人贱尺璧而重寸阴，惧乎时之过已”（《典论·论文》）还展现了古人珍惜光阴、努力有为的志向。正是这些看不见的软文化，才促使中国古代的“富强”价值观不断延续。

六、富强指积极输血，拿来主义

中国文化博大精深，具有很强的包容性和开放性。对内而言，多民族融合，不同地区互补，文化激荡；对外而言，则敢于吸收印度佛教而在宋代创造了本土“禅宗”，近代以来吸收马克思主义而在中国革命实践中创造了中国特色社会主义理论体系。这与文化交流过程中采用“拿来主义”的姿态充分吸收外来文化优秀成果有关，而不是鉴于自己曾经的富裕和繁华一味闭关锁国、闭门造车。进入近代以来，文论家兼翻译家林纾大量翻译西方小说，梁启超在文论中多次推介外国优秀作品，高度评价西方思想文化等，皆是近代士人反思中国落后、推动国家富强的体现。晚清民国的中国文论中，这方面的篇章比比皆是，具有极强的感染力。

七、富强指传承民族精华，整理文化典籍

从孔子删定诗书，刘歆创作《七略》，再到历代选本的传承，清代《四库全书》的编撰，可以看出中国古代对民族精华的高度重视，通过多种方式整理加以传承，“藏之于名山，将以传之于同好”（曹植《与杨德祖书》），这是确保华夏文明延绵至今而未中断、促使国家文化不断富强而未衰竭的重要措施。人们薪火相传，才使文化延续，才使后代得以看到各类民族典籍。曹丕指出“是以古之作者，寄身于翰墨，见意于篇籍”（《典论·论文》），并一连串地回顾了周公等前贤忍受孤寂、坎坷和屈辱进行文化创造——在古代多指著书立说、整理典籍，而“不假良史之辞，不托飞驰之势，而声名自传于后”，“唯干著论，成一家言”等，都体现了古人对立言作为文化富强的不懈追求。外界条件再艰苦，他们不“慑于饥寒”，不“流于逸乐”，而一门心思“遂营目前之务”。愚以为，这种层面的富强观在当前应继续保持。

八、富强指开启民智，推动教育发展

无论是国家还是公民个人的富有和强大，都离不开教化、教育，只有民众智力、素养、修为整体提高，才能有良好风气的形成，并确保社会的良性循环。通过教育和教化开启民智是走向富强的重要途径。一方面，传统文论如《文心雕龙·时序》篇中反映官员带头和示范的意义，只有领导高度重视，以身作则，百姓才能仿效、认同，激发聪明才智，并形成战斗力。另一方面，民众从愚昧走向觉悟，从迟钝走向开窍，离不开思想和艺术的熏陶。晚清民国时期裘廷梁、周作人、钱玄同等文论家和学者不约而同地选择了小说、戏剧等文体来促使这场“教化”与“文化变革”。这启发当今执政者“富强”价值观的形成和普及，时刻离不开通过教育来开启民智这一重要环节。

九、富强指修身养性，促使心灵富足、精神强大

如果说经济、物质是“富强”显性的指标，则精神富足、心灵强大乃至知书达理便成为“富强”隐性的软实力。深受礼乐文化和儒道精神的多维影响，中国古人格外重视修身养性，表现在各式作品中从格物致知、修齐治平等方面论人的情操、境界和修为。即便是在物质条件匮乏的朝代甚至在战乱时期，古人也从未放弃对心性修炼的孜孜以求。从《论语》到《曾国藩家书》，从《孟子》到《传习录》，从《大学》《中庸》到《围炉夜话》，在某种程度上一部中华文化史就是儒家的人格修养史。当然佛教和道家也为古人追求精神强大提供了无尽的资源。传统文论中，古人不仅注重才德双修，关注内心的品德修养和情操境界的提升，而且对不良品性也给予了辛辣的嘲讽和激烈的批评。如《诗经》曰：“夫也不良，歌以讯之。讯予不顾，颠倒思予。”（《诗经·国风·陈风·墓门》）“骄人好好，劳人草草。苍天苍天，视彼骄人，矜此劳人。”（《诗经·小雅·巷伯》）对心胸狭窄、飞扬跋扈的品格给予了抨击。《颜氏家训·勉学》篇记载了齐朝太监田鹏鸾精神强大，富有气节的史实；《颜氏家训·养生》篇曰“夫生不可不惜，不可苟惜。涉险畏之途，干祸难之事，贪欲以伤生，谗慝而致死，此君子之所惜哉！”对儒家杀身成仁、舍生取义的品格给予了讴歌。类似论析，在传统文论中比比皆是。这笔财富在当前宜传承、弘扬。

在近代以前，中国长期为世界头号强国，无论是政治还是经济、文化都对外具有强大的吸引力。古人在推进国家和个人走向富强的征途中，积累了丰富的经验，这是传给子孙后代的宝贵财富。以上梳理中，无论是关涉典籍整理、

文化建设还是涉及礼乐、道义、气节等文化，都体现出浓厚的民族特征，在国家大力推进“文化强国”建设的今天，理应加以研究、继承乃至弘扬。富强非一日可待，一日可成，它是一个复杂而综合的指标体系。就前文分析来看，“富强”价值观的内涵从外在的经济、物质拓展到国家的文化建设，再到个体的内在精神和心灵世界，关涉政治稳固、中外关系、民风民俗和伦理道德等方方面面，具有多元的内涵和丰富的所指。当下此关键词的创造性转换与创新性发展，无论是在内容还是形式上整体而言是正面的、积极的，除了剔除礼乐文化中一些不符合现代社会的仪式、官民关系中的等级制外，它在价值观建构的途径和方法上体现出的民族风貌和精神等方面依然是需要大力弘扬的。我们认为，它无论是对精神文明建设的推进、国民素质的普遍提高还是对软文化的提升、社会风气的形成，甚至对推进国家在政治、经济、教育等方面正进行的各项改革等，都具有重要的参考价值。

论当前“民主”价值观的创造性转化与发展

“民主”与“科学”是新文化运动时期被整个社会激烈呼唤的两大关键词，也是百年来影响中国社会进程的民众心声，其对推动中国社会思想解放功莫大焉。而“民主”与“法治”则是三十年来政府和学界高度关注的一对概念，在党的十八大后，“民主”被列入社会主义核心价值观关键词中第二位，体现了国家层面的价值诉求。可见，百年来无论环境怎么变化，中国人对民主一直孜孜以求。民主的实质和核心是人民当家做主，它不仅是社会主义的生命，也是人民创造美好幸福生活的政治保障，其重要性不言而喻。

在对“民主”在传统文论中的多维表现和当代启迪予以揭示后，这里重点探讨其“双创”问题。全国社科规划办在征集2018年度国家社科基金重大项目选题的通知中指出，重点围绕加快构建中国特色哲学社会科学学科体系、学术体系、话语体系，推动中华优秀传统文化创造性转化、创新性发展，从不同学科、不同领域提出一批具有重大学术创新价值和文化传承意义的选题。其导向性格外鲜明。可见，“双创”话题是近年来一个热点话题，关乎宏观层面上的国家战略和文化建设。人文和社科领域义不容辞，立足于中国传统文论学科来实现核心价值观系列关键词的“双创”，是当前一项值得深入研究的重大课题。

全面贯彻落实“创造性转化、创新性发展”的基本方针，成为当前学术界研究核心价值观关键词的重点和难点。中华优秀传统文化历经世代传承积淀，又在不断推陈出新中赓续绵延。2013年11月，习近平总书记在山东考察工作时提出，要加强对中华优秀传统文化的挖掘和阐发，努力实现中华传统美德的创造性转化、创新性发展。2014年2月，习近平总书记在中央政治局第十三次集体学习时进一步提出，要认真汲取中华优秀传统文化的思想精华和道德精髓，重点做好创造性转化、创新性发展。此后，习近平总书记在多个场合反复强调要坚持这一基本方针。“双创”方针与我们党倡导的“古为今用、推陈出新”“取其精华、去其糟粕”等一脉相承，同时又结合新的时代要求做出了新的理论概括，是我们正确对待中华优秀传统文化的“总开关”，也是新形势下处理“守”和“变”关系的科学指南。“双创”方针已经成为“二为”（为人民服务、为社会主义服务）、“双百”（百花齐放、百家争鸣）之后，党和政府关于文化建设的又一个指南针。它们各有侧重，相辅相成，构成了一个有机的整体。

为何要鲜明提出和深入贯彻“双创”方针？理论界和学术界普遍认为要根据社会主义市场经济、民主政治、先进文化、社会治理等的发展需要，积极推动中华优秀传统文化与之相协调相适应，实现其当代价值。① 而对于贯彻“双创”方针的意义，学界认为一方面它从尊重传统、古为今用、推陈出新等方面深刻揭示了文化发展的客观规律；另一方面，它有力廓清了对待中华传统文化的错误倾向，尤其是虚无主义、复古主义、功利主义的极端思潮。②

“双创”的实施目前可从三个方面进行：一是分辨，区分精华与糟粕；二是激活，通过与时代结合对传统文化做出与时代相适应的新的诠释；三是创新，接续中华民族文化优秀基因推进社会主义文化建设，提出新的概念、新的观点。③ 有学者总结“双创”的方式有五点：赋予新义、改造形式、增补充实、拓宽延伸、规范完善④，给了我们很大启迪。就“民主”而言，在传统文论学科中实现它的“双创”，如下七个方面需高度重视。

一、要传承弘扬中国古代重视百姓的“民本”传统

高度重视百姓的力量，视广大人民群众为国家之根基，是三千余年来中国社会的一贯传统，也符合农业社会民众的历史地位，这在今天社会进入工业时代的现今社会依然没有过时，应成为政府和各级管理者铁的法则。《尚书·盘庚》载：“重我民，无尽刘。”老子建议统治者“去甚，去奢，去泰”。孟子提出“民为贵，社稷次之，君为轻”。法家认为“民不足，令乃辱；民苦殃，令不

① 李军：《坚持“创造性转化、创新性发展”方针　弘扬中华传统文化——认真学习习近平同志在纪念孔子2565周年诞辰国际学术研讨会上的重要讲话精神》，载《光明日报》2014－10－10（1）。

② 李军：《坚持“创造性转化、创新性发展”方针 弘扬中华传统文化——认真学习习近平同志在纪念孔子诞辰2565周年国际学术研讨会上的重要讲话精神》，载《光明日报》2014－10－10（01）。

③ 陈先达：《中国传统文化的创造性转化和发展》，载《前线》2017年第2期。

④ 李军：《坚持“创造性转化、创新性发展”方针 弘扬中华传统文化——认真学习习近平同志在纪念孔子诞辰2565周年国际学术研讨会上的重要讲话精神》，载《光明日报》2014－10－10（01）。

行”。他们均充分认识到民众的重要地位。古往今来中国的人口众多，成为社会发展的强大动力，历朝历代不敢懈怠和轻视以“民”为核心的“三农”问题。在儒家和墨家思想的影响下，形成了“仁者爱民”的传统。① 政府只有为百姓着想，为人民服务，一切为了群众，为了群众的一切，才能获得百姓的拥护和爱戴，统治才能稳固，国家才能长治久安。

二、推进中国特色社会主义“民主政治”建设

“民主”价值观在近代革命历程中吸收了本土和外来多方的资源，中国古代的“以民为本”思想被吸收后，推动了百年来民众的觉醒，他们不再接受专制统治。在近代“五四”前后大批文论家开始介绍、引进西方民主思想以救国，但由于种种历史和国情原因，此路不通。而后马克思主义传入中国后，国人探索属于自己的道路，过程坎坷，但最终在中华人民共和国成立后形成了中国特色的社会主义民主集中制，它区别于西方以议会制、两党制、选举制和分权制为主要内容的民主制度。中国民主制度经过不断建设和完善，最终形成了适合中国国情、体现中国特色的民主制度。一方面，当前推广“民主”价值观要吸收西方民主资源，“社会主义要赢得与资本主义相比较的优势，就必须大胆吸收和借鉴人类社会创造的一切文明成果。”② 另一方面必须依据中国国情。民主是历史的、变化的，一个民族的价值观是建立在它独有的社会实践基础上的。在西方文化不断渗透，中、西多方面激烈碰撞的今天，在涵养、培育、践行“民主”价值观过程中，要始终铭记“四个自信”，坚持中国特色，而不能一味羡慕和引进西式民主。这是当前普及、宣传“民主”价值观必须重视的首要问题。

三、要厘清“民主”和“集中”的辩证关系

民主即人民当家做主，自己管理自己的各项事务。我国宪法明确规定：“中华人民共和国是工人阶级领导的、以工农联盟为基础的人民民主专政的社会主义国家。”中华人民共和国的一切权力属于人民，人民在国家政治生活、经济生活、文化生活和社会生活的各个方面，依法享有选举权和被选举权、知情权、参与权、表达权和监督权等权利。这些是不受民族、种族、性别、职业、家庭

---

① 汉代的贾谊曾将“仁民爱民”的价值认识上升到了治国理政的实践层面。他提出：“闻之于政也，民无不为本也。国以为本，君以为本，吏以为本。故国以民为安危，君以民为威侮，吏以民为贵贱，此之谓民无不为本也。”

② 《邓小平文选》第3卷，人民出版社，1993年版，第373页。

出身、宗教信仰、教育程度、财产状况等差异限制的平等权利，具有坚实的经济基础、法律和制度保障。但在实际运行中，要辩证地把握“民主”和“集中”的关系。发展社会主义民主，必须坚持党的领导、人民当家做主和依法治国三者的有机统一。在“民主”基础上实行必要的“集中”，才能确保效率；在“集中”制下确保运行“民主”，才能避免权力的过于集中，此二者如一体之“两翼”，相互牵制。在转换古代“民本”思想为新型的“民主”价值观后，要增添成分，成为鲜明的“民主集中制”（简称“民主制”）。愚以为，这也是对传统中庸观念和思辨哲学的创造性运用。此制度也具有中国特色。

四、增强百姓的民主意识，提升其民主素养，拓宽其政治参与范围

民主既可以指政治体制，也可以指价值观念，其宣传、推广离不开百姓民主意识的增强，其培育、践行离不开百姓民主素养的提高。在转换“民主”价值观的过程中，要发动广大百姓积极监督、踊跃参与，才能使这一价值观转化为人们的信仰。在古代民本思想中，“民”是最大的分母，当前民众在数量、规模上也都是超过管理者的。要拓宽民众的政治参与范围，才能让他们在规范而持续的民主获得中感受什么是真正的中国特色的民主，感受到权利和义务如何有机的统一。学者们认为，当前要建立健全决策权、执行权、监督权既相互制约又相互协调的权力结构和运行机制。落实党内监督条例，加强民主监督，发挥好舆论监督作用，增强监督合力和实效。这些都是当前对“民主”价值观进行创造性转化与创新性发展的有效途径，宜坚守和传承。

五、增加对权力的管制和监督

民主关涉谁当家做主，谁是权力行使的主体。在“官本位”思想根深蒂固的中国古代社会，天子、诸侯、卿、士大夫权力递减的格局不断强化，集权和等级是其显著的标志，“官”和“民”形成极不对称的两极。在当前转换“民主”价值观时，我们要从根本上铲除极权产生的土壤，要防止主要领导暗箱运作权力，要杜绝“一把手”说了算。“加强权力运行制约和监督，是深化政治体制改革、发展社会主义民主政治的客观需要。保障人民知情权、参与权、表达权、监督权，是权力正确运行的重要保证。凡是涉及群众切身利益的决策都要充分听取群众意见，凡是损害群众利益的做法都要坚决防止和纠正。……推进权力运行公开化、规范化，完善党务公开、政务公开、司法公开和各领域办事公开制度，健全质询、问责、经济责任审计、引咎辞职、罢免等制度，加强党

内监督、民主监督、法律监督、舆论监督，让人民监督权力，让权力在阳光下运行。”① 因此，在民主“双创”的过程中，和它休戚与共的几个关键词是“公开”“问责”“监督”“法治”，甚至可创生“民主公开”“民主问责”“民主监督”“法治民主”等子范畴，以形成民主的实施体系。我们认为，这是对“民主”双创的增补和拓宽。

六、应剔除古代“民本”思想中蕴含的“专制”成分、“一言堂”的人治成分和人身依附关系

从传统文论来看，朝廷和官方的“民本”思想，是基于封建社会等级制度而形成的，庞大的官僚机器运转需要无数底层的百姓提供衣食住行，在等级森严的古代，权力永远掌控在少数人手里，百姓的学习、工作、恋爱和婚姻等都难以自主，更不要说有参与监督的机会。权力牢牢把控在官府衙门手中。当前民主“双创”的过程中，我们要看清古代“民本”思想的实质，要剥离其中“一言堂”的成分，要剔除视百姓为乖乖听话的“顺民”的陈旧观念。传统社会，官民如父子，百姓视官员为父母官，官员视百姓为子民，这是传统宗法制影响的结果。在当前“双创”转化中，要脱离掉这种基于血缘家族内部的、强烈的人身依附关系，突显社会成员在法律意义上彼此平等的“公民”身份。对于古代“民本”思想的精华，我们要传承弘扬，号召各级管理者要视人民为权力的主体，要高度重视群众的力量，一切为了群众利益来办事，而对于这些所谓的“副产品”则需要在“双创”中剔除、过滤，取其精华、去其糟粕。坚持最广大人民的根本利益是马克思主义解决问题的基本立场。

七、要进一步强化“民主”和“友善”“法治”的联姻与并治

儒家“仁者爱人”思想是古代朴素的民主理念的体现，基于血缘家族中践行的亲亲、仁爱准则，被“修齐治平”拓展到社会管理中后，统治者视百姓为子民，以友爱、和善姿态对待“大家族”中的诸多“子孙”后代。墨子提出“兼相爱、交相利”，认为“圣王之道也，王公大人之所以安也，万民衣食之所以足也”（《墨子》）。这与当前一些领导干部和机关组织在推行民主政治时，视百姓为和我无关的客体有着本质的差别。在社会转型时期，各种竞争、考核、

① 中共中央组织部党员教育中心组织编写：《兴国之魂：社会主义核心价值观五讲》，人民出版社，2013 年版，第 50 页。

述职、绩效、监督等无处不在，一些领导和机关面对底层群众的诉求、面对老百姓的利益时，把冷冰冰的规则奉为至宝，以教条主义的方式对待百姓，缺乏传统社会民主应有的“温度”。当然，在当代社会，没有“法治”的民主也容易陷入空谈。因而，当前促进民主的“双创”要充分考虑价值观 12 词之间的逻辑关联，不能单打独斗地倡导。愚以为，我们不要忽略了传统社会紧密相关的“友善”价值观，不要忽略近代以来西方传入中国的“法治”价值观，二者并驾齐驱、共同作用，才能确保“民主”价值观真正落地生根。

论当前“文明”价值观的创造性转化与发展

2017年初，国家出台了《关于实施中华优秀传统文化传承发展工程的意见》（以下简称《意见》），从理论和实践层面为当前传统文化创造性转化、创新性发展指明了方向。学者们认为该《意见》的颁布是传统文化发展中一次历史性突破，重点围绕实现传统文化的创造性转化、创新性发展的具体实施办法进行了展望与研究。“双创”方针为何如此鲜明地提出？其背景和原因有哪些？人们普遍认为当前要创造与市场经济相互适应的社会主义先进文化，必然要对历史遗留下来的传统文化加以适当的改造，创造新型的、与传统不同的家庭、婚姻以及人际关系方面的道德观念，而传统文化中的精华部分和文化基因是与当前社会主义文化相契合的，转化和创造也就成为时代必然。①

习近平总书记曾指出，当前要系统梳理中华优秀传统文化资源，充分发挥专家学者的作用，正确引导和规范文化传播途径，科学制订长期推进工作的规划，建立统筹协调的工作机制，将弘扬中华优秀传统文化深度融入意识形态建设、精神文明创建和价值观培育等各项工作中。深入阐释中华优秀传统文化的思想精华和时代价值，讲清楚中华传统文化的历史渊源、发展脉络、基本走向，讲清楚中华文化的独特创造、价值理念、鲜明特色，增强文化自信和价值观自信，加强文化遗产的科学保护和利用。可见，立足于带“古”字的学科来予以深入挖掘，将其中蕴含的古代文化精髓呈现出来加以传承，是一项迫在眉睫的文化工程，也是一项功在千秋的伟大业绩。我们认为，当前依托中国传统文论来实现“文明”价值观的“双创”问题，无疑是一个重要的突破口。

一、“文明”的内涵与意义

当前“文明”作为一种具有前瞻性、引领性、包容性、超越性的价值主张，

---

① 陈先达：《中国传统文化的创造性转化和发展》，载《前线》2017年第2期。

摒弃了工业文明的弊端，吸收了中国传统文化的优秀基因。在党的十八大后它被作为国家文化软实力的重要标志提得特别响亮。学界普遍认为："文明是一种社会历史现象，具有深刻的人文意蕴，一种健康、完善、合理的文明价值观形成的标志，往往与特定时代、特定制度背景下政治治理是否智慧及其社会生活的清明与否紧密相关。"① 而在中国古代，它最早见诸《尚书》和《周易》，其本义为"文采光明、文德照耀"，后来在社会实践中被不断赋予新意，含有与愚昧、荒蛮相反之义，也与社会的文治教化、个体的明察事理等含义相通。在清代，文明开始具有"美好的社会进步状态"之意涵。民国时期孙中山提出"心性文明"一词，从而与"物质文明"相对应。在西方，文明（civilization）源于拉丁文 civis，具有"公民的""社会的""国家的"等含义，形容词 civitlis 有文明的、开化的含义，由它引申出的 civilite 则有"谦恭、礼仪"的意思，表示脱离野蛮、蒙昧的状态。在 19 世纪，它开始特指"开化""文化""文雅"，已经具有现代文明的意义。把文明看成人类历史从落后不断走向进步的标志，"即一种先进的社会和文化发展状态，以及到达这一状态的过程，其涉及的领域广泛，包括民族意识、技术水准、礼仪规范、宗教思想、风俗习惯以及科学知识的发展等。"② 文明的范围扩大，所指日趋丰富。

历来学者对"文明"内涵的理解见仁见智，但历史性地理解其多元内涵和演变，在不同层面把握其意义则是当前培育、践行此价值观的基础。有人总结国外"文明"含义的代表性观点，主要有十余种：文明是人类的理性发展以及征服自然能力的进步；文明是个人活动和社会活动的发展与进步；文明是人类智德的进步；文明是社会的整体，文明是人类抵御自然和调节人际关系的成果；文明是一种进步的社会秩序，文明是物质的，文明是都市化的文化，文明是一种先进文化；文明是物质的，文明是精神的，但两者是结合的；文明是语言、文字传播知识的过程；文明囊括了社会的一切事务；文明是最广泛的文化实体。③ 马克思则把体现时代精神的哲学思想称为"文明的灵魂"，把科学、美术等当作文明中间一切精致的东西，把特定的社会制度和文明联系起来进行称谓。④ 总之"文明"作为名词，包罗万象，涵盖了人类的发展史；作为形容词，则落地生根在人们的衣、食、住、行中，涉及人的举止有度、谈吐有节、诚信

① 李进金主编：《社会主义核心价值教程》，北京大学出版社，2015 年版，第 97 页。
② 李进金主编：《社会主义核心价值教程》，北京大学出版社，2015 年版，第 98 页。
③ 虞崇胜：《政治文明论》，武汉大学出版社，2003 年版，第 47－50 页。
④ 《马克思恩格斯全集》第 45 卷，人民出版社，1985 年版，第 781 页。

友善、爱人爱己等社会伦理，在这一层面上，它与公民层面的核心价值观息息相通。

二、当前几大“文明”观之建设

对“文明”的划分，目前学界有“三分法”“四分法”和“五分法”，当前国家主流上采取“五分法”：物质文明、精神文明、政治文明、社会文明、生态文明。而从如上分析来看，文明尤其涉及语言、文字和美术等艺术活动，依托中国传统文论并结合大的局势环境来涵养文明价值观①，我们认为该价值观的创造性转化与创新性发展，需要重点关注如下几个方面。

（一）物质文明

物质文明即提供人生存和发展的物质条件，进行现代化建设，发展现代生产力。这是百年来中国落后挨打后的首要追求，自 1949 年中华人民共和国成立至今，中国人为之奋斗了七十年。正如马克思所说，人类为了生存和发展，为了能够创造历史，“首先就需要吃喝住穿以及其他一些东西。”当前依靠先进的科学技术进行物质资料的生产，要切实提高国家整体的 GDP（国内生产总值），创造物质财富，还要为提高广大人民群众的生活水平、提升其幸福满意度打下基础。中国目前属于中等发达国家之一，正在迈向建设小康社会的征途中，对物质文明的创造路途漫漫，任重道远。我们生活在一个物质文明条件极大改善的时代，也对它带来中国的现代化，带来美好生活给予了无限的憧憬。今后狠抓改革，大力发展生产力，仍是一项重要任务。

（二）政治文明

政治文明属于上层建筑，20 世纪中国经历了八国联军侵华、废除封建帝制、袁世凯复辟、军阀混战、抗日战争以及新中国成立后为谋求经济发展所走过的曲折道路。政治生态始终跟随国际关系、经济水平和国内环境的波动而波动。在改革开放四十年后，建设现代化政治，发展民主政治，创造其他改革需要的政治条件已迫在眉睫。从意识形态、制度建设等层面推进新时期整个社会的文明进程，同样意义重大。这不仅需要在当前传承涵养中华优秀传统文化的过程中，一方面吸收传统社会管理、国家机器运作的优势资源，取其精华，彰显文明大国的民族特色；另一方面要摒弃传统社会专制、奴役、愚昧、落伍的成分，

---

① 可参见本书第五编第二篇之探索与思考，又见拙文：《论“文明”价值观在古代语言文字领域里的经典诠释》，载《中共济南市委党校学报》2019 年第 1 期。

同时大力吸收西方政治文化中先进的成分，采用拿来主义，来建设当前中国特色的政治文明。

（三）精神文明

20 世纪上半叶孙中山、鲁迅、赵元任等曾将精神文明与“物质文明”相对应。作为一种看不见的、隐性的文化，精神上的“文明”关乎社会的风尚习俗、人们的知识素养，是体现国民素质的重要尺度之一。在这一层面，它与精神、心灵意义上的“富强”、与关乎个体品性情操的“诚信”“友善”等价值观息息相通。“遗憾的是，当前许多迷失在物欲横流的浮躁世界里，精神迷惘、信仰缺失、认知浅薄、行为失当，很多人失去了正常的判断能力。”① 在 20 世纪 90 年代市场经济建立初期，国家整体的精神文明出现了很多问题，社会道德急剧滑坡，人们的信任感缺失，于是数届政府高度重视经济建设与文化建设“两手抓”，重视精神文明在社会发展中的重要作用，也做了大量工作。当前在文明的“双创”过程中，我们不能单方面地传承中华优秀美德，还要挖掘中国传统文论中体现古人读书、修身方面的内容，这将从审美维度拓宽当前精神文明建设的来源，提升其理论内涵，开拓“文明”价值观全新的涵养渠道，对新时期中国精神文明的推进将具有重要参考价值。如《文心雕龙》中刘勰对抄书、玩文字游戏式的创作嗤之以鼻；叶燮和王夫之对剽窃、模拟之风尖锐地批判；刘义庆在《世说新语》中记录专制社会里不文明甚至残暴的现象；颜之推在《颜氏家训》中对剥削、残杀现象之揭示……这些不仅关乎精神文明，也与社会文明相关。或者给读者以警醒，或者从反面激发人们建构和谐社会、加强精神文明建设的决心和勇气，都可纳入当前“文明”价值观“双创”的参照和借鉴范围之中。

（四）生态文明

生态文明涉及人对自然的开发、利用和保护。在改革开放和经济建设初期，国人对环境污染的重视程度不够，对人与自然的关系认识极为欠缺，大力开采自然资源、破坏环境，导致近年来生态问题频繁发生。为保护和改善生态环境，国家近年来将创建社会主义生态文明作为一项战略任务来抓，已取得了初步成效，它关乎“美丽中国”的建设。我们认为，当前双创“文明”价值观不能单纯依靠政策指引、媒体宣传，还应将传统文论中涵养文明、和谐价值观的资源

① 许俊主编：《中国人的精气神——社会主义核心价值观国民读本》，人民出版社，2014 年版，第 81 页。

利用起来，把传统农业社会古人对自然的认识、态度及其关系处理方法延用起来，就能从“文学审美”维度开拓“文明”价值观涵养的新路径。

比如，中国传统文论的意象批评极为发达，涉及大量农业社会的自然景观和生活场景，显示出古人对大自然的亲近和依赖。姚鼐在《复鲁絜非书》中曰：

> 则其文如霆，如电，如长风之出谷，如崇山峻崖，如决大川，如奔骐骥。其光也，如杲日，如火，如金镠铁；其于人也，如凭高视远，如君而朝万众，如鼓万勇士而战之。其得于阴与柔之美者，则其文如升初日，如清风，如云，如霞，如烟，如幽林曲涧，如沦，如漾，如珠玉之辉，如鸿鹄之鸣而入廖廓。其于人也，漻乎其如叹，邈乎其如有思，暖乎其如喜，愀乎其如悲。……

意象之美，叹为观止，文论家取象论文，引领人们热爱自然，保护生态，至少对自然充满欣赏和敬畏之情。从先秦《诗经》的比兴手法运用，到后世文论取象传统形成，无不反映出古人对祖国山川、日月等自然景观的青睐。这些借景抒情的句子段落，这些借助自然意象评人论文的篇章，体现出了古人浓郁的家园情怀。我们认为，一方面极富民族特色的中国古代抒情写意传统和意象譬喻批评，在工业社会不仅应大量进入作家笔下，也应进入一切写作者笔下，防止文学创作和写作中大量非自然的、科技的、世俗的意象占据上风，使作品缺乏艺术美感；另一方面，类似反映人与自然亲密无间的传统美文，应加大编辑和传播的力度，促使读者在品鉴和欣赏。获得鼓舞和熏陶，建立起人与自然的亲密关联，来取代当前“短、平、快”的快餐消费文化。所幸，在时下《经典咏流传》《朗诵者》《见字如面》等节目中，传统文化依托新媒体展现出了它独有的魅力。但取材的范围、节目的角度尚可进一步拓展和创新，毕竟传统文化博大精深、源远流长，可取的资源还有很多，“示论”部分值得开采和利用。

三、新时期“艺术文明”的创建及民族资源的传承

从含义梳理来看，“文明”是文化发展到一定程度、一定阶段的体现，它有广义和狭义之分，包含的内容极其丰富，一般看它指向哪个层面，再将其内涵缩小范围从而具体化。从“五分法”理解“文明”的结构来看，它关涉人类生产活动的五种形态，分别对应物质文明、人本文明、制度文明、精神文明和环境文明。人本和制度文明似乎融入当前“民主”和“公正”“平等”价值观中。孙中山提出“心性文明”，则似可用“精神文明”来置换（尽管含义不完全对

等)。经多年研究，我们认为在当前促进“文明”价值观的“双创”中，可创建“艺术文明”这一关键词汇。从“文明”含义和范围来看，不仅可能而且可行，从中国当前的文艺发展生态来看也具有一定的必要性。就“艺术文明”的创建来说，笔者在本书第五编中单独撰文思考。兹结合中国古代文学理论与批评学科，古人对文学艺术的各种评析，拈出几点来谈下文明之“双创”应关注的几个重要方面。

（一）创制美文

数千年来中国文学辉煌灿烂，代有传承和高峰。汉赋、六朝骈文、唐诗、宋词、元曲、明清小说等皆取得了举世瞩目的艺术成就，初步形成了虚实结合、含蓄蕴藉等鲜明的民族特征，这得益于历代文人才士的杰出创造。他们使华夏艺术流光溢彩，使中华文学得以代代相传。从这个意义上说，中国古代文学艺术的文明成就不容忽视，在推进精神文明和创建艺术文明的当今，系统总结传统文论中古人制作美文的经验，梳理他们创造艺术文明的宝贵财富，十分重要。约略来说，有创制美文的十几种经验：追求声律之美；主张声文、行文和情文的合一；重视含蓄朦胧和余味悠长；构思精巧，立意奇特；重视风力和丹彩；统治者带头重视；情采兼备；即目会心和动人情感；重视气骨和兴象；叙事文学求真与尚简；讲究真情实感的表达，贵在寄托；精、气、神兼备，诗中有我，独创求新……这些形成了中国文学的艺术手法。它们不仅在文学创作中大量运用，有的在书法、绘画、戏剧中也运用广泛。我们认为，这些古人创制美文的方式、方法值得当前文艺创作者借鉴和参照，值得在当前推进“文明”价值观的“双创”中不断继承与弘扬。

（二）奇文妙用

古人对于名篇佳作的作用、功能有着独特的认识，于传统文论中亦有体现与反映，这也成为华夏文明在艺术领域中的一种沉淀。最早《毛诗序》提出：“故正得失，动天地，感鬼神，莫近于诗。先王以是经夫妇，成孝敬，厚人伦，美教化，移风俗。”从伦理风俗层面论及文学的伟大功用，代表秦汉之前古人对文学价值的高度认同。其后，曹丕在《典论·论文》中谓“盖文章经国之大业，不朽之盛事”，将文章之“用”提高到了前所未有的高度，使之从屈从于政治、经学的局面中独立出来。批评家赋予文章崇高地位，赋予文学创作深远的意义，并谓“不假良史之辞，不托飞驰之势，而声名自传于后”。这是建安文人自觉对通过立言求“不朽”的宣扬，充分体现了“文的自觉”，也表明古代文论家对文章“功用”的一种全新认识。这对激励魏晋以后文人勤勉写作、多出佳构，起了极大的推动作用。这是就宏观而言。而就微观来说，古代文论家论文章之修身养性、安心定魂等功用，则比比皆是，不胜枚举。总之，正是在高度重视文章价值的国度，才创造了发达和辉煌的艺术文明。我们认为，中国古人对奇文妙用有一套完整的理论话语。

（三）品鉴欣赏

中国古代文人不仅会写文，也会赏文，文论史上由此积淀了很多品鉴、欣赏文章的宝贵经验，也形成了众多范畴、术语和命题以及丰富的文艺思想。在国人被大众文化所包围，普遍进入读图时代的当下，人们对语言文字的敏锐性大不如农业社会，对经典作品的感受力和领悟力普遍降低，而古人这方面的资源尤其值得挖掘和传承。如刘勰对古人的用字做了凝练和总结，其《文心雕龙·炼字》篇曰："是以缀字属篇，必须拣择：一避诡异，二省联边，三权重出，四调单复。"并对这四种情况予以了解说和举例，"诡异者，字体瑰怪者也""单复者，字形肥瘠者也"，认为"凡此四条，虽文不必有，而体例不无。若值而莫悟，则非精解"。自先秦古诗入乐歌唱起，诗文讲究声律、辞采之美，在视觉、听觉等多个方面均具有一定的要求，文章不仅要入耳动听，还要看上去赏心悦目，故创作时用字要避免诡异，减少联边，衡量重出，调整单复。这样的作品欣赏起来就富有美感。这是一种极高的艺术要求。《文心雕龙·情采》篇还谓："故立文之道，其理有三：一曰形文，五色是也；二曰声文，五音是也；三曰情文，五性是也。五色杂而成黼黻，五音比而成韶夏，五性发而为辞章，神理之数也。"从阴阳五行中推演出自然的形体、声调、情感是衡量作品好坏不可或缺的三大要素。而其《文心雕龙·知音》篇的"六观"说（位体、置辞、通变、奇正、事义、宫商），更是对文学欣赏角度和方法的一种全面概括，为创作者指明了方向，也为读者品鉴提供了途径。此外，古代文论家提出的气骨兴象、贵在寄托、情采兼备、诗中有我等文论，皆可运用于当前文学艺术的欣赏和品鉴之中，很多经验在当前依然适合于各体文学之阅读。我们认为，读者只有受过系统训练，切实遵从古法来提高自身审美品鉴能力，才能登堂入室，窥得作品之堂奥。

（四）创新变革

中国古代文学无论在文体还是意蕴方面都取得了举世瞩目的成就，这与历代文人的杰出创造分不开。传统文论史上关于文章的创新与变革，无不体现了古人在"艺术文明"道路上的不懈探索。齐梁时期诗坛大量用典，注重声律，并最终导致文人的感性思维得到压制，诗歌创作成了"掉书袋"，萧子显提出：

“文章者，盖情性之风标，神明之律吕也，蕴思含毫，游心内运，放言落纸，气韵天成。”（《南齐书·文学传论》）发出了抒发真性情的呼声，是对既有文学陷入僵局的反拨。而在文坛复古、拟古风气甚浓时，以何景明、叶燮、徐渭、李贽为代表的文论家则猛烈抨击墨守成规而不创新的文风，并提出新的诗学观（如“气象”说、“趣味”说、“妙悟”说、“童心”说等）来救世，从而赋予了文坛新的活力，推动了文学创作的发展。凡此种种，不胜枚举，中国文论家的变革精神、创新意识值得当前在“文明”价值观的“双创”中进一步弘扬。

（五）才士学养

古代艺术文明的形成与学士的才华修养、道德情操分不开。在深受儒家伦理思想影响和对艺术才华格外器重的古代，一个人创制名篇的本领和才华，一个人流诸文字之间的修养和情操，被历代文论家提得格外响亮。它们成为艺术文明形成的重要动力。这些对当前艺术家的修炼均具有很强的启迪意义，要想创作出具有思想内涵的高品位作品，艺术家要在自身的修养上下功夫，传统文论中古人在这方面的论述相当多。如文章要写出主体自身的精、气、神，彰显出一种生命力。戴名世在《答张伍两书生》中曰：“盖余苦尝读道家之书矣。凡养生之徒，从事神仙之术，灭虑绝欲，吐纳以为生，咀嚼以为养，盖其说有三：曰精，曰气，曰神。此三者，炼之凝之而浑于一，于是外形骸，凌云气，入水不濡，入火不热，飘飘乎御风而行，遗世而远举。”其精者，乃写出精华；气者，乃彰显主体的气质个性；神者，乃文章具有神韵，而精、气、神看似是文章所彰显，实则是主体基于个人的道德境界、胸襟追求、知识储备、经历阅历综合而成的一种外在表现，它们综合起来使文章富有生机与活力，能彰显个性，打动人心。唐代韩愈《答李翊书》谓：“气，水也；言，浮物也。水大而物之浮者，大小毕浮。气之与言犹是也，气盛则言之短长与声之高下者皆宜。虽如是，其敢自谓几于成乎？虽几于成，其用于人也奚取焉？”更是道出了作家主体在道德、学识方面的修养积累与创作之间的密切关系，给读者极大的启发。很多古代文论家都有这方面的见解和阐发，可谓心声，他们从主体维度指出了“文明”得以创生的重要源泉。

《陆九渊集·卷三十五·语录下》中有云：“圣人教人，只是就日用处开端”，即是说文化要贯穿于育人的始终，就当前教育而言，它要融入学生学习、生活的方方面面。习近平总书记曾指出：“让收藏在禁宫里的文物、陈列在广阔大地上的遗产、书写在古籍里的文字都活起来。”① 而如何让古物、古迹、古书“活起来”，需要研究者担负责任。以古代国学乃至传统文论为例，重要的方式是细读文本，对其中蕴含的精华予以解读和阐发，在社会主义核心价值观的导引下，使其与当前新文化建设对接起来，激活传统，古为今用，充分激发其中的精华，参与到当前的文化建设中来。

笔者立足于传统文论提出了“艺术文明”这一概念，并结合古人对这一“文明”形成的前提、途径、功用进行了多维度的思考。在当前推进“文明”价值观“双创”之时，我们尤其要从“文学艺术”角度，结合当前中国文艺创作存在的问题来对传统文论史上艺术文明的宝贵资源进行挖掘和利用。尤其是传统文论论“艺术文明”形成了四大民族传统：礼乐兼用推进文艺繁荣；文以载道，重视道统；注重自然成文，释放个性；回归经典，取法范式，这些都值得当前传承和弘扬。

---

① 2013 年 12 月 30 日，习近平总书记在主持中共中央政治局第十二次集体学习时，就文物保护工作提出了此看法。

论当前“和谐”价值观的创造性转化与发展

近年来学界专家表示，国人要自觉承担在中华优秀传统文化传承发展工程中所负的责任，从加强学术研究、完善国民教育、创新传播模式各个方面推进传统文化的“创造性转化、创新性发展”，加强传统文化研究与传播的联系，组织相关专家学者编写相关国学教材，并积极通过翻译传统文化经典著作等方式在国际层面上宣传中华传统文化，切实将《关于实施中华优秀传统文化传承发展工程的意见》（2017）精神落到实处。我国政府认为“大力宣传”是创新和转化传统文化的重要途径，即大力倡导、推行经典阅读、礼仪普及、大众讲座等，通过学校教育、理论研究、历史研究、影视作品、文学作品等多种形式，引导人们树立正确的历史观、民族观、国家观、文化观，要找准与时代的对接点、与受众的共鸣点，真正让中华优秀传统文化像空气一样无所不在，起到潜移默化、润物无声的作用。“双创”方针提出的背景、内涵及价值前文有析，兹不冗述。

对社会主义核心价值观进行的“双创”工作，具有双重意义和多种功效：一方面继续发挥当前主流价值观念的指导和引领作用；另一方面有助于立足传统实现古今对接，通过民族寻根来传承和弘扬优秀国粹。我们认为，当前古代文、史、哲等学科应交叉、合作推动这项工作。作为人文领域学者，应当先立足于“中国传统文论”来涵养核心价值观之“和谐”关键词，通过解读、阐释来呈现和宣扬此观念是一项必要的基础性工作，尤其需要将古代和合文化的精髓部分挖掘出来，使读者认同和实践，这将十分必要。

和谐是中国古人在长期社会实践中逐渐意识到的人与自然、人与社会、人与人之间相互依存的一种理想状态，也是万物生生不息、繁荣发展的内在依据。① 当前从众多成语如“和颜悦色”“和睦相处”“民和年丰”“和衷共济”等来看，和气、和谐、和顺已成为家庭伦理和修身养性的重要价值观。从历代典籍和社会实践来看，中华文化是一种和合文化。和谐是中国最高的智慧和道德境界，并成为21世纪国人的愿景。此核心价值观从个体推向宇宙，大体指向五个层面：和谐的心灵世界、和谐的人际关系、和谐的民族关系、和谐的中国以及和谐的世界。②

20世纪90年代商业社会发展至今，文学艺术逐渐被边缘化，走向了世俗化乃至媚俗化的境地，不再像20世纪80年代那样成为社会的主要精神食粮。随着影视的发展和网络的兴起，新型媒体迅速成为传播的主要工具而占据了人们的身心。文艺被市场侵蚀，与大众结合，与科技共舞，最终导致文艺不再崇高，从内容到形式，从生产到传播等都发生了翻天覆地的变化，进入到了一种不和谐的失衡之中。学界对近年来国内文艺创作的现状普遍表示不满，也进行了尖锐的批评。③ 当前在推动“和谐”价值观实现“双创”的过程中，尤其需要向古人取经，寻求文艺“和谐”。就中国传统文论而言，这主要从文艺创作、文本等层面展开，这里重点挑几个方面稍加论析。

一、人文和谐

中国古人“仰观天文，俯察地理”，在天人合一思维的影响下，认识事物常具有“近取诸身，远取诸物”的特点，在农业社会里把握农时，精耕细作，与大自然建立起了浓厚的感情，形成了对故土、家国浓厚的依恋和不舍，进而在人与自然的这种和谐中创生了学术思想、政治体制与文学艺术等各种文化，逐渐形成了独具特色的“和谐”观念，“以和为贵”的思维方式蔓延到主、客体及其关系建构之中。就中国传统文论而言，古人重视文如其人，看重文章写作与人的道德品性一致，讲究“言”与“德”的契合和统一。“德者”涉及做人的品性、胸襟；言者，是人心声的直接流露，这在刘勰《文心雕龙·程器》篇以及古代大量谈文章与德行关联的论述中，可见一斑。

---

① 许俊主编：《中国人的精气神——社会主义核心价值观国民读本》，人民出版社，2014年版，第92页。

② 李进金主编：《社会主义核心价值教程》，北京大学出版社，2015年版，第159－161页。

③ 艾斐：《当前文艺创作现状的八个误区》，载《中国文化报》2013－10－25。

二、风格和谐

文学创作有主体风格、时代风格、地域风格、民族风格的区分，文学风格反映创作中的某种稳定性特征，是作家创作趋于成熟的显著标识，如何让不同风格达成和谐，其中大有学问。

一般而言西方古代倾向于“三分法”，这可以追溯到安提西尼（Antesene），他把风格分为崇高的、平庸的和低下的三种。但丁（Dante Alighieri）的分类相似：“悲剧带来较高雅的风格，喜剧带来较低下的风格，挽诗，我们知道是不幸人的风格。”黑格尔（G. W. Hegel）则区分出严峻的风格、理想的风格和愉快的风格三种。西方现代文艺理论家威克纳格（Wick Nag）则从文体的角度区分出智力的风格、想象的风格和情感的风格。这些都不及中国古代“风格”论丰富。传统文论史上王充《论衡·超奇》篇批判当时华伪的文风，主张在“华”与“实”之间达成和谐，从而在作品的内容和形式之间寻求一种平衡。古人论风格，开始由繁、简两分（如华与质、刚与柔、奇与正、清与浊），渐趋繁复多元，对每一种风格下面呈现出的姹紫嫣红都有描述，但又能高度概括，收合自如。如姚鼐在《复鲁絜非书》中曰：“鼐闻天地之道，阴阳刚柔而已。文者，天地之精英，而阴阳刚柔之发也。……自诸子而降，其为文无弗有偏也。”论阴柔和阳刚之美相辅相成曰：“天地之道，阴阳刚柔而已。苟有得乎阴阳刚柔之精，皆可以为文章之美。阴阳刚柔并行而不容偏废，有其一端而绝亡其一，刚者至于偾强而拂戾，柔者至于颓废而暗幽，则必无与于文者矣。然古君子称为文章之至，虽兼具二者之用，亦不能无所偏优于其间。其故何哉？天地之道，协合以为体，而时发奇出以为用者，理固然也。”（《海愚诗钞序》）对这两种风格及其关系有独到的看法，谓“与夫刚不足为刚，柔不足为柔者，皆不可以言文”。此种真知灼见，是基于中国传统文化中相生相克的思辨哲学观提出的，体现了极高的民族智慧。论述风格和谐最为突出，且分类法较繁复者始于刘勰，他在《文心雕龙·体性》篇中谈到风格的“各师成心，其异如面”时说：“若总其归途，则数穷八体：一曰典雅，二曰远奥，三曰精约，四曰显附，五曰繁缛，六曰壮丽，七曰新奇，八曰轻靡。”刘勰的八体包含了政论、日用文体、学术著作等，范围较宽。他又把八体分成四组，四组之间有一正一反的关系：“雅与奇反，奥与显殊，繁与约舛，壮与轻乖”，学界认为这构成了一个风格系统，隐含了八卦的意象，可谓“八途而包万举。”司空图的分类标准比较统一，基本上是从文学风格的本体构成出发，也较切合创作实际。他把诗歌的风格分为24类：

雄浑、冲淡、纤秾、沉着、高古、典雅、洗炼、劲健、绮丽、自然、含蓄、豪放、精神、缜密、疏野、清奇、委屈、实境、悲慨、形容、超诣、飘逸、旷达、流动。司空图的《二十四诗品》充满诗情画意，又不乏哲理性，真正建立了具有中国传统的风格分类的模型。风格是文学特征的外在显性，古代文论史上风格的“和谐”，是中华文明注重“和”的鲜明体现。一名优秀的作家应能据自身、文体、主题之特点，逐渐摸索出属于自己的风格，并在风格的和谐上展现一种驾驭力。

三、情采和谐

这是主客和谐之一种。言为心声，创作是作家心声的流露。古人追求主体性情、情思与文体、文辞的和谐。最好的文章是二者水乳交融，主体的所思所想、性格气质通过语言文辞得以淋漓尽致地展现，一旦诉诸文章就能看出主体鲜活的、立体的人物风情面貌。或者实现情思和文体的和谐，或者让作者的才华得以最佳展现，或者让读者观文如观人，这是高超艺术境界的体现。传统文论家在论作家个性气质与体式选择、作家才思与文辞表达等方面积累了丰富的经验。如刘勰《文心雕龙·诠赋》篇曰：“情以物兴，故义必明雅；物以情观，故词必巧丽。丽词雅义，符采相胜，如组织之品朱紫，画绘之著玄黄。”他用形象的比喻——“品朱紫、膏腴害骨”，以及辩证的思维——“文质、色本”，来谈赋的创作，认为最好情思与文辞相合，内容的表达和形式的藻饰相得益彰，达到情采之和谐。而《文心雕龙·情采》篇则集中论及情理和文辞之和谐，认为情理是经，文辞是纬；前者主，后者次。刘勰认为作家要据思想情感来选定体裁、确定音律、运用辞藻，才能使主客和谐，“繁采寡情，味之必厌”便是失和的表现。如此写作，很难出美文。清代章学诚在《文史通义》中对作家的内容情感和文章体式之和谐也做了很多思考。这些都是精辟之谈，启示当前文艺家至少两点：一是要找到自己最擅长的体式来创作；二是促使内容、情感和文章高度吻合，避免辞不达意或文饰过多，内容苍白。

四、才学和谐

才，指才华、才气，具有先天性，与主体的个性特质有关；学，指学习、学问，是后天积累、努力的结果。文学创作二者不可偏废。仅有才气而无广博的习得，则作品容易陷入单薄，或脱离实际生活；仅有学习而无才气，则作品缺乏灵气，难见鲜明的个性。古代文论家王充、刘勰、叶燮等对二者有思辨的认识，体现出这两个方面的和谐，对当今作家如何修炼自己也具有很强的启发意义。

五、通变和谐

通是继承，变是创新，只顾某一方面则易走极端，或者陷入复古的泥潭而缺乏新变，或者盲目创新而丧失文化的根基。古代文论家对二者思辨的认识，反映出追求通变之和谐。如刘勰在《文心雕龙·通变》篇中深刻地指出："赞曰：文律运周，日新其业。变则其久，通则不乏。趋时必果，乘机无怯。望今制奇，参古定法。"这是文论史上系统、思辨地论通变观的经典文字。刘勰认为文学创作既要适应变化去创新，也要继承创作规律，既要面向当今努力创新动人的作品，又要参考古代确定创作的法则。二者不可偏废，唯有兼顾才能推动文学的发展。南北朝时期，能在通观文学发展的基础上，提出如此宏达之论，刘勰的确具有高瞻远瞩的眼光和对文学史的洞察力。通变之和谐追求，几乎成为后世文学在发展过程中救治各种平衡因素被打破的不二法门。后来清代文论家黄遵宪《人境庐诗草》自序中指出对于古人的文化遗产可以"取材""述事"，但"举今日之官书会典方言俗谚，以及古人未有之物，未辟之境，耳目所历，皆笔而书之。其炼格也，自曹鲍陶谢李杜韩苏，讫于晚近小家，不名一格，不专一体，要不失乎为我之诗。诚如是，未必遽跻古人，其亦足以自立矣"，道出了创新的渴望和心志。这也是在通与变之间追求和谐，高度肯定了创新求变的重要性。而龚自珍在《送徐铁孙序》中则道出了大量学习前代名家、继承优秀文化遗产的必要性，是对"通"的强调。我们认为，通与变的和谐，实质是在继承传统和追求创新两个方面，不能走极端，宜在通的基础上求变。只通不变，陷入复古；只变不通，没有根基。通与变的和谐，是艺术创新的重要法则。

六、情理和谐

从《尚书·尧典》提出"诗言志"到《毛诗序》论诗歌"吟咏情性"，《文赋》曰"诗缘情而绮靡"，视主体的性情、情感为文学的本体，是传统文论的一条发展主线。虽然性情的内涵有不同演变，学界对其理解不同，但至魏晋时期，对诗文抒发情感的认识一以贯之，并占据文坛上风。然而不同时期受学术思潮的影响，道理、议论对文学的介入也在加强，而情与理在文学书写中此起彼伏，演绎了复杂而微妙的关系。比如钟嵘所处时代，文学创作崇尚文采、华绮、声韵等，致使诗歌走入歧途。他在《诗品序》中反对当时诗坛过多依赖声律和用典的风气，认为寻词觅句和拘泥声律的作诗方法约束了主体自然活泼的情感，陷入理性的泥潭不能自拔，鲜明提出“滋味说”“直寻说”，强调传承《诗经》开创的赋、比、兴之“三义”手法，这是对当时普遍用典和补假风气的一种摆正。从诗歌创作的宗旨来说，这是对情与理的调和。其后，宋代对江西诗派的以才学、议论入诗的批判，同样是在理占据上风后，文论家对情的一种回归。纵观古代文论史，情与理在不断博弈，诗歌是主情是言理还是二者皆有之？文论家们都试图在平衡二者的关系，从而推动了诗歌的发展，并使古代的抒情诗、哲理诗都涌现出繁盛的局面。

七、雅俗和谐

雅与俗是传统文论中绕不开的一对范畴，从先秦到清末，贯穿古代文学发展的始终。早在先秦时期，孔子就提倡雅乐，反对郑声，“恶郑声之乱雅乐”。雅乐是服务于旧礼制的古乐，代表了西周的文化精髓，符合孔子的恢复周礼的愿望，值得传承和宣扬；而“郑声淫”，会调动听者的情欲，使人不安分，大量“郑声”在民间兴起，是当时俗文化蓬勃发展的体现，与孔子的趣味及主张不符合。孔子的态度表面看似乎是抑此扬彼，实则是寻求调和、和谐，这与他的“中庸”哲学观相吻合。如清代文论家齐如山论戏曲时指出：

> 比方时调小曲，窑调、码头调，大概有多一半都是淫词，该禁止的很多，自不必提。”如哈哈腔、河南梆子、嘣嘣腔、滦州影等戏中有些成分“不但令听者作呕，且是一点道理也没有，……这类的臭戏文，真不知有多少，一时也论不清。(《说戏》)

他喜好此前数百年来由文人创作底本，然后由艺人传唱的戏剧，认为这才是主流文化认同，民众心理接受的雅剧，是戏剧的正宗。但后来文人的词曲和戏院演出就分离开来，演员融入了相当多的地方文化和民间元素，使戏剧俗起来，导致戏曲的品位和格调下滑，齐如山创作《说戏》专门论述如何调和二者，使之协调，实则是为了避免使戏曲在清代中后期进一步俗化。类似对文学雅俗之认识，及调和二者之关系的文论，在冯梦龙、梁启超等文论家那里还有涉及。这启发当前文艺家要创作出雅俗共赏的作品，在大众文化兴起的当下，雅作难以广泛传播，深入人心；俗作难以保证质量和品位。二者适度兼顾，是一门学问，也对文艺家提出了更高要求。

中国古人推崇和谐价值观，与独特的民族传统和古人的思维方式分不开。

在天人合一观念的影响下，古人寻求对自然的认识和个体道德的建构与统一，从而在肯定、亲近自然中，寻求人的行为与外界自然的协调、一致，并进而达到内心小宇宙和外在大宇宙的合拍，最终实现主、客之间的辩证统一。儒家中庸哲学观及中和的思想，也影响了古人“和谐”观的建构，它引导世人在处世中不偏于对立事物的任何一方，而在均衡中达到和谐。此外，儒家中的哲学观以及兵家、道家的思辨哲学，也对“和谐”观的形成起了很大的作用。学人论曰：“传承和弘扬中华优秀传统文化要与社会主义核心价值观的培育和践行深度结合。一方面，核心价值观囊括并阐释了优秀传统文化的价值理念和文化底蕴。……另一方面，核心价值观是传统文化创造性转化的标准，要把丰富的思想素材用活，充分挖掘优秀传统文化的深层理念和精神财富。”① “将传统文化内容进行梳理、筛选和凝练，使之与高校教育教学实际对接，使受教育者吸取前人知识、智慧、经验，提高自身的人文素养。”② 这里集中就传统文论中和谐体现的几个主要方面进行了凝练，我们发现“和谐”价值观在中国古代有着深厚的文化渊源，是多种思想启迪、作用的结果，它在千年的实践活动中贯穿于修身、处世、为官、做人、治学方方面面，同样也贯穿于艺术创作的各个环节。就文学而言，诸如人文和谐、风格和谐、情理和谐、才学和谐、通变和谐……几乎在文学创作、文本发展、接受、传播等各个层面皆有丰富的体现。甚至古代文论中很多独特语范畴和术语（如风骨、虚实、本色、感兴、气势、象外之象、言外之意等）本身就是“和谐”的产物，是中庸和思辨的结晶。和谐成为民族的传统，在古代文论中体现得格外鲜明。一部文学史，是一部和谐观念的创生史。古人建构美文的许多经验，成为民族的宝贵财富，应在当前和谐价值观的“双创”中传承下来。据学者们评析，当前艺术在形式、主题等方面都出了很多问题③，失去了和谐，此财富正可作为救弊的良方。

① 黄之晓：《高校推进中华传统文化创造性转化和创新性发展研究》，载《当代职业教育》2016 年第 9 期。

② 黄之晓：《高校推进中华传统文化创造性转化和创新性发展研究》，载《当代职业教育》2016 年第 9 期。

③ 参见杨燕迪等：《中国文艺创作与发展的当前现状与问题——嘉宾对谈（一）》，载《音乐艺术》2017 年第 1 期；崔凯：《如何突破当前文艺创作的困境》，载《中国文艺评论》2015 年第 1 期；肖春飞等：《伟大的时代，为何缺少旷世力作？——从讲话精神看当下我国文学创作的现实问题》，载《新华每日电讯》2012－05－28（5）；艾雯：《认识当前文艺创作现状的八个误区》，载《中国文汇报》2013－10－25（3）。

论当前“自由”价值观的创造性转化与发展

“自由”是内涵极其丰富的概念。在政治上，它指公民享有的合法权益；在哲学上，它指人们对必然的认识和对客观实践的改造；在现实生活中，则是一种摆脱束缚、无拘无束的自在状态，而这与国家政治、制度、文化建设紧密相关。对必然性的认识和把握是自由的基本条件，自由最终实现于实践之中。就社会主义核心价值观中的一大关键词来说，“自由”是针对官本位、金钱本位、关系本位思想而提出的一个价值导向。同时，在社会快速发展的今天，它成为改变人们精神怠慢而提出的奋斗目标与宏伟愿景。尤其是在竞争加剧，节奏加快，呼吁创新和各种政策、规章、制度发生改变的今天，“自由”成为人们普遍的渴求。“自由”价值观作为人的最高本质，是人的一项根本权利，也体现着社会发展的文明程度。虽学界对该词的阐发紧密结合现实而从经济、文化等方面来展开，但“自由”在古代文人的思想和言说那里，表现得格外鲜明。文学理论与批评不仅是一项体现古人独立思考、个性言说的精神活动，也是展现文人价值追求、彰显独特看法的实践活动，“自由”的精神在传统文论史中比比皆是。其中的资源，值得我们深入挖掘和传承。

在信息时代，人们习惯于各种“模版”的应用与传播，或在外界意识形态的作用下难以独立思考，发表个人的看法。对既定资源的依赖，使令人活得并不自由。加之社会发展至今，人与人已形成了盘根错节的复杂关系，每个人都是社会机器上的一颗螺丝钉，是蜘蛛网上的一个小节点，很难脱离“他者”而独立生存，很难割裂关系网而自由呼吸。在社会转型的今天，人们常“被就业”“被升学”“被加班”……见惯了太多的身不由己，“自由”无疑显得弥足珍贵，凭个人意愿做出选择，自由而安详地生活有时会被看成一种“奢望”。作为中华子孙，我们不妨向古人学习智慧。单就古代文学理论和批评而言，古人在写作、评论乃至生活中积攒的自由智慧极其丰富。在此背景下，促使传统文论中的自由思想创造性转化和创新性发展，便显得意义重大。

一、古代文论中自由观念的创造性转化

由于受道家和佛教思想的深远影响，中国传统文论中的自由资源极其丰厚，蕴藏于文学艺术的各个层面。正是在自由的创作中，中国文学涌现出了很多精品佳作，代代相传。古代文人在自由思考的方式、表现、成因、影响与魅力下，积累了丰富的经验。

（一）创作自由

这涉及作家构思立意时如何顺畅地取象来传达自己的情感与思想。创作是一项需要排除外界干扰，创造性极强的精神性活动，作家在前期准备工作妥当后，受外物诱导而产生灵感或思路，然后孕育主题或心象，进入紧张的构思立意阶段。无论古今，这个过程都是近似的。古人在这方面积累了丰富的经验。

萧子显标举自然创作观，谓创作“轻唇利吻，不雅不俗，独中胸怀。轮扁斫轮，言之未尽，文人谈士，罕或兼工”（《南齐书·文学传论》），主体要蓄势待发，只有达到不得不发之状态，才能文思泉涌。在萧子显看来，寡思力构，皆是由于构思立意未达自由、放松、情不自禁的状态，很难有自然的美文。可见，文学创作忌讳勉强，火候不到则需积累或调适。又如王昌龄《论文意》以切身感受谈创作：“夫置意作诗，即须凝心，目击其物，便以心击之，深穿其境。如登高山绝顶，下临万象，如在掌中。以此见象，心中了见，当此即用。如无有不似，仍以律调之定，然后书之于纸，会其题目。”“夫文章兴作，先动气，气生乎心，心发乎言，闻于耳，见于目，录于纸。意须出万人之境，望古人于格下，攒天海于方寸。诗人用心，当于此也。”论及诗人构思时的一种自由状态。一方面，须诗兴勃发，“苦心竭智”，诗人摒除杂虑，思维集中，进入忘我的状态；但另一方面，还需打开思路，无所拘束，进入自由之境，则意随文生，便是水到渠成的自然之事。从王昌龄的论析来看，构思自由的获得是诗人能力的体现，是其获得独立分析能力和判断力的先决条件，也是下一步自由取象、娴熟写辞的基础。此外，宋代文论家包恢论“浑然天成”之风，严羽针对江西诗派以才学和议论作诗提出“兴趣”和“妙悟”的主张，等等，都可看作创作上追求自由的体现。

（二）表达自由

所谓万事开头难，有了心象后如何有效传达，将之变成笔头的语言符号，便涉及语言的自由运用。写作者通常都有文不逮意的困惑，或多或少遇到语言表达的痛苦。作家胸有丘壑，能娴熟驾驭语言，方能获得表达的畅达和自如。

唐代文论家兼史学家刘知几《史通·叙事》中多处论及语言之自由：

> 然章句之言，有显有晦。显也者，繁词缛说，理尽于篇中；晦也者，省字约文，事溢于句外。然则晦之将显，优劣不同，较可知矣。夫能略小存大，举重明轻，一言而巨细咸该，片语而洪纤靡漏，此皆用晦之道也。

刘知几主张语辞尚“简要”，反对写史时“骈俪”对自由文风的束缚。这涉及文章思想内涵与语言形式之间的平衡，是古往今来表达上的重要问题。刘知几反对南北朝以来在语言上过于讲究文饰而使文章空洞乏力，认为“骈俪”是对自由叙事的束缚，故他力举用晦，追求文辞精简、言简意赅、意在言外的叙事效果。总之，古代很多文论家多从语言的打磨与修炼、语言传达心象是否顺畅等角度论及自由，也给今人极大的启迪。

（三）风格自由

形成自己独特的创作风格，是古往今来每个文人的追求，也是其创作臻于成熟之境的体现。如何实现风格的自由，几乎是创作形成鲜明特色、具有一定境界的代名词。文章自如写出，而非搜肠刮肚，故意堆砌典故，或拘泥于声律，戴着镣铐跳舞。应该实现风格的自由，而避免做作或卖弄学问。古人在这方面有很多论述，亦能给今人极大启发。如李白《古风其（三十五）》写道：

> 丑女来效颦，还家惊四邻，寿陵失本步，笑杀邯郸人。一曲斐然子，雕虫丧天真，棘刺造沐猴，三年费精神。功成无所用，楚楚且华身。大雅思文王，颂声久崩沦。安得郢中质，一挥成风斤。

李白崇尚自然天真的文风，喜好清新自然的作品。他对那些在模拟中亦步亦趋，或在复古中不知归路，或一味雕琢而无补世用的作品，持有批判态度。自然文风是主体创作时自由如愿又顺畅随性，读者能看出其创造力与真性情的文风。诚如他在另一首诗歌中所论：“清水出芙蓉，天然去雕饰。”文学之“自由”，乃“天然”之体现。又如宋代文论家葛立方指出：“诗人首二谢，灵运在永嘉，因梦惠连，遂有‘池塘生春草’之句；玄晖在宣城，因登三山，遂有‘澄江静如练’之句。二公妙处盖在于鼻无垩、目无膜尔。鼻无垩，斤将曷运？目无膜，篦将曷施？所谓浑然天成、天球不琢者与？”（《韵语阳秋》）其亦推崇“浑然天成”之境界，并以“二谢”为例，说明诗之有思，“猝然遇之而莫扼”（《韵语阳秋》卷二），他力举自然为诗，与叶梦得所论的“无所用意”“浑然天成”异曲同工。总之，古人论自由的风格，要流露真性情，反对太多的用典和声律之束缚。

（四）审美自由

这集中体现为在文学审美中获得心灵的自由，忘却世俗的烦恼，在安静的审美中感受作品的情感，体验主人公的心声，能获得精神上的无拘无束。集中表现在主体的感性得以调动，沉醉在艺术的世界中，暂时忘却世俗功名利禄和尔虞我诈，乃至一地鸡毛的生活琐事。古代文论中多有这方面的记载和评析，引导今人如何走向文学艺术，获得心灵的栖息与安放。如《世说新语·赏誉》曾记载：

> 有问秀才："吴旧姓何如？"答曰："吴府君圣王之老成，明时之俊乂。朱永长理物之至德，清选之高望。严仲弼九皋之鸣鹤，空谷之白驹。顾彦先八音之琴瑟，五色之龙章。张威伯岁寒之茂松，幽夜之逸光。陆士衡、士龙鸿鹄之裴回，悬鼓之待槌。凡此诸君：以洪笔为鉏耒，以纸札为良田。以玄默为稼穑，以义理为丰年，以谈论为英华，以忠恕为珍宝。著文章为锦绣，蕴五经为缯帛。坐谦虚为席荐，张义让为帷幕。行仁义为室宇，修道德为广宅。"

对吴中旧府数人的文风、品性和成就由衷地赞美和欣赏，直观生动，活灵活现。我们认为只有达到了审美的自由，才能妙语连珠，有此等美文。又如钟嵘评潘岳诗曰：

> 其源出于仲宣。《翰林》叹其翩翩奕奕，①如翔禽之有羽毛，衣被之有绡縠，犹浅于陆机。谢混云：②"潘诗烂若舒锦，无处不佳；陆文如披沙简金，往往见宝。嵘谓：益寿轻华，故以潘胜；《翰林》笃论，故叹陆为深。余常言：③陆才如海，潘才如江。"

以三重比喻（见序号①②③，笔者注）道出了陆机诗风的成就与特点。读来酣畅淋漓，如此美文是钟嵘自由审美的结果。

而反观当下，在信息多元、节奏加快和社会转型的当今，人们对日常生活或多种艺术的审美有些迟钝与疏忽，没有充分利用自由审美来释放感性、使绷紧的神经放松下来，在忙碌的奔波中无暇去感受、体验各类艺术之美，甚至有了闲暇时间也被网络和娱乐所占据，而没有在轻松自如的审美中观照自己、调适自己。"现在人们的精神懈怠，可以概括为缺乏理想信念、缺乏自信、缺乏凝聚力、缺乏斗志。如果缺乏理想信念，我们的行为会是什么样？就像无头苍蝇，没有方向、没有目标、没有信仰，‘跟着感觉走’，‘潇洒走一回’，‘玩儿个心跳’，‘宁愿坐在宝马里哭，也不愿坐在自行车后边笑’。在利害和是非的选择当中，没有信仰的人肯定选择利害，而不选择是非；利害的选择高于是非的选择。”① 如果在儒家文化影响深远的国度，苛求西方式的信仰有些勉为其难的话，在生活中追求自由的审美，应该是可以办到的，这对于医治国人的精神懈怠是一剂良药。文明不一定要求国人都读如上古代文论中的美文，但投身于文学、音乐、舞蹈、戏曲、园林、书法等艺苑之中，获得身与心的自由，总是可以办到的。

也许是基于此，为贯彻中长期教育改革和发展规划纲要，国务院办公厅在2015年印发了第71号文件《关于全面加强和改进学校美育工作的意见》，倡导在全国中小学开展形式多样的审美教育，到2018年各学校相继开齐美育课②。从某种意义上来说，这也是促使人们在节奏加快、压力加大的今天走向自由，走向心灵，回归平静而充盈的精神世界，而不至于被物质牵制，被现实异化。

（五）品鉴欣赏

文学欣赏和品鉴是读者感性、灵气的释放，是在审美的愉悦中获得轻松与快乐，是在心灵的自由翱翔中体验与感受，是一项令心灵、精神自由的活动。读者能在品鉴具体作品中获得自由，是基于文章情感的打动与思想的震撼，引发一种共鸣。这从根本上来说，源自作品所营造的艺术之美。如《世说新语·文学》篇中大量地记载了魏晋名士对美景与美文的赞叹，略选数条如下，以窥见一斑：

> 孙兴公云："潘文烂若披锦，无处不善；陆文若排沙简金，往往见宝。"
>
> 桓公见谢安石作简文谥议，看竟，掷与坐上诸客曰："此是安石碎金。"
>
> 孙兴公云："潘文浅而净，陆文深而芜。"
>
> 王孝伯在京，行散至其弟王睹户前，问："古诗中何句为最?"睹思未答。孝伯咏："'所遇无故物，焉得不速老?'此句为佳。"

寥寥数语，简洁而凝练地勾勒出了那时名士审美的愉悦，在自由而由衷的品鉴中散发诗性，体现出对佳作的热爱之情。如司空图《二十四诗品》之"悲

① 中央电视台科教频道编：《社会主义核心价值观讲坛》，教育科学出版社，2015年版，第77页。

② 参见：《2018年中小学开齐开足美育课，补齐师资还需快马加鞭》，载《中国教育报》，2016－4－7。

慨”品写道：

> 大风卷水，林木为摧。适苦欲死，招憩不来。
> 百岁如流，富贵冷灰。大道日丧，若为雄才。
> 壮士拂剑，浩然弥哀。萧萧落叶，漏雨苍苔。

作为艺术风格之一种，“悲慨”表现慷慨激昂、抑郁悲壮、荡气回肠的壮美。司空图并没有像西方文论那样用定义、概念的方式解释，或用冷静理性的语言概括，而是以优美的语言、生动的画面——“大风卷水”“林木为摧”来再现狂风怒吼、惊涛骇浪的场景，富有意境之美。如此诗体批评，既栩栩如生地道出了“悲慨”风格具有的特征，也展现了诗人型批评家对此种风格的诗意欣赏和自由品鉴。

透过中国古代诗人型文论家笔下的品鉴文字，读者能看到中国古人以诗性笔调进行理论概括的高超水平，达到创作和批评的“二重奏”（我们称之为“诗思兼美”）。这在西方文论中是不多见的。在品鉴中获得审美自由，这种文笔在《文心雕龙》《文赋》《沧浪诗话》等作品中大量存在。

（六）生活自由

与经世致用的儒家思想不同，道家和佛家思想经常成为知识分子在乱世和失意后的精神寄托，他们在因体制和时势而导致失意时会皈依道、释，去寻求解脱，渴望超越人生的苦痛。在汉末魏晋、五代十国、明末清初等相对动乱的时期，很多名士主动地在平时生活、劳动中追求个体自由和精神的解放。如《世说新语·任诞》篇记载：“刘伶恒纵酒放达，或脱衣裸形在屋中，人见讥之。伶曰：‘我以天地为栋宇，屋室为裈衣，诸君何为入我裈中？’”名士刘伶的这则逸事趣中含智，其言语和行为任意而行，放荡不拘，显得自由而洒脱。学界谓之“任诞”，这可能与独特的时代特征分不开。这类名士普遍追求自然率真的个性，多以内心的自由对抗外界礼俗的束傅和动乱的时政。这是中国古代动乱时期很多知识分子的一个缩影，一种写照。

类似这种平时生活中表现出的率真、自由乃至洒脱不拘行为，在《世说新语》的《简傲》《赏誉》篇中很常见。推广开来，在宋元明清很多史著、话本中也多有体现。这种受道、佛思想影响的生活自由，能蔑视礼教，主张张扬个性、自我洒脱。这对被环境束缚、被工具异化的今人来说，无疑具有极大的启发意义。

二、古代文论家论文艺“自由”的获取途径

（一）艰苦磨砺

文学创作上的自由需要长期的付出与艰苦的努力。文论家李德裕《文章论》指出：“文之为物，自然灵气。惚恍而来，不思而至。杼轴得之，淡而无味。琢刻藻绘，弥不足声。如彼璞玉，磨砻成器。奢者为之，错以金翠。美质既雕，良宝所弃。”认为“如彼璞玉”乃必需“磨砻成器”。就文艺创作来说，达成自由是需要主体下功夫克服困难，孜孜以求，于“琢刻”“磨砻”中获得“灵气”和“良宝”。这几乎是古代作家写出传世佳作的“不二法门”。宋代文论家吴可写道：“学诗浑似学参禅，竹榻蒲团不计年。直待自家都了得，等闲拈出便超然。”（《学诗诗》之一）他通过佛学道理来论及作诗如何获得自由。文章拈出超然，作家达自由之境，必先经过持久的磨炼。“了”是北禅宗之“渐悟”，需坐在蒲团上参禅打坐无数年。引之于诗论，是指辛苦追寻而获得作诗的最高境界，需发挥主观能动性，达到自如的程度。无论是诗人还是常人，若要追求自由，这个阶段必不可少。

最深入人心的还数宋代文论家兼诗人陆游在《九月一日夜读诗稿有感走笔作歌》中总结的毕生创作经验：“诗家三昧忽见前，屈贾在眼元历历。天机云锦用在我，翦裁妙处非刀尺。”陆游以织女纺织、剪裁来比喻妙境天成，不待绳削，皆是自然功夫。经历了四十年的战地生活后，他恍然大悟，诗歌创作来自对现实生活的真实体验，而非单从诗句律法中获得，其诗歌也自然转向忧国念时的基调。陆游在反思和总结其毕生诗歌创作中，也是对江西诗派的一种超越。在“刀尺”与“天成”之间，前者显然受到一定的约束，是长期的砥砺和磨炼，而后者则是一种创作自由的体现。通观论析和评传，中国古代文论家主张在构思立意、品鉴审美、话语表达诸多方面达到自由的、自如的境地，都是需要一番艰苦磨砺的。

（二）增强体验

文学创作和品鉴获得自由，尤其需要主体调动自己独特的体验与感受，去和对象融合、拥抱。或者移情于物，身临其境，实现心物交融，达到构思立意的自由；或者调动自己的审美情感，投入作品中去对形象感同身受，实现审美的自由。这二者都遵循无目的性与合目的性相统一的规律，使主体在文海中遨游，暂时抛却尘世的烦恼和各种名利的诱惑，在身与心的放松、愉悦中获得完全的自由。如宋代文论家吴可写道：“学诗浑似学参禅，自古圆成有几联？春草

池塘一句子，惊天动地至今传。”（《学诗诗》之三）所谓“浑似参禅”“惊天动地”云云，反映了吴可对自然诗风及创新的推崇。需注意的是，参禅和作诗的相通点除有“别趣”外，在于要有“自家面目”，参禅讲究明心见性，而作诗要有个人体验，是个体才华与诗艺的自由实现。

此外，《世说新语》反映魏晋时期很多文人对独特言行的品藻，在欣赏中加以赞美，均属感受、体验后的审美自由。钟嵘“滋味说”、严羽“妙悟说”等，都离不开艺术体验。

（三）博览群书

优秀作品的写成离不开作家读万卷书，行万里路，一方面要脚踏实地去实践和体验，外化于行；另一方面需博览群书，博采众长，内化于心。只有不断地积学储宝，在对前人作品的吸纳中获取知识、训练技巧、陶冶情操、砥砺胸怀，做足充分准备，才能在构思立意和表达时顺畅自如，获得创作的自由。古人在这方面积累了丰富的创作经验，并成为当前涵养和培育核心价值观之“自由”的重要源泉。如金代文论家赵秉文写道：

> 足下之言，措意不蹈袭前人一语，此最诗人妙处。然亦从古人中入，譬如弹琴不师谱，称物不师衡，上匠不师绳墨，独自师心，虽终身无成可也。故为文当师六经、左丘明、庄周、太史公、贾谊、刘向、扬雄、韩愈；为诗当师《三百篇》《离骚》《文选》《古诗十九首》，下及李杜；学书当师三代金石、钟、王、欧、虞、颜、柳，尽得诸人所长，然后卓然自成一家。非有意于专师古人也，亦非有意于专摈古人也。（《答李天英书》）

此文谈到遍学古人从而获得创作法度上的自由。赵秉文认为仅仅“师心”还不够，古代大家各有所长，“各得其一偏”，如陶、谢、柳之冲淡，江、鲍、二李之峭峻，贾岛的优游不平，韩愈的以文为诗等，创作得心应手的一个重要经验即转益多师是汝师。在一个前代文化遗产丰厚的国度，博采众长、通学多家，这是个人创作获得“自由”的前提，掌握好这个前提就不至于邯郸学步或毫无创新。

三、对“自由”观念进行“双创”的意义和价值

习近平总书记于2014年2月17日在省部级主要领导干部的讲话中指出，推进国家治理体系和治理能力现代化，要大力培育和弘扬社会主义核心价值体系和核心价值观，加快构建充分反映中国特色、民族特性、时代特征的价值体系。

坚守我们的价值体系，坚守我们的核心价值观，必须发挥文化的作用。从近年来的论述和实践来看，习近平总书记一方面重视当下的社会主义文化建设，另一方面也格外重视对传统文化的挖掘与弘扬，其贯通古今为当前民族振兴提供文化支撑的意图，是非常明显的。党的十九大报告进一步明确指出，社会主义核心价值观是当代“中国精神”的集中体现。在此背景下，依托传统文化、文学理论来涵养“自由”价值观，有助于使传统文化中蕴含“自由”的资源得到弘扬，将其中不合时宜的部分予以摒弃，其学理价值和现实意义是很大的。

民族文化是一个民族区别于其他民族的独特标识。要加强对中华优秀传统文化的挖掘和阐发，努力实现中华传统美德的创造性转化、创新性发展，把跨越时空、超越国度、富有永恒魅力、具有当代价值的文化精神弘扬起来，把继承优秀传统文化又弘扬时代精神、立足本国又面向世界的当代中国文化创新成果传播出去。本书的研究，既有助于发挥核心价值观在当今的引领作用，为多学科协同涵养核心价值观开辟新思路，也是对这种“挖掘和阐发”的回应，从而使“沉睡在古籍中的文字活起来”（习近平语），其时代价值是较为鲜明的。“自由”价值观中的精华在当前文艺创作中具有重要的指导作用，对指导我国艺术家创作也具有很强的参考价值。

论当前“公正”价值观的创造性转化与发展

传统文化创造性转化与发展问题是当前社会主义文化建设的重要内容，近年来习近平总书记多次进行了相关论述。围绕此话题，学界近年来也展开了多维研究，相关新成果不断涌现。①

“双创”方针的提出是指要根据社会主义市场经济、民主政治、先进文化、社会治理等的发展需要，积极推动中华优秀传统文化与之相协调相适应，实现其当代价值。② 传统文化中的精华部分和文化基因是与当前社会主义文化相契合的，转化和发展也就成为必然。一般认为“双创”方针为弘扬中华优秀传统文化提供了正确方法，并指明了出路。“双创”究竟指什么，应该如何理解，又有着怎样的特征？学界主流看法认为“创造性转化”是指中华传统文化的现代转型，包括在理念上、内容上、表达上、形式上等各个层面。而“创新性发展”是指中华传统文化的提升超越，重在阐发立足现实并解决当今时代问题的创新内容。“双创”的内涵则表现在充分尊重传统文化的思维主线和思维特征；从传统文化中汲取思想养料，在现实条件下致力于文化提升和思想超越。③ 此外，

① 关于社会主义核心价值观与传统文化之关联的研究，是近年来的一个热点话题，相关成果众多，典型如：殷忠勇：《社会主义核心价值观与中国优秀传统文化》，载《思想理论教育导刊》2014 年第 9 期；房广顺等：《社会主义核心价值观与中华传统文化的契合》，载《马克思主义研究》2015 年第 10 期；王立：《社会主义核心价值观与中华优秀传统耦合机制探究》，载《黑龙江高教研究》2017 年第 5 期；黄前程：《中华传统文化创造性转化的理论基础、历史经验与当下思考》，载《贵州社会科学》2016 年第 12 期；李军：《坚持“创造性转化、创新性发展”方针弘扬中华传统文化》，载《光明日报》2014 - 10 - 10。

② 李军：《坚持“创造性转化、创新性发展”方针 弘扬中华传统文化——认真学习习近平同志在纪念孔子 2565 周年诞辰国际学术研讨会上的重要讲话精神》，载《光明日报》2014 - 10 - 10（01）。

③ 尚志晓、邹广文、何中华：《中华传统文化的创造性转化与创新性发展》，载《光明日报》2017 - 01 - 09。

学者陈先达、鞠忠美都对此话题给予了阐发①，这给我们的操作提供了思路。

公正、正义、公平、公道是同一个概念，公正比公平和公道更为郑重一些，又比正义平常一些，适用于任何场合，乃是最一般的称谓。作为社会主义核心价值观中社会层面的一大关键词，“公正”不仅是重要的道德原则，也是重要的价值标准，它和享有的权利、负有的义务有关。一般认为“公正”主要是指权利公正、机会公正、规则公正。当前无论是社会主义核心价值观的普通读本还是研究专著，都视“公正”为一个社会性概念，具有很强的政治色彩。尤其是在中、外政治历史中对公正的探讨，分析社会发展及分配问题，探讨当前社会公正面临的问题时，就容易把“公正”的范围缩小，使其内涵仅仅停留在“政治”层面，而缺乏一种广义的、视域更宽的观照。其实，核心价值观每个关键词都具有极强的开放性、建构性，其所指是多元的，其内涵是丰富的，其意蕴是演进的，每个层面的内涵都在滋养着“公正”价值观的形成与发展。通观中国传统文论史，古人依托“文学理论批评”，在涉及为人、处世、立言、作品等方面评析时，也大量地涉及“公正”。在当前推进中国传统文论“双创”之时，我们要勇于突破单一的传统“政治”层面，在古代文化语境中厘清“公正”所具有的多元表征，尤其是传承古人维护公正的各种智慧。

一、秉笔直书

古代文论家是传统社会精英知识分子群体，他们身份具有多重性，既是作家也是批评家或政治家、史学家、经学家。他们在论文时能从历史公正角度评价人物和作品，不虚美，不隐恶，秉笔直书。司马迁《报任安书》蕴含着“发愤著书”的文艺思想，他著史“以抒其愤”，实则是在长期接触社会各阶层和遭受宫刑等不公正待遇后，通过记史来还原社会真实状况，“别嫌疑，明是非，定犹豫，善善恶恶”，他在刻画众多人物形象时，以信史的良知鞭挞丑恶、弘扬美善。这种追求公正评价人物的态度和精神，具有很强的批判色彩，是中国古代史乃至文论史的优良传统，后来被刘知几《史通》、欧阳修《新唐书》、章学诚《文史通义》等史著或文论著作传承下来。

二、批评公正

这表现在对作家的认识以及作品的评价方面。文论家设身处地体会作家的

---

① 如鞠忠美:《论中华传统文化的创造性转化》，载《理论学刊》2017 年第 4 期。

处境和遭遇，公正地评价作家成就和艺术贡献，尤其是对因意识形态和其他原因被贬低的文人，他们给予重新评价，显示出批评的公正。典型如两汉诸多文论家评价屈原和离骚，他们基于各自不同的角度和立场发表了各自的看法。班固、扬雄对屈原的遭遇和结局给予了否定。如班固曰："然责数怀王，怨恶椒兰，愁神苦思，非其人，忿怼不容，沈江而死，亦贬絜狂狷景行之士。多称昆仑冥婚宓妃虚无之语，皆非法度之政。经义所载，谓之兼《风》与《雅》，而与日月争光，过矣！"并云"斯论似过其真""非明智之器，可谓妙才者也"。（《离骚序》）对屈原其人颇有微词，对其作多有误解。王逸曰："而论者以为露才扬己，怨刺其上，强非其人，殆失厥中矣。"对这种不公正看法给予了有力的反驳。司马迁则谓"其志洁，故其称物芳，其行廉，故死而不容。自疏濯淖污泥之中，蝉蜕于浊秽，以浮游尘埃之外，不获世之滋垢，皭然泥而不滓者也。推其志也，虽与日月争光可也"，客观、理性地评析屈原，显示出批评家的公正。如葛洪辩证看待古与今，萧钢指出谢灵运和裴子野各有千秋，杜甫公正看待传统与当下、继承与创新(《戏为六绝句》)，梅尧臣对当时堆砌典故、阿谀奉承而使文学"形式"走向极端的文风之批评(《答韩三子华韩五持国韩六玉汝见赠述诗》)，李清照对词学审美追求的维护(《论词》)，方回对江西诗派的公正评析(《读张功父南湖集（并序)》）等，皆是古代公正批评的典范。这在传统文论史上比比皆是，极为常见。若没有一种客观、理性的批评，则古代文论很多话语难以被后世认同。

三、政治公正

在古代文论中，谈及人才选拔之论述也涉及政治公正。如唐朝李谔针对社会上不公正选拔人才的现象写成《上隋文帝书》，严词批判地方向中央推举那些浮华无实之人，而排挤一些专心向学的饱学之士。这是在规则、机会面前坚守公正。广义上来讲，史学家秉笔直书尤其是对帝王将相等政治人物的评析，同样是体现政治公正的典型。如《颜氏家训·慕贤》篇记载萧子云收藏元帝的属下丁觇书法来看，南北朝时期门阀制度使原本等级森严的社会雪上加霜，世人过于看重人的官职和头衔，致使相当一批有才的寒门学士被埋没才华。这种不公正与当时的社会政治及习俗有关系。此外，司马迁在扬雄、班固的基础上重新认识和评价屈原其人其作，也是对政治公正的一种彰显。古代文论史上，很多理论批评家同时也是政治家和知识分子（如曹丕、韩愈、欧阳修、苏轼、龚自珍、梁启超等），他们参与朝政，议论国事，很多观点与政治上维护公正、彰显道义具有一定的关联。

四、体察民情

压制、歧视、偏见、权力等容易导致的不公正现象发生，而受害的一方往往是弱势群体。在古代封建社会，专制主义长期占据上风。在复杂的官民关系中，百姓往往处于社会底层，无法享受政治话语权，往往难以获得公正的机会，也很难被平等地对待。他们是社会的弱者，受到文论家的极大关注，这种公正表现为同情弱小，体察民情。一些民本色彩浓厚的文论家，或在探讨文学有何功用的文论篇章里，基于文学视角而替百姓着想，无论是诗文的现实主题，还是创作后的功用，都紧扣百姓展开。如白居易《新乐府序》指明创作“为君、为臣、为民、为物、为事而作，不为文而作也”，突出了诗文的讽喻精神，而“为臣”“为民”是对此前文学歌功颂德的一种新认识，很接地气。《墨子》提出：“何谓三表？子墨子言曰：有本之者，有原之者，有用之者。……于何原之？下原察百姓耳目之实……观其中国家百姓人民之利，此所谓言有三表也。”也是基于百姓的实际体验和对百姓有用处来为文艺树立标准的。可见，在传统有识之士那里，他们善于从民众需求、特点出发来论文艺，使其“公正”观具有很强的民本色彩。诸如孟子文论、顾炎武文论等，皆是如此。在这个层面上讲，我们认为“公正”与“民主”具有汇通性。

五、一分为二地论人、评文

任何人物都有长处和不足，都有优势和短处。古代一些文论家在评析时一分为二地看待，不过多夹杂个人情感，不偏袒，不护爱也不抬举，显得较为公正和客观。如曹丕公正评价建安陈琳等诗人的作品①，堪称典范。韩愈针对当时一些人扬杜抑李或李杜交讥而写作《调张籍》，认为在唐代诗歌的巅峰时期，李、杜二人各有特色，成就各异。其评析不掺杂过多好恶，显示出文论家的理性与客观。此外，范仲淹对“文”“质”特点的思辨认识，以及如何兼备的看法（《唐异诗序》），赵秉文认识到古代名家“各得其一偏”，点明学诗应“师其

① 《典论·论文》载曰：“王粲长于辞赋，徐干时有齐气，然粲之匹也。如粲之《初征》《登楼》《槐赋》《征思》，干之《玄猿》《漏卮》《圆扇》《橘赋》，虽张、蔡不过也，然于他文未能称是。琳、瑀之章表书记，今之隽也。应玚和而不壮；刘桢壮而不密。孔融体气高妙，有过人者，然不能持论，理不胜辞，至于杂以嘲戏，及其所善，扬、班俦也。”

意，不师其辞”，转益多师是汝师，并最终自成一家，都是古人一分为二、公正评析的典范。愚以为，在传播信息网络化、价值观念多元化的今天，一些精英知识分子或普通网友谈论人物、现象时，容易顾此失彼，表现在爱走极端，只看一点而遮蔽其余；或为博眼球而观点偏激，评人、论事有失公正（如针对鲁迅、金庸等名人），在这方面应多向古人学习。大凡在诸多见解中胜出一筹者，或传世于后的观点与评论之中，大多是公正的、思辨的化身，为绝大多数人所认可。

六、规则公正

文学批评不能被误解为主体单纯根据个人喜好对文学发表看法和见解的一种随意性活动，它实则有着很强的规则和标准。公元3世纪之前数百年，批评家发表观点具有一定的个体性，并因政治观、哲学观（如先秦士人的文艺批评）以及伦理观（如两汉经学家的批评）的影响，非文学的标准起了很强的支配作用，如刘勰所谓的名家们“泛议文意，往往间出，并未能振叶以寻根，观澜而索源”（《文心雕龙·序志》），那时尚在批评标准的探索阶段。自魏晋文学批评开始觉醒以来，文论家对批评标准和方法的多维探讨，本质上是“批评公正”的确立，它使文学批评逐渐具有一定的科学色彩。至《文心雕龙·知音》篇，深入分析了影响文章品鉴客观、公正的主客观因素。刘勰认为，客观上事物是复杂多样的，文章有的深奥难懂，“文情难鉴，谁曰易分?”主观上，人有自己的趣味和偏好，不同的气质和特点，“知多偏好，人莫圆该”，不可强求，这也导致品鉴时极易见其一端，“各执一偶之解，欲拟万端之变”，故有“东向而望，不见西墙”的现象出现。可以看出刘勰在文学品鉴上力求公正的思考与努力。其谓“无私于轻重，不偏于憎爱，然后能平理若衡，照辞如镜矣。是以将阅文情，先标六观：一观位体，二观置辞，三观通变，四观奇正，五观事义，六观宫商。斯术既行，则优劣见矣”（《文心雕龙·知音》）则开出药方，提出了“六观”说这一公正评文的方法。“平理若衡”“照辞如镜”是在欣赏、品鉴中追求“公正”的至高标准，具体方法是“圆照之象，务先博观”，大量地接触作品，在实践中积累经验，提高能力。正是刘勰，为中国文论客观、公正地批评树立了一个标杆、创立了一种法式，也使“文学批评”此后区别于主观性极强的“文学欣赏”，而成为在方法、工具上极为讲究并具有一定学理性的学科。

习近平总书记曾强调：“不忘历史才能开辟未来，善于继承才能善于创新。优秀传统文化是一个国家、一个民族传承和发展的根本，如果丢掉了，就割断了精神命脉。我们要善于把弘扬优秀传统文化和发展现实文化有机统一起来，紧密结合起来，在继承中发展，在发展中继承。”① 这无疑为今人如何对待传统文化指明了方向，提出了总纲。我们正是本着这条原则立足于传统文论来涵养“公正”价值观的。公正思想、公正精神不只是表现于传统政治领域，在文学理论和批评方面也大量存在。尤其是秦汉时期我国文论往往伴随着政治主张和哲学思想而出场，是在文史哲不分家的母体文化中滋生和成长起来的，故传统文论中的“公正”资源存在于以文学批评为主进而辐射到古人论政治、论道德、论情谊、论处世、论见闻的诸多话语之中。尽管在古代政治领域，专制占据主导，但是思想和批评领域在很多朝代则相对地自由，深受儒家风雅传统、道义精神影响的中国古代文人把他们对公平、正义的追求，熔铸到对艺术、世态的评析中去。在大力呼吁“双创”的今天，这笔宝贵财富值得挖掘并弘扬。

① 习近平2014年9月24日在纪念孔子2565周年诞辰国际学术研讨会暨国际儒学联合会第五届会员大会开幕会上的讲话。

论当前“爱国”价值观的创造性转化与发展

爱国作为公民的神圣义务，不仅是社会主义核心价值体系的重要组成部分，也是核心价值观中第一个关涉“心”字的词汇。其内涵在数千年文化史上不断发展和演绎从而走向多元化，在传统社会它包括忠君、义理和忧患三层所指，涵盖对诸侯国的热爱、对君主之国的热爱以及对中华之国的热爱。爱国的形成是从个体爱山水爱自然，到对家庭家族的热爱，最后上升到对国家和民族的热爱。进入新时期，爱国被注入了强烈的时代精神和新的内涵，即指建设和实现富强、民主、文明、和谐的社会主义国家。关于“双创”的背景、内涵、价值等，前文有述，兹不展开。

通观中国传统文论中“爱国”的多维表现及其丰富内涵，这一价值观在当下实现“双创”的工作中，在内容和形式方面都有值得延续的传统，蕴含着极具价值的宝贵资源。

一、在中国传统文论中，爱国指反对颠覆和破坏国家主权，维护国家统一

《论语·阳货》记载：“恶紫之夺朱也；恶郑声之乱雅乐也；恶利口之覆邦家者。”孔子反对国家分裂和颠覆，鲜明亮出了自己的态度。而到了近代，中华民族被外族入侵，割地赔款，帝国主义掀起了瓜分中国的狂潮，这时期的爱国集中表现为反对分裂，反对八国联军的颠覆，维护国家的统一。20 世纪初，梁启超借小说掀起了文学革命，“以发起国民政治思想，激励其爱国精神”，他希望借小说来启迪民智、改善风气、救亡图存，在文字背后饱含爱国情感。其大力宣传、介绍美国的《自由钟》等作品，“读之使人爱国自立之念油然而生”，旨在通过介绍西洋作品来激发国人的爱国、自由之理念，目的鲜明，意图坚定。

二、在中国传统文论中，通过评析维护正义，还爱国人士以清白

在中国传统文论中，最突出的表现为两汉围绕屈原其人其作展开的一次大

型的文艺争鸣。扬雄指责屈原作品在艺术上“过以浮”“蹈云天”，其浪漫色彩不符合儒家经典；班固则谓屈原“露才扬已”“竞于群小”并批评他的作品“多称昆仑、冥婚、宓妃虚无之语，皆非法度之政、经义所载，谓之兼《诗》风雅，而与日月争光，过矣！”对屈原的爱国行为和不朽名篇均有着极大的误解并给予了否评。如无正直文论家反驳和捍卫，则屈原在中国文艺史上将被蒙冤而很难翻身。司马迁不拘流俗，敢于为屈原辩护：

> 其文约，其辞微，其志洁，其行廉。其称文小而其指极大，举类迩而见义远。其志洁，故其称物芳；其行廉，故死而不容自疏。……蝉蜕于浊秽，以浮游尘埃之外，不获世之滋垢，皭然泥而不滓者也。推其志也，虽与日月争光可也！

高度肯赞了屈原的爱国行为和不朽篇章。王逸批评班固之言“是亏其高明，而损其清洁者也”，并曰“所谓金相玉质，百世无匹，名垂罔极，永不刊灭者矣！”（《楚辞章句序》）还屈原以公正和清白。刘勰在《文心雕龙·辨骚》篇中曰：“不有屈原，岂见《离骚》？惊才风逸，壮志烟高。山川无极，情理实劳。金相玉质，艳溢锱毫。”更是以优美的诗性语言肯赞了屈原其人其文。至此，屈原作为伟大的爱国主义诗人之地位，在中国文学史上最终得以奠定。爱国行为、爱国情怀从来不会被人淡忘。

三、在中国传统文论中，爱国指通过诵读名篇或追忆古人来接受爱国的熏陶，这种方式今天依然可取

传统文论中有相当一批知识分子通过朗诵爱国名篇，或在文论篇章中深切缅怀爱国古人，寻求情感的慰藉和思想的共鸣，从而间接表达自己的爱国之情。如王逸在《楚辞章句序》中曰：“是以伍子胥不恨于浮江，比干不悔于剖心，然后忠立而行成，荣显而名著。”通过追忆伍子胥、比干等爱国名人，提出了“且人臣之义，以中正为高，以伏节为贤。故有危言以存国，杀身以成仁”的爱国观念，杀身成仁是对传统“爱国”观的最高概括。《世说新语·言语》再现了简文帝朗诵庾仲初的爱国诗声泪俱下的动人表情：“帝因诵庾仲初诗曰：‘志士痛朝危，忠臣哀主辱。’声甚凄厉。‘……由是身不能以道匡卫，思患预防，愧叹之深，言何能喻？’因泣下流襟。”朗诵爱国诗篇能引发强烈的共鸣，尤其是在国家遭遇外族入侵时。清末诗人丘逢甲在清朝四面楚歌之时创作《论诗次铁庐韵》：

> 四海横流未定居，千村万落废犁锄。荆州失后吟《梁父》，空忆南阳旧草庐，展卷重吟民主篇，海山东望独凄然。英雄成败凭人论，赢得诗中自纪年。

作者思绪联翩，对诸葛亮和杜甫之爱国诗予以了追忆。类似的后人咏怀古代爱国篇章或缅怀古代爱国人士，是表达自己处境、心情、志向的重要方式之一。在当前传承古文化之时，完全可以利用多媒体引领国人诵读名篇，追忆爱国人士，这对熏陶爱国情感、形成民族合力将极有帮助。

四、在“双创”中，须过滤掉“爱国”对国君忠贞的狭义内涵

爱国观念在传统社会不同语境和阶段有其相应的含义，当前在转换此价值观时要过滤和清除掉其中对君王愚忠和行孝的过失内涵，而应将其中富有民族特征的积极内涵继承下来。《世说新语·言语》篇记载，“百僚奔散，唯侍中钟雅独在帝侧。”在文武百官纷纷逃窜时，唯有钟雅留下来谨表忠心。在于他坚信“国乱不能匡，君危不能济”。中国古代“忠君爱国”的观念滋生于小农经济和君主专制社会，故在对传统爱国价值观进行创造性转换时，要过滤掉其中忠孝一体的文化属性。

五、在中国传统文论中，古人用实际行动来践行爱国

爱国不仅在于心意，更在于行动。中国传统文论中，反映士人以实际行动来践行爱国价值观的事迹比比皆是，也感人肺腑。《颜氏家训·养生》篇描绘了离乱之际，一批名臣贤士临难求生，终为不救。唯有谢夫人演绎了荡气回肠的爱国之举：“及鄱阳王世子谢夫人，登屋诟怒，见射而毙。夫人，谢遵女也。何贤智操行若此之难？婢妾引决若此之易？悲夫！”谢夫人在楼顶痛骂敌人后中箭身亡，为国捐躯。类似语篇虽然寥寥数笔，却把一些人物用实际行动践行“爱国”国价值观的事例刻画得相当鲜活。又如“七七事变”后，清末文论家陈三立不胜忧愤，绝食而死。在国破家亡的年代，其文章“以气节自砥砺，其幽忧郁愤，与激昂磊落慷慨之情，无所发泄，则悉寄之诗”（吴宗慈《陈三立传略》）。这是近代文论家中直接以身殉国的文人之一。钟嵘在《诗品序》中以生动的笔调刻画了古人保家卫国的感人行为：

> 嘉会寄诗以亲，离群托诗以怨。至于楚臣去境，汉妾辞宫。或骨横朔野，魂逐飞蓬。或负戈外戍，杀气雄边。塞客衣单，孀闺泪尽。或士有解

佩出朝，一去忘返。女有扬蛾入宠，再盼倾国。

进而提出“凡斯种种，感荡心灵，非陈诗何以展其义？非长歌何以骋其情？”的诗学观，亦间接刻画了古人的爱国事迹。这种文字，读来感人心怀。无论是场景还是事迹，古人力行爱国观，不纸上谈兵，值得今人借鉴。

六、在中国传统文论中，古人通过评论作品和人物来培育爱国情感

这在此学科中最为常见，通过评论士人作品、缅怀其事迹来表达对爱国行为的敬仰，是众多文论家常用的方式。中国历史上涌现出不计其数的爱国人物和浩如烟海的爱国篇章，这些均进入了文论家的评论视野。如一生壮志难酬的清末文论家张际亮借诗论揭露充满剥削而黑暗的社会现实，流露出抱负无从实现的失落，抨击了外国列强对中华民族的野蛮侵略，无限怀念爱国志士之诗：

> 盖惟其志不欲为诗，故其诗独工，而其传也亦独盛。如曹子建、阮嗣宗、陶渊明、李太白、杜子美、韩退之、苏子瞻，其生平亦尝仕宦，而其不得志于世，固皆然也。此其诗皆志士之类也。(《答潘彦辅书》)

常州词派的重要词论家冯煦，生年跨越同治、光绪、民初多个时代，见证了祖国发生的巨大变化，蒙受的深重灾难，其《蒿庵论词》“借题发挥”，论词重“比兴寄托、宏旨大义”。他通过评析历史上诸多爱国忧民的词人如辛弃疾、陆游、刘克庄来寄托自己的爱国情怀和不平之气，希望用古人的悲歌高唱、壮烈情怀激励同胞，自强奋进，这赋予了其词学鲜明的时代印记。此外，张肇桐、陈佩忍、林昌彝、高旭、黄人、柳亚子等人的诗论均结合清末民国时中国社会腐朽、民族衰败、被列强入侵的时代大变局，来评论爱国人士及其作品，均给当时以及后世的读者深深的艺术渲染和情感震撼。

七、在中国传统文论中，通过编书或自由创作来激发民众爱国情怀，宣传爱国主张，抒发爱国思想，亦很常见

中国传统文论家身份具有多元性，有的既是史学家也是作家，既是政治家也是批评家。他们中有相当一批通过自由创作来抒发爱国的情感，表达得朴实而真切，汇聚而成民族的正义之流。时至今日，他们的作品依然感人肺腑。如陈三立创作《漫题豫章四贤像搨本》咏陶渊明曰：“此士不在世，饮酒竟谁省？想见咏荆轲，了了漉巾影。”文论家兼诗人柳亚子直接创作《二十世纪大舞台》，其内容分论著、传记、传奇、班本、小说、纪事等十几个栏目，刊登大量的爱

国剧本。其创作宗旨在于："本报以改革恶俗、开通民智、提倡民族主义，唤起国家思想为惟一之目的"，希望发挥传统戏剧强烈的感化作用，号召戏剧家在舞台上再现中国民族斗争及外国革命的历史，以激发人民的斗志。这种爱国情怀在柳亚子的文论和创作中表现得格外鲜明。此外，文论家黄人《中国文学史·总论》（论"文学史之效用"）视"文学"为一国之国粹，"文学史"乃"国史"，他针对中国当前的思想文化状况，指出此书独特的社会功效是激发国人的爱国热情。"保存文学实无异保存一切国粹，而文学史之能动人爱国保种之感情，亦无异于国史焉。"此外，孔广德就人们的爱国篇章汇编成《普天忠愤集自序》出版发行，梁启超编《丽韩十家文钞》等，都是这方面的典范。这种通过编书、编期刊、自由创作来宣传爱国思想的现象，在清末民初极为常见，也启发了当今和平时期引导国人践行爱国价值观应寻求多元的传播渠道。

八、在中国传统文论中，宣扬经世济民的实用主义，主张有所作为

在传统文论中还有一种爱国，不是奔走疆场御敌报国，不是缅怀古人抒发情感，而是呼吁"经世济民"来壮大祖国，改变社会现状。他们有"哀其不幸，怒其不争"的情怀，反对浮夸和陈旧的文风，主张文艺创作应积极关乎现实，而文论家则应呼号奔走，有所作为，在创作的题材、风格上寻求变化，大胆地改变文章受儒道、义理的束缚，赋予其博大、雄直、遒劲之风格。这在近代曾国藩及其弟子的文论中表现得格外鲜明。如清代后期文论家冯桂芬在《复庄卫生书》中指出文章"称心而言，不必有义法也"，"道非必'天命''率性'之谓，举凡典章、制度、名物、象数，无一非道之所寄，即无不可著之于文。有能理而董之，阐而明之，探其奥赜，发其精英，斯谓之佳文"，实则扩大了儒道的内涵，使其由反映儒家义理扩大到反映社会时代，其谓"际兹国步艰难，方与拨乱反正，别有经天纬地之大文，为同谱光荣，又岂仅区区翰墨为勋绩邪!"包世臣则曰："言道者言之有物也，言法者言之有序也。"（《与杨季子论文书》）他看重论文"有物""有序"，关乎世事和民事，其创作与其诗论均是如此，这种通过经世济民来充实文章内涵、变革文章构成的做法，依然是爱国的体现。总之，经世济用的文论观在晚清曾国藩、冯桂芬、魏源等人那里格外鲜明，这是晚清名臣爱国情怀的体现。

九、反对瓜分，宣传自由、民主等新型观念

历史进入近代，伴随着国家积贫积弱并被西方列强不断瓜分，中国文论家的爱国思想不再仅仅局限于热爱山水家乡、忠于国君等方面，而如火山爆发一般，集中体现在对社会黑暗现实的强烈批判，对西方列强野蛮入侵中国的无耻行径义愤填膺，通过变革小说或戏剧等文体来改变落后的社会现实，通过创作来改造国民性，通过“输血”来介绍、翻译西方作品。从而极大地赋予了“爱国”价值观新的内涵，也空前地扩大了“爱国”词汇的包容度。近代文论家高启抗议清廷，呼唤国魂，他在《南社启》中鲜明指出：“国有魂则国存，国无魂则国将从此亡矣。夫人莫哀于亡国，若一任国魂之飘荡失所，奚其可哉!”这种“国魂”就是民族精神的体现，是浓郁的爱国之心的体现，他的很多文字今天读来依然动人心弦：

> 倘无人以支柱之，则乾坤或几乎息矣，此乃不特文学衰亡之患，且将为国家沉沦之忧矣。二三子有同情者乎，深望同声相应，同气相求，与之同步康庄，以挽既倒之狂澜，起坠绪于灰烬，若是者岂非我辈儒生所当有之事乎!

言为心声，此乃民族之脊梁也！此外，梁启超在《丽韩十家文钞》中提出“国民性”，高度赞扬了塞尔维亚抗击匈奴的作品，都是这种爱国的体现。类似文字、精神，完全可化入当今国民奋发图强的劳动和生产之中。

十、在中国传统文论中，爱国还指整理典籍，具有山水情怀

在中国传统文论中，爱国还有整理民族典籍、热爱山水等方面的内涵。很多文论家怀着使命感整理我们祖宗传承的民族典籍，为之作序或通过编书、选本形式来表达自己的诗学思想。典型如一生为宣传儒家思想积极奔走、四处碰壁的圣贤孔子，晚年回到鲁国整理《诗经》等典籍，教育弟子。其诗论曰：“子曰：‘诵《诗》三百，授之以政，不达；使于四方，不能专对？虽多，亦奚以为？’”（《论语·子路》）；“迩之事父，远之事君”（《论语·阳货》），背后体现出他希望通过恢复周代仁义和礼制来寻求国家的统一。编纂选本的桐城派姚鼐、曾国藩等也可看作具有爱国情怀的士人代表。

此外，还有一种爱国是文论家以优美的笔调描绘祖国山川的神奇与美丽，如钟嵘《诗品序》中写道：“若乃春风春鸟，秋月秋蝉，夏云暑雨，冬月祁寒，斯四候之感诸诗者也。”他描绘了在农业国度自己对家乡山水的热爱之情。没有和平时期对家乡、自然的热爱和依恋，则很难有战乱时期对国家的保护、讴歌和挚爱。这种描绘自然山川之美的篇章，在司空图、苏轼、姚鼐等人的文论中

皆有体现。生活在这片土地上的人们，一年四季都能感受到自然美景带来情感的勃发和写作的启迪。中国古代的意象批评，最能体现古人对自然山水的亲近与依恋。

习近平总书记2014年2月24日在中共中央政治局第十三次集体学习时的讲话中鲜明指出："要认真汲取中华优秀传统文化的思想精华和道德精髓，大力弘扬以爱国主义为核心的民族精神和以改革创新为核心的时代精神，深入挖掘和阐发中华优秀传统文化讲仁爱、重民本、守诚信、崇正义、尚和合、求大同的时代价值，使中华优秀传统文化成为涵养社会主义核心价值观的重要源泉。要处理好继承和创造性发展的关系，重点做好创造性转化和创新性发展。"同年10月15日，他在文艺工作座谈会上的讲话中进一步指出，"传承中华文化，绝不是简单复古，也不是盲目排外，而是古为今用、洋为中用，辩证取舍、推陈出新，摒弃消极因素，继承积极思想，'以古人之规矩，开自己之生面'，实现中华文化的创造性转化和创新性发展。"① 为当前国人如何对待传统文化指明了方向性，也使"双创"话题不断受到重视。当前对"爱国"价值观进行"双创"，不仅有利于发挥它在当下的引领作用，也能实现这个关键词在新时期的内涵转变，其时代意义和文化价值也是显而易见的。

① 2014年10月15日，习近平总书记在北京主持召开文艺工作座谈会并发表重要讲话，本段节选自讲话稿。

论当前“敬业”价值观的创造性转化与发展

习近平总书记曾在全国宣传思想工作会议上讲话强调，我国意识形态工作者要努力做到“四个讲清楚”：“讲清楚每个国家和民族的历史传统、文化积淀、基本国情不同，其发展道路必然有自己的特色；讲清楚中华文化积淀着中华民族最深沉的精神追求，是中华民族生生不息、发展壮大的丰厚滋养；讲清楚中华优秀文化传统的突出优势，是我们最深厚的文化软实力；讲清楚中国特色社会主义道路植根于中华文化沃土、反映中国人民的意愿、适应中国和时代发展进步要求，有着深厚历史渊源和广泛现实基础。中华民族创造了源远流长的中华文化，中华民族也一定能够创造出中华文化新的辉煌。独特的文化传统、独特的历史命运，独特的基本国情，注定了我们必然要走适合自己特点的发展道路。”① 指明了当前挖掘、弘扬传统文化的意义所在，也阐发了国家建设和传统文化开掘之间的内在关联。就“敬业”价值观而言，它在转化中还有哪些精华部分需要保留呢？这需要引起我们的关注。

“敬业”反映人们对待工作的态度和方式。不独近代以来随着社会的分工和工种的细化，各行各业讲究“劳模”“标兵”，在传统农业社会古人热爱劳动、发挥聪明才智，创造了辉煌灿烂的华夏文化，并最终形成我们民族勤俭节约、乐善好施的美好传统，敬业同样发挥了作用。就“古代文学理论批评”领域而言，古代文论家践行“敬业”价值观，积淀了许多宝贵的经验，值得当前予以创造性转化，成为我们当前劳动、生活中的重要组成部分。

一、兴趣与爱好的保持

“敬业”观念包含忠于职守的职业精神，指向人锲而不舍地专心从事某项工作。每种职业在劳动性质、方式和强度上，都有其特殊性。就传统文论而言，

① 习近平：《意识形态工作是党的一项极端重要的工作》，载《人民日报》2013－08－20。

精英知识分子通过著书立说来发表自己对于文学、文化、艺术的种种看法、观点和见解，以体现自己的文学观、审美观和人生观，它是属于"立言"的范围。古代文论家对作家作品保持一定的兴趣，在评论中体现这种爱好，可引发今人的思考。要想立言有真知灼见，要想凝练出文艺思想，必先真的热爱这个职业，对它产生浓厚的趣味。如建安文人曹丕在《与吴质书》中动情而感伤地描绘了他和朋友们郊游、唱和、作诗的场面："昔日游处，行则连舆，止则接席，何曾须臾相失！每至觞酌流行，丝竹并奏，酒酣耳热，仰而赋诗，当此之时，忽然不自知乐也。谓百年己分，可长共相保，何图数年之间，零落略尽，言之伤心。……"真切反映出这批有共同爱好的青年欢快而难忘的时光。他在其后多篇文章中深情缅怀文坛挚友王粲、吴质和徐干，体现出建安文人对文学的深切热爱。此后历代文人莫不如此。总之，随着社会竞争日趋激烈，今人在各行各业上如能像古代文人热爱"立言"那样热爱自己的本职工作，定能真正实现自己的价值，有所作为。

二、兢兢业业干好本职工作

"敬业"意味着劳动者对工作一心一意、踏踏实实，不能心猿意马、走马观花、三天打鱼两天晒网。如果暂且把古代文论作为一项"职业"（在传统社会基本上都是兼职的，没有纯粹的职业型批评家），则体现出古人对这项工作的兢兢业业和不辞辛劳。如司马迁蒙冤入狱，遭受不公正待遇，肉体和精神上均受到折磨，出身史家的他依然秉持负责的态度"发愤著书"，谓"以舒其愤，思垂空文以自见"，他不仅铭记父亲司马谈的重托，还以顽强的毅力完成了《史记》这部巨制。无论是思想内容还是艺术手法，该书都体现了司马迁"究天人之际、通古今之变、成一家之言"的伟大愿望，并成为"史家之绝唱，无韵之离骚"（鲁迅语），在中国古代的二十四史中独树一帜。无论是从成书过程还是内容质量来看，《史记》都充分体现出司马迁兢兢业业的工作态度，从而缔造了一代文化精品。当然，古往今来，凡是在文论领域有真知灼见者、有伟大影响者，譬如孔子、王充、刘勰、李贽、金圣叹等，无不是类似遭受过磨难依然坚守的强者，他们是时代的敬业楷模。此外，《墨子·非乐》篇则从反面深刻地论述了不做好本职工作，不做好分内事，将对整个社会劳动生产产生负面作用，也非常值得一读。古代很多文论家如白居易、苏轼、王夫之、曾国藩等，皆是"劳动模范"。

三、工作中必要的勤勉和努力

敬业需要忍受和付出，只有劳动者发挥自己的聪明才智，投入一定的时间和精力去经营，才能天道酬勤，获得更多，做出更显赫的业绩。古代文论中体现士人们在文学欣赏中的勤勉和努力的地方还真不少，这笔财富在当前“双创”中应传承下来，继续发扬光大。如白居易《与元九书》记载：

> 如今年春游城南时，与足下马上相戏，因各诵新艳小律，不杂他篇，自皇子陂归昭国里，迭吟递唱，不绝声者二十里余。攀、李在傍，无所措口。知我者以为诗仙，不知我者以为诗魔。何则？劳心灵，役声气，连朝接夕，不自知其苦，非魔而何？偶同人当美景，或花时宴罢，或月夜酒酣，一咏一吟，不觉老之将至。虽骖鸾鹤游蓬瀛者之适，无以加于此焉，又非仙而何？微之，微之！此吾所以与足下外形骸、脱踪迹、傲轩鼎、轻人寰者，又以此也。

真切地再现了白居易和朋友边骑马边唱和、作诗的场景，历历在目，真切感人。白居易毕生创作了八百余首诗篇，与这种勤勉、努力是分不开的。有付出才有回报。白居易无疑是唐代诗坛的劳模，其诗论回忆是敬业的最好教材。又如《庄子·天道》篇通过“轮扁斫轮”的寓言，提出了“言不尽意”的文艺思想。换个角度看，这个寓言同时也反映出老汉敬业的可贵精神：“臣也以臣之事观之。斫轮，徐则甘而不固，疾则苦而不入，不徐不疾，得之于手而应于心，口不能言，有数存焉于其间。臣不能以喻臣之子，臣之子亦不能受之于臣，是以行年七十而老斫轮。古之人与其不可传也死矣，然则君之所读者，古人之糟粕已夫！”车轮匠扁用刀斧砍木制造车轮，兢兢业业数十年而无怨言。这怎不是先秦农业社会那些勤快的老百姓的真实写照呢？虽然庄子记载这些寓言另有所指，但它们侧面反映了古人在勤勉和投入工作中达到的娴熟程度，以及“官知止而神欲行”的出神入化的境界。

四、专注和投入

专注要求劳动者全心全意，凝神贯注。投入则要求劳动者在时间、精力方面大量地付出，不断耕耘。只有二者有机结合，才能真正学有所成。这个融合的过程是对敬业价值观的最好诠释。中国文论中反映古人专心练习、勤勉作诗、投入打好基本功以及在构思立意上的搜肠刮肚等状态，比比皆是，今天说来甚为感人。如文论名篇《与元九书》记载了白居易小时候学诗、写诗的经历，其勤奋与专注让人明白这位伟大诗人的成就绝非一日之功。他很小便在乳母带领下识字，“及五六岁，便学为诗。九岁谙识声韵。十五六，始知有进士，苦节读书。二十已来，昼课赋，夜课书，间又课诗，不遑寝息矣。以至于口舌成疮，手肘成胝。既壮而肤革不丰盈，未老而齿发早衰白；瞥瞥然如飞蝇垂珠在眸子中者，动以万数，盖以苦学力文之所致，又自悲”。其勤奋和投入可见一斑，这种刻苦学习的劲头难道不值得今人学习吗?《世说新语·文学》篇记载曰：

孙安国往殷中军许共论，往反精苦，客主无间。左右进食，冷而复暖者数四。彼我奋掷麈尾，悉脱落满餐饭中。宾主遂至莫忘食。殷乃语孙曰：“卿莫作强口马，我当穿卿鼻。”孙曰：“卿不见决鼻牛，人当穿卿颊。”

清谈名士孙安国和殷浩激烈地争辩，竟然忘记了桌上的饭菜，争论一会儿菜凉了，热后又继续争辩，如此多次反复直到天黑两人竟然忘记了晚餐！其投入可见一斑。这种“敬业”是典型的废寝忘食，是基于对共同话题的强烈爱好，显示出古代名士不俗的风范。

五、懂得节制

敬业除有“热爱”“勤勉”外，还有“克制”之内涵，即劳动者需要与自己的懒惰天性、安逸思想做斗争，克制自己过长休息或止于安乐的想法，节制各种不利于工作开展的欲望、念头。节制使人收心，使精力聚焦。毕竟时光易逝，一个人如果经常被各种念头、琐事所占据，则容易蹉跎岁月，一事无成。在中国传统文论中，“节制”层面的敬业价值观也多有体现。如《文心雕龙·养气》篇记载了前人对时光易逝的感慨：“至如仲任置砚以综述，叔通怀笔以专业，既暄之以岁序，又煎之以日时，是以曹公惧为文之伤命，陆云叹用思之困神，非虚谈也。”然后选择王充、曹褒为个案，描写了他们为克服惰性、勤勉写作的经历：“……是以吐纳文艺，务在节宣，清和其心，调畅其气，烦而即舍，勿使壅滞，意得则抒怀以命笔，理伏则投笔以卷怀，逍遥以针劳，谈笑以药倦，常弄闲于才锋，贾馀于文勇，使刃发如新，腠理无滞，虽非胎息之万术，斯亦卫气之一方也。”王、曹二人在家中四处放笔墨纸砚，供思路来时随时写作，也勉励自己此生有所作为。在这段文字中，刘勰同时指出创作耗费身心，不能过度损耗和顺的体气而缩短寿命，写作者需要存养、节制，这也是对人体和自然规律的尊重和利用。这种观点对今天人们也不无启发意义。文论家的论述是思辨而深刻的。

六、持己见和变革创新

“敬业”不能理解为劳动中单纯为了完成任务，而应把自己的能力、才智熔铸其中，通过辛勤地浇灌和长期的付出产生新的文化成果。尝试、变革乃至创新，是一种更高级的敬业。同时敬业绝不是毫无主见，随波逐流，而应坚持己见，为了维护“三观”有自己独特的看法。在古代文论中，这两个方面的敬业都不乏体现。如李清照在《论词》中批评当时名家：“虽时时有妙语，而破碎何足名家！至晏元献、欧阳永叔、苏子瞻，学际天人，作为小歌词，直如酌蠡水于大海，然皆句读不葺之诗尔，又往往不协音律，何耶?”“乃知词别是一家，知之者少。……秦即专主情致，而少故实……黄即尚故实，而多疵病，譬如良玉有瑕，价自减半矣。”评析是极其尖锐的，在于李清照不随从权威和大家，有自己严格而独特的词学观。坚持己见是她在词体创作方面敬业的体现。这种做法和精神在文论家王充、钟嵘那里亦很鲜明。

刘勰的敬业在于他不走传统注经的老路，而独辟蹊径选择了论文，且其精心执笔的《文心雕龙》突破了此前零散和感悟式的文学批评，在逻辑性与思辨性上实现了变革与创新，才使此书在文论史上独树一帜。一部《文心雕龙》可看作刘勰“敬业”的心血和结晶。文学变革方面，古人需要锐气和眼光，但对于复古派占据上风、整个社会风气重视模仿以及建构庞大体系（如《文心雕龙》这样“体大虑周”之作）的皇皇巨著来说，没有敬业的精神和行为，是断然无法完成的。我们生活在需要不断推陈出新的时代，“双创”已成为社会的一大潮流。我们认为，古人在这一层面践行的“敬业”，对今人而言尤其值得借鉴和思考。

由上可见，“敬业”既有普遍性的、共识性的内涵，如热爱劳动、努力工作，在具体行业和领域，又有其独特所指。就传统文论而言，所论析的六个方面都格外鲜明。中国文学批评史极其灿烂辉煌，与古人在“敬业”中的文化创造不无关系。在传统农业社会，古人在察举制、科举制的推动下醉心于诗文创作和典籍阅读，没有太多当代工业社会的各种物质诱惑和外界干扰，其对“敬业”的诠释，充分体现出华夏民族勤劳、节俭、朴实的风范。在举国上下迈向现代化建设的征程中，这种精神值得今人传承与弘扬。

“双创”方针近年来提得格外响亮，也引起学界高度重视，它为弘扬中华优秀传统文化提供了正确方法，并指明了出路。贯彻“两创”方针，就是要根据社会主义市场经济、民主政治、先进文化、社会治理等的发展需要，积极推动中华优秀传统文化与之相协调相适应，实现其当代价值。它被认为是继20世纪40年代提出“推陈出新”，50年代提出“百花齐放、百家争鸣”后，党在新的历史条件下对文化发展规律和文化发展责任、使命、路径的认识达到的一个新高度，将对中华文化走向新辉煌发挥强有力的指导和推动作用。其理论内涵主要体现在五个方面：赋予新义、改造形式、增补充实、拓宽延展、规范完善，① 本文即选取传统文论体现“敬业”价值观的精华部分，通过阐释使读者明了其中在当前仍具有传承价值的部分。

习近平在十次文代会、九次作代会开幕式讲话里曾提出了极具代表性和影响力的“四个坚持”：坚持以人民为中心的创作导向；坚持为人民服务、为社会主义服务；坚持百花齐放、百家争鸣；坚持创造性转化、创新性发展。可见，他把“双创”问题提到了前所未有的高度，赋予了文化传承新的导向。在中国正经历社会转型的当下，对传统文论中的“敬业”价值观很有必要予以重新重视，尤其是对其中的精髓部分予以传承将在当下继续发挥重要作用，能帮助人们认识古代士人对待工作的态度和方式。当今社会在工种、环境、工具等方面与古代社会有天壤之别，但劳动中应有的姿态面貌、对待劳动的投入付出等，则是古今一致的。让沉睡在文论史或美学著作中的古文字“活起来”②，跨越千年，通过文字去感受古代的“敬业”，学习典籍中的“敬业”将具有深远的启迪意义。

---

① 李军：《坚持“创造性转化、创新性发展”方针 弘扬中华传统文化——认真学习习近平同志在纪念孔子2565周年诞辰国际学术研讨会上的重要讲话精神》，载《光明日报》2014-10-10（1）。

② 2017年3月27日，习近平总书记在联合国教科文组织总部演讲时强调：“让收藏在博物馆里的文物、陈列在广阔大地上的遗产、书写在古籍里的文字都活起来，让中华文明同世界各国人民创造的丰富多彩的文明一道，为人类提供正确的精神指引和强大的精神动力。”所谓“书写在古籍里的文字都活起来”，即指要通过研究、传播、教育来发挥其功效。

论当前“诚信”价值观的创造性转化与发展

2016年5月17日，习近平在全国哲学社会科学工作座谈会上的讲话中指出：“要加强对中华优秀传统文化的挖掘和阐发，使中华民族最基本的文化基因与当代文化相适应、与现代社会相协调，把跨越时空、超越国界、富有永恒魅力、具有当代价值的文化精神弘扬起来。要推动中华文明创造性转化、创新性发展，激活其生命力，让中华文明同各国人民创造的多彩文明一道，为人类提供正确精神指引。要围绕我国和世界发展面临的重大问题，着力提出能够体现中国立场、中国智慧、中国价值的理念、主张、方案。”重点提到“双创”问题和中国智慧，指出了当前弘扬传统文化的重要性和方法。此后“双创”成为学者研究、继承、传播核心价值观的重要途径之一，它既是方法也是态度。习近平还指出继承和创新是辩证统一的，他认为“每一种文明都延续着一个国家和民族的精神血脉，既需要薪火相传、代代守护，更需要与时俱进、勇于创新”，如果“抛弃传统、丢掉根本，就等于割断了自己的精神命脉”①。而公民层面的“诚信”价值观关乎个体的修身和人际的相处，在古代社会历史悠久，在传统伦理道德体系中也具有民族特色，作为一个延续和发展了数千年的主流价值观，它的绝大部分内容是有传承价值的。

“诚，信也，从言，成声”，“信，诚也，从人从言”，二字结合为“诚信”则表示诚实无欺、恪守信用之意。② “诚信”包含“真实”和“诚恳”两层含义，前者侧重于不歪曲客观事物的原貌，后者则指主体加工时内心不有意歪曲。“信”是由“人”字旁加一个“言”字组成的汉字，故“诚信”指人说话要算数，兑现诺言。作为形声字，二者的区分也较为明显。“诚”指内在的德性和修

---

① 习近平：《把培养和弘扬社会主义核心价值观作为凝魂聚气强基固本的基础工程》，载《人民日报》，2014-2-26（1）。

② 郭建宁主编：《社会主义核心价值观基本内容释义》，人民出版社，2014年版，第134-135页。

为，“信”则是一种外在的确认和表达。“诚信”是社会主义核心价值观12个概念中历史悠久、也具民族性的概念之一，它不仅在传统社会发挥着重要的作用，也是当前中国社会缺乏、被呼吁和倡导的国家主流价值观之一。诚信浸染于中国传统文论中，先后被鬼怪神话、史传、传统伦理道德所滋养，具有极其丰富的多维内涵，它存在于古人论创作本源、作家主体、批评实践乃至生活交往中，其涵养源泉也是极其广阔的。在当前推进“诚信”价值观创造性转化的过程中，愚以为如下层面可引起重视。

一、真情至上

古代文论家极其推崇人的真情实感，心底真实情意的流露被誉为一切诗文的本体，即倡情说、主情论在古代不绝于耳。徐渭在《肖甫诗序》中写道：“古人之诗本乎情，非设以为之者也，是以有诗而无诗人”，认为诗之真我在本乎情，创作要抒发真情实感。袁宏道在《叙小修诗》中写道：“……大概情至之语，自能感人，是谓真诗，可传也。”直接标榜真情乃诗歌之灵魂，“真诗”为“情至之语”，“读而悲之”，“自能感人”。陈其泰在《桐花凤阁评红楼梦（第一回）》中指出：“一部《红楼梦》读法，尽此十六字，即尽此一情字。因色见空，由色生情，传情入色，自色悟空。”也是从“情”之视角解读经典的典范。从《尚书》提出“诗言志”到明清文论家提出“童心”说、“性灵”说、“格调”说，数千年来中国古人对“真情”为文学之本体的认识相当深刻，他们推崇体现真情实感的佳作，反对模拟造作的伪作。不独诗文尚情，在古代书法、绘画、园林、戏曲等多种艺术门类中莫不以“真情至上”为最高艺术原则。

此外，《礼记·乐记》提出“情动于中，故形于声”；挚虞则论“兴者，有感之辞也”（《文章流变论》）；谭元春谓“诗以道性情也，则本末之路明”（《王先生诗序》）；白居易视“情”为诗之“根”（《与元九书》）；龚自珍提出“尊情”说(《长短言自序》)；何绍基指出“凡学诗者，无不知要有真性情”（《与汪菊士论诗》）等，无不以真挚情感为文学之至高推崇。“真情”说奠定了中国文学的本色。正因为创作来自真情实感、有“真情”作为保障，中国文学史上才涌现出许多或感人至深或令人愉悦的千古名篇。它们以真挚的情感彰显着作家纯洁的内心，也因自然的情感拨动着读者的心弦。就中国传统文论学科而言，它启发当前文学艺术书写真情，依然有其不可磨灭的现实价值。

二、带着真情实感去交往

不独诗论中宣扬主情论调，在古人的日常交际中也鼓励带着真情实感去交往，而批判两面三刀，厌恶虚情假意。《颜氏家训·风操》篇记载梁武帝时其大臣的两种截然不同态度，在于是否充满真情："江左朝臣，子孙初释服，朝见二宫，皆当泣涕；二宫为之改容。颇有肤色充泽，无哀感者，梁武薄其为人，多被抑退。裴政出服，问讯武帝，贬瘦枯槁，涕泗滂沱，武帝目送之曰：'裴之礼不死也。'"不独古礼要求亲人去世人们会自然保持悲伤的情感，就是活人之间也要用真情实感去交流。《世说新语》记载了戴逵到好友支道林坟前的对话，突显出友人的真性情，字字真情，动人心弦。在《颜氏家训》的《归心》和《风操》篇，《世说新语·言语》等篇中，这方面的记载相当多。时隔一千六百余年，后人依然能通过古代文论名篇的记载，看到古人对真诚交往的倚重与推崇。

中国传统文论中还有很多书信体也记录了文人间真诚的交往。曹丕在文论名篇《与吴质书》中深情回忆了他与徐干、陈琳等文坛盟友的情谊，至今读来感情沉痛，催人泪下：

> 昔年疾疫，亲故多离其灾，徐、陈、应、刘，一时俱逝，痛可言邪？昔日游处，行则连舆，止则接席，何曾须臾相失！每至觞酌流行，丝竹并奏，酒酣耳热，仰而赋诗，当此之时，忽然不自知乐也。谓百年己分，可长共相保，何图数年之间，零落略尽，言之伤心。顷撰其遗文，都为一集，观其姓名，已为鬼录。追思昔游，犹在心目，而此诸子，化为粪壤，可复道哉？……德琏常斐然有述作之意，其才学足以著书，美志不遂，良可痛惜。间者历览诸子之文，对之抆泪，既痛逝者，行自念也。

书信或序跋体中传情达意，再现古人的交往处世与个性特征，这比专著体、论文体灵活自如。明清何景明等人的书信体往来莫不如此。评析熟人之作，文论家不是浮夸或一味拔高，相对而言较为理性和客观，皆是求真、务实的体现。

三、艺术创作一定要抒发真情实感

众多中国古代文论家认为文章以"情"为本，具有真情实感是它打动人心的关键因素，由此开启了中国古代文论"倡情主义"的传统。如清代何绍基在《与汪菊士论诗》中指出："凡学诗者，无不知要有真性情，却不知真性情者，非到做诗时方去打算也。""又性情是浑然之物，若到文与诗上头，便要有声情气韵，波澜推荡，方得真性情发现充满，使天下后世见其所作，如见其人，如见其性情。”主张写真文，呼吁真性情。而刘勰在《文心雕龙·情采》中曰：“昔诗人什篇，为情而造文；辞人赋颂，为文而造情。”将情在文先、文后作为好文章的分水岭。他鲜明反对“为情而造文”的写作倾向，认为文章写作志思蓄愤，而吟咏情性，不能追求浮词滥调。而元好问的《论诗三十首》之一则曰：“眼处心生句自神，暗中摸索总非真。画图临出秦川景，亲到长安有几人？”道出了亲身经历对催生真情的重要性。白居易《与元九书》曰：“圣人感人心而天下和平。感人心者，莫先乎情，莫始乎言，莫切乎声，莫深乎义。诗者，根情，苗言，华声，实义。”视真情实感为作品的根基，实乃创作秘诀之谈。没有真情，不要提笔，内心不诚，无法打动自己和读者，这是古人创作上的经验之谈。对于当前鱼龙混杂的各式文艺创作而言，亦不无启迪意义。

此外，散文家欧阳修论“君子之所学也，言以载事，而文以饰言。事信言文，乃能表见于后世”（《代人上王枢密求先集序书》）；剧作家洪昇提出“义取崇雅，情在写真。”（《长生殿例言》）；诗人钱谦益认为能否写出好诗，根本在于诗人能否将“蓄积于内”的深情和体现于外的“奇遇”相结合(《虞山诗约序》)；小说家吴敬梓“被人看破耻笑者，终乃以辞却功名富贵，品地最上一层，为中流砥柱”（《儒林外史序》）中对此作在讽刺方面体现出的艺术真实的肯定。袁宏道反对拟古而倡导“楚风”和“性灵”（《叙小修诗》）；况周颐以“词心”倡导艺术之真，视“真”为词之骨（《蕙风词话》卷一）等，都关涉到文学艺术之“诚信”。和寻常基于言谈举止论“诚信”不同，中国传统文论从艺术创作层面论“诚信”，亦可作为当前涵养“诚信”价值观的理论资源。艺术家族极其庞大，而当前读者、评论家都对艺术创作颇有微词，怀有不满①，我们认为这种资源可充分激活，以古为今用。

四、为人要言行一致

“诚”侧重于内在的德性和修为，或文论家主体的期待和志向；“信”侧重于外在行为的确认，体现为理想的“落地生根”。传统文论在人的言行一致、内外相符上方面有着丰富的表现，从批评实践维度给读者极大的启发乃至正向鼓舞。如因家贫不婚娶、在寺庙数十年与青灯相伴的刘勰七岁时“乃梦彩云若锦，则攀而采之。齿在逾立，则尝夜梦执丹漆之礼器，随仲尼而南行。旦而寤，乃

① 艾斐：《当前文艺创作现状的八个误区》，载《中国文化报》2013-10-25。

怡然而喜，大哉！圣人之难见哉，乃小子之垂梦欤！自生人以来，未有如夫子者也”（《文心雕龙·序志》），他期望传承孔子衣钵与圣人同行。在清晰地知道“夫铨序一文为易，弥纶群言为难”（《文心雕龙·序志》）后，他摆脱了注经的老路，毅然选择了“论文”的新颖方式来发挥自己的强项，完成“建德树言”的宏愿。可见刘勰内心坦诚、言行一致。此外，含冤入狱的司马迁在作品中不断咏叹“皆意有所郁结”“皆圣贤发愤之所为作也”，抒发了真性情、真感受和真追求，他以顽强的毅力、秉笔直书的精神完成了千古绝唱《史记》，为社会刻画众生态，不仅为民族创造了文化财富，也实现了个体精神的超越。当然，中国文论史上，诸如早期的孔子、屈原、孙膑、吕不韦、王充、司马迁，及明清的徐渭、李贽、曹雪芹，近代的龚自珍、鲁迅等，皆是“言必信、行必果”的代表，是在批评实践中践行“诚信”价值观的民族典范。在促进“诚信”价值观实现转化的当下，古代文论家（乃至很多士人）的行为值得今人学习和借鉴。

五、在文体辨析上来说，要本着客观、如实的原则，尊体明性

中国古代文体众多，不同体式有着相应的要求与规定，从而形成了每一种体式独特的面貌与特征。后人在模范、习得和辨析时要尊体明性，要如实客观，不能扭曲和错位。如曹丕曰：“赋者，言事类之所附也。颂者，美盛德之形容也。故作者不虚其辞，受者必当其实，兰此赋岂吾实哉?”（《魏志·卞后传》）鲜明指出“颂可夸美”而“赋必征实”“不虚其辞”等特征。卫权和左思、皇甫谧、刘逵一样皆主张辞赋以“征实”为主，其意象、题材不得出现虚假、生造。桓范在《群书治要·铭诔》中认为“铭”是叙述功德，义兼褒赞，“诔”是累述德行，表彰不朽，故二者的写作均以“真实”为第一要务，不容虚假、夸饰等。桓范还对东汉以来权贵们的虚假、阿谀之风及其恶劣影响进行了猛烈抨击，目的在尊体明性，以正视听。这种实用公文上的“求真”虽有一定历史原因，但也反映出古人对体式的严格要求，充满客观、务实的科学精神。此外，就文体而言，在明清历史小说发展史上也形成了“历史真实”和“艺术真实”的两派之争，而历史之真便反对虚构和想象，强调题材遵从历史事实，也是从文体角度来论析的。二者皆有一定合理性，但对当前的艺术创作（尤其是非常发达的历史题材影视作品之创作），亦具有一定启发意义。

六、阅读和写作中要形成“知音”

中国传统文论中还有一种真实、诚信表现为文学欣赏和品鉴批评中形成心

心相印的知音，读者能体察作家的处境和心态，能读出作品的性情与思想，无论欣赏还是评论都能形成心灵的沟通，或针对要害发表真知灼见。如萧统对陶渊明作品“爱嗜其文，不能释手，尚想其德，恨不同时”。作为文学史上首位为陶渊明作品编纂和写序跋的文论家，他发表知音之评：“语时事则指而可想，论怀抱则旷而且真。加以贞志不休，安道苦节，不以躬耕为耻，不以无财为病，自非大贤笃志，与道污隆，孰能如此乎!”（《陶渊明集序》）不是知音就读不懂陶渊明作品的深意①，不是知音就发表不了这样真切的文字。形成知音式对话的原理是批文入情，直指作者内心：“夫缀文者情动而辞发，观文者披文以入情，沿波讨源，虽幽必显。世远莫见其面，觇文辄见其心。”（《文心雕龙·知音》）这启发文学欣赏和创作，要能识人、解味，方可心心相印，发表真知灼见。

七、“双创”中国文论中的“诚信”观念，需弘扬古代文论的几个关键词：“童心”“性灵”“趣”“质朴”

中国传统文论形成了系列范畴、术语和命题，其中“童心”“性灵”“趣”和“质朴”与“诚信”紧密相关。有几个在当前文艺创作中，依然可以传承、运用，它们集中体现了古人的创作理念和艺术旨趣。

（一）“童心”说

李贽在《焚书》中曰：“童子者，人之初也；童心者，心之初也。夫心之初，曷可失也？然童心胡然而遽失也。”视童心为人的本真状态，“夫童心者，真心也。若以童心为不可，是以真心为不可也。夫童心者，绝假纯真，最初一念之本心也。若失却童心，便失却真心；失却真心，便失却真人。人而非真，全不复有初矣。”李贽基于当时文艺创作大量地被封建伪道学所充斥的现象而高举“童心”说，呼吁文学艺术当保持真心、初心、本心，即书写自然心得和真实本性。这在当时具有振聋发聩的功效，抓住了时代的焦点，也切中了文艺创作的实质。其后他还在其余作品中使用“真”“元”“自然本性”“本色”等字眼，这在当时文坛上不拘一格，并具有长远的学术影响。

（二）“性灵”说

明代文论家袁宏道提出此说，指出诗人应抒发内心的真情实感，而不能过

① 萧统主编《文选》之时精心研读陶作，认为“其文章不群，辞采精拔，跌宕昭彰，独超众类，抑扬爽朗，莫与之京”，实乃知音之评。

度地复古和模拟。其《叙小修诗》曰："泛舟西陵走马塞上穷览天下而诗文亦因之以日进。大都独抒性灵，不拘格套，非从自己胸臆流出，不肯下笔。其间有佳处，亦有疵处，佳处自不必言，即疵处亦多本色独造语……"他对当时文坛上逞才的普遍习气予以了猛烈抨击，指出唯有抒发真性灵，才能诗中有我，而不是取材他人、照搬照抄，能体现真性灵的作品才是真实的作品，具有其独特的艺术感染力。当前很多作品看不到主体之"我"，某种程度上是对此创作法则的忽略。

（三）"趣"说

以"趣"论诗，是中国传统文论的一大特色。① 所谓趣者，是作品因抒发真情实感、艺术地描摹物态而生发的一种浓郁的艺术趣味，它从真实性和艺术性两个方面反映出作品的成就。如袁宏道《叙陈正甫》写道："夫趣得之自然者深，得之学问者浅。当其为童子也，不知有趣，然无往而非趣也。"这种"趣"反映作品在描摹事物上讲究真实，在抒发情感上讲究自如，总之是在真实、自然基础上建立的，具有天然性、朴实心，是作者活泼性情的真实流露。"趣"也能反映出艺术家的创造境界。当前有些艺术作品或组装或命题，了然无趣，对读者失去了吸引力。故读者大量转向对视觉图像的欣赏，这也值得深思。

（四）"质朴"说

老子谓"见素抱朴"，《论语》提出"文胜质则史"，都涉及文化、文学的质朴风格，这也是真诚价值观在文艺话语的体现。作为反映事物本来面貌的文论关键词，质、朴即是一种未经雕饰的"真"，此范畴被众多文论家用来评析作家作品，如曹丕《与吴质书》曰"伟长独怀文抱质"，卢藏用《右拾遗陈子昂文集序》曰："天下翕然，质文一变。"班固《汉书·司马迁传赞》则曰"辨而不华，质而不俚"；刘勰《文心雕龙·养气》则谓"夫三皇辞质，心绝于道华；帝世始文，言贵于敷奏"，等等不一而足。在近代，况周颐、洪仁玕等文论家依然大量采用此范畴来论文。质者，是事物内质本真，不虚华、不雕饰，朴者，朴实、朴素也，与"华丽""巧艳"相对照。质朴不仅关涉内容的本真，也关涉艺术形式不求花哨和华丽，这是对"真诚"文风的肯赞。

"双创"方针既是当前国人对待传统文化的态度，也是我们建设当代文化使

---

① 胡建次：《归趣难求——中国古代文论"趣"范畴研究》，百花洲文艺出版社 2005 年版。

用的方法。本书提取精华，重点论析传统文论中“诚信”资源在当下仍然可延续、传承的几个主要方面，以抛砖引玉，引起人们加以重视。

“诚信”在中国传统文论中是一个极其复杂的词汇，其来源有传统伦理、信史、缘情、艺术技巧等多个方面，关涉文学本体、作家主体、作品文本和欣赏品鉴等多个维度，在文学艺术领域中形成了虚实、怨愤、知音、本色、真幻、质朴、艺术真实等多种内涵，具有突出的民族特征。① 当前推进“诚信”价值观“双创”过程中，应从内容和形式两个方面发挥其中合理的成分，无论是在生活交际中讲究真实、坦诚还是在文艺创作中追求艺术真实、朴实无华，转换“诚信”价值观对当前做人和创作都将有良好的功效。

近年来，习近平总书记非常重视传统文化的教育和大众化问题。他说：“对中国人民和中华民族的优秀文化和光荣历史，要加大正面宣传力度，通过学校教育、理论研究、历史研究，影视作品、文学作品等多种方式，加强爱国主义、集体主义、社会主义教育，引导我国人民树立和坚持正确的历史观、民族观、国家观、文化观，增强做中国人的骨气和底气。”② 传承“诚信”价值观，将能从伦理秩序、道德追求、文艺创作等方面，帮助国人树立必要的文化信心。

---

① 2013 年 12 月 30 日，习近平总书记在中共中央政治局第十二次集体学习时发表重要讲话，此语选自中国共产党新闻网“学习路上”栏目中刊登的文章《习近平谈国家文化软实力：增强做中国人的骨气和底气》。

② 2013 年 12 月 30 日，习近平在“中共中央政治局就提高国家文化软实力研究进行第十二次集体学习”时发表此番讲话。

论当前“友善”价值观的创造性转化与发展

在核心价值观的12大词汇中，“公正”与“法治”吸收西方话语资源较多，而“友善”“诚信”与“和谐”历史悠久，也是具有民族特色的几个范畴。这与汉代以来儒家仁政主张影响中国数千年之久、人伦思想渗透到社会各个层面有极大关系。在甲骨文中，“友”字像两只手，代表朋友的援助、帮助；“善”，是吉祥的化身，二者结合则寓意为相互帮助、相互祝福。在工业社会，商业影响和竞争加剧，人与人之间的关系发生了很大的“变异”。当前继承中华传统文论中“友善”方面的宝贵资源，尤其是传承其精髓部分，意义重大。习近平总书记说：“不忘历史才能开辟未来，善于继承才能善于创新。优秀传统文化是一个国家、一个民族传承和发展的根本，如果丢掉了，就割断了精神命脉。”① 将传统文化的价值、意义、认识提到了空前的高度，足见其中蕴藏着丰厚的矿藏，也成为当前涵养友善等价值观之源泉。他还指出：“要认真汲取中华优秀传统文化的思想精华和道德精髓，大力弘扬以爱国主义为核心的民族精神和以改革创新为核心的时代精神，深入挖掘和阐发中华优秀传统文化讲仁爱、重民本、守诚信、崇正义、尚和合、求大同的时代价值，使中华优秀传统文化成为涵养社会主义核心价值观的重要源泉。”② 他拎出了几个主要方面，而就“友善”等极富民族特色的核心价值观而言，又何尝不是如此呢？我们不仅要从传统文学理论批评中涵养“友善”，还要实现其创造性转化与创新性发展。

一、兄弟真情

中国古代文论家很多出生在文学世家，父子或兄弟均是文人、评论家甚至

① 习近平：《中国共产党人始终是中国优秀传统文化的忠实继承者和弘扬者》，载《党建》2014年第10期。

② 习近平：《在主持中央政治局集体学习时的讲话》，载《人民日报》2014-02-26。

政治家的不在少数，如魏晋“三曹”、南北朝“三萧”、北宋“三苏”、清代桐城派姚家等。他们在长期的文学实践活动中结成了深厚的情谊，互送作品，彼此切磋，相互扶持和勉励，成为文坛上的佳话。存于《陆云集》中的三十五封《与兄平原书》，大致写于元康末至永康元年（167 年）陆云由淮南赴洛以后，至太安二年（303 年）冬，陆机、陆云兄弟被成都王颖所害的三四年间，主要目的在于整理旧文和定篇结集。书信主要就各自文章谋篇、修辞及写法进行了敞开心扉的探讨，坦诚指出兄弟创作的得失，在期待中勉励对方写出好作品，显示出兄弟型古代文论家之间的“友善”。据李蔚超研究①，以《与兄平原书》为主的这些书信主要涉及两大主旨：一是希望知晓兄长对自己近作的意见，希望对方多为之“损益”“润色”，或予以修改意见；二是从陆云对陆机作品的评价，看出他“文章当贵经绮”的艺术主张。兄弟数十年来情谊深厚，文学交往频繁，诸如“省诸赋，皆有高言绝典，不可复言”“省《述思赋》，流深情至言，实为清妙，恐故复未得为兄赋之最”“兄文自为雄，非累日精拔，卒不可得言”“《文赋》甚有辞，绮语颇多，文适多体便欲不清，不审兄呼尔不?”等，都表现出陆云直面作品、敢于说真话的风范。陆云对陆机作品不掩饰、不吹捧，直接表达审美体验和阅读感受，通过寄送作品在评析和指正中共同进步，是古代兄弟间友善的典范。

又如入京为太子的萧纲给弟弟萧绎所写的书信，就当时文坛上模仿儒家经典、学习谢灵运和裴子野诗歌的风气进行了评论：

> 至如近世谢朓沈约之诗，任昉、陆倕之笔，斯实文章之冠冕，述作之楷模。张士简之赋，周升逸之辩，亦成佳手，难可复遇。文章未坠，必有英绝；领袖之者，非弟而谁？每欲论之，无可与语，思吾子建，一共商榷。辨兹清浊，使如泾渭；论兹月旦类彼汝南。……相思不见，我劳如何。（《与湘东王书》）

兄弟二人情笃意深。文末萧纲视萧绎为文坛才子“曹植”，深情地表达了兄长对弟弟的勉励与期待。虽不乏自负之情，然兄弟之间友善之情跃然纸上。在喧哗浮躁、人情冷漠的时代，读者依然备受感染，深感亲切与振奋。

二、平等切磋和推荐佳作

如果说兄弟情谊体现的友善是基于血缘关系，那么古代文论中还有一类友

---

① 李蔚超：《从〈与兄平原书〉看陆机陆云文章写作观念》，北京大学 2010 年硕士论文。

善是朋友之间的切磋探讨，或长辈为提携晚辈推荐佳作去发表。如苏轼的《文与可画筼筜谷偃竹记》是一篇倡导自然、反对雕琢的文论名篇，全文充满真情实感，也可视为宋代散文的名篇。谈到好友文与可去世后半年，苏轼面对其画作睹物思人、感伤万分，从而写下了这篇悼念亡友的画记，全文尽显朋友之间的友善。又如唐代文论家卢藏用在好友陈子昂去世后为其编辑遗文并作序，序文感叹道：

> 呜呼！聪明精粹而沦剥，贪饕桀骜以显荣，天乎天乎，吾殆未知夫天焉，昔尝与余有忘形之契，四海之内，一人而已。良友殁矣，天其丧子！今采其遗文可存者，编而次之，凡十卷。恨不逢作者，不得列于诗人之什，悲夫！故粗论文之变而为之序……（《右拾遗陈子昂文集序》）

卢藏用心中的友善体现在同情遭遇、爱惜才华、竭力帮助等方面。此外，杜牧出于朋友情谊为李贺文集写序推荐，接连运用九个比喻来描绘其诗歌多姿多彩的风貌，尽显友善的态度和独特的眼光。此外，宋代王禹偁的《答张扶书》也是类似典范，他在回答秀才张扶问题的同时，讲授了自己的创作经验，并提供方法，尽显长辈的宽厚与友善，至今读来依然会被这段情谊、这种勉励所感动。

三、劝诫与信任

朋友之间充满信任，能相互理解，这是友善之心的一种体现。而基于自己的见识和经验，对朋友进行适当劝诫，避免对方走弯路，也如“及时雨”一般，是一种带有温情的间接帮助。这在古代文论中也颇为常见。白居易的《与元九书》是他在岁末无趣又失眠的时刻写给好友元稹的。无论从回忆自己童年遭遇和成长经历来看，还是表白心声谈论他对文艺的看法，都是建立在朋友之间深厚的信任基础上的，惟其如此这封信才写得情意盎然。此外，白居易还在其他书信中谈到唯有元稹等少数几个朋友，最能读懂他的诗文，最能懂他的心。他感到十分温暖，感激涕零。《诗经》作为我国首部诗歌总集，部分篇章也属于文论篇章，《诗经·小雅·何人斯》末章直道心声：“为鬼为蜮，则不可得。有靦面目，视人罔极。作此好歌，以极反侧。”代表老百姓劝诫上层统治者要积善行德，不能不顾百姓死活过度压榨，作者“作此好歌，以极反侧”实是打着友善的旗帜，希望感化作恶者。我们姑且不考虑成效如何，但这在道德伦理占据主导的国度，无异于是对“善”的大力弘扬。信任朋友，劝恶行善，这两个维度在古代文论中并行不悖。

四、惩恶扬善

对于违善的言行，古代文论家大胆制止，对于自己能做主的主题表达和人物刻画，他们宣扬善良、弘扬正气。《儒林外史·序》写道：“传云：善者，感发人之善心；恶者，惩创人之逸志，广是书有焉。甚矣！……”吴敬梓认为《儒林外史》能照出不同读者身上的善恶，为惩恶扬善，就要对书中虚伪的礼教进行批判，对美好的仁德品质予以弘扬，从而达到净化读者心灵和社会风气的作用。《儒林外史》似一面镜子，照出读者自身的善与恶，善要发扬，恶要克制。文论家以激愤的语调剖析了该著的功效：书中刻画了封建知识分子追求功名利禄的丑恶精神面貌和败坏的道德风尚，对礼教的虚伪和残酷进行了揭露。认为该著比《水浒传》和《金瓶梅》的接受效果更好。

就显恶来说，作者多是批判、抨击。如《颜氏家训·后娶》篇记载古代家人之间相互残害的悲剧：“惨虐孤遗，离间骨肉，伤心断肠者何可胜数。慎之哉！慎之哉！”今天读来依然触目惊心，作者以充满悲悯的笔调对这种极其不友善行为予以了谴责。而《文心雕龙·程器》篇记载了古代众多文人的丑陋行径，也和主流社会道德价值不吻合。古人特别擅长通过春秋笔法来将自己的褒贬态度寄寓于文字之中，无论显隐，评论家“惩恶扬善”的目的还是非常鲜明的。

五、继承仁道等儒家精髓

传统儒家思想是精华与糟粕的融合体，其中很多最能体现民族特色、跨越时空仍能发挥价值和意义的优秀成分，需要传承与弘扬。比如儒家关于道义、气节、仁爱等方面的思想观念，似乎永远不会过时。其中仁道为“友善”价值观提供了丰富的滋养，无论是从国家统治还是个人修养方面，都值得当前弘扬传承。

孟子视友善为人之先验所有，故提倡尽心、知性，暗示、引导人们要尽自己的道德本心去行事，去完善自己。在《孟子·告子上》篇中写道：“恻隐之心，人皆有之；羞恶之心，人皆有之；恭敬之心，人皆有之；是非之心，人皆有之。恻隐之心，仁也；羞恶之心，义也；恭敬之心，礼也；是非之心，智也。仁义礼智非由外铄我也，我固有之也。”《孟子·滕文公上》则曰：“孟子道性善，言必称尧舜。”孟子谓“恻隐之心，人皆有之”，“四端”是人之本性的自然呈现，人行“友善”则近乎“致良知”并“知天”。从古为今用角度来看，抛除这种先验的观点，孟子的“四端”论在当前仍值得弘扬。人若无此“四端”，则正确的“三观”也很难建立起来。

司马迁《史记·屈原列传》从“爱国”层面详尽评析屈原伟大的“友善”，所谓“正道直行，竭忠尽智，以事其君，谗人间之，可谓穷矣。信而见疑，忠而被谤，能无怨乎？屈平之作《离骚》，盖自怨生也。……”抛开其中“忠君”的成分，其正道直行、坚持梦想、对邪恶势力毫不妥协的精神，不正是儒家仁道与气节的鲜活体现么？

韩愈《答李翊书》提出了“气盛言宜”的文艺观，是唐代诗坛权威和后起之秀对话的代表作。韩愈谓：“将蕲至于古之立言者，则无望其速成，无诱于势利，养其根而俟其实，加其膏而希其光。根之茂者其实遂，膏之沃者其光晔。仁义之人，其言蔼如也。”重点论及在主张“文如其人”的中国古代，儒家道德修养为写作之根基，我们认为传承儒家道义、仁政的观点，在当下仍不过时。

六、说出实话，提携晚辈

中国文论中还有一种“友善”与“诚信”息息相通，即说出真话，不隐瞒，哪怕是委婉或直接指出对方存在的某些不足，也是本着善意出发的，也有利于提携晚辈、发现新人，能不怀私心地帮助晚辈成长。如唐代文论家孙樵在《与王霖秀才书》中称赞王霖“足下怪于文”，评价其作品似韩愈之雄奇不拘一格，但同时提醒他创作不要迎合世俗、急功近利，宜在坚持个性的同时多下功夫。赵秉文在《答李天英书》中对后生李天英单纯相信天分而缺乏海纳百川的学习给予了批评，认为他过于追求形式而缺乏自见，言辞很是激烈，毫不留情面。这种“友善”与写信者耿直的个性有关，其言辞背后的友善在于长辈切实想帮助求教者，指出不足助其成长。文学新人遇到困难时，长辈多主动帮助，演绎了文论史上的“友善”佳话，也感人肺腑。尤其是一些在当时文坛上具有崇高地位和深远影响的前辈，出于爱才的心意和愿望回复年轻人所提的各种文艺问题，与其切磋创作话题，分析创作经验。他们在治学、做人上展现了长辈的风貌，也为后人“上了一课”。如唐代皇甫湜在书信《答李生第二书》中回答了后学李生的系列问题，指出其创作的不足，还分享经验，帮其改进，体现出长辈提携后学的友善之心。又如唐代韩愈文论名篇《答李翊书》则成为一代文坛领袖关心后学、鼓励年轻人的典范。是信中，韩愈因材施教，结合自身体会分享了文艺创作的各种经验，其拳拳之心尽显长者爱才、惜才的友善。类似案例在传统文论中比比皆是。

我们当前要以科学的态度对待中华优秀传统文化，消除成见和顾虑，不忘历史才能开辟未来，善于继承才能善于创新，坚持马克思主义的方法，采取马克思主义的态度，把弘扬优秀传统文化和发展现实文化有机统一起来，古为今用，推陈出新，有鉴别地加以对待，有扬弃地予以继承，并由此形成了当前对待传统文化的关键："创造性转化与创新性发展"，谓之"双创"方针。

由上可见，依托传统文论来推进核心价值观的"双创"需要一分为二地进行，既要把其中的精华部分挖掘、整理出来加以传承和弘扬，同时要结合现实所需，充分考虑当下社会主义新文化的发展与走向。"友善"价值观是儒家思想文化的重要组成部分。中国传统文学理论与批评蕴藏的"友善"资源，更多的是在批评活动中践行，集中表现在行动上古人怎么去做。行正为范，启示后人如何在实际工作与生活中去友善做人、友好做事。

第三编 03

依托民族文论经典涵养社会主义核心价值观

依托《文心雕龙》涵养“自由”与“公正”核心价值观

《文心雕龙》是中国文论史上著名的批评著作，是从文艺学层面全面体现中国传统文化的集大成巨制，在古代文论学科中具有崇高的学术地位。关于刘勰及此著的研究，学界统称为“龙学”，是近40年来的一种显学①，受到学界极大关注。它是古代典型的诗文评著作，属哲学社会科学中的一种，在重视传统文化继承与弘扬②的今天，理应受到关注。2016年习近平总书记在哲学社会科学工作座谈会上的讲话中指出：“中国古代大量鸿篇巨制中包含着丰富的哲学社会科学内容、治国理政智慧，为古人认识世界、改造世界提供了重要依据，也为中华文明提供了重要内容，为人类文明作出了重大贡献。”《文心雕龙》笼罩群言，著者刘勰把齐梁以前一千多年的中国文学史全部评析了一遍，其贡献巨大、功勋卓著。笔者认为，书中蕴藏的关于社会层面③的核心价值观资源可通过研究得到激发，为当下文化强国建设提供参照和启迪，这将是一项富有时代意义的重大课题。习近平总书记曾指出，中国当前改革存在着各种矛盾、风险、问题，“面对世界范围内各种思想文化交流交融交锋的新形势，如何加快建设社会主义文化强国、增强文化软实力、提高我国在国际上的话语权，迫切需要哲学社会科学更好发挥作用”④。基于此，古代文、史、哲不同学科中的重要

① 每两年召开一次关于《文心雕龙》的全国性学术会议，已有十余届，陆续出版相关研究著作更是不计其数。

② 2017年1月25日，中共中央办公厅、国务院办公厅印发了《关于实施中华优秀传统文化传承发展工程的意见》，在社会上产生了极大反响。

③ 学界一般将核心价值观12个词归属为国家层面（富强、民主、文明、和谐）、社会层面（公正、自由、法治、平等）和个人层面（爱国、敬业、诚信、友善），有学者也指出这种分类在逻辑上存在交叉，不一定合理。此话题可进一步探讨，这里且遵从主流说法。

④ 摘选自2016年习近平总书记在哲学社会科学工作座谈会上的讲话。

典籍，都需要结合现实语境，再次予以观照和探究，实现古为今用、传承弘扬之目的。党的十九大报告明确指出，社会主义核心价值观是当代“中国精神”的集中体现。在经过多元研究后，今后对它进行教育和传播使其被认可、真正“入脑入心”将成为一大趋势和重点。

李嘉莉认为要“坚持继承与创新的统一，阐明社会主义核心价值观与人类其他价值观的关系”。这种“关系”主要指人类共同价值观、西方价值观以及中国传统价值观的关系需要说清楚。并进一步认为：“在当代中国，我们所倡导的核心价值观不是抽象的，不是无本之木、无源之水，它植根于中国传统文化，是在中国特色社会主义伟大实践中逐步形成的。中华优秀传统文化是社会主义核心价值观的丰厚土壤，为培育和践行社会主义核心价值观提供了不竭源泉。实现中华优秀传统文化的创造性转化和创新性发展与弘扬社会主义核心价值观是有机统一的。只有把这个关系讲清楚，才能使社会主义核心价值观成为凝聚海内外中华儿女价值共识的精神纽带，汇聚起实现中华民族伟大复兴中国梦的强大力量。”① 因此，我们认为聚焦文论巨制《文心雕龙》来分析其中蕴含的“自由”“公正”价值观，无疑是对中央精神和政府呼吁的一次及时回应。

一、《文心雕龙》涵养“自由”价值观

“自由”无论是对于个体生存还是社会风貌，都如同呼吸般至关重要。它是我国宪法赋予公民的一项基本权利②，其内涵具有两层：一是指不受外在力量的牵制和约束而呈现的轻松和舒适的状态，二是指因自我心理的放纵和无拘无束而获得的解脱和超然的状态。③ 而这种状态既离不开个体的坚守与追求，也离不开阶级和国家出现后社会所形成的种种限制和约束。纯粹的、为所欲为的“自由”是没有的。深受古代道家哲学和佛学心性之学影响的中国传统文论，与“自由”相关的各种资源是极其丰厚的。我们认为仅就《文心雕龙》而言，刘勰就从多个维度夯实、拓展了“自由”观念的内涵。

其一，自由在《文心雕龙》中多被视为一种自然的创作风格和审美风尚，它遵从“道”的本性，合乎事物运作的客观规律尤其是审美创作规律。它不以人的意志为转移，不遮蔽和掩盖，遵从事物的趋势。如刘勰论及“自然”之道

---

① 李嘉莉：《建构社会主义核心价值观的学术话语体系》，载《光明日报》2015－01－14。

② 参见温小勇：《怡养性情——培育社会主义核心价值观的传统理路》，中国社会科学出版社，2015年版，书中论“自由”的培育章节。

③ 我国《宪法》规定，“公民享有言论、出版、集会、结社、游行和示威的自由”。

成为整部《文心雕龙》的理论基石：

> 爰自风姓，暨于孔氏，玄圣创典，素王述训，莫不原道心以敷章，研神理而设教……故知道沿圣以垂文，圣因文以明道，旁通而无滞，日用而不匮。《易》曰："鼓天下之动者存乎辞。"辞之所以能鼓天下者，乃道之文也。
>
> 赞曰：道心惟微，神理设教。光采玄圣，炳耀仁孝。龙图献体，龟书呈貌。天文斯观，民胥以效。(《文心雕龙·原道》)

通观这两段，刘勰文论之自由特征较为显著。

第一，其自由在于"微妙"，显示自然之理，其功用价值在于"道"依靠圣人的文章来传递，从而以文辞的方式鼓动天下。因此，既然文章的写作在扬"道"，那就应遵循"自然"之理，体现出顺乎"自然"的突出特征。又如《文心雕龙·原道》写道："傍及万品，动植皆文：龙凤以藻绘呈瑞，虎豹以炳蔚凝姿；云霞雕色，有逾画工之妙；草木贲华，无待锦匠之奇。夫岂外饰，盖自然耳。"龙凤有文理、虎豹显花色，它们的外在之美各不相同而独树一帜。刘勰认为，自然界中风吹林木、泉水激石莫不形成自然之纹，由人创造的文章、文学也理应有自己独特的文采、纹饰。从鲜活、巧妙的类比来看，刘勰为世人描绘了一幅和谐而自然的图景，借助诗意的语言来表明其"自然"的文学观。

第二，自由也可成为"审美自由"的代名词，表明创作者或欣赏者在艺术的天地自由翱翔，在审美愉悦中忘却现实尘世的烦恼、功利和名望之争，而进入一种精神的超脱和审美的愉悦。如：

> 古人云："形在江海之上，心存魏阙之下。"神思之谓也。文之思也，其神远矣。故寂然凝虑，思接千载，悄焉动容，视通万里；吟咏之间，吐纳珠玉之声；眉睫之前，卷舒风云之色：其思理之致乎？……是以陶钧文思，贵在虚静，疏瀹五藏，澡雪精神；积学以储宝，酌理以富才，研阅以穷照，驯致以怿辞，然后使元解之宰，寻声律而定墨；独照之匠，窥意象而运斤：此盖驭文之首术，谋篇之大端。(《文心雕龙·神思》)

刘勰论及作家借助想象来构思，从而获得创作的自由，以富有形象感的诗意语言把这种自由的神奇与特征解释得淋漓尽致，无人不赞。在后文中他进一步探究创作获得"自由"的规律：虚静心灵，积学储宝，即需作家积极地去积累知识，辨明事理，运用好自己的生活经验和提高自己的情致修养，才能达到驾驭文思的自由。又如《文心雕龙·神思》记载："至于思表纤旨，文外曲致，言所不追，笔固知止。至精而后阐其妙，至变而后通其数。伊挚不能言鼎，轮扁不能语斤，其微矣乎！"刘勰寥寥数语便道出了创作自由中思维和表达的复杂关系，文思以外细微、奥妙的旨意以及文辞包含不了的言外之意，都是语言所不能彻底包孕的，只有作家达到最精通的境界才能阐明它的奥妙，掌握它的微妙变化之后才能精通它的规律。这种自由需要长期的实践与经验积累，也需要一定的写作技巧。且看：

若夫熔铸经典之范，翔集子史之术，洞晓情变，曲昭文体，然后能孚甲新意，雕画奇辞。昭体，故意新而不乱，晓变，故辞奇而不黩。若骨采未圆，风辞未练，而跨略旧规，驰骛新作，虽获巧意，危败亦多。岂空结奇字，纰缪而成经矣。《文心雕龙·风骨》

此段详细论及创作的自由。作家要想使作品充分展示自己的个性才华，与自己的性格气质相吻合，并使作品文采和"风骨"相统一，必须在学习经书的同时参考子书、史书，进而创作新意与奇词，或者"矫讹翻浅，还宗经诰。斯斟酌乎质文之间，而檃括乎雅俗之际"，方可得心应手、感人至深。

《文心雕龙》的"自由"价值观主要聚焦于文学创作内部构思、立意等活动如何运用自如、不受外界制约来展开，如何从主、客方面寻求突破而实现情、志的自由表达，这一切都是立足于文艺内部层面而展开的。在中国文论史上，这是一大突破①，也是刘勰的创造。

二、《文心雕龙》涵养"公正"价值观

据许慎《说文解字》解释，"公"是平分之义，"正"为"直"，指不偏不倚。汉语中诸如"大公无私""铁面无私""奉公守法"等都是其丰富运用。先秦时期孔子曰："有国有家者，不患寡而患不均。"就从物质拥有角度论及公正。此后儒家谓："大道之行也，天下为公。"可见，在中国古代就视"公正"为大道运行的法则，是道的体现方式之一。人人秉公行事就能建立"人人亲，人人平等，天下为公"的理想社会。公正始终是衡量社会是否正义的标准之一，今人则主要从社会关系和体制建构角度来探讨"公正"问题。普遍认为一个社会

① 虽有此前陆机等文论家论及文学创作的内部过程，但因刘勰受道家思想的影响深刻，其论创作之"自由"更加显赫。

的制度、规定、法律、政策若能保护、促进人的平等，那它就是公正的社会。相反，如果是破坏甚至抑制人们之间平等的，它就是不公正的社会。① 而作为一项价值观，公正贯穿于古代国学诸多领域。在文学批评史中，它被文论家用来评析作家的态度、情感处理的方法以及品评的方式等方面，或者说这些层面含有大量资料，可做涵养“公正”价值观之用。

第一，“公正”指在文章内容与理性方面要纯正自己的真性情，避免过错和偏袒。如《文心雕龙·明诗》篇记载：“诗者，持也，持人情性；三百之蔽，义归“无邪”，持之为训，有符焉尔。”儒家揭示《诗经》一言以蔽之曰“思无邪”，虽然人们对“思”是发语词还是指思想有不同看法，但以内容的无邪、纯正来论诗是儒家评判文学的通常标尺，“无邪”是扶持端正之意，即要端正人的性情。这是从思想感情合乎纯正方面来评诗。认为诗用文辞来表达内心的情志，即宣扬一种过滤后的、符合儒家道义的公正思想与情感。

第二，“公正”指文章反映内容和文体高度地吻合，遵体而明性。即不同文体对“写什么”有相应的要求，如果名不副实便是有失“公正”的体现。如《文心雕龙·铭箴》篇谓：“若乃飞廉有石棺之锡，灵公有夺里之谥，铭发幽石，吁可怪矣！赵灵勒迹于番吾，秦昭刻博于华山，夸诞示后，吁可笑也！详观众例，铭义见矣。”所谓“可怪”“可笑”者，皆是不求公正的体现，是违背体性的表现。刘勰在该篇中指出，“铭兼褒赞，故体贵弘润。其取事也必核以辨，其攡文也必简而深，此其大要也”。世人为天子、诸侯、大夫篆刻铭文，因身份、地位不同而各有侧重，内容上也是各有表现的，断不可越位甚至错位，“惟秉文君子，宜酌其远大焉”。只有秉持公正慎重对待，才能起到该体的实际效果。

第三，“公正”指文艺界客观、如实地批评，不以私心喜好和单纯感觉来偏袒哪一方，敢于说真话，辩证地指出作家作品的两面性，不遮蔽不掩藏。《文心雕龙·铭箴》篇记载：

> 至于潘勖《符节》，要而失浅；温峤《侍臣》，博而患繁；王济《国子》，引多而事寡；潘尼《乘舆》，义正而体芜：凡斯继作，鲜有克衷。至于王朗《杂箴》，乃置巾履，得其戒慎，而失其所施。观其约文举要，宪章武铭，而水火井灶，繁辞不已，志有偏也。

① 中央电视台科教频道编：《社会主义核心价值观讲坛》，教育科学出版社，2015 年版，第 108 页。

基于铭、箴文体的总特征和要求，刘勰如实客观地评析了潘勖、温峤、王济、潘尼、王朗等人的箴作，所谓“要而失浅”“博而患繁”是刘勰采用寻常的“A而不B”模式思辨地道出作品之特征，他看到了事物的两面性而不是一味地褒贬，读者透过言辞看到文论家不带任何情感的理性批评，以公正之心发表看法，没有偏袒和打压，也没有吹捧和拔高。如在《文心雕龙·序志》篇中，刘勰一口气指出：“或撮题篇章之意。魏典密而不周，陈书辩而无当，应论华而疏略，陆赋巧而碎乱，《流别》精而少功，《翰林》浅而寡要。”这也是一种公正批评，既看到了作家作品的优势长处，同时也直截了当地指出其不足与缺陷。刘勰试图为当时文艺界建立一种公正客观的批评风气。他在《文心雕龙·知音》篇道出了自己近乎“大法官”判案的所思所想：

> 形器易征，谬乃若是；文情难鉴，谁曰易分？夫篇章杂沓，质文交加，知多偏好，人莫圆该。慷慨者逆声而击节，酝籍者见密而高蹈；浮慧者观绮而跃心，爱奇者闻诡而惊听。会己则嗟讽，异我则沮弃，各执一隅之解，欲拟万端之变，所谓“东向而望，不见西墙”也。

刘勰从主客观分析了纯粹的客观公正是很难的，主观上，每个品鉴者都有自己不同的喜好和趣味，“知多偏好，人莫圆该”，故“各执一隅之解，欲拟万端之变”“东向而望，不见西墙”的情况出现也在所难免。客观上“文情难鉴，谁曰易分?”事物复杂多样，文章有的浅显直白，有的深奥晦涩，一下弄透也不容易。故刘勰进而探求公正批评的标准。

第四，“公正”也指确立一种近乎科学的批评标准与方法，如称重量一般讲求计量、平衡与适宜。如《文心雕龙·知音》篇记载：

> 凡操千曲而后晓声，观千剑而后识器。故圆照之象，务先博观。阅乔岳以形培塿，酌沧波以喻畎浍。无私于轻重，不偏于憎爱，然后能平理若衡，照辞如镜矣。是以将阅文情，先标六观：一观位体，二观置辞，三观通变，四观奇正，五观事义，六观宫商。斯术既行，则优劣见矣。

刘勰伟大的贡献是提出文学公正批评的“六观”法，从体裁风格、文辞安排、继承创新、表现手法、文本内容、音节形成等方面来对作品予以多方位的、立体的观照，从而“无私于轻重，不偏于憎爱，然后能平理若衡，照辞如镜矣”，必能竭力减少偏见、私心乃至学识导致的局限，给予作品一个客观、如实的评价。“平理若衡”“照辞如镜”是欣赏、品鉴中追求“公正”的至高标准。

而具体方法是“圆照之象，务先博观”，大量地接触作品，在实践中积累经验，提高能力。

刘勰在该著诸篇中几乎不带偏见地论文，畅谈古今作家，与其精心建构“公正”的文学批评分不开。如刘勰在《文心雕龙·序志》篇中评价此前文论著作的特点与不足，也大体符合实际，较为中肯。在《序志》篇中，刘勰为后世读者提出了公正评价作家作品的一种方法：“振叶以寻根，观澜而索源。”并且为了使自己的著作写得公正而不偏激，他采用“原始以表末，释名以章义，选文以定篇，敷理以举统”的所谓“四项基本原则”方式来行文，并将之运用于《文心雕龙》始终，这使该著在有限的篇幅内“笼罩群言”，有着浓郁的思辨色彩。

第五，“公正”指秉笔直书，由最初史学家的实录书写，逐渐扩散到文论家如实、客观的评析，基于内心良知而生发出的一种认真精神和负责任态度。《文心雕龙·史传》记载：

> 勋荣之家，虽庸夫而尽饰；迍败之士，虽令德而常嗤，吹霜煦露，寒暑笔端，此又同时之枉，可为叹息者也！故述远则诬矫如彼，记近则回邪如此，析理居正，唯素心乎！……然史之为任，乃弥纶一代，负海内之责，而赢是非之尤。秉笔荷担，莫此之劳。……

刘勰提出写史要有求真、客观的态度，“故述远则诬矫如彼，记近则回邪如此，析理居正，唯素心乎！”不能记远的虚假硬造、记近的随意歪曲，或者为求新奇而穿凿附会，这都有悖于“公正”这一史家品格。在这一层面上，公正与诚信殊途同归。史学家应有公心，具有一定的责任感和良知，不能凭任私情而失去公正，“若任情失正，文其殆哉！”毕竟所记所写，都要接受后世读者的评判，受各种是非之责难，要对历史负责。“然史之为任，乃弥纶一代，负海内之责，而赢是非之尤。秉笔荷担，莫此之劳。”只有秉持公正之笔，著作才能达到“腾褒裁贬，万古魂动”的效果。

此后，纪实的方式、写实的精神融入中华民族文化中成为一种追求“公正”的不懈力量。譬如《文心雕龙·序志》中，刘勰以公正的姿态评析历代文学和作家，他依靠精细的文本细读功夫，秉持的是“擘肌分理，唯务折衷”的批评方法。从行文来看，他清晰地知晓自己所论不管是否与前人有近似或雷同之处，“有同乎旧谈者，非雷同也，势自不可异也；有异乎前论者，非苟异也，理自不可同也”，皆有一种“文理”——他谓之为“势”——存在，也许是文学的特征与规律吧。

同时也可看作他立足于作品的文本分析——自己去解读，而不是借助二手文献。唯有如此，他方能实现“按辔文雅之场，环络藻绘之府”的自由，并由衷生发“文果载心，余心有寄”的感慨与期待。

由上观之，“公正”价值观在中国古代深受儒家崇德思想的影响，打上了伦理道德的印记，儒家思想重视做人处世的君子人格、道义风尚等，都哺育了“公正”价值观讲究思想纯正的内涵，同时也使它迅速成为主宰整个传统社会的处世准则，在宗法制作用下，它进一步促使中国古人集体意识的形成，追求治国平天下的为公情怀。而且，公正在中国史学传统的影响下，直接形成了历代文人敢于说真话、表达真性情、追求秉笔直书和铁肩担道义的书写精神，突破了个人成见、一己私利以及集团恩怨的种种束缚，敢于跨越时空去坚守正义，说出真心话，从而形成求真务实的民族精神。在古代文论领域，“公正”一词的使用反映出以曹丕、刘勰为代表的批评家试图将文学批评作为一门学科的尝试和努力，赋予文学批评客观和理性的品格。这些都是在《文心雕龙》中所能窥见的对“公正”价值观的涵养。

当前政府倡导的核心价值观“社会层面”包含“公正”“自由”“法治”和“民主”四个词汇，其中“法治”主要是由近代西方话语与中国近代革命实践所结合产生的，在《文心雕龙》中虽有大量体现如何创作文章的法式与准则，但这与当前社会普遍倡导的“法治”价值观在产生、内涵、范围和所指等方面是不同的，故不做牵强附会的论述。而通读《文心雕龙》，这部文论著作中蕴含的重视百姓力量的所谓“民主”价值观也凤毛麟角，故亦不涉，这里本着如实、客观之原则，着重就“自由”和“公正”二词重点阐发。

三、依托《文心雕龙》涵养“自由”和“公正”价值观的经验与启示

依托《文心雕龙》涵养、培育这两大核心价值观词汇，只是笔者近年来的一个小尝试。从前文所论来看，它会提供我们很多经验和启示。

（一）中观与微观研究的深化

自党的十八大报告以“三个倡导”的形式正式提出社会主义核心价值观的七年来，学界对此 12 词汇从不同角度、不同层面予以研究，由最初的内涵界定、逻辑关联、凝练争鸣到中期的渊源追溯、学理思考、涵养培育，再到近年来的舆论宣传、教育途径、传播普及、成效检测等，对社会主义核心价值观的研究正在不断转向并逐步走向深入。通观七年来学界关于此话题的立项、论著、

研究报告等既有成果，我们发现早期以领导人报告、讲话为推动力，国内马克思主义、政治学、社会学、教育学等领域的学者积极跟进，学界多偏重于宏观、中观层面的论述，而缺乏微观的研究，比如依托古代经典文本展开细读，从中提炼出蕴含社会主义核心价值观的有效资源，通过聚焦文本、研读作品来对核心价值观予以培育和涵养，要比泛泛而论甚至重复性极大的宏观论述更有学术价值和创新意义。笔者预测，今后对策性方案、价值观教育与传播、经典文本研读、民族资源利用、培育与践行的成效反馈等，将成为推进社会主义核心价值观研究的新趋势。①

（二）研究范围由经、史部等拓展到集部

近年来国内对社会主义核心价值观关键词的研究，主要立足于先秦典籍尤其是儒家经典著作如《论语》《孟子》等，对每个词汇在古代如何运用主要从“十三经”和历史典籍中引用原文。前者既与儒家思想在汉代逐渐成为国家意识形态有关，也与社会主义核心价值观的属性及特征有关，核心价值观中诸如诚信、友善、民主、敬业等与传统的伦理观念和道德准则息息相通。而后者与中国古代历史悠久、历史著作极其丰厚有关，能为后人论述爱国、公正、和谐等提供很多人物、事件、言论方面的素材。在笔者近年阅读的数十本专题性研究著作中，对核心价值观展开“中国传统维度”的研究范围目前还主要集中在经书、子书、史书中，尤以经书和史书为最，这与它们在中国古代社会无可超越的地位及宽广的覆盖面有关。但笔者认为，今后还应进一步拓宽视野，将研究范围扩大到文人“集部”。从春秋战国到清末民国，中国传统社会不计其数的文人墨客创造了众多的文集、选本，其中包蕴着丰厚的价值观资源，很多与当前国家倡导和培育的社会主义核心价值观息息相通。可以说，集部门类包罗万象，是一个宽广博大的世界，将为新时期进一步涵养和培育核心价值观打开新的天地。并且，集部很多篇章具有诗意和文采，甚至诗思双美，这也为进一步涵养、培育核心价值观确保了“直观性”和“生动性”，为其今后的传播和普及提供了“情感性”和“趣味性”。②

（三）在社会主义核心价值观的涵养和培育过程中，要在“创造性转化”和“创造性发展”方面多着力

① 读者可参见拙文：《近年来国内社会主义核心价值观研究存在的问题审视与趋势展望》，载《郑州航空工业管理学院学报》2018 年第 3 期。

② 本著第五编第二篇有探索可参照。

2014年2月24日，习近平总书记在中共中央政治局第十三次集体学习时发表讲话指出："要认真汲取中华优秀传统文化的思想精华和道德精髓，大力弘扬以爱国主义为核心的民族精神和以改革创新为核心的时代精神……使中华优秀传统文化成为涵养社会主义核心价值观的重要源泉。要处理好继承和创造性发展的关系，重点做好创造性转化和创新性发展。"此后，他在不同场合都提到创造性转化和创新性发展，学界称之为"双创"方针。为我们当前理性、辩证地对待传统文化指明了方向，也点出了当前研究中华传统文化的关键所在。国家主流媒体《光明日报》曾就"双创"方针的价值和意义进行了深刻总结，其认为这是继20世纪40年代提出"推陈出新"，50年代提出"百花齐放百家争鸣"后，党在新的历史条件下对文化发展规律和文化发展责任、使命、路径的认识达到的一个新高度，将对中华文化走向新辉煌发挥强有力的指导和推动作用。一方面，"双创"方针从尊重传统、古为今用、推陈出新方面深刻揭示了文化发展的客观规律；另一方面，它有力廓清了对待中华传统文化的错误倾向，尤其是虚无主义、复古主义、功利主义的极端思潮。依托经典名作涵养核心价值观，要懂得摒弃、剔除传统思想观念中一些过时的、落后的要素，结合新时代、新要求进行合理取舍。

（四）注意核心价值观词汇内涵的多元流变

在社会主义核心价值观提出的最初两三年内，各类党校、高校马克思主义学院学者结合史例，对其中每个词汇的所指与内涵都做了详细的分析。其一致认为，当前社会主义核心价值12词来源于中国传统文化、西方文化、中国近代革命文化，是社会主义先进文化的鲜明体现。每个词汇都有其丰富的内涵，都不是固定不变的，而是在历史发展、演进中吸收中、外各种资源、养分，加以充实、凝练的结果。从如上对核心价值观两大词汇的涵养来看，"公正"在中国传统社会的含义是大众一般性的理解（政治色彩浓厚）之外的；"自由"则主要体现在创作中主体精神的独立。这些都越出了通常的、狭义的理解范围，但更加符合每个词汇之实际含义。

中国文化博大精深，门类众多，依托经典著作来涵养和培育社会主义核心价值观如同"盲人摸象"，触及的只是冰山一角，无论立足的学科怎么不同，观照的维度怎么变化，注意核心价值观每个词汇在传统社会的多元内涵及其流变，使之在动态发展中展现出丰富性和立体性，则是我们在研究中既需要引起重视的，也是需要深入挖掘的。

四、结语

2016 年 10 月，教育部在关于 2017 年起高考文科内容的修订中指出，考试科目名称由“汉语文”更改为“汉语”，要“优化考试内容，增加了对文言文、中华优秀传统文化常识考查的试题”。而对于思想政治课则指出：“要结合思想政治学科特点和核心素养的要求，突出正确的政治方向和坚定的政治立场，强调德育导向和社会主义核心价值观引领作用的发挥。”可见，依托中华优秀传统文化来涵养和培育核心价值观已成为一种热点和趋势。① 在此背景下，依托博大精深的文论专著《文心雕龙》来涵养社会主义核心价值观，立足于古代经典名作来钩沉、提炼、分析其中蕴藏的当前国家核心价值观资源，便显得意义深远。

2013 年 12 月，中共中央办公厅印发了《关于培育和践行社会主义核心价值观的意见》（以下简称《意见》）并发出通知，要求各地区各部门结合实际认真贯彻执行。《意见》中指出“把培育和践行社会主义核心价值观融入国民教育全过程”。而据笔者研究发现，七年多来，学界就“中华文化与核心价值观的培育”所立项目和出版的论文、著作并不少见，然前期以宏观论析居多，依托几部经典古书来涵养、培育核心价值观的论著、文章还极少见。中国历史上优秀典籍浩如烟海，其中必然藏着大量古人的哲学观、人生观、文学观、审美观，与当前社会主义核心价值观有相通、契合之处。聚焦古代经典名作，来涵养社会主义核心价值观，这也许是今后数年内学界的一种转向或学者们的学术使命吧。

---

① 近年来这方面研究成果较多，代表性的有：郑伟：《如何理解中华优秀传统文化涵养社会主义核心价值观》，载《当代中国价值观研究》2017 年第 2 期；王立：《社会主义核心价值观与中华优秀传统耦合机制探究》，载《黑龙江高教研究》2017 年第 5 期；李春山：《中华优秀传统文化涵养社会主义核心价值观的现实困境与多维路径研究》，载《思想教育研究》2016 年第 1 期；房广顺等：《社会主义核心价值观与中华传统文化的契合》，载《马克思主义研究》2015 年第 10 期；段超：《少数民族传统文化传承创新与社会主义核心价值观培育和实践》，载《中南民族大学学报》2014 年第 6 期。本著第一编中有相关综述。

依托《文心雕龙》涵养“公民层面”社会主义核心价值观

《文心雕龙》是中国文论史上集大成之作，是研究古代文学与文论的学者绕不开的民族丰碑。刘勰评析的作家作品众多，其涵盖的思想资源丰厚深广，值得今人充分挖掘和研究。1978 年以来，《文心雕龙》日益成为学界显学①，在古代文学、文艺学等领域被广泛研究。2016 年习近平总书记在全国哲学社会科学工作座谈会上的讲话中指出：“中国古代大量鸿篇巨制中包含着丰富的哲学社会科学内容、治国理政智慧，为古人认识世界、改造世界提供了重要依据，也为中华文明提供了重要内容，为人类文明作出了重大贡献。”通过笼罩群言的《文心雕龙》，读者能了解中古以前中国文学发展的脉络、演进的梗概，以及各种文史哲、儒道释思想资源对文学批评的深远影响。一部《文心雕龙》继往开来，笔者认为书中蕴藏的关于“社会”和“个人”层面的核心价值观资源可通过研究不断得到激活，可供当下“文化强国”建设参考借鉴。这将是一项“活古化今”的时代课题。

一、依托《文心雕龙》涵养“诚信”价值观

一般认为，“诚”包含“真实”与“诚恳”两种含义。前者指不有意歪曲客观事物的本来面貌，后者则侧重指内心的恳切、不虚伪、不遮掩。而“信”由“人”旁加“言”字组成，指人说话要算数，对自己的承诺负责，即言而有复、诺而有行。二者的区别在于：“诚”讲的是不能歪曲主观和客观的实际状况，更强调静态的真实；“信”则讲的是不能违背自己的诺言，更强调动态的坚守。更深一层来说，“诚”是一种内在的德行与修为，而“信”则是一种外在

① 通常谓之“龙学”，与古代的“选学”“红学”“金学”及当今的“鲁学”“钱学”并称。

的确认与表达。正是基于此，“诚信”经常互训连用。一方面，用“诚”来解释“信”，用“信”来解释“诚”，“诚，信也，从言成声”，“信，诚也，从人从言”。另一方面，“诚”“信”结合在一起，表示诚实无欺、恪守信用之意。①

刘勰是中国伟大的文论家，他继往开来，受传统儒家及其他文化的影响很深，又敢于在“通变”中形成自己的真知灼见。《文心雕龙·书记》篇记载：“言既身文，信亦邦瑞，翰林之士，思理实焉。”他视“诚信”为国家的祥瑞，提到了很高的高度。我们认为，他在评析文学现象、提出理论观点时，从不同层面和角度地涉及“诚信”，赋予了其丰富而多元的内涵。

其一，诚信表示言行的真实如一、内心的真挚与忠诚等含义，是一种真实情感的自然流露，是发自本心的情志表达，是遵循儒家仁慈、忠贞伦理观的体现。如《辨骚》篇②评离骚道：“若能凭轼以倚《雅》《颂》，悬辔以驭楚篇，酌奇而不失其真（贞），玩华而不坠其实，则顾盼可以驱辞力，欬唾可以穷文致，亦不复乞灵于长卿，假宠于子渊矣。”“酌奇而不失其真（贞），玩华而不坠其实”，以互文词汇“真实”来定位《离骚》，指出《离骚》等作品中采择齐伟的内容而不失去它的正确，如同品鉴一朵鲜花颜色美丽而不失去它的果实。这实际上是说《离骚》大力采用奇幻色彩的意象使作品华丽多姿，但仍然能真挚传达屈原的情思，表达他的幽怨与悲伤、理想与追求。在华丽语言背后有真情、有屈原诚挚的爱国之心。又如《论说》写道：“说者，悦也；兑为口舌，故言资悦怿；过悦必伪，故舜惊谗说。说之善者：伊尹以论味隆殷，太公以辨钓兴周，及烛武行而纾郑，端木出而存鲁，亦其美也。”刘勰列举了伊尹、姜太公、烛之武、子贡等人运用良好说辞来赢得人的信任，成就大事的例子。他指出“过悦必伪”，过于讨好人的话多半充满虚伪，不真实，是对诚信的背离。同样该篇提道：“凡说之枢要，必使时利而义贞，进有契于成务，退无阻于荣身。自非谲敌，则唯忠与信。披肝胆以献主，飞文敏以济辞，此说之本也。而陆氏直称‘说炜晔以谲诳。’何哉?”谓“必使时利而义贞”，是谓劝说之语要使它当时有利而且正确；“则唯忠与信”要讲求忠诚和信实。这是“劝说”的根本，只要来自心间并巧妙地运用文采，则必能具有说服力。同时，刘勰对陆机论“说”可“谲诳”进行了质疑和批驳，也能看出刘勰心中诚信的原则是很坚

① 郭建宁主编：《社会主义核心价值观基本内容释义》，人民出版社，2014 年版，第 134－135 页。

② 为简明起见，本书后面凡引用《文心雕龙》原文皆只注明篇目，参见范文澜《文心雕龙注》（上、下册，人民文学出版社，1958 年版），特此说明。

定的。

其二，诚信指创作时作家真情实感的流露，并且打动人心、感人至深。扬雄曾指出“言为心声，书为心画”，文字是主体内心的回声，是他内心最真实想法、情感的流露，无法遮盖和作伪，读者能通过文字看到写作者内心的所思所想。这种“心”（声）与“文”（言）的一致直接为古代“文如其人”命题埋下了伏笔。文学是表情达意的艺术，直接诉诸主体的情志表达。刘勰从真情实感的维度赋予了“诚信”新的内涵，并在先秦至齐梁中国文论史上强调得几乎无以复加。如《情采》篇曰：

> 昔诗人什篇，为情而造文；辞人赋颂，为文而造情。何以明其然？盖风雅之兴，志思蓄愤，而吟咏情性，以讽其上，此为情而造文也；诸子之徒，心非郁陶，苟驰夸饰，鬻声钓世，此为文而造情也。故为情者要约而写真，为文者淫丽而烦滥。而后之作者，采滥忽真，远弃风雅，近师辞赋，故体情之制日疏，逐文之篇愈盛。

诗人之赋与辞人之赋在“情”与“文”的对待上出现了分野，刘勰通过对比分析来呼吁创作应本着真情实感，“志思蓄愤，而吟咏情性”，“为情者要约而写真，为文者淫丽而泛滥”。此处“写真”关涉作家需抒发真实感情，而并非在文辞浮华和形式虚诞上大做文章。他对“采滥忽真”，终使“体情之制日疏，逐文之篇愈盛”的现象提出了严厉批评。

其三，文体之诚信。“诚信”还指笔头表达的要与外界发生的相吻合，不夸饰，不伪造。有一说一，有二说二，要实实在在，不能出于一些个人目的而过分抬高、吹捧和阿谀。这与“诚”的第一层含义接近，主要指作家的题材选取必须真实可信，是生活中发生过的，是吻合写作对象的，这在刘勰论碑耒、哀辞等不同体式时多有体现。如《祝盟》篇反映古代结盟时需向神灵祷告，以求上天作证，故要感激地确立诚意。刘勰指出盟辞须态度诚恳、言辞真切（“切至以敷辞”），所谓“指九天以为正”“感激以立诚”。又曰：“隐心而结文则事惬，观文而属心则体奢。奢体为辞，则虽丽不哀；必使情往会悲，文来引泣，乃其贵耳。”如哀辞作为悼念死者的实用文体，写者在表达思念、哀伤与难过之情时，必须“情辞切合”，写作者要充分考虑死者的年龄大小等因素，所谓“奢者”“悲者”“泣者”，是说抒发出来的情感与传达出来的言辞要吻合。只要主体把感情融化在悲痛中，便可产生“情往会悲，文来引泣”的艺术效果。

此外，在《奏启》篇中刘勰谓“言贵直也”，只有写作者正直，所写的

"表奏"才能客观、真实，"矫正其偏"。"事举人存，故无待泛说也"，上奏不要说空话，要明晰、实在。这都是从文章体式角度来谈"诚信"观念的。

其四，刘勰同时也以身作则来践行"诚信"，他在博览群书后有一种合理的自我评估，故著书和立言绝不盲目跟风，不和前人攀比，不人云亦云步人后尘，而是心中有数，认清自己后充分发挥优势，展示自己的长处。这里"诚信"侧重于遵从自己的本性与内心真实，指不和人攀比，坚持自己的道路。如《序志》篇曰："敷赞圣旨，莫若注经，而马郑诸儒，弘之已精，就有深解，未足立家。……盖《周书》论辞，贵乎体要，尼父陈训，恶乎异端，辞训之奥，宜体于要。于是搦笔和墨，乃始论文。""同之与异，不屑古今，擘肌分理，唯务折衷。按辔文雅之场，环络藻绘之府，亦几乎备矣。"在文中，刘勰动情地回忆了小时候"怡然而喜"跟随孔子的两个梦，表达了自己追随圣人来著书立说的宏愿。在这段近似"开题报告"的盘点中，刘勰自道心声，他深知单纯注经难以超越前人，也无从创新，唯有真诚面对自己，发挥自己"论文"的优势来寻求立言的空间。他知己知彼，勇于坦诚地面对自我并展开行动，也是对"诚信"价值观的践行。

刘勰在文艺批评中的很多观点、言论都与当前"诚信"核心价值观具有相通之处，予以呈现和研究能为当前培育"诚信"价值观提供话语资源和传统支撑，同时有助于拓展《文心雕龙》的研究空间，也体现出一种鲜明的文人精神。

第一，刘勰文艺思想关涉"诚信"显示出中国古代追求"信史"的传统根深蒂固，影响深远。中国的史学极其发达，从《左传》《战国策》到《史记》《汉书》，逐渐形成了真实书写的优良传统，这也影响到古代文论家的意识、观念和思维。以至于刘勰在评析古代文体时常常以"信史"作为标准，在真实题材和作家加工之间掂量时，往往"信史"的做法占据绝对上风。① 如：

> 惠施对梁王，云蜗角有伏尸之战；《列子》有移山跨海之谈，《淮南》有倾天折地之说，此踳驳之类也。是以世疾诸子，混洞虚诞。按《归藏》之经，大明迂怪，乃称羿毙十日，嫦娥奔月。殷汤如兹，况诸子乎！（《诸子》）

刘勰认为《礼记》《荀子》《列子》中有大量的违背寻常事实的描写，诸子

---

① 而到了明清小说评点那里，文论家评点叙事文学时对小说"历史真实"和"艺术真实"方才有了准确而深入的看法，此为后话。

作品中的传说、寓言等“混洞虚诞”，事实错乱，鱼龙混杂，不真实的极多，便给予了不恰当的评析。虽我们不苛责刘勰，但这种误判与文论家受到“信史”影响不无关系。

又如在《史传》中刘勰强烈批判了人们写史对远处虚假、对近处歪曲的风气，指出“代远多伪”，“盖文疑则阙，贵信史也”，“俗皆爱奇，莫顾实理”，“旧史所无，我书则传”，“此讹滥之本源，而述远之巨蠹也”，“述远则诬矫如彼，记近则回邪如此”，“析理居正，唯素心乎!”等，皆涉及史传之“诚信”与“虚伪”的问题。他认为写史如此是对客观、公正的违背，是对“信史”的不尊重和随意歪曲。笔者认为，这都是从“诚”与“信”的角度来探“文心”要义的。

第二，刘勰还追求写作中的“平衡”与“和谐”原则，不求过，不偏失，否则极易背离诚信、真实之原则。如《夸饰》篇对作家极度夸张的写法持有异议：“至《西都》之比目，《西京》之海若，验理则理无可验，穷饰则饰犹未穷矣。……惟此水师，亦非魑魅；而虚用滥形，不其疏乎？此欲夸其威而饰其事，义睽剌也。”刘勰列举了扬雄、张衡赋作中的经典案例，认为失实的夸张会适得其反，显得浮夸怪诞，与事理相悖。并曰：“然饰穷其要，则心声锋起；夸过其理，则名实两乖。若能酌《诗》《书》之旷旨，翦扬马之甚泰，使夸而有节，饰而不诬，亦可谓之懿也。”所谓“夸过其理，则名实两乖”，刘勰注重的是夸张手法能否抓住要害，使语言和实际吻合，“夸而有节，饰而不诬”，在一定的节制范围内，是能被人接受的，达到“旷而不溢，奢而无玷”的艺术效果。刘勰论诚信时始终有客观如实、遵从内心的弦儿，与其和谐观念息息相通。这种反对极端、坚守平衡的人文精神，可看作儒家中庸哲学观的一种延续。

第三，在违背“诚信”原则时，刘勰对当时文人不良的做法、文坛不良的风气等，进行了揭示与批判，体现出自己独特的文艺观。如《情采》篇记载：“故有志深轩冕，而泛咏皋壤。心缠几务，而虚述人外。真宰弗存，翩其反矣。夫桃李不言而成蹊，有实存也；男子树兰而不芳，无其情也。夫以草木之微，依情待实；况乎文章，述志为本。言与志反，文岂足征?”引文中“真宰弗存”“有实存也”“依情待实”皆涉及诚信、虚实。他对当时一些文人“真心”丧失，在作品中违背内心，空说世外情趣提出了批评。只有情感真实，能说真话，并且说的和写的要一致，才能打动读者、接受后世检验。依托刘勰文艺思想涵养“诚信”价值观时，不可忽略其体现出的大胆批判、敢于立论的人文精神。如《指瑕》篇又写道：

> 近代辞人，率多猜忌，至乃比语求蚩，反音取瑕，虽不屑于古，而有择于今焉。又制同他文，理宜删革，若排人美辞，以为己力，宝玉大弓，终非其有。全写则揭箧，傍采则探囊，然世远者太轻，时同者为尤矣。

刘勰毫不留情地批评文坛上的抄袭现象。这种掠人之美，有如“以为己力，宝玉大弓”，摘抄便是摸口袋，全抄便是打开箱笼公开抢劫。他以生动形象的比喻对违背诚信的风气给予了尖锐的抨击。举出曹植两篇作品中以“蝴蝶”“昆虫”来比喻尊贵的帝王，是不真、失实的表现；在《知音》篇中，以“以麟为麏”“以雉为凤”“以夜光为怪石”“以燕砾为宝珠”来譬喻，对文学欣赏中的“伪鉴”提出了批评。刘勰文艺思想在破、立及其结合等方面，都很突出。依托它来涵养社会主义核心价值观时，断不可将勇敢批判、鞭挞违背诚信的失实、作假、虚伪、狡诈等品格抹去。愚以为，在市场法则渗透、人心道德滑坡的当今，这一优良传统应大力弘扬和传承。

二、依托《文心雕龙》涵养“敬业”价值观

“敬业”对每个公民的立身、发展来说，都必不可少。“敬业”精神的内涵集中表现在三个方面，即热爱、勤勉和克制。① 经研究，我们认为在《文心雕龙》中其内涵又有一定的差异。

其一，“敬业”指倾情地投入，为了心中理想的事业、职业而忍受痛苦、陷入痴迷。如《文心雕龙·神思》篇记载：

> 人之禀才，迟速异分；文之制体，大小殊功。相如含笔而腐毫，扬雄辍翰而惊梦，桓谭疾感于苦思，王充气竭于思虑，张衡研《京》以十年，左思练《都》以一纪：虽有巨文，亦思之缓也。淮南崇朝而赋《骚》，枚皋应诏而成赋，子建援牍如口诵，仲宣举笔似宿构，阮瑀据案而制书，祢衡当食而草奏：虽有短篇，亦思之速也。若夫骏发之士，心总要术；敏在虑前，应机立断。覃思之人，情饶歧路；鉴在疑后，研虑方定。

从文思的“快”和“慢”论古今文人的写作，才华横溢的曹植和王粲属于前者，构思迅捷，提笔毫不迟疑；精心锤炼、思虑过度的扬雄、司马相如、桓谭和王充则明显属于后者，文思缓缓而至，动笔则优游不迫。他们的共性在于

① 郭建宁主编：《社会主义核心价值观基本内容释义》，人民出版社，2014年版，第125页。

都对文学创作倾情投入，十分敬业。虽然先天的才情和气质迥异，但都不妨碍他们成为文学史上一流的作家，都有精品佳构问世。刘勰于此处并论二者，并非厚此薄彼，而是指出思速有别，他自己也在孤寂的寺庙数十年如一日创作《文心雕龙》，都是勤勉和敬业的结果。

该篇记载了作家用投入创作来诠释“敬业”的典范：“人之禀才，迟速异分，文之制体，大小殊功。相如含笔而腐毫，扬雄辍翰而惊梦，桓谭疾感于苦思，王充气竭于思虑，张衡研《京》以十年，左思练《都》以一纪。虽有巨文，亦思之缓也。”（《神思》）以六字句接连地称赞古今文人构思的投入和特点，实则树立了创作上的敬业“楷模”——司马相如口含着笔直到笔毛腐烂后文章才写成；扬雄用心过度放下笔做着噩梦；桓谭由于苦苦思索因此害病；张衡用二十多年时间研讨《两京赋》。他们创制佳构付出的心力都值得今人学习，只有在自己本职工作上兢兢业业、勤勉肯干，方能取得成绩并实现价值。

其二，学诗讲究切磋、探讨，不但可在领悟、品鉴上增强理解力，体现敬业，也可在发现困惑、寻求教导进而共同进步上体现敬业。而这尤其体现在古代学诗者初次品鉴诗作方面，也体现在朋友之间为了共同话题而书信往来，切磋不断。《文心雕龙·明诗》篇记载：“子夏监绚素之章，子贡悟琢磨之句，故商赐二子，可与言诗。”孔子学生子贡学诗体现出一种难得的“敬业”精神，如切如磋，如琢如磨，好像骨角切开了还要磋平，玉器雕刻了还要打磨，达到此种境界，孔子看来方可与之言诗，这种敬业是一种领悟上的执着，也是欣赏作品的必要条件。文学品鉴不可流于皮毛、浅尝辄止，停留于表层而不求深入，是很难领悟内在意蕴和多元况味的。这里的“敬业”预示着通过探讨、切磋而抵达深层的文学审美。

其三，“敬业”还体现在个体充分展示自己的才思来创造文化。如刘勰多处论及先秦诸子在政治、哲学、散文方面的杰出成就，对后世很多领域影响深远。如《文心雕龙·诸子》篇记载：

> 逮及七国力政，俊乂蜂起。孟轲膺儒以磬折，庄周述道以翱翔；墨翟执俭确之教，尹文课名实之符；野老治国于地利，驺子养政于天文；申商刀锯以制理，鬼谷唇吻以策勋；尸佼兼总于杂术，青史曲缀于街谈。承流而枝附者，不可胜算，并飞辩以驰术，餍禄而馀荣矣。

在“俊乂蜂起”后，刘勰一股脑地列举了先秦诸子，他们各立门派，自成一家，无不是敬业的典范。他们之所以能够推进轴心时代的形成并达成各自的文化创造，与其勤勉的精神是分不开的。我们认为，从某种意义上来说，在纷争动乱的春秋战国时期，诸子之所以群起并立，固然有其客观土壤，然他们敬业精神的发挥，是激发文士潜能从而在思想、口才、写作方面均取得巨大成就的重要原因之一。

其四，敬业不只是拼命写作，有时还指充分养性，不妄为，不强求，而是保全自己。这在道家著作《道德经》中似乎能看到端倪。和投入、付出不同的是，这种“敬业”是节制、保养和收敛。既可看作主体根据身心情况来调试心情，也可视为道家养生学的一种延续。如《文心雕龙·养气》篇记载：

> 至如仲任置砚以综述，叔通怀笔以专业，既暄之以岁序，又煎之以日时，是以曹公惧为文之伤命，陆云叹用思之困神，非虚谈也。
>
> ……是以吐纳文艺，务在节宣，清和其心，调畅其气，烦而即舍，勿使壅滞，意得则舒怀以命笔，理伏则投笔以卷怀，逍遥以针劳，谈笑以药倦，常弄闲于才锋，贾馀于文勇，使刃发如新，腠理无滞，虽非胎息之万术，斯亦卫气之一方也。

如王充、曹褒那样在屋内四处安放笔砚来写作，按时日来逼迫自己提笔钻研，刘勰提示在勤勉的同时也要懂得保养，不劳神苦思、呕心沥血来写作，不勉强消耗和顺的体气。不顾体性、不懂休息便会损害本性和缩短寿命，是不可取的，这在古今都具有很强的启迪意义。尤其是节奏加快、社会转型的今天，敬业、勤勉和节制、养生如同钱币的一体两面，互相依存。要想获得可持续发展，懂得休养生息是必不可少的。

其五，从著述动机和最后成效来看，刘勰能根据自己的需求合理定位、专心论文，他评析文人之多、作品之众，涉猎时代之广、范围之宽，令人啧啧称奇。在齐梁以前的中国文学史上几乎空前绝后：

> 详观近代之论文者多矣：至如魏文述《典》，陈思序《书》，应玚《文论》，陆机《文赋》，仲治《流别》，宏范《翰林》，各照隅隙，鲜观衢路，或臧否当时之才，或铨品前修之文，或泛举雅俗之旨，或撮题篇章之意。魏《典》密而不周，陈《书》辩而无当，应《论》华而疏略，陆《赋》巧而碎乱，《流别》精而少功，《翰林》浅而寡要。又君山、公干之徒，吉甫、士龙之辈，泛议文意，往往间出，并未能振叶以寻根，观澜而索源。不述先哲之诰，无益后生之虑。

刘勰发扬“敬业”精神成就了一部可与西方《诗学》媲美的不朽巨制。他具有建构一部体系周密的伟大著作的雄心与壮志，在深山寺庙中孤寂数十年翻阅书卷，为之鞠躬尽瘁，没有长年的吃苦、操劳和付出，是无法完成的：

> 盖《文心》之作也，本乎道，师乎圣，体乎经，酌乎纬，变乎骚：文之枢纽，亦云极矣。若乃论文叙笔，则囿别区分，原始以表末，释名以章义，选文以定篇，敷理以举统：上篇以上，纲领明矣。……以驭群篇：下篇以下，毛目显矣。位理定名，彰乎大衍之数，其为文用，四十九篇而已。
>
> 夫铨序一文为易，弥纶群言为难，虽复轻采毛发，深极骨髓，或有曲意密源，似近而远，辞所不载，亦不可胜数矣。……
>
> 傲岸泉石，咀嚼文义。文果载心，余心有寄。(《序志》)

从交代写作的目的、原则以及《文心雕龙》文本的构成来看，刘勰论文是执着和投入的。他探寻文章到极点，秉承“四项基本原则”（“原始以表末”等)，论述数十种文体、涉猎古今那么多作家，并非浅尝辄止，而是穷尽源流、探寻规律。作为批评家，他是敬业与虔诚的，是批评史上当之无愧的“劳模”。我们认为，刘勰志向高远，用心血在写作，用“敬业”铸就了《文心雕龙》的“博大”与“厚重”。

三、依托《文心雕龙》涵养“友善”价值观

“友”在甲骨文中像两只手，象征着朋友之间的援手，故其本意是帮助。“善”由一个“羊”和一个“言”组成；“羊”是吉祥的代表，“言”是讲话，因此，其本意是吉祥的话语。两者结合起来，直接的意思就是像朋友一样善良，寓意是互相帮助和互相祝福。前者是在其他人处于困境时要助人为乐，后者则在其他人不需要自己帮助时要心态良好、善心相待。具体来说，“友善”表现在待人平等、待人如己、待人宽厚和助人为乐四个基本层面。为何要“友善”？学界认为其原因和必要性体现在三个方面：它是人的本质要求，是社会和谐的润滑剂，是每个公民都能从中获益的社会氛围。

《文心雕龙》中蕴藏“友善”价值观的地方并不多，最典型的要数《程器》篇集中谈古代文人不友善的行为及其特征：

> 略观文士之疵：相如窃妻而受金，扬雄嗜酒而少算，敬通之不循廉隅，杜笃之请求无厌，班固谄窦以作威，马融党梁而黩货，文举傲诞以速诛，正平狂憨以致戮，仲宣轻脆以躁竞，孔璋偬恫以粗疏，丁仪贪婪以乞货，

路粹餔啜而无耻，潘岳诡祷于愍怀，陆机倾仄于贾郭，傅玄刚隘而詈台，孙楚狠愎而讼府。诸有此类，并文士之瑕累。

文既有之，武亦宜然。古之将相，疵咎实多。至如管仲之盗窃，吴起之贪淫，陈平之污点，绛灌之谗嫉，沿兹以下，不可胜数。孔光负衡据鼎，而仄媚董贤，况班马之贱职，潘岳之下位哉！王戎开国上秩，而鬻官嚣俗，况马杜之磬悬，丁路之贫薄哉！然子夏无亏于名儒，浚冲不尘乎竹林者，名崇而讥减也。若夫屈贾之忠贞，邹枚之机觉，黄香之淳孝，徐干之沉默，岂曰文士，必其玷欤！

文人相轻、文人多风流似自古而然。这两段文字成为刘勰对古今文人不友善行为的集中盘点与控诉，诸如潘岳阴谋暗害太子，孙楚刚愎自用地控告上级，以及管仲的偷窃，吴起的贪财好色，周勃的诽谤好人、嫉妒贤才等，真可谓“沿兹以下，不可胜数”。文人皆非完人，刘勰抑中含扬，先抑后扬，肯定的恰恰是他们的创作才华。

如果仅从儒家伦理纲常角度来看，文人的不友善都属于品性上的斑点，有些无伤大雅，有的则比较严重，与主流价值观背道而驰。

四、依托《文心雕龙》涵养“爱国”价值观

“爱国”的内涵具有历时性，所爱对象在不同时期是不同的。具体来说，根据主体所处空间的不同，它在中国古代表现为对诸侯之国、君主之国、中华之国的爱以及对社会主义祖国的爱。它也可表现为个体、家庭、国家三个不同的层次。

就《文心雕龙》而言，对爱国诗人诗作的评析关涉“爱国”之观念。如《辨骚》篇记载：

……然其文辞丽雅，为词赋之宗，虽非明哲，可谓妙才。王逸以为：诗人提耳，屈原婉顺。《离骚》之文，依经立义；驷虬、乘翳，则时乘六龙；昆仑、流沙，则《禹贡》敷土；名儒辞赋，莫不拟其仪表；所谓“金相玉质，百世无匹”者也。及汉宣嗟叹，以为皆合经术；扬雄讽味，亦言体同《诗·雅》。

评屈原及其作品，至王逸这里集大成的同时几乎也成为文坛定论。读者既能看到刘安等人对屈原高洁人格和爱国精神的讴歌和赞颂，也能看出班固曲解、误读了屈原的爱国行为，以及扬雄依经立论，以《诗经》的标准来评析屈原的爱国作品，牵强而不妥当。

“是以枚、贾追风以入丽，马、扬沿波而得奇；其衣被词人，非一代也。故才高者菀其鸿裁，中巧者猎其艳辞，吟讽者衔其山川，童蒙者拾其香草。”后世作家借鉴和模仿《离骚》仅得其表皮，对屈原伟大的爱国精神无从复制，“自《九怀》以下，遽蹑其迹；而屈、宋逸步，莫之能追”，而“赞”中一句“惊才风逸，壮志烟高。山川无极，情理实劳。金相玉式，艳溢锱毫”（《辨骚》）是对屈原爱国行为及其建立在爱国情感上的作品给予了高度肯赞。刘勰通篇之评析皆围绕“爱国”关键词展开。

刘勰受儒、道、释等多种思想的影响，作为中国传统文化的传承与更新者，他的文艺观蕴藏着诚信、爱国、友善、敬业方面的思想资源且极其丰厚，值得今人深入挖掘以实现古为今用及依托传统建设当前文化的目的。

2013 年 12 月，中央办公厅印发《关于培育和践行社会主义核心价值观的意见》(以下简见《意见》)，并发出通知要求各地区各部门结合实际认真贯彻执行。指出 12 词分成三组，分别是国家的价值目标、社会的价值诉求、个人的价值准则，它回答了我们要建设什么样的国家、建设什么样的社会、培育什么样的公民的重大问题。2014 年“五四”期间，习近平总书记亲临北大发表讲话，指出这三个层面与中国传统文化中的格物致知、诚意正心、修身齐家、治国平天下逻辑是一致的，把涉及国家、社会、公民的价值要求融为一体，既体现了社会主义本质要求，继承了中华优秀传统文化，也吸收了世界文明有益成果，体现了时代精神。① 高层领导人早已意识到了社会主义核心价值观与民族传统之关联。当下关键问题是如何依托民族文化经典来涵养和培育社会主义核心价值观，为新时期在全社会普及、宣扬核心价值观教育，使之“入脑入心”展开行动。愚以为，挖掘社会主义核心价值观“个人层面”四大关键词与《文心雕龙》相通的思想资源，不失为一种有效的尝试。

该《意见》指出“把培育和践行社会主义核心价值观融入国民教育全过程”，其中第十七条指出：“发挥优秀传统文化怡情养志、涵育文明的重要作用。……加强对优秀传统文化思想价值的挖掘，梳理和萃取中华文化中的思想精华，作出通俗易懂的当代表达，赋予新的时代内涵，使之与中国特色社会主

① 习近平总书记在北大师生座谈会的讲话中鲜明指出：“中华优秀传统文化已经成为中华民族的基因，植根在中国人内心，潜移默化影响着中国人的思想方式和行为方式。今天，我们提倡和弘扬社会主义核心价值观，必须从中汲取丰富营养，否则就不会有生命力和影响力。”

义相适应，让优秀传统文化在新的时代条件下不断发扬光大。……增加国民教育中优秀传统文化课程内容，分阶段有序推进学校优秀传统文化教育。开展移风易俗，创新民俗文化样式，形成与历史文化传统相承接、与时代发展相一致的新民俗。”深刻阐释了依托中华优秀传统文化来涵养、培育社会主义核心价值观的重要性、可行性和必要性，而中国古代文艺理论和批评无疑是中华优秀文化的重要组成部分，开掘其中蕴藏着的丰富的核心价值观资源，目前才刚刚起步。这是一项使命艰巨、意义深远的学术工作。

依托《颜氏家训》涵养公民层面社会主义核心价值观

在国家大力宣扬中国梦与民族振兴的当下，回归和重视本土优秀传统文化已成为共识。它能为中国当前文化建设提供智力支持与话语资源，尤其是中国这样历史悠久、文化灿烂的东方古国，既定资源远比其他国度丰富、发达得多，对无数祖先创造的优良文化置若罔闻，则是对民族历史与传统的不尊重，也无法从中找到文化自信、道路自信和制度自信。回顾21世纪的百年，我们对西方文化的引进和学习不遗余力，而近年来对本国优良传统文化继承与弘扬得不够，这已引起部分学者的关注和评析。基于此，依托《颜氏家训》等这样的经典家书，来开掘其中蕴藏的核心价值观资源，并对国民形成“入脑入心”的深入教育，便显得十分必要而迫切。

社会主义核心价值观的建设（培育、涵养、传播、践行等）是中国政府高瞻远瞩而功在千秋的重大时代课题，学界和民间对其内涵解读、理论来源、宣传方式、教育成效等方面展开过精细的研究，七年多来各种成果不计其数（见书末参考文献）。一般认为，核心价值观的来源主要有中国传统文化、西方文化和中国近代革命化进程三大方面。而当前对12词与中国本土传统文化之间的关联研究做得还不够深入，理论阐发虽较多，但具整体衔接则推进不够。评论员李嘉莉在文章《建构社会主义核心价值观的学术话语体系》中曾指出：

> 社会主义核心价值观的基本范畴具有丰富的思想内涵，凝结了人类文明发展不同阶段的认识成果，有的范畴如公正、和谐、诚信等在中国和西方都有几千年的历史。有的范畴如自由、平等、法治等经过许多思想家的反复论证，但它们在社会主义核心价值观语境中是什么含义，需要我们进

一步明确界定。从语义学上，应从三个层次（实指、能指、所指）澄清。①

可见学界已意识到，中国传统文化滋养和培育了核心价值观，是其重要源泉之一。依托中国文论经典名作来分析其中蕴含的关于当前核心价值观资源，对当前推进12词汇的宣传和教育，使之深入人心具有重要作用。

《颜氏家训》包含着家庭伦理、品德智能、思想方法、养生处世、语言知识等方面的丰富内容，是南北朝时期一部教育著作和示论著作，也是一部中国古代为人处世的百科全书。作为中国家训文化的杰出代表，它在中国教育发展史与学术思想史上均有着重要的地位。其中各种伦理、教育、处世、交际方面的记载、论述及看法体现着古人丰富、多元的价值观念，可深入挖掘，作为当前涵养、培育社会主义核心价值观的重要资源。

一、依托《颜氏家训》涵养“爱国”价值观

《颜氏家训》除在以上方面蕴含丰厚的价值观资源外，在“爱国”“富强”和“自由”方面也有较多的蕴含。

（一）《颜氏家训》蕴含“忠君”含义的爱国价值观

颜之推生于南北朝，历经社会频繁动荡，听到了太多改朝换代的人物和事件，他记于笔端的爱国人物也多是英勇之士，其“爱国”与“忠君”基本是对等的。如《勉学》篇记载齐朝太监田鹏鸾其人不可貌相，虽身份卑微，但自幼刻苦学习遨游书海，受书中气节之士的影响，而拥有爱国之心。其被俘后遭受周兵鞭打、拷问，甚至折肢也始终忠于齐王而未曾叛变。他的爱国思想主要体现为对帝王的忠贞。

（二）《颜氏家训》中的另外一种“爱国”思想是英勇就义、为国捐躯

颜之推记下了战乱时代一批中国人用为国捐躯来践行“爱国”思想，他们虽非保家卫国的将士，以反对敌人入侵为天职，但却敢于在危难关头展现出视死如归的精神。其壮举、其英姿是“爱国”观念淋漓尽致的体现。如《颜氏家训·养生》篇记载：

> 自乱离已来，吾见名臣贤士，临难求生，终为不救，徒取窘辱，令人愤懑。侯景之乱，王公将相，多被戮辱，妃主姬妾，略无全者，唯吴郡太守张嵊，建义不捷，为贼所害，辞色不挠；及鄱阳王世子谢夫人，登屋诟

---

① 李嘉莉：《建构社会主义核心价值观的学术话语体系》，载《光明日报》2015-01-14。

> 怒，见射而毙。夫人，谢遵女也。何贤智操行若此之难，婢妾引决若此之易？悲夫！

颜之推见惯了在朝代更迭、战乱不断的年代，一些贤能人士“临难求生，终为不救”，他们的逃避和苟且行为“徒取窘辱，令人愤懑”，反而是一些看似柔弱的婢女、妻妾却从容赴死，践行道义、为国捐躯。如谢夫人在楼顶痛骂敌人后中箭身亡。简略的文字似工笔描绘，阐发了什么是危难之中的“爱国”。此著对寻常百姓的忠贞爱国有讴歌与弘扬。颜之推毕生见到了太多的换代乱局和民族纷争，他以细致的笔触记录下了底层民众的爱国行为。

二、依托《颜氏家训》涵养“敬业”价值观

“敬业”在《颜氏家训》中有多元内涵和丰富表现。在礼文化发达的古代社会，围绕做人、处世、持家应有的一套原则及个体如何通过修炼达到相应的伦理纲常，在《颜氏家训》中多有揭示和体现。

第一，家族亲人基于不同身份，在教育上各就其位、尽职尽责。父慈子孝、兄友弟恭形成了维系血缘家族的伦理规则，表现为在孩子成长、夫妇相处中不同身份的人严守其本分和职责，不能怠慢和疏忽。孩子出生便在家族血缘的网络中成长，在各种复杂关系中厘清自己的义务和职责。这是中国古人在人与人相处中形成的“敬业”观，几千年来它根深蒂固，成为维系庞大帝国运转的核心动力之一。这在阐发家风的《颜氏家训》中便很常见。如《颜氏家训·教子》篇写道：

> 上智不教而成，下愚虽教无益，中庸之人，不教不知也。……凡庶纵不能尔，当及婴稚识人颜色、知人喜怒，便加教诲，使为则为，使止则止，比及数岁，可省笞罚。父母威严而有慈，则子女畏慎而生孝矣。
>
> 吾见世间无教而有爱，每不能然，饮食运为，恣其所欲，宜诫翻奖，应呵反笑，至有识知，谓法当尔。骄慢已习，方复制之，捶挞至死而无威，忿怒日隆而增怨，逮于成长，终为败德。孔子云：“少成若天性，习惯如自然。”是也。俗谚曰：“教妇初来，教儿婴孩。”诚哉斯语。

颜之推认为父母作为长辈，要从小严格管教孩子，不断树立威信，孩子在听从中顺服，而不会任性胡为、败坏品性，也避免坐享其成、骄奢纵逸，这是父母长期教育中“敬业”的结果。而“孝敬”和“敬业”都含“敬”字，在宗法制的中国古代社会，预示着子女对长辈的“尊敬”“敬重”“敬畏”，几乎是

基于父母威严而产生的绝的服从与顺应，这具有浓郁的民族特色。同样在《教子》篇中，颜之推进一步从“教育”角度阐发了这种“敬业”：“父子之严，不可以狎；骨肉之爱，不可以简。简则慈孝不接，狎则怠慢生焉。由命士以上，父子异宫，此不狎之道也；抑搔痒痛，悬衾箧枕，此不简之教也。”（《教子》）家族教育上要高度重视慈爱和孝敬，遵循礼节而不可亲昵过度。基于教育论敬业，是父母、子女、夫妇、兄弟等不同身份遵循的传统“五伦”道德。简言之，此“敬业”是血缘家族在成员之间对中国家族伦理的坚守。

第二，礼貌对待客人。传统社会礼文化发达，在交际处世中兢兢业业以礼待人也是“敬业”的体现。如《颜氏家训·风操》记载：

> 昔者，周公一沐三握发，一饭三吐餐，以接白屋之士，一日所见者七十余人。晋文公以沐辞竖头须，致有图反之诮。门不停宾，古所贵也。失教之家，阍寺无礼，或以主君寝食嗔怒，拒客未通，江南深以为耻。黄门侍郎裴之礼，号善为士大夫，有如此辈，对宾杖之；其门生僮仆，接于他人，折旋俯仰，辞色应对，莫不肃敬，与主无别也。

《风操》是该书中论述各种礼仪密集的一篇。这里着重论及仆人之礼，无论主人是否在忙碌，家仆不得随意找借口怠慢客人，而是要以礼相待，懂得节制。周公一饭三吐餐就是“敬业”的典范，裴之礼家也树立了难得的好榜样，以真诚而热情的态度礼待宾客，遵守礼节，这些都是待人接物方面的“敬业”。简言之即是彬彬有礼地接待宾客。

第三，《颜氏家训》中“敬业”的另一种含义是勤俭持家，竭力维系家业。中华民族勤恳劳动、踏实做事的优良传统通过家书不断得以维系与弘扬，表现为家族长辈极力强调勤勉持家品格的重要性。如《颜氏家训·治家》篇写道：

> 生民之本，要当稼穑而食，桑麻以衣。蔬果之畜，园场之所产；鸡豚之善，树圈之所生。复及栋宇器械，樵苏脂烛，莫非种殖之物也。至能守其业者，闭门而为生之具以足，但家无盐井耳。今北土风俗，率能躬俭节用，以赡衣食。江南奢侈，多不逮焉。

“稼穑而食，桑麻以衣”正是中国传统农业社会的真实写照。“勤俭持家”的敬业品质使老百姓依靠耕作养殖来维系家业，“至能守其业者，闭门而为生之具以足”。同时颜之推尖锐地批判江南奢靡之风：“今北土风俗，率能躬俭节用，以赡衣食。江南奢侈，多不逮焉。”在鲜明对比中能看出颜之推对“敬业”价值观的推崇。

第四，勤勉是“敬业”的体现方式之一，其重要因素是不断学习，通过技能、业务上的进步换来成长、进步和改变。《颜氏家训》中反映追求学习进步极其艰辛的文字并不在少数。例如：

> 有客难主人曰：“吾见强弩长戟，诛罪安民，以取公侯者有吴；文义习吏，匡时富国，以取卿相者有吴；学备古今，才兼文武，身无禄位，妻子饥寒者，不可胜数，安足贵学乎?”主人对曰：“夫命之穷达，犹金玉木石也；修以学艺，犹磨莹雕刻也。金玉之磨莹，自美其矿璞；木石之段块，自丑其雕刻。安可言木石之雕刻，乃胜金玉之矿璞哉？不得以有学之贫贱，比于无学之富贵也。且负甲为兵，咋笔为吏，身死名灭者如牛毛，角立杰出者如芝草；握素披黄，吟道咏德，苦辛无益者如日蚀，逸乐名利者如秋茶，岂得同年而语矣。且又闻之：生而知之者上，学而知之者次。所以学者，欲其多知明达耳。必有天才，拔群出类，为将则暗与孙武、吴起同术，执政则悬得管仲、子产之教，虽未读书，吾亦谓之学矣。今子即不能然，不师古之踪迹，犹蒙被而卧耳。”（《勉学》）

文字设置问答，以“安足贵乎学”为中心展开。在颜之推看来，那些手不释卷、含辛茹苦却没有建树的人像日食一样极少，而安逸享乐追求名利的人却很多，这是“敬业”与否的分水岭，二者不可同日而语。真正生而知之者即所谓“天才”是极少的。人不学习，“不师古之踪迹，犹蒙被而卧耳”，实际就如同蒙着被子在睡觉，对外界一无所知。木石需要雕刻，人需要不断学习以增长才干，而学习、进步、提高正是人“敬业”的体现。

第五，《颜氏家训》批判那些好逸恶劳的不良品行。有些品质是“敬业”的对立面，是勤劳、进取、热情和节制的反面，对于做人和治家都是不利的，被颜之推猛烈地予以批判。如《颜氏家训·涉务》篇认为“士君子之处世，贵能有益于物耳，不徒高谈虚论，左琴右书，以费人君禄位也!”他把古代常见的人才列为六种：朝廷之臣、文史之臣、军旅之臣、藩屏之臣、使命之臣、兴造之臣，指出君子处世需有益于社会，不能高谈阔论，有失敬业。“能守一职，便无愧耳。”所谓“有益于物”，皆是从价值实现与社会成效角度论“敬业”的。《涉务》篇记载：

> 古人欲知稼穑之艰难，斯盖贵谷务本之道也。夫食为民天，民非食不生矣……安可轻农事而贵末业哉？江南朝士，因晋中兴，南渡江，卒为羁

> 旅，至今八九世，未有力田，悉资俸禄而食耳。假令有者，皆信僮仆为之，未尝目观起一拨土，耕一株苗；不知几月当下，几月当收，安识世间馀务乎？故治官则不了，营家则不办，皆优闲之过也。

在列举了耕种的艰辛后，颜之推严词批判了南迁的朝中之士仅依靠俸禄生活而不事稼穑，不务耕作。“治官则不了，营家则不办”，他对当时士族这种不劳动、不敬业的生活颇有微词。所谓“优闲之过”，是腐化和寄生生活的体现。《颜氏家训》中蕴藏的“敬业”价值观资源，具有强烈的伦理化色彩，作为中国古代经典家书之一，其敬业关乎“持家”“技能”等要素，与当前敬业多指在工作岗位上尽职尽责有所不同。我们认为当前值得挖掘此词内涵以扩大它的“含金量”。

三、依托《颜氏家训》涵养“诚信”价值观

第一，《颜氏家训》论及一个人内在心灵和外在行为趋于一致，因心诚而守信。因内心恳切而兑现诺言，言必信、行必果。如《颜氏家训·风操》篇记载：

> 别易会难，古人所重；江南饯送，下泣言离。有王子侯，梁武帝弟，出为东郡，与武帝别，帝曰：“我年已老，与汝分张，甚以恻怆。”数行泪下。侯遂密云，赧然而出。坐此被责，飘飖舟渚，一百许日，卒不得去。北间风俗，不屑此事，歧路言离，欢笑分首。然人性自有少涕泪者，肠虽欲绝，目犹烂然；如此之人，不可强责。

中国南方和北方对待“离别”的态度与方式存在很大差别：南方悲从中来，以实际行动表达眷恋不舍；而北方则粲然一笑，吻合北方豪迈奔放而不便直接表达情感的民族性格。但共性在于他们都因心诚而“泪下”、而“欲绝”，皆是内心真挚情感的流露。内在情感是相通的，只是外在行为有所差别。又如《颜氏家训·风操》篇记载：“江左朝臣，子孙初释服，朝见二宫，皆当泣涕；二宫为之改容。颇有肤色充泽，无哀感者，梁武薄其为人，多被抑退。裴政出服，问讯武帝，贬瘦枯槁，涕泗滂沱，武帝目送之曰：‘裴之礼不死也。’”梁武帝认为两类大臣态度迥异，一者在家里老人去世后进朝拜见却毫无悲伤之情，一者则如裴政泪如雨下、憔悴不堪。他以内心之“诚”作为批判标准。前者在此语境下内心无动于衷，当批判。后者则吻合世态常情，当尊敬。简言之，梁武帝要求亲人去世后，人内心的哀伤、悲痛和外在的言行、谈吐一致。这都是从“诚信”角度论及的。

第二,《颜氏家训》格外注重人内心情感的“真挚”与“自然”,这是“诚信”建立的基础。“真挚”者,不虚伪或伪装,在相应语境下呈现出对应的情感状态;“自然”者,无论情感是悲伤还是欢快,是高亢还是低沉,都顺乎本性,听从内心的呼唤,不强为,不妄为。如《颜氏家训·风操》篇记载:

> 《礼》曰:“见似目瞿,闻名心瞿。”有所感触,侧怆心眼,若在从容平常之地,幸须申其情耳。必不可避,亦当忍之,犹如伯叔、兄弟,酷类先人,可得终身肠断与之绝耶?

因目睹到与自己过世亲人模样相近或名字相似的人,而引发触动、心生悲哀,“犹如伯叔、兄弟,酷类先人,可得终身肠断与之绝耶?”这是一种真挚的情感。也发乎自然,合乎常理。此外,在《颜氏家训·归心》篇中,颜之推把儒家五伦套入佛家五禁中,指出“信者,不妄之禁也”,如有背离,则是极其不明智的——“何其迷也!”也是对内心诚挚的一种坚守。

第三,《颜氏家训》指导世人对于失信的“言”与“行”要多观察,要学会鉴别诚信与失信,尤其是对失信的事尽量不去做,这是做人的底线。如《颜氏家训·名实》篇指出:

> 吾见世人,清名登而金贝入,信誉显而然诺亏,不知后之矛戟,毁前之干橹也!虑子贱云:“诚于此者形于彼。”人之虚实真伪在乎心,无不见乎迹,但察之未熟耳。一为察之所鉴,巧伪不如拙诚,承之以羞大矣。……以一伪丧百诚者,乃贪名不已故也!

文字指出,人的虚实、真伪在于内心而非外表,故世人要认真观察:“一为察之所鉴,巧伪不如拙诚,承之以羞大矣。”颜之推认为“以一伪丧百诚者,乃贪名不已故也!”他对世人贪求声名、念聚钱财而丧失诺言、不再诚信的做法持强烈的批判态度,认为做一件假事而败坏一百件真诚的事,是不值得的。这启迪世人诚信做人。

《颜氏家训》蕴藏“诚信”价值观,具有多方面的指向,但关乎内心的真实、自然地处世和道德的底线,则是其精华,尤其值得开掘和传承。

四、依托《颜氏家训》涵养“友善”价值观

“友”象征朋友之间的援手,意指帮助、扶持;“善”指吉祥之言。二字结合而成“友善”,直接意思就是像朋友一样善良,寓意是互相帮助和互相祝福。

前者意味着在其他人处于困境时要助人为乐，后者则意味着在其他人不需要自己帮助时内心友好。具体来说，“友善”表现在待人平等、待人如己、待人宽厚和助人为乐四个基本方面。① 在《颜氏家训》中，友善的指向是多维的。

第一，友善指基于血缘关系而本能地爱护子女、友善相待、和睦相处。在传统农业社会，家族血缘关系根深蒂固，繁衍出各种复杂的人际关系和伦理纲常。而“国”作为“家”的放大，是在人性本能基础上将血缘关系中的友好、关爱推演到全社会中去，最终达到“老吾老以及人之老”的境地。如颜之推论及多种家族关系，比如父母对子女的友善：

> 凡人不能教子女者，亦非欲陷其罪恶，但重於呵怒伤其颜色，不忍楚挞惨其肌肤耳。当以疾病为谕，安得不用汤药针艾救之哉？又宜思勤督训者，可愿苛虐於骨肉乎？诚不得已也！《颜氏家训·教子》

此关系是建立在骨肉亲情之上的。谁愿教育孩子时使用体罚、鞭打？采用非虐待方式多半是人性本善与人之本能综合使然。又《颜氏家训·兄弟》篇概括夫妇—父子—兄弟关系是最基础的三种，“于人伦为重者也，不可不笃”。颜之推从家族血缘角度提示兄弟姊妹之间无论长大成人后多久，也无论各自配偶方关系如何，都应保持友善、和睦相处的亲密关系：

> 兄弟者，分形连气之人也。方其幼也，父母左提右挈，前襟后裾，食则同案，衣则传服，学则连业，游则共方，虽有悖乱之人，不能不相爱也。及其壮也，各妻其妻，各子其子，虽有笃厚之人，不能不少衰也。娣姒之比兄弟，则疏薄矣。今使疏薄之人，而节量亲厚之恩，犹方底而圆盖，必不合矣。惟友悌深至，不为旁人之所移者免夫！（《颜氏家训·兄弟》）

尤其是兄弟应笃厚如初，毕竟同父母的一家兄弟有剪不断的血缘亲情，这是行“善”的重要前提。“兄弟之际，异于他人，望深则易怨，地亲则易弭。譬犹居室，一穴则塞之，一隙则涂之，则无颓毁之虑；如雀鼠之不恤，风雨之不妨，壁陷楹沦，无可救矣。”（《颜氏家训·兄弟》）只有兄弟之间相互爱怜、亲近、友善，才不至于因常年生活中的小误会和妻妾之间的离间、矛盾而相互疏远。在该篇中，颜之推同时质问和批判了当时兄弟间吵闹与争斗的社会风气。这些都是从伦理关系角度论友善的。

---

① 郭建宁主编：《社会主义核心价值观基本内容释义》，人民出版社，2014 年版，第 141 页。

第二，《颜氏家训》追求并践行仁爱，即人伦、自然间能相互理解、体谅和帮助。如颜之推论妯娌间应相互仁爱，该著《兄弟》篇认为："娣姒者，多争之地也。使骨肉居之，亦不若各归四海，感霜露而相思，伫日月之相望也。况以行路之人，处多争之地，能无间者鲜矣。所以然者，以其当公务而执私情，处重责而怀薄义也。若能恕己而行，换子而抚，则此患不生矣。"妯娌间相处行"仁爱"之道就不会被私心侵占而产生矛盾纠纷。如《省事》篇指出"肠不可冷，腹不可热，当以仁义为节文尔"。颜之推劝诫世人多行善，避免矛盾和纠纷，通过节制言行来修炼仁慈之心，通过推行仁义来提升自己境界。同时，他还列举了正面的如孔融、季布、伍员等，以及反面的如郭解、灌夫等大量实例来告诫后人，凡是见死不救、犯上作乱、心怀诡计、不择手段、冷酷无情的人，都是应该唾弃的。这是从儒家伦理纲常角度来论友善、邪恶、品性、情操等关键词的。

而仁爱之心根本在于主体内心的善良，能同情、体察他人处境和结局，有怜悯之心。《颜氏家训》涵养仁爱不仅在人与人之间，也在人与自然界之间，对待山水、动植物保持爱护之情，不杀生，不破坏。

第三，基于不友善的反面行为，《颜氏家训》猛烈批判人世间的不良人心与人性。如因礼教体制下不友善导致家庭的悲剧，如交际中无端的行为和过分的言语等，在《颜氏家训》中皆有记载。如《颜氏家训·后娶》记载："其后假继惨虐孤遗，离间骨肉，伤心断肠者，何可胜数。慎之哉！慎之哉！"颜之推严厉批判了古代家人之间相互残害的悲剧。后母虐待前妻留下的孩子、离间骨肉关系等，都是极不友善的过头行为。颜之推接连呼吁"慎之哉！慎之哉！"来警醒世人。实则这种不友善已触及古代宗法制下的一夫多妻制。又如：

> 邺下有一领军，贪积已甚，家僮八百，誓满一千，朝夕每人肴膳，以十五钱为率，遇有客旅，更无以兼。后坐事伏法，籍其家产，麻鞋一屋，弊衣数库，其余财宝，不可胜言。南阳有人……及其死后，诸子争财，兄遂杀弟。(《颜氏家训·治家》)

文字记载邺城将军和南阳人，家庭富裕，却只顾敛财，吝啬至极，对女婿、家僮极其敷衍。最后都导致悲剧发生，名声也随之败坏。从鲜明的对比中读者可看到颜之推积德行善的人生主张。

又如《风操》篇还记载了世人随意叫人绰号的不友善行为，让正派的人听不入耳，不知被骂者做何感想？这是对他们的嘲弄与不尊重。《归心》篇记载了儿子结婚时不检点自己却无端要求、指责对方父母和女儿的人，“如此之人，阴纪其过，鬼夺其算”，认为他们十分恶毒，其不友善的言行激发了作者的愤慨，并力劝勿以此类人为邻为友。这些都是从交际处世角度触及“友善”价值观。

五、结语

社会主义核心价值观诸多词汇是动态发展的，其内涵是丰富多元的，就个人层面而言，爱国、诚信、敬业和友善四大词汇的所指、能指是在历史演进中被不断赋予和更新的，一方面它既和当前所公认的内涵有所出入，另一方面也与中国传统文化存在着密切的关联，如同果树开花结果离不开培育它的大地、土壤和肥料一样。就《颜氏家训》而言，它是一部包罗万象的家书，部分篇章含有文论思想，其中蕴藏的个人层面价值观的这四词资源，也许比我们上文揭示的更为丰富，这里权当抛砖引玉。

揭示经典著作中的核心价值观不仅是对当前国家战略的回应，也是对时代需求的反馈，具有重大的现实意义。一方面它能激活传统资源，使之常读常新，古为今用，焕发新的光彩；另一方面也为中国当下推进和提升文化软实力做出铺垫。学者张国祚指出：“社会主义核心价值观是兴国之魂，也是中国文化软实力的灵魂。当今中国所有信仰信念、思想道德、精神文化、党风民风、国家认同、社会治安等文化软实力方面的问题，说到底，都与核心价值观密切相关。①习近平总书记审时度势，反复强调，核心价值观是文化软实力的灵魂、文化软实力建设的重点。这是决定文化性质和方向的最深层次要素。一个国家的文化软实力，从根本上说，取决于其核心价值观的生命力、凝聚力、感召力。”而山西大学李嘉莉在文章《建构社会主义核心价值观的学术话语体系》中也鲜明地指出：“任何核心价值观的培育和弘扬，都需要有力的学术话语做支撑。西方自由、平等、博爱等价值理念的传播与使用如此，东方中国的‘仁义礼智信’也经历了从先秦百家争鸣、到两汉儒学的系统论证再到宋明理学形而上学思辨升华的过程。理论只要彻底，就能说服人。培育和践行社会主义核心价值观，最根本的是靠理论的说服力，这就需要我们不断深化理论研究，建立科学的学术话语体系，把社会主义核心价值观的基本内涵、内在逻辑、历史传承讲清

---

① 张国祚：《学习领会习近平关于提高文化软实力的大思路》，载《红旗文稿》2014年第20期。

楚。"[1] 而依托《颜氏家训》来涵养、培育个人层面的核心价值观四词，则是从传统文化中寻找学术话语做支撑的一次有效尝试。社会主义核心价值观提出以来，学界在深化理论研究等方面已做了大量工作，但在聚焦传统文化底层，依托各学科来沉潜、激活其中的话语资源等方面，也许才刚刚起步。笔者认为开拓空间还极大。这里以《颜氏家训》为例，仅抛砖引玉，希望引发更多的学人通过研读文本，来予以钩沉和提取，实现"中华优秀传统文化"和当下"社会主义核心价值观"的"对接"。

① 李嘉莉：《建构社会主义核心价值观的学术话语体系》，载《光明日报》2015-01-14(13)。

依托《世说新语》涵养当前社会主义核心价值观

习近平总书记强调，要切实把社会主义核心价值观贯穿于社会生活的方方面面，要从娃娃抓起、从学校抓起，做到进教材、进课堂、进头脑。他同时指出，培育和弘扬社会主义核心价值观必须立足中华优秀传统文化。① 这些重要论述，进一步明确了传承和发展中华优秀传统文化的地位与作用，明确了培育和弘扬社会主义核心价值观的使命与途径。

中华民族在五千多年连绵不断的文明发展进程中创造了博大精深的优秀文化。中华优秀传统文化是中华民族的独特精神标识和宝贵精神财富，是我们在世界文化激荡中站稳脚跟的根基。我们要加强对中华优秀传统文化的研究和弘扬，进一步完善青少年中华优秀传统文化教育，进而教育引导广大青少年培育和弘扬社会主义核心价值观。

中华优秀传统文化同社会主义核心价值观具有内在统一性。社会主义核心价值观的产生、形成和完善，是中华优秀传统文化的延续和发展。离开中华优秀传统文化的支撑，社会主义核心价值观将成为无源之水、无本之木。“教育”在继承和弘扬优秀传统文化中具有基础性、先导性作用，“学校”是继承和传播中华优秀传统文化的重要基地，是培育和弘扬社会主义核心价值观的重要渠道。青少年是祖国的未来、民族的希望，加强大、中、小学生中华优秀传统文化教育，对于培养中华优秀传统文化的继承者和弘扬者、推进社会主义核心价值观建设具有基础性作用。广大教育工作者对此责无旁贷。《世说新语》作为魏晋南北朝时期详细记录士人言行、全方位反映社会风貌的名著，是体现中古时期我国政治、哲学、美学及社会思想、道德状况最主要的原始典籍之一，也是文论

① 习近平总书记2014年2月24日在中共中央政治局第十三次集体学习时所指出。

典籍之一①，其内容包罗万象，含有大量的关乎社会主义核心价值观的丰富资源，值得当前深入挖掘和大力弘扬。

一、依托《世说新语》涵养“公正”价值观

《世说新语》中的“公正”价值观集中体现为在“人无完人”的前提下对人物才情、个性和风尚的欣赏。如果单纯按照儒家的伦理观念和品评标准，魏晋时期很多士人是瑕疵满身或不足称道的。然而由于审美标准的变化，魏晋时期人物品藻风尚使人物事功、礼仪以外的才华、风情得到充分的欣赏与肯定。如：

> 司马文王问武陔：“陈玄伯何如其父司空?”陔曰：“通雅博畅，能以天下声教为己任者，不如也；明练简至，立功立事，过之。”
>
> 明帝问周伯仁：“卿自谓何如庾元规?”对曰：“萧条方外，亮不如臣；从容廊庙，臣不如亮。”
>
> 时人道阮思旷：“骨气不及右军，简秀不如真长，韶润不如仲祖，思致不如渊源，而兼有诸人之美。”
>
> 桓玄问刘太常曰：“我何如谢太傅?”刘答曰：“公高，太傅深。”又曰：“何如贤舅子敬?”答曰：“樝、梨、橘、柚，各有其美。”
>
> 孙兴公、许玄度皆一时名流。或重许高情，则鄙孙秽行；或爱孙才藻，而无取于许。(《世说新语·品藻》)

这是节选篇章中的部分文字，采用对比方式以简练的笔法将人物各自的优长与特点道出，不以一种标准来衡量人物，不一棍子打死，不全盘否定，而是“横看成岭侧成峰”，各显优长，见其妙处。尤其是此前不被看好、不被认同的“通雅博畅”“骨气”“简秀”等特点在这一时期皆得到了弘扬，显示出人物品藻的客观与公正来。这种“公正”价值观极大地激发了中国的审美文化，提升了魏晋时期的软文化，也为世人观照人物“另一面”获得新的印象与感受，提供了有力参照。客观、公正评价人物，在《世说新语》中极为常见。

① 在慕克宏和郭丹先生主编的《魏晋南北朝文论全编》（修订本，江苏教育出版社 2004 年版）中，从《世说新语》之《德行》《言语》《文学》《方正》《雅量》等篇中精选中了 19 节文字。这里称其为“文论典籍”，乃是从宽泛意义上说的。

二、依托《世说新语》涵养“自由”价值观

在《世说新语》中，这主要从三个方面展开。

一是推崇一种自然风格。这种“自然”表现在为人处世上不太受儒家礼教的束缚，不会为了集体利益而压制、遮盖心中的本能欲求，或出于世俗伦理需要而克制主体身心的本真特征。其主要体现为人的一种真性情、真面貌，通过实实在在的此刻感受、当下需求来体现人的存在。如诸篇所记载：

> 世目谢尚为令达，阮遥集云：“清畅似达。”或云：“尚自然令上。”（《赏誉》）
>
> 或以方谢仁祖不乃重者。桓大司马曰：“诸君莫轻道仁祖，企脚北窗下弹琵琶，故自有天际真人想。”（《容止》）

人们对谢尚的自然美好与清雅通达十分称赞，反映出魏晋时期人们对“自然”之风的推崇与厚爱。不仅在处世交际上自然而然，在文学欣赏和品鉴上也以“自然”为最高评价和境界。如刘勰曾以譬喻来论秀句的“独拔”与“自然”特征（见《文心雕龙·隐秀》），当高出一般，以卓绝为巧，自然形成，不人为造作，可资辅证。自然的写作和自然的风格是当时中国文人的创作理念和一贯追求。

二是表达一种审美自由。与红尘世俗不同的是，这种自由侧重于文学品鉴中精神的逍遥和心灵的舒展，在“无目的”中达到“合目的”。在《世说新语》中，经常体现为名士为一件作品陶醉不已，沉浸在美的艺术中忘乎所以。如《世说新语·文学》篇云：

> “林无静树，川无停流。”阮孚云：“泓峥萧瑟，实不可言。每读此文，辄觉神超形越。”

道出了一种审美上的自由，咏诗体会，“神超形越”，与自然山水融为一体，仿佛身临其境，身心放松，妙不可言。《世说新语·文学》篇还记载了数段：

> 孙兴公云：“潘文烂若披锦，无处不善；陆文若排沙简金，往往见宝。”
>
> 桓公见谢安石作简文谥议，看竟，掷与坐上诸客曰：“此是安石碎金。”
>
> 孙兴公云：“潘文浅而净，陆文深而芜。”
>
> 王孝伯在京，行散至其弟王睹户前，问：“古诗中何句为最？”睹思未答。孝伯咏：“‘所遇无故物，焉得不速老？’此句为佳。”

审美的自由往往伴随着欣赏的愉悦和对佳作由衷的赞叹。这在魏晋南北朝的文艺品评中大量存在。再看《世说新语·赏誉》篇为后世读者展现了他们品评人物时活泼、俏皮的诗性语言：

有问秀才："吴旧姓何如?"答曰："吴府君圣王之老成，明时之俊乂。朱永长理物之至德，清选之高望。严仲弼九皋之鸣鹤，空谷之白驹。顾彦先八音之琴瑟，五色之龙章。张威伯岁寒之茂松，幽夜之逸光。陆士衡、士龙鸿鹄之裴回，悬鼓之待槌。凡此诸君：以洪笔为鉏耒，以纸札为良田。以玄默为稼穑，以义理为丰年。以谈论为英华，以忠恕为珍宝。著文章为锦绣，蕴五经为缯帛。坐谦虚为席荐，张义让为帷幕。行仁义为室宇，修道德为广宅。"

品藻语言的确是由衷赞美、激切欣赏的，这与审美境界息息相通，也产生了"九皋之鸣鹤，空谷之白驹""八音之琴瑟，五色之龙章""岁寒之茂松，幽夜之逸光"等美文。又如：

谢镇西道敬仁："文学镞镞，无能不新。"（《世说新语·赏誉》）

这是在审美自由中对人物风貌由衷地称赞。而《世说新语·简傲》篇虽记录名士各种放荡不羁的表现，但正如王子敬是欣赏完主人的漂亮园子后，陶醉于审美自由却毫不介意被人驱赶。是"自由"使这些名士表现狂放。

我们认为，此时期文人自由的行为、自由的心境和自由的审美，无不是魏晋品藻风尚和玄学思潮推动的结果。

三是魏晋名士洒脱、自由风度的体现。这表现为言行举止不受世俗礼仪的束缚，遵循自己的真性情，以个性的狂放来对抗礼教的束缚，以另外一种姿态来欣赏、感叹其气质、风度和胸襟。而大量的名士能如此表现，与汉末党锢之祸以来政治高压态势、儒家思想松绑有关，士人们在动荡的乱世中寻求老庄之学以求得庇护，从而宣泄内心的苦闷，获得精神的慰藉。典型如："简文崩，孝武年十余岁立，至暝不临。左右启'依常应临'。帝曰：'哀至则哭，何常之有!'"（《世说新语·言语》）通过记叙十几岁的孝武帝顺应性情而反对礼制，来宣扬晋代人自由与洒脱的情怀。寥寥数笔，似微型小说，让读者通过一个人来管窥一个时代。同样，这种诗性的语言经常被用来评人的形态与气质、才情与风貌。又如：

世目谢尚为令达，阮遥集云："清畅似达。"或云："尚自然令上。"

（《世说新语·赏誉》）

或以方谢仁祖不乃重者。桓大司马曰："诸君莫轻道仁祖，企脚北窗下弹琵琶，故自有天际真人想。"（《世说新语·容止》）

对谢尚的清雅通达、自然美好做了点评。如《世说新语·任诞》篇通过刘伶的两则经典遗事展示了他狂放不羁的个性：

……供酒肉于神前，请伶祝誓。伶跪而祝曰："天生刘伶，以酒为名，一饮一斛，五斗解酲。妇人之言，慎不可听。"便引酒进肉，隗然已醉矣。

刘伶恒纵酒放达，或脱衣裸形在屋中，人见讥之。伶曰："我以天地为栋宇，屋室为裈衣，诸君何为入我裈中？"

他的言语、行为任意随性、放荡不拘，显得自由而洒脱。这类名士普遍追求自然、率真的个性，多以内心的自由对抗外界儒家的礼俗和动乱的时政。《世说新语》是魏晋名士和社会风尚的一面镜子，我们认为其中蕴含的"自由"价值观与道家崇尚自由精神、人们普遍皈依老庄紧密相关，在激烈竞争的当代社会，依然具有重要价值。

三、依托《世说新语》涵养"诚信"价值观

刘义庆等古代士人受儒家思想影响很深，其著作中蕴藏有很多与诚信相关的丰富资源。

第一，从品行上推崇内心的真实和做人的真诚，这是对儒家伦理价值观的弘扬。如《世说新语·言语》记载："诸葛靓在吴，于朝堂大会。孙皓问：'卿字仲思，为何所思？'对曰：'在家思孝，事君思忠，朋友思信，如斯而已。'"这番巧妙的回答，把诚信与忠孝并提，足见古代士人对真实守信的期待与坚守。诚信成为中国古代重要的伦理纲常。

第二，主张真实的批评，不说假话、空话、套话和废话。哪怕是朋友之间也不护短，敢于说出真话，坚守原则或直面事实背后的真相。如："支道林初从东出，住东安寺中。王长史宿构精理，并撰其才藻，往与支语，不大当对。王叙致作数百语，自谓是名理奇藻。支徐徐谓曰：'身与君别多年，君义言了不长进。'王大惭而退。"（《世说新语·文学》）与好友王濛阔别多年再次辩论，支道林居然说对方的义理言辞毫无长进，这种开门见山地说实话的情形在魏晋南北朝比比皆是。

庚仲初作《扬都赋》成，以呈庾亮。亮以亲族之怀，大为其名价云："可三《二京》，四《三都》。"于此人人竞写，都下纸为之贵。谢太傅云："不得尔。此是屋下架屋耳，事事拟学，而不免俭狭。"（《世说新语·文学》）

谢安像《皇帝的新衣》中的小孩，有理有据地指出庾阐《扬都赋》在内容、结构思路方面的缺陷，认为此作品洛阳纸贵名不副实，过于拔高，其真实批评需要勇气与睿智。

第三，推崇一种真性情、真情感。这集中表现在交际处世中表达真实的意愿，展现真实的性情，流露真实的心情，表白真实的想法，哪怕显得稚嫩或童心十足，甚至不吻合公众舆论、世俗礼教。如：

顾彦先平生好琴，及丧，家人常以琴置灵床上。张季鹰往哭之，不胜其恸，遂径上床鼓琴，作数曲竟，抚琴曰："顾彦先颇复赏此不?"因又大恸，遂不执孝子手而出。（《世说新语·伤逝》）

戴公见林法师墓，曰："德音未远，而拱木已积。冀神理绵绵，常不与气运俱尽耳!"（同上）

王子猷、子敬俱病笃，而子敬先亡。子猷问左右："何以都不闻消息?此已丧矣!"语时了不悲。便索舆来奔丧，都不哭。子敬素好琴，便径入坐灵床上，取子敬琴弹，弦既不调，掷地云："子敬！子敬！人琴俱亡。"因恸绝良久，月余亦卒。（同上）

首段文字便将顾荣去世后朋友张翰由衷前往哭吊的哀伤感情和盘道出，真挚动人。第二段文字写戴逵到支道林的坟墓前与其对话，宛如真人再世，饱含眷念。第三段文字写出王徽之到亡兄王献之家抚琴而歌，充满无尽的怀念，悲痛哀伤之情溢于言表。《世说新语》全书类似文字还相当多，世人能通过零星记载领略一千六百年前中国古人的音容与笑貌，感受其交际处世中的真实性情。

四、依托《世说新语》涵养"和谐"价值观

第一，《世说新语》展现了人与自然的"和谐"图景。魏晋时期的大批文人远离黑暗动荡的政治，走向自然山水之间，或郊游、或审美，自然成为他们寄托情怀的极好出处。而这反映在《世说新语》中，便是人与自然和谐相处的静谧图画。如《世说新语·言语》记载："简文入华林园，顾谓左右曰：'会心处，不必在远。翳然林水，便自有濠、濮闲想也。觉鸟兽禽鱼，自来亲人。'"

简文帝来到华林园，对随从说令人心旷神怡的地方不一定要到远处森林或溪水之间，言下之意是都市里只要有哪怕茂密幽深的树木，配以江南这种小桥流水，也能取得类似的效果，让人体味无尽的闲情逸致，仿佛鸟兽禽鱼都主动来和人亲近。其言语道出了两种难得的和谐：一是人居住在大地上，离不开植物鸟兽，要亲近自然；二是人在自然间，会获得一种心灵的享受与诗意的栖居。

第二，《世说新语》论及人与人之间的和谐。这主要体现在日常交际中，采用换位思考、中庸哲学和及时行善等方式来减少人际间的摩擦、矛盾与冲突，减少误会，增加体谅，实现人与人相处的融洽及和睦。如：

> 许掾年少时，人以比王苟子，许大不平。时诸人士及支法师并在会稽西寺讲，王亦在焉。许意甚忿，便往西寺与王论理，共决优劣。苦相折挫，王遂大屈。许复执王理，王执许理，更相覆疏；王复屈。许谓支法师曰："弟子向语何似?"支从容曰："君语佳则佳矣，何至相苦邪?岂是求理中之谈哉!"(《世说新语·文学》)

血气方刚、为证明自己的许询，交换正、反方法观点与王濛就玄理展开激烈辩论，王濛无话可说，两次被击败。许询似志在必得，而其师傅支道林则认为弟子未寻折中至当之理，有些穷追猛打、得理不饶人的味道，不利于辩论之精彩和人际之和谐。求"和"与赢得尊敬是一种更高的处世境界。

又如《世说新语·尤悔》中记载的关乎人性情与言谈举止的和谐：

> 谢太傅于东船行，小人引船，或迟或速，或停或待；又放船从横，撞人触岸。公初不呵谴。人谓公常无嗔喜。曾送兄征西葬还，日莫雨驶，小人皆醉，不可处分。公乃于车中，手取车柱撞驭人，声色甚厉。夫以水性沈柔，入隘奔激。方之人情，固知迫隘之地，无得保其夷粹。

为兄长送葬回来的谢安，面对冒雨行车、众人皆醉的局面，大发雷霆，声色严厉。而又一次外出游玩时，其任由仆役行船，始终不动声色，心态平和，让人诧异。此鲜明对比说明，人面临的处境、心态会直接影响其内、外的和谐。

五、依托《世说新语》涵养"爱国"价值观

第一，古代"爱国"的一种体现，即对君主之国的爱。如：

> 过江诸人，每至美日，辄相邀新亭，藉卉饮宴。周侯中坐而叹曰："风景不殊，正自有山河之异!"皆相视流泪。唯王丞相愀然变色曰："当共勠

力王室，克复神州，何至作楚囚相对!”（《世说新语·言语》）

简练地展示了一个换代后前朝士大夫感伤而爱国的凄楚故事。“八王之乱”后北方陷入战乱，士人们纷纷南渡，并拥晋元帝在建业（今南京）建立东晋政权。“过江诸人”睹物思情，感叹国破家亡，人们纷纷缅怀过去。唯有刚毅奋发的王导鼓励大家竭力辅佐君王，以求恢复中原，这与庸懦颓废的周顗等人形成鲜明对比。这种思乡、忧伤和复国的心态在封建主义和儒家思想占据主导的两千多年社会中，具有相当的普遍性。又如《世说新语·言语》篇记载刘琨被匈奴和鲜卑等阻滞在北方，希望匡扶汉室，在江北建立政权延续政统，让温峤去南方传播美名。这是一种爱国思想。如：

> 温峤初为刘琨使来过江。于时，江左营建始尔，纲纪未举。温新至，深有诸虑。既诣王丞相，陈主上幽越、社稷焚灭、山陵夷毁之酷，有《黍离》之痛。温忠慨深烈，言与泗俱，丞相亦与之对泣。叙情既毕，便深自陈结，丞相亦厚相酬纳。既出，欢然言曰：“江左自有管夷吾，此复何忧!”（《世说新语·言语》）

该篇反映温峤拜访王导时声泪俱下地陈述了皇帝被囚、国家破败、皇陵被毁的残酷事实，王导亦相对而泣，令温峤看到了复兴的希望，二人的爱国之情都跃然纸上。这种爱国多半是建立在爱君主之国上的，在古代众多的朝代更换之际都会体现出来，以三国初、南北朝、明末清初最为突出。

第二，爱国即忠君。中国古代宗法制的体制实现了家与国的同构，政权与族权互为表里，士人在家“尽孝”与入仕后对上级“尽忠”在本质上是一样的，忠孝一体，进而在“修齐治平”的不断扩展中将“爱国”等同于“忠君”。只要一国之父还在，一姓江山便在，家族屹立不倒，国家也就稳固常存。基于这种逻辑，在《世说新语》中，便有“爱国即爱君”的反映，如：

> 苏峻既至石头，百僚奔散，唯侍中钟雅独在帝侧。或谓钟曰：“见可而进，知难而退，古之道也。君性亮直，必不容于寇仇，何不用随时之宜、而坐待其弊邪?”钟曰：“国乱不能匡，君危不能济，而各逊遁以求免，吾惧董狐将执简而进矣!”（《世说新语·方正》）

在文武百官纷纷逃窜时，钟雅对国君之忠、对家国之爱，发自肺腑，执着而坚定。在中国古代，君主如旗帜，是国家权力和存在的代表。“爱国即爱君”在古代具有相当的普遍性，是宗法制所彰显出的民族特征。

第三，欣赏爱国诗篇，得到砥砺和鼓舞，通过与作品中的人物对话，得到爱国的熏陶和感染。中国历史上涌现出诸如王昌龄、陆游、岳飞、辛弃疾等名家作品，他们保家卫国的诗篇滋养了一代又一代中国后世读者。尤其是国家危难关头，他们的作品会产生强大的鼓舞力量，激励民众众志成城，保家卫国。如：

……超曰："大司马方将外固封疆，内镇社稷，必无若此之虑。臣为陛下以百口保之。"帝因诵庾仲初诗曰："志士痛朝危，忠臣哀主辱。"声甚凄厉。郗受假还东，帝曰："致意尊公，家国之事，遂至于此！由是身不能以道匡卫，思患预防，愧叹之深，言何能喻?"因泣下流襟。(《世说新语·言语》)

简文帝朗诵庾仲初的爱国诗，对无法挽救国家深表惭愧，声泪俱下。这种场面感人至深，这种爱国之情是国破家亡关头每一个中华子孙都会涌现出的一种伟大情感。

六、依托《世说新语》涵养"敬业"价值观

"敬业"在魏晋士人身上有着丰富的内涵，《世说新语》中蕴藏的"敬业"价值观资源同样十分可观。

第一，敬业指在点拨、勉励后辈上不遗余力，毫不疲倦。如：

孝武将讲《孝经》，谢公兄弟与诸人私庭讲习。车武子难苦问谢，谓袁羊曰："不问，则德音有遗，多问，又重劳二谢。"袁曰："必无此嫌。"车曰："何以知尔?"袁曰："何尝见明镜疲于屡照，清流惮于惠风?"(《世说新语·言语》)

袁羊道"明镜不疲"意指明亮的镜子不为频繁地照人而疲劳，来譬喻人的智慧不会因使用而受损害，他的一番话打消了车武子的疑虑，说明点拨、教诲别人十分敬业。在重师尊教的中国古代社会，兢兢业业地引导求学上进的后辈，同时循循善诱教诲弟子，在传道授业上不遗余力、薪火相传者，不计其数。

第二，以执着于清谈的方式、自信的精神来诠释"敬业"，这也具有鲜明的时代气息。典型如：

谢镇西少时，闻殷浩能清言，故往造之。殷未过有所通，为谢标榜诸义，作数百语。既有佳致，兼辞条丰蔚，甚足以动心骇听。谢注神倾意，

不觉流汗交面。殷徐语左右："取手巾与谢郎拭面。"(《世说新语·文学》)

《世说新语》记载了大量名士的清谈，他们执着于就一些玄乎的话题滔滔不绝，能就感兴趣的话题口若悬河。这里说者没觉得累，听者反倒汗流满面。名士殷浩接连说了几百句，阐释道理谈吐风雅，而谢尚则全神贯注地倾听。双方都可谓敬业、投入的典范。该篇记载：

孙安国往殷中军许共论，往反精苦，客主无间。左右进食，冷而复暖者数四。彼我奋掷麈尾，悉脱落满餐饭中。宾主遂至莫忘食。(《世说新语·文学》)

擅长清谈的孙安国和殷浩一来一往地辩论数十回合，异常激烈。他们忘记了桌上饭菜，凉了热，热了又凉，辩论到晚上忘记了夜餐。其在清谈上的"敬业"超乎寻常，一时传为美谈。这绝非夸张，在当时具有一定的普遍性。

第三，《世说新语》还展示了士人独特、挺秀的品格，这属于文化方面的自信与敬业。如《世说新语·方正》记载："孝武帝问王爽：'卿何如卿兄?'王答曰：'风流秀出臣不如恭，忠孝亦何可以假人!'"王爽与兄长各有优长，他自信在"忠孝"方面因敬业而无人匹敌。这种敬业可理解为某种品格在长期修炼后变得独特和超群。

七、依托《世说新语》涵养"友善"价值观

第一，《世说新语》中"友善"表现为知恩图报。施恩者和图报者都是"友善"的化身，他们都有一颗仁慈之心。如《方正》篇记载："梅颐尝有惠于陶公。后为豫章太守，有事，王丞相遣收之。侃曰：'天子富于春秋，万饥臼诸侯出；王公既得录，陶公何为不可放!'乃遣人于江口夺之。颐见陶公，拜，陶公止之。颐曰：'梅仲真膝，明日岂可复屈邪!'"陶侃先前受梅颐之助，关键时刻挺身而出挽救恩人，而梅颐知晓后欲下跪拜谢终被制止。双方都是友善之人，列于《世说新语》中被大力弘扬，读来十分充满正能量。

第二，《世说新语》大量地以批判不友善行为来宣扬正义和善良等伦理观。不友善者，或不顾他人感受，或作恶多端，或破坏自然肆意妄为。如：

王平子出为荆州，王太尉及时贤送者倾路。时庭中有大树，上有鹊巢。平子脱衣巾，径上树取鹊子。凉衣拘阂树枝，便复脱去。得鹊子还，下弄，神色自若，傍若无人。高坐道人于丞相坐，恒偃卧其侧。见卞令，肃然改

容云："彼是礼法人。"（《世说新语·简傲》）

在出任刺史之时，王澄居然旁若无人地爬到路边大树上捉鸟雀，于动物不友善，于百姓太傲慢。刘义庆记下此事，对这种极不友善的行为进行了批判。

又如《世说新语·规箴》篇记载王羲之苛刻评论生前好友王修、许询；《世说新语·自新》记载了周处由恶棍到孝子的巨大转变，其人生由恶趋善的蜕变在于行善；《世说新语·简傲》篇记载刘宝在守丧期间嗜酒如命，朋友拜访而不接待；等等，都可解读为通过批判"不友善"行为来彰显"友善"价值观。

此外，《世说新语》也涵养、蕴藏了"文明"等其余价值观。限于篇幅，不再赘述。

八、结束语

2014 年 4 月，教育部印发《完善中华优秀传统文化教育指导纲要》（简称《纲要》），将围绕中华优秀传统文化教育的主要任务，逐步落实课程标准修订和课程开发工作。据教育部社会科学司负责人透露，正在启动的高中阶段课标修订将把"加强中华优秀传统文化教育"列入修订内容，小学至初中阶段的课标修订工作，也会按照时间进度安排适时启动。教育部起草小组系统梳理了目前正在使用的教材中有关中华优秀传统文化教育的内容，遵循教育教学规律和学生身心发展特点，在反复论证基础上，最终形成了以弘扬爱国主义精神为核心，从爱国、处世、修身三个层次概括凝练中华优秀传统文化教育的主要内容。开展以天下兴亡、匹夫有责为重点的家国情怀教育；开展以仁爱共济、立己达人为重点的社会关爱教育；开展以正心笃志、崇德弘毅为重点的人格修养教育。这三种"教育"在核心价值观里都有着鲜明体现。

深入、全面研究文本后，我们发现这三大层次的话语资源在《世说新语》中皆有蕴含，如加以挖掘，在国家大力推进社会主义核心价值观培育和践行的背景下，既是对国家战略、社会需求的回应，也是激活传统，古为今用的一次有效尝试。这将起到"一石二鸟"之双重功效：一方面能依托《世说新语》为当下培育社会主义核心价值观提供理论支撑和话语资源；另一方面，也可借此机会来实现中华优秀传统文化的传承与弘扬。这需要学者沉潜下来，甘坐冷板凳，仔细读文本，实现"古"与"今"的对接，通过研究古代经典名著中潜存的核心价值观资源，实现中华优秀传统文化在当今的延续，使其焕发新的生命力。

第四编 04

核心价值观涵养与文化自信的建构

——基于中国传统文论视角

国家层面核心价值观涵养与文化自信的建构

——基于中国传统文论视角

富强、民主、文明与和谐，是社会主义核心价值观中国家层面的四个关键词，它体现出党和政府对国家总体发展目标及发展程度的系统构想，是当前软文化建设中较完善的顶层设计。纵观丰厚而灿烂的中国传统文论，其中蕴藏大量可用来涵养这四大关键词的思想资源，并且它们对推动当前文化自信的建构，同样具有极强的启迪功效。① 数年来，随着习近平总书记在不同场合反复提出“文化自信”，并指出它是制度自信、道路自信和理论自信的基石，学界对文化自信的“传统”维度已有深入的认识，共识是文化自信从来都不是一个抽象的概念，而是实实在在地扎根于中国传统文化的深厚土壤之中，透过其精华部分——中国古代文学理论与批评（又名中国传统文论）来探究文化自信的形成与表现②，无疑具有重要的时代意义和学术价值。

一、礼乐文化

上下五千年中华文明史，赋予了国人深厚的文化自信。中华民族发达的礼乐文化不仅是后世政治制度、民族心理、价值观念的渊源，也是缔造中华子孙民族自尊心和自豪感的重要推动力。在中国传统文论中，很多可用来涵养富强价值的话语体现出了古人对礼乐文化的重视与建构。春秋和战国时期，以孔、

---

① 著者近年来发表了部分研究成果，参见拙文：《“和谐”价值观在中国传统文学理论与批评中的多维体现》，载《贵州社会主义学院学报》2018 年第 3 期；《对当前涵养核心价值观“和谐”的若干思考》，载《中共太原市委党校学报》2018 年第 5 期；《依托〈颜氏家训〉涵养国家与社会层面社会主义核心价值观》，载《西华大学学报》2018 年第 1 期。

② 本书所引用的古代文论原文，主要来自《中国历代文论选》及《新编中国历代文论选》等，它们都是可用来涵养富强、民主、文明与和谐价值观的思想资源。特此说明。

孟、荀、墨为代表的士人对礼乐的功能、价值的认识也极其辩证和深刻。其论述一方面促使了古代礼乐文化的延续，为中国最终成为文明礼仪之邦奠定了基础。另一方面，通过对礼与乐不同功用的多维阐发，为国家政治的稳固和社会风气的纯净开出了“药方”，从而使国家文化在秦朝统一后两千余年延绵不绝、薪火相传。如《礼记·乐记》记载道：

是故其哀心感者，其声噍以杀。其乐心感者，其声啴以缓。其喜心感者，其声发以散。其怒心感者，其声粗以厉。其敬心感者，其声直以廉。其爱心感者，其声和以柔。六者，非性也，感于物而后动。是故先王慎所以感之者。故礼以道其志，乐以和其声，政以一其行，刑以防其奸。礼乐刑政，其极一也；所以同民心而出治道也。……是故治世之音安以乐，其政和。乱世之音怨以怒，其政乖。亡国之音哀以思，其民困。声音之道，与政通矣。……是故审声以知音，审音以知乐，审乐以知政，而治道备矣。是故不知声者不可与言音，不知音者不可与言乐。知乐则几于礼矣。礼乐皆得，谓之有德。德者得也。是故乐之隆，非极音也。

这段文字论及主体情感与声音特点之关联，形成“审乐以知政”的文艺观，反映出古人对“乐”社会功能的精辟认识。“知乐则几于礼矣。礼乐皆得，谓之有德。”古人尤其是儒家知识分子论“乐”，一般不从狭义层面论“乐”的特点和分类，而往往关乎社会风气和人伦建构，这是一种具有使命感和担当感的文化策略，它对国家社会走向稳固与和谐功不可没。又如《荀子·乐论》记载：

夫乐者，乐也，人情之所必不免也，故人不能无乐。……故人不能不乐，乐则不能无形，形而不为道，则不能无乱。……

夫声乐之入人也深，其化人也速，故先王谨为之文。乐中平则民和而不流，乐肃庄则民齐而不乱。民和齐则兵劲城固，敌国不敢婴也。如是，则百姓莫不安其处，乐其乡，以至足其上矣。然后名声于是白，光辉于是大，四海之民莫不愿得以为师。是王者之始也。

荀子论乐，是导向论道、论王者的，他对琴瑟乐心、美情兼备的“乐”的特征认识非常深刻。结合《荀子》全书中多处论析，我们发现他通常思辨地看到了二者的特点与功能，其最终指向是社会的稳固和谐与人伦道德的最终形成。在传统社会，科学和技术并不很发达，但国家软文化却异常灿烂辉煌，这与早期礼乐文化的建构分不开。汉以后的道德观念的形成和各门艺术的快速发展，无不与儒家大力倡导的礼乐文化有关。

我们认为，“礼乐文化”是传统文化的精髓，传统文论中的礼乐思想、礼乐观念可挖掘与传承，以夯实当前文化自信的建构。

二、民本主义

中国文化博大精深，源远流长。作为精英文化的代表，历代士人为传统文化的建设做出了巨大贡献，然底层民众长期的推动亦功不可没，同样值得历史书写和后世铭记。尤其是古代民俗文化和各类手工业的形成，老百姓更是主要的创造者。在中国传统文论资源中，反映出文论家对民众力量高度重视的篇章比比皆是，从先秦一直延续到近代，这形成了中国独特“民本主义”传统，可成为当前涵育“民主”价值的宝贵资源。长期以来，中国人口数量稳居世界前列，这不仅确保了历朝历代国家机构的有效运转，百姓们在日常衣食住行中也创造了丰富的文化，中国古代百姓的力量与作用，在众多文论家的笔下都得到了鲜明体现。人民是历史的创造者，透过这些可用来涵养当前“民主”价值观的思想资源，我们同样能窥探到中国文化自信的形成渊源。传统文论中，反映“民本主义”的话语大体可分为两类。

一是篇章中直接抒发老百姓心声，强调不可轻视老百姓，处理好了官民关系对政权稳固有着重要的作用。如《尚书·皋陶谟》记载：

> 予欲闻六律、五声、八音，在治忽，以出纳五言，汝听。予违，汝弼；汝无面从，退有后言。

先秦执政者大量地从民间采集“乐”（在古代基本上是诗、乐、舞等文艺的融合），通过考察“乐”来了解国家管理情况，通过听取百姓不同呼声来调整统治策略。汉乐府的形成也是这种治理方式的结果。《尚书·皋陶谟》篇还指出统治者要任人唯贤、安定民心，这样就会受人爱戴，被百姓怀念。这些都是中国早期朴素民本主义的体现。此外，《孟子》中“与民同乐”的文艺观，以及大量重视百姓力量的语段①，皆是这种体现。

学界一般把《诗经》中反映诗人创作动因的篇章看作“论诗诗”，或曰诗体批评。《诗经》的“国风”部分存在大量反映了老百姓生存境遇的呐喊与心

---

① 典型如：“民为贵，社稷次之，君为轻。”“乐民之乐者，民亦乐其乐；忧民之忧者，民亦忧其忧。”“易其田畴，薄其税敛，民可使富也。”“省刑罚，薄税敛，深耕易耨。”（皆见《孟子》）

声，他们劝告统治者不要剥削太甚，要减轻税负，体察民情。“饥者歌其食，劳者歌其事”，《诗经·大雅·民劳》等篇章是老百姓最原始的心声，千年后读来依旧感人至深。正是借助以《诗经》、乐府诗为代表的文学作品，中国文化的创造主体——人民，才不至于被王权政治压制，不至于被精英阶层遮蔽。重民、爱民的意识贯穿于中国传统文化始终。

二是在文论篇章中，表达对剥削阶级的憎恶和痛恨，体现出以民为本的思想，与“民主”价值观息息相通。典型如《墨子·非乐》篇记载：

> 昔者齐康公，兴乐万，万人不可衣短褐，不可食糠糟，曰：“食饮不美，面目颜色，不足视也；衣服不美，身体从容丑羸不足观也。”是以食必粱肉，衣必文绣。此掌不从事乎衣食之财，而掌食乎人者也。是故子墨子曰：今王公大人，惟毋为乐，亏夺民之衣食之财，以拊乐如此多也。是故子墨子曰：“为乐，非也！”

墨子对统治者“食必粱肉，衣必文绣”的做法是极力批判的，他揭示了统治者生活奢侈、剥削百姓、劳民伤财的本质。这在近代文论篇章中亦屡见不鲜。

三是文论家（当然许多同时也是诗人或政治家）在具体篇章中，鲜明指出文学创作要反映百姓题材、抒发百姓心声、贴近民众实际，避免过多在艺术修辞上玩花样，或在狭小空间中自得其乐。如白居易在《与元九书》中指出：

> 仆当此日，擢在翰林，身是谏官，月请谏纸。启奏之间，有可以救济人病，裨补时阙，而难于指言者，辄咏歌之，欲稍稍进闻于上。上以广宸听，副忧勤；次以酬恩奖，塞言责；下以复吾平生之志。岂图志未就而悔已生，言未闻而谤已成矣！

其反映出白居易为官在朝，希望能“救济人病，裨补时阙”，反映民生疾苦、补救时政，是古代正直知识分子的信念。又如他在《新乐府序》中，自觉说明创作新乐府五十首的讽喻目的在于“为君、为臣、为民、为物、为事而作，不为文而作也”。他自觉学习、继承《诗经》美刺讽喻之文学精神，用文学介入现实生活，其《琵琶记》《卖炭翁》皆是千古“民曲”。

晚清文论家包世臣在《与杨季子论文书》中指出：

> 窃谓自唐氏有为古文之学，上者好言道，其次则言法，说者曰，言道者言之有物者也，言法者言之有序者也。然道附于事，而统于礼。子思叹圣道之大曰：礼仪三百，威仪三千。孟子明王道，而所言要于不缓民事，

以养以教。至养民之制，教民之法，则亦无不本于礼。其离事与礼而虚言道以张其军者，自退之始，而子厚和之。至明允、永叔，乃用力于推究世事，而子瞻尤为达者。

文章写作应“有物”与“有序”，关乎“世事”和“民事”，即关系国计民生和社会现实，而他本人的作品也多反映民间疾苦，抒发忧国忧民的感慨，这与他经历坎坷、食贫居贱有关。又如思想家兼文论家顾炎武《日知录》卷十九《文须有益于天下》指出：“文之不可绝于天地者，曰明道也，纪政事也，察民隐也，乐道人之善也。若此者，有益于天下，有益于将来。多一篇多一篇之益矣。”在顾炎武看来，文章须有益于天下，不能反映六经意旨和国计民生的文字一概不写。呼吁文学反映民生，在清代文论中极为常见。这种资源可挖掘出来，涵养“民主”价值观，推动当前文化自信的建构。

三、主体品格

中华民族屹立于世界民族之林，必须有丰厚的传统文化作为支撑。数千年来老祖宗创造的文化资源为当前进行文化革新和社会主义新文化建设提供了坚实的基础。文化终究是人创造的，体现了人的价值和劳动，凝聚了人的智慧与汗水。而传统文论可供涵养核心价值观的资源中，有相当多涉及文化创造主体应有的品质和特点，这对当前继承传统文化、推进新文化建设不无补益。文论中论主体品格主要从三个方面展开。

一是具有气节、为国为民、建功立业的品格。受儒家思想文化影响的中国古代文人，多半具有积极进取的文化品格，表现在竭力通过修身来实现齐家、治国和平天下的宏愿，他们往往居庙堂之高则忧其民，处江湖之远则忧其君，能心系天下，忧百姓之忧，展现儒家气节之美。或者在“三不朽”观念的推动下，选择著书立说来实现自己的人生价值，创造厚重的艺术文化。典型如曹植在《与杨德祖书》中吐露心声：

> 吾虽德薄，位为藩侯，犹庶几勠力上国，流惠下民，建永世之业，流金石之功，岂徒以翰墨为勋绩，辞赋为君子哉！若吾志未果，吾道不行，则将采庶官之实录，辩时俗之得失，定仁义之衷，成一家之言，虽未能藏之于名山，将以传之同好，非要之皓首，岂今日之论乎？其言之不惭，恃惠子之知我也。

在曹植看似贬抑辞赋的背后，实则隐藏了其真实愿景，“勠力上国，流惠下民，建永世之业，流金石之功，岂徒以翰墨为勋绩”，他希望为国为民、建功立业，留下不可磨灭的功绩，而这单凭文章是难以完成的，故有如此激愤之语。《颜氏家训·养生》篇记载：

> 夫生不可不惜，不可苟惜。涉险畏之途，干祸难之事，贪欲以伤生，谗慝而致死，此君子之所惜哉！行诚孝而见贼，履仁义而得罪，丧身以全家，泯躯而济国，君子不咎也。

颜之推认为绝不可苟且偷生，必须行君子风范，他高度肯赞了谢夫人那种杀身成仁、舍生取义的民族品格，对一些名臣贤士临难求生则持批判态度。显然，这是对儒家精神文化的宣扬。《文心雕龙·诸子》则谓：

> 赞曰：丈夫处世，怀宝挺秀；辨雕万物，智周宇宙。立德何隐，含道必授；条流殊述，若有区囿。

文论大师刘勰心目中理想的男子汉是何样？治学应像怀着宝玉，才华挺然秀出；有品德而不炫耀，悟道而记得传授。中华优秀传统文化，无不是由具有这种品格和风貌的人所创造。在《文心雕龙·程器》中，刘勰进一步论析主体之品格：

> 孙武《兵经》，辞如珠玉，岂以习武而不晓文也？是以君子藏器，待时而动，发挥事业，固宜蓄素以弸中，散采以彪外，楩楠其质，豫章其干，摛文必在纬军国，负重必在任栋梁，穷则独善以垂文，达则奉时以骋绩，若此文人，应梓材之士矣。

文才好，品性高，能文也能武，这是理想大丈夫的代名词。他们因兼善创作和政事而成就了其不朽。该篇中刘勰还针对南朝的世家大族爱好浮文、崇尚清谈、不达政事、不懂军事的普遍风气及特点，提出了“文武双全”的人才观，是使时代摆脱萎靡、空谈风气的一剂良药。中国古代文论家心目中的主体品格，是受儒家思想影响，勇于担当、富有追求和具有非凡创造力的人。

二是学识广博、善于写作的品格。文化终究是由人创造的，尤其是软文化的建设，更离不开主体的才、胆、识、力，这在古代文论中，多有论析。王充在《论衡·超奇》等篇中，论及他钦佩的鸿儒：

> 自君山以来，皆为鸿眇之才，故有嘉令之文。笔能著文，则心能谋论，文由胸中而出，心以文为表。观见其文，奇伟俶傥，可谓得论也。由此言之，繁文之人，人之杰也。

……

文有深指巨略，君臣治术，身不得行，口不能绁，表著情心，以明己之必能为之也。……观读传书之文，治道政务，非徒割肉决水之占也。足不强，则迹不远，锋不铦则割不深。连结篇章，必大才智鸿懿之俊也。

王充讴歌了桓谭那样富有才情和思想的文人，他们心中有谋略、提笔能著文，为“人之杰也”，“必大才智鸿懿之俊也”。经、史、子、集是传统文化的主要载体，在构思篇章、语言表达方面高出一筹的“鸿儒”，自然最具创造力。王充所论的这种品格对后世知识分子具有影响，它无形中给很多著书立说的文人注入了“强心剂”。

三是不断学习、求学上进的品格。古代文论家论文学创作需要广博读书，大量积累，尤其是饱读经典名作，从中取法和借鉴，增添学识，方能动笔成章。如朱庭珍在《筱园诗话》中写道：“诗人以培根柢为第一义。根柢之学，首重积理养气。诗人上下古今，读破万卷，非但以博览广见闻也。读经则明其义理，辨其典章名物，折衷而归于一是。”其后，他分析了读史、读诸子百家之集、读稗官杂记的功用，谓：

设身处地，以会其隐微言外之情，则心心与古人印证，有不得其精意者乎？而又随时随地，无不留心，身所阅历之世故人情，物理事变，莫不洞鉴所当然之故，与所读之书义，冰释乳合，交契会悟，约万殊而豁然贯通，则耳目所及，一游一玩，皆理境也。积蓄融化，洋溢胸中，作诗之际，触类引伸，滔滔涌赴，本湛深之名理，结奇异之精思，发为高论，铸成伟词，自然迥不犹人矣。此可以用力渐至，而不可猝获也。

文论家朱庭珍将学、悟结合，将读书和积理、涉世相结合，唯有长期读书，广博积累，才能融会贯通，文思畅达，文章具有厚重感。这对当代“文明”价值观的涵养及文化自信的建构亦不无启迪。

又如何绍基论诗应有真性情、真人格，他在论诗人学养时重点提出主体要学习古代典籍：

至于刚柔阴阳，禀赋各殊，或狂或狷，就吾性情，充以古籍，阅历事物，真我自立，绝去摹拟。大小偏正，不枉厥材，人可成矣。于是移其所以为人者，发见乎语言文字，不能移之，斯至也。（《使黔草自序》）

何绍基指出读书万卷，理深识多，其作品气味自然能醇厚，其学养自然如高山大川、厚积薄发。类似论析，在古代文论中屡见不鲜。又如郑珍在《论诗示诸生，时代者将至》中倡导充分学习古人：

> 固宜多读书，尤贵养其气。气正斯有我，学赡乃相济。

在读书中学习，通过读书养气，培养自己的真性情，保证脱俗。唯有多读书多学习，方可写出“不俗”之诗，郑珍提出继承传统，诗中有我，必须将学古与创新相结合。他主张既要学习古代的诗歌，也要学习古人的为人，以培养自己的真性情，保证诗中有我。“气正斯有我，学赡乃相济。”由此可见，从主体维度探究中国文化发达和自信，必渊源有自而绝非空谷足音。

四、文化建设

中国古代文化之发达、作品之众多有目共睹，这与古代重视文化建设分不开。文化的形成与发展，固然离不开体制的保障与环境的滋养。自周代建立礼乐制度、秦汉中央一统并致力于国家政治制度建设后，中国历代王朝都非常重视各项文化措施的出台，加大文化建设的力度。这是确保国家拥有文化自信的前提和基石。在可用来涵养国家层面核心价值观的各种中国古代文论资源中，蕴藏有大量古人关于文化建设的论析，无论是精神要义还是方针举措，对当前推进文化强国、强省建设都具有较强的启发价值。这里择取延续儒家文化传统、创造有补于世的文艺佳作、学习西方先进文化等方面，稍作分析。

姚莹是晚清桐城派代表作家，上承方苞、姚鼐、刘大魁，下启曾国藩。其《与吴岳卿书》论道：

> 窃意未悉足下所欲读者何书也。将以平日所求古人之学更加讨论乎？抑将求进于科举之学乎？今天下彬彬，可谓同文之盛矣，然窃有慨焉者。非士不读书，而读书通大义者罕其人也。……总之要端有四，曰义理也，经济也，文章也，多闻也。四者明贯，谓之通儒。其次则择一而执之，可以自立矣。……国家立法之始，原以正人心厚风俗，使学者服孔氏之遗经，鉴往代之正史，旁逮天文、律历、诸子百家之言，皆习而通之，以底于用。故三场试以制义，并及诗策，所以求通才，收实效也。意岂欲天下之人尽弃经史子集百代之书，第取所谓鄙儒论说与夫先辈及近时应试举之文，穷年殚精，咿唔摩拟而已哉！自世之操选举者不能以此意求士，苟以新奇浮华为尚，士人读书，惟知进取为事，不通大义，不法古人，风气一坏，如江河之决，不可复挽。有志于学者，纵不能塞其流，亦不当更逐其波也。

姚莹谈到应在前辈义理、考据、辞章之外加入“经济”一条，作为文学创作的标准。从他追溯儒家道统的形成和功用，批判科举的不足和近世文风的变异来看，他认为文人当经国济实，作文当切合世用，呼吁世人“首先成为经世的志士，积蓄经世才略，才能写出关涉世事、有益国家的千古华章”①。其文化眼光宏阔而长远，关乎社会发展和民族未来。他反对局限于眼前为功名而科举，提出应联系国家大业，写出“通大义”“法古人”的文章，很好地延续优良传统。姚莹是从创作层面论文化的。切合现实、有补世用的文化精神在近代逐渐成为众多有识之士的呼吁和坚守。鸦片战争爆发之际，姚莹积极抵御英军，保卫台湾，毕生的文学创作重刚健雄直、沉郁顿挫，强调经世致用、忧时悯俗，“纵观其一生，事功业绩和文章学术，互为表里，同为世人称道，实践了自己提出的‘义理、经济、文章、多闻’四者合一的主张。特别是‘经济’因素的凸显，不仅使桐城派骤增了几分新的气象，也适应了近代先进知识分子提倡经世济用、呼吁社会变革的时代思潮”②。此后，曾国藩在考据、辞章以外也倡导“经济”，要求作家扩大胸襟，面对急剧变化的社会现实，写出关怀国计民生的篇章而非闭门造车地考据。正是在“经济”“世用”的推动下，近代文化才别开生面，显示出独特的时代风貌和文化个性。

清代文论家兼思想家顾炎武在《日知录》中提道：“晋葛洪《抱朴子》曰：‘古诗刺过失，故有益而贵；今诗纯虚誉，故有损而贱。’”显然对当时诗风不甚满意，转而宣扬儒家诗教观。其“文须有益于天下”一条中详细记载道：

> 文之不可绝于天地间者，曰明道也，纪政事也，察民隐也，乐道人之善也。若此者有益于天下，有益于将来，多一篇多一篇之益矣。若夫怪力乱神之事，无稽之言，剿袭之说，谀佞之文，若此者，有损于己，无益于人，多一篇多一篇之损矣。

其《与人书三》又曰：

> 孔子删述六经，即伊尹太公救民水火之心，而今之注虫鱼命草木者，皆不足以语此也。故曰载诸空言，不如见诸行事，天下后世用以治人之书，将欲谓之空言而不可也。愚不揣，有见于此，故凡文之不关于六经之指、

① 黄霖、蒋凡主编：《新编中国历代文论选》，第四册，上海教育出版社，2008 年版，第 33 页。

② 黄霖、蒋凡主编：《新编中国历代文论选》，第四册，上海教育出版社，2008 年版，第 34 页。

当世之务者，一切不为。而既以明道救人，则于当今之所通患，而未尝专指其人者，亦遂不敢以辟也。

《日知录》中类似“诗学”片段还很多，这些都关涉“富强”价值观。顾炎武鲜明提出“文须有益于天下”的口号，并将“明道”“纪政事”“察民隐”“乐道人之善”作为“有益”的具体内涵。文学应当弘扬儒家怨刺和讽喻精神，显然其“有益”诗学观是“用世”及“拯世救民”文化精神的集中体现，这对革新除弊、推动文化建设是大有补益的。

中国文化延绵不绝除与传承道统有关外，还与近代以来主动学习西方先进的思想文化有关。18 世纪以来，一批有识之士开始觉醒，在思想启蒙的推动下既看到了儒家文化的局限性、本土文化的落后性，也开始敞开胸怀积极学习西方，睁眼看世界，展现出融合中西的文化情怀。这在郭嵩焘、林纾、梁启超等人的文论篇章中表现得格外明显。此外，重视文艺开启民智、变革文体以唤醒民众、体现主体个性使文化鲜明突出等，也是传统文论中有助于文化建设的几个重要维度，兹不展开。它们都是体现国家文化自信的重要方面。

五、社会变革

近代以来，文学在社会变革中扮演着举足轻重的重要角色。无论是题材内容、思想主导还是文体革新，文学都在文化的场域中发挥着翻天覆地的巨大作用，成为推动社会进步的重要力量。一些知识分子创办刊物，宣扬资产阶级民主思潮，通过“文化造血”来改造旧社会，或者大量翻译、引介西方小说，宣传先进的西方文化观念，引发国人的反思。

柳亚子指出近代中西互动极不平衡，在“崇拜共和，欢迎改革”的格局下，“此皆戏剧改良所有事，而为此《二十世纪大舞台》发起之精神”。在该刊物创刊词中，他言辞激烈地指出了国家之危机，希望通过戏剧来宣传新思想，改造旧社会，建立民主和自由的政权：

今兹《二十世纪大舞台》，乃为优伶社会之机关，而实行改良之政策；非徒以空言自见，此则报界之特色，而足以优胜者欤！……徒以民族大义，不能普及；亡国之仇，迁延未复。今所组织，实于全国社会思想之根据地崛起异军，拔赵帜而树汉帜。他日民智大开，河山还我，建独立之阁，撞自由之钟，以演光复旧物、推倒虏朝之壮剧快剧，则中国万岁！《二十世纪大舞台》万岁！

文论家柳亚子以“戏剧”为改良的突破口，希望新的戏剧能深入寻常百姓中去，唤醒民众，表现新的思想观念，从而促进社会变革，改变中国落后、被动的社会局面。

又如文论家黄世仲在《小说风尚之进步以翻译说部为风气之先》中指出：

> 自西风东渐以来，一切政治风尚，自顾皆成锢陋，方不得不舍此短以从彼长，则固以译书为引渡新风之始也。欲研究地理者，一身不能尽历全球，则惟读英书者如在伦敦，读法书者如在巴黎，读日书者如在东京矣；欲采观风俗者，读其国之书，如见其国之风俗矣；留心政治者，读其国之书，如见其国之政治矣。……二十年来崇拜文明，已大异于闭关时代。忽有所谓小说者，得睹其源流，观其态度，宁不心往而神移？故译本小说之功用，良亦伟矣哉！

文字读来酣畅淋漓，也深切感受到近世文人改变中国现状的殷切之心。黄世仲结合时局谈译介西方小说的社会功用，引领国人了解西方民主政治和科学文化，“阅者已洞如观火，而晓然于某国某时，其地理、政治、风俗固如是也”。可见，近代以来文学已成为推动社会变革的重要力量。类似洋溢着激情和民族危机感的篇章，还有许多。虽然在18世纪以前，中国传统文化在长期按照自己的节奏与惯性，缓慢而有秩序地发展，但近代受到西方文化的猛烈冲击，本土文化能迅速地自我反思和革新，而不是延续上千年的闭关锁国局面。从这个意义上来说，依托文学促进政治与思想的变革，是中国文化走出低谷并在百年沧桑后迎来又一个春天的又一重要原因。基于此，我们又怎能对中国文化不“抱一份理解之同情”呢，又怎能不具有一种“文化自信”呢？

六、创新求变

中国古代数千年文学极其兴盛，不仅作家不计其数、作品浩如烟海，单就古代诗、词、曲、小说、戏剧等文类来看也蔚为大观。在可资涵养国家层面核心价值观的古代文论资源中，包涵大量创新、求变的论述，这见证着古人在文学创作方面不断推陈出新的历程，在全面和高度重视“三创”（创造、创新、创业）的当今，也对我们认识“文化自信”有着重要的理论价值。

如何绍基在《使黔草自序》中指出：

> 顾其用力之要何在乎？曰：不俗二字尽之矣。所谓俗者，非必庸恶陋劣之甚也。同流合污，胸无是非，或逐时好，或傍古人，是之谓俗。直起

直落，独来独往，有感则通，见义则赴，是谓不俗。

依傍古人，模拟成习是“俗”；“有感则通，见义则赴”是为“不俗”。而“不俗”正是要求主体胸有丘壑，不依傍古人而能独辟蹊径。又如文论家萧子显在《南齐书·文学传论》中指出：

史臣曰：文章者，盖情性之风标，神明之律吕也。蕴思含毫，游心内运；放言落纸，气韵天成；莫不禀以生灵，迁乎爱嗜，机见殊门，赏悟纷杂。若子桓之品藻人才，仲治之区判文体，陆机辨于《文赋》，李充论于《翰林》，张眎擿句褒贬，颜延图写情兴。各任怀抱，共为权衡。

只有文章书写性情、彰显个性，方可“机见殊门，赏悟纷杂”，只有文章不断革新、求变，方可代雄。又如清末文论家林昌彝在《射鹰楼诗话》卷四中写道：

善弓者，师弓不师羿；善舟者，师舟不师奡；善心者，师心不师圣；善诗者，师诗不师古。然不师古者，不袭古耳，不摹古耳，不泥古耳，非戾古也。所谓学之太似，转与古人远矣。作诗者，须前无古人，后无来者，方可为大家。若篇法、句法、字法必求肖古人，徒为古人执箕帚耳。前明何、李诗好模拟前人，往往有此病。

故诗不可以无气，而气尤不可以袭而取，不可以伪为。其气逸而雄、清而壮者，汉、魏以来，少陵一人而已。

林昌彝是鲜明反对泥古不化和亦步亦趋的，他倡导创作宜新变、独创，写出自己的风貌。只有不袭古、不摹古、不泥古，作诗“前无古人，后无来者，方可为大家”，这要求诗人广采博纳、兼容并蓄，方可得其精髓，“若篇法、句法、字法必求肖古人，徒为古人执箕帚耳”，只能贻笑大方。基于此，他批判了充满烟火气、脂粉气的诗歌。

再如郭嵩焘高度肯定魏源“诗之奇伟，无能言者”，在于他能追求创新，并不断变化，写出自己的个性与思想。其名篇《古微堂诗集序》写道：

天地之生才无穷，而文章之变，日新月盛，有非古人所能限者，此亦以见斯文之广大。而豪杰伟人，出于其间，随所得之大小浅深，树立䅭䅭，以自殊异。“诗可以观”，其谓是矣。

他对古老的“诗可以观”给予了新的理解，文章写作“日新月盛”，方能与时代相呼应，方能催生“豪杰伟人”。

此外，汤显祖在《点校虞初志序》中反对模拟和沿袭，陆机在《文赋》中倡导创作的独特性等，皆是古代文论中可资涵养“文明”等国家层面价值观的有效资源，其中都贯穿着丰富的创新精神。我们认为，这是中国近代文学变革发展的重要原因，也是中国文化不断延续的重要原因。

从形式角度来看，传统文学的体式异彩纷呈，并建构起了系统而详备的文体理论①，无疑也成为传统“艺术”类文化的重要组成部分。中国历代文人对文体的分类日趋细密，对文体的认识也逐渐深入，系列著作可资佐证。然而，创新意识与求变观念是促使文体理论演变和发展的重要推动力。篇幅之限，暂不展开。革新、求变如一条红线，贯穿中国传统文论始终，从中钩沉、挖掘可融入当前文化自信建设和价值观的培育之中。

七、诗教传统

孔孟以《诗经》为载体，采用“述而不作”的方式大力宣传儒家仁政思想主张，开启了中国古代诗教传统。集中体现在通过分析《诗经》篇章内容和特点，对弟子进行人伦道德教育，阐发其政治主张，进而建构诗、乐、舞与国家管理和社会风气之间的紧密关联。通过《诗经》文本的经典化，以及儒家独尊后汉代知识分子在《毛诗序》《礼记·乐记》等篇章中的阐发，诗教传统由此形成，并对后世文化发展产生了深远影响。依托《诗经》对百姓进行伦理道德教化，注重文艺的讽喻、载道等多种功能，是确保中国传统文学艺术不断巩固和繁荣的重要原因，也是强化国人伦理纲常、建构社会和谐纽带的重要力量。从这个层面上来说，诗教传统在促进“文化自信”方面发挥了巨大的作用。

如《尚书·尧典》记载：

> 帝曰：“夔！命汝典乐，教胄子，直而温，宽而栗，刚而无虐，简而无傲。诗言志，歌永言，声依永，律和声。八音克谐，无相夺伦，神人以和。”夔曰：“於！予击石拊石，百兽率舞。”

帝舜令夔主管音乐来教育青年，使他们养成正直而温和、宽宏而庄严、刚正而不暴虐、平易而不傲慢的品性，这几乎是中国文论史上对人伦品性最早的记载与规定，反映出二千五百多年前中华民族对人品格的塑造与期待。后世许

---

① 参见吴承学：《中国古代文体学研究》，人民出版社，2011 年版；马建智：《中国古代文体分类研究》，中国社会科学出版社，2008 年版等著作。

多知识分子均具有这种人格特征。此外，“命汝典乐，教胄子”还反映出中国祖先对诗、乐教化作用的深刻认识，文艺能感染人心、陶冶性情，对青年进行思想道德教育，培养符合理想的思想和情操，开创了中国传统社会“乐教”的先河。又如《毛诗序》记载：

> 故正得失，动天地，感鬼神，莫近于诗。先王以是经夫妇，成孝敬，厚人伦，美教化，移风俗。
>
> 故诗有六义焉：一曰风，二曰赋，三曰比，四曰兴，五曰雅，六曰颂，上以风化下，下以风刺上，主文而谲谏，言之者无罪，闻之者足以戒，故曰风。至于王道衰，礼义废，政教失，国异政，家殊俗，而变风变雅作矣。……故变风发乎情，止乎礼义。发乎情，民之性也；止乎礼义，先王之泽也。

儒家诗教观认为，诗能使夫妇归于正道，移风易俗，纯化人伦，沟通上下，婉约讽谏，以乐调和。正是类似大量对诗经等作品的阐发和宣扬，儒家伦理纲常才与文艺的艺术感染力融为一体，在社会广泛传播。此后进一步拓展到“五经”以外的其他文学创作，也应遵循儒家诗教观。虽然此后注重形式和审美的文艺思潮此起彼伏，但诗教传统在诸多王朝得以强化，这促使中国文艺的发展有了主脉和根基。因此，我们认为中国传统文论中的这种优良传统在当前应当大力传承与弘扬，它对于当前文化自信的建构，以及社会主义核心价值观的培育，具有双重功效。

八、重视创作与妙文评析

在可资涵养文明、和谐等核心价值观的古代文学理论批评资源中，我们发现有两个维度非常鲜明。

一是古人非常重视文章的功用和价值，从多个角度论析文章之用，并在不同语境和空间中进行文艺创作，兴趣浓厚，倾情投入。如儒家文论具有很强的现实感，将文艺作为宣传“仁政”思想的重要载体，推行人伦教化；司马迁通过著史来成一家之一言，实现藏之名山、传于后世的宏愿；曹丕借助文艺创作弘扬个体声名，传世不朽；曹植、刘勰视文艺与金石同在；苏轼等八大家则将文艺作为趣味和寄托；近代文论家则将文艺作为推动社会变革的武器……总之，他们都就文艺之“用”提出了自己的建构并予以实践。此外，从文论篇章的梳理来看，古人对文艺的功用极为器重。如刘勰论文章具有超乎寻常之魅力：

使声如冲风所击，气似欃枪所扫，奋其武怒，总其罪人，征其恶稔之时，显其贯盈之数，摇奸宄之胆，订信慎之心，使百尺之冲，摧折于咫书；万雉之城，颠坠于一檄者也。观隗嚣之檄亡新，布其三逆，文不雕饰，而意切事明，陇右文士，得檄之体矣！（《文心雕龙·檄移》）

刘勰论及檄文如显示威严、动摇敌胆等特点，似暴风袭击、彗星扫荡，在古代社会扮演着重要的角色。《时序》篇谓：

……德琏综其斐然之思；元瑜展其翩翩之乐。文蔚、休伯之俦，于叔、德祖之侣，傲雅觞豆之前，雍容衽席之上，洒笔以成酣歌，和墨以藉谈笑。观其时文，雅好慷慨，良由世积乱离，风衰俗怨，并志深而笔长，故梗概而多气也。

古代诗文无疑是中国文明家族的一朵奇葩，刘勰以简练的笔墨对其产生场合——酒杯前、座席间，功用——歌唱或谈笑，原因——战乱与愁怨，进行了概括，可谓字字珠玑。在《才略》篇中，刘勰列举了大量因文采而著名的经典案例，说明文辞在古代聘问和集会等场合发挥着巨大的作用。此外，《论说》《檄移》等篇中也论及文章神奇的功效，兹不赘述。

二是大量文论以优美的文字表达文艺思想，诗思兼备，使中国古代文学理论批评具有别样的东方艺术之美。以诗意的笔调谈文艺，形式上文采斐然，美轮美奂，内容上深刻简练，这是中国传统文论的话语优势，也是彰显中国文艺批评自信的突出体现。如《文心雕龙·诏策》篇记载：

夫王言崇秘，大观在上，所以百辟其刑，万邦作孚。故授官选贤，则义炳重离之辉；优文封策，则气含风雨之润；敕戒恒诰，则笔吐星汉之华；治戎燮伐，则声有洊雷之威；眚灾肆赦，则文有春露之滋；明罚敕法，则辞有秋霜之烈：此诏策之大略也。

刘勰以优美的譬喻论及文章巨大的魅力，如诏书似光辉照耀；文诰如笔吐光彩；宽赦似露水滋润，等等，是文章显明的又一重要体现。又如《偶对》篇：

赞曰：体植必两，辞动有配。左提右挈，精味兼载。炳烁联华，镜静含态。玉润双流，如彼珩珮。

以优美的语言谈论文章偶对的魅力，如花开并蒂，似照影成双。再如曹植《前录自序》同样写得情采并茂：

故君子之作也，俨乎若高山，勃乎若浮云。质素也如秋蓬，摛藻也如春葩。氾乎洋洋，光乎皓皓，与《雅》《颂》争流可也。

对于杰作，曹植不吝惜以优美、动人的的语句热情地赞颂。称它们如高山那样俨雅，如浮云那样勃郁，如秋蓬那样充实，如春葩那样华美。它们辞藻华美、内容朴实，与《雅》《颂》争流而无愧色。这种诗意批评，在中国传统文论中比比皆是。读者欣赏到这种优美语句，自然是一种艺术上的享受，也被作家诗人的才情所感染。从这个层面上来说，中国古代文论虽不具备西方文论那样的思辨性与体系性，但在话语的诗意性、表达的多元化等方面，无疑是充满自信与自豪的，这也是民族优势的重要体现，值得我们在涵养核心价值观时传承并发扬光大。

中国传统文论是国家层面核心价值观的重要涵养资源之一，学界近年来就其关联进行过探究。在对核心价值观进行涵养的过程中，我们可横向专题探究其中蕴藏着文化自信的宝贵话语，为当前国家文化建设与民族复兴尽绵薄之力。同时，借此契机使传统文论发挥其应有功能，并在新时期获得新的生机。

公民层面核心价值观涵养与文化自信的建构

——基于中国传统文论视角

爱国、诚信、敬业和友善是公民层面核心价值观的四大关键词，相比其他八个词汇，它们侧重于引导每个人如何对待国家与社会，怎样看待劳动或工作，在交际处世中应有怎样的品德与情操等，因而与公民个体的修身、处世等密切相关。在中国传统社会，个体是家族血缘的产物，在成长过程中及入仕前后，也是遵循格物致知、修身齐家、治国平天下这样一个循序渐进的路线来修为和造次的，从个体要求和督促做起，从自我的修炼与提升做起，这应是古人和今人在价值观念的追求上共通的地方。而纵观博大精深的中国古代文论，蕴藏有大量古人推进文化建设、增强文化自信的丰富资源，它们同时也有助于当前国家倡导的社会主义核心价值观的涵养和培育。通过大量文本研读和前后梳理，我们择取八个层面以管窥豹，为当前整个社会呼吁的“文化自信”建设提供“传统”维度的话语资源，同时也借此机会激活古代文论资源，为学者开拓文论研究新空间做出相应的铺垫。

一、对家国的热爱之情

中国文化辉煌灿烂，在千年时空演进中取得了巨大的成就，这与无数士人对国家的忠诚、对祖国的热爱、对工作的痴情分不开。研读中国传统文论诸多篇章，我们会被士人的满腔热情所感动，会被士人参与文化建设中所体现的积极、负责和认真态度所震撼。

屈原的《九章·惜诵》涉及文学创作的情感动因（“发愤以抒情”“情沉抑而不达兮”）而成为文论篇章，他对楚国的一腔热情感人肺腑：

惜诵以致愍兮，发愤以抒情。所作忠而言之兮，指苍天以为正。令五帝使折中兮，戒六神与向服。俾山川以备御兮，命咎繇使听直。竭忠诚而事君兮，反离群而赘肬。忘儇媚以背众兮，待明君其知之。言与行其可迹兮，情与貌其不变。……纷逢尤以离谤兮，謇不可释也。情沉抑而不达兮，又蔽而莫之白也。心郁邑余侘傺兮，又莫察余之中情。固烦言不可结而诒兮，愿陈志而无路。退静默而莫余知兮，进号呼又莫吾闻。申侘傺之烦惑兮，中闷瞀之忳忳。

屈原以抒情的笔调表达了对祖国的忠贞之情，体现出浓郁的爱国之情。屈原基于个人遭遇而在心中生发出的这种“大爱”为历代知识分子树立了榜样，屈原对国家的热爱之情在一定程度上推动了华夏民族凝聚力的建构和生命力的增强。屈原系列作品蕴含着的深情不仅滋养了历代文人墨客，也成为传统文学中宝贵的精神财富。如同屈原那样热爱国家并为之鞠躬尽瘁地工作，不应成为民族复兴时代每个中国人的品格与状态吗?

在秦汉至唐宋千余年间，司马迁、王逸评屈原其人其文，以及白居易、杜甫、陆游、苏东坡的文论，都可体现出对家国强烈的热爱之情。如南宋诗坛领袖陆游在诗体文论《九月一日夜读诗稿有感走笔作歌》中谈及自己的创作经验:

四十从戎驻南郑，酣宴军中夜连日。打球筑场一千步，阅马列厩三万匹。

华灯纵博声满楼，宝钗艳舞光照席。琵琶弦急冰雹乱，羯鼓手匀风雨疾。

诗家三昧忽见前，屈贾在眼元历历。天机云锦用在我，翦裁妙处非刀尺。

世间才杰固不乏，秋毫未合天地隔。放翁老死何足论，广陵散绝还堪惜。

此段文论饱含爱国悟感，与爱国价值息息相通。陆游数十年戎马生涯，感受到了尖锐的民族矛盾，体验了抗战前线的战士生活，指出广阔的现实生活赋予了自己创作启迪，而不只是单纯停留在书本学习，故有“汝果欲学诗，工夫在诗外”（《示子遹》）之说。其“走笔作歌”，体现了文论家对国家、对创作的热爱之情。

进入近代，文论中这种对祖国、民族的热爱之情，更是如火山喷发，不可遏止，成为近代史上民族的精神强音。这在柳亚子、冯桂芬、孔广德、张际亮、陈三立等文论家的篇章中，表现得格外鲜明。热爱之情，是中国文化充满自信、得以辉煌的主要原因之一。

二、执着与敬业

中国古代文论中规模较大、富有体系的专著如刘勰的《文心雕龙》、严羽的《沧浪诗话》等，都是文论家执着评文的结果，集中体现了他们的心血和才华。它们本身就是对华夏民族文化的创造，体现出鲜明的文化自信。而文论作品中体现古人执着和敬业的资源则不胜枚举。读者可从中看出古人如何专心致志对待文学评析工作，如何兢兢业业于立言不朽的文学事业。

如建安时期，曹丕在《典论·论文》中评论朋友道："融等已逝，唯干著论，成一家言。"这是传承司马迁著史"通古今之变，成一家之言"而来，足见古人创作都追求有观点和主见，形成自己的特点和风格，而不是只为完成任务或陷入庸常。在《与杨德祖书》中，曹植指出："则将采庶官之实录，辩时俗之得失，定仁义之衷，成一家之言，虽未能藏之于名山，将以传之同好，非要之皓首，岂今日之论乎?"曹植同样希望自己的主张借助作品传之后世。成一家言，便是专心致志于文学创作，力图有所作为的表现。"建永世之业，流金石之功，岂徒以翰墨为勋绩，辞赋为君子哉!"虽是激愤之语，但看重文章，并实现声名不朽几乎是中国古代知识分子共同的期待。正是在这种追求和信念下，"三曹"等古人创造了无数文学精品。这种执着彰显出远大的文化追求和强大的文化自信。

又如《文心雕龙·神思》篇记载一些文人专注于创作：

> 相如含笔而腐毫，扬雄辍翰而惊梦，桓谭疾感于苦思，王充气竭于思虑，张衡研《京》以十年，左思练《都》以一纪：虽有巨文，亦思之缓也。

虽然文人构思特点不同，写作有快慢之别，但无一例外地都在坚持中专注并最终学有所成，成为名家。这里，刘勰是用例析法来论"养气"的文艺思想。文字间，无不体现出一种执着和敬业。

此外，在《庄子·天道》篇中记载轮扁斫轮的经典寓言，那个多年持斧削轮的老汉，数十年兢兢业业于老本行，技艺精湛，虽有心得而不能传后。这就是专心致志做事的典范，体现出了庄子"用志不分，乃凝于神"的观念。遭受宫刑、蒙冤受屈的司马迁继承父亲遗愿，发愤著书，通过"述往事，思来者"写成皇皇巨著《史记》，也是敬业的典范。而刘勰终生未婚，在定林寺当助手多年，翻阅古书，整理典籍，最终独出机杼地写成中国古代最富体系、最具思辨色彩的《文心雕龙》，又怎能说不是敬业的典范？一生穷困潦倒的文论家钟嵘成，以卓越的见识为无数身份低下但在戏曲创作方面有所成就的寒士立传，写成《录鬼簿》，也体现出文人的执着和坚守。

总之，在他们身上都体现出一种宝贵的精神品质，能看到很多文人在物质条件较为匮乏的古代，依然致力于自己感兴趣的事业，并在克服困难的同时超越自己。干一行爱一行，聚精会神做事，工作中出神入化，追求无可替代的效果等，都体现出古人创造文化的精神面貌。

三、道德的坚守

中国古代的伦理文化极其发达。在农业社会，古人受宗法制度的影响，在血缘家族中形成稳固而复杂的人伦关系，其中儒家仁义道德观根深蒂固，围绕“仁义礼智信”五伦形成了一整套规范和完整的道德观念，这在古代文论中多有体现，表现为古人遵守诚信、讲究礼仪、坚守气节，能体察和同情他人的处境和做法，富有爱心，提携后学，尽显友善之情。从某种意义上说，伦理道德是中华民族软文化中极富渗透力的组成部分，是使中国成为文明古国的重要推动力，这无疑也是文化自信的重要来源。

清代文论家余治在《庶几堂今乐自序》中指出：

> ……其他一切导欲增悲不可为训者，且纷然杂出，使观之者荡心失魄，以假为真，而古人立教之意遂荡焉无存，风教亦因以大坏。
>
> 孟子云：“王之好乐甚，则齐其庶几乎！”天下之祸亟矣，师儒之化导既不见为功，乡约之奉行又历久生厌。惟兹新戏，最洽人情，易俗移风，于是乎在，即以是为荡平之左券焉，亦何不可也！名曰《庶几堂今乐》。庶几哉，一唱百和，大声疾呼，其于治也，殆庶几乎！

毕生致力于新戏创作和演出的余治，将戏曲作为移风易俗、实施教化的工具。他一再强调借助戏曲宣扬封建道德，发挥其惩恶扬善的社会作用，是善心救世的表现，也能看出古代文人对传统伦理纲常的坚守。在文论史上，还有韩愈、白居易、蒋大器等大批文论家极力坚守传统的教化诗学观，重视个体道德情操和修身境界的提高，这里不做展开。

此外，古代文论中反映长辈体谅、扶持、提携后学的资源还相当多。典型如北宋王禹偁在文论篇章《答张扶书》中，及时指正后辈不对之处，批评秀才张扶文风过于艰涩而不晓畅，并不遗余力地向他传授创作的经验，王禹偁苦口婆心，显得非常友善。韩愈传授经验给青年人李翊，也是古代传、帮、带的典范。研习、传播此类资源，在推动公民层面核心价值观（主要是诚信、友善）涵育的同时，也有助于破译中国文化自信之密码。

四、切磋争鸣

就古代文学理论与批评这一学科而言，其发展与演进、成长与壮大离不开历代文论家的辛勤耕耘。作为传统文化的重要组成部分①，它在相当程度上是古人善于思考、勤于写作和不断切磋的结果。在文论篇章中反映古人就某些话题展开激烈的探讨、形成相互争鸣的画面还相当常见。正是互动、对话中促成对问题认识不断深入，也推动了文学理论的快速发展。愚以为，探讨、争鸣、切磋是展现古人文化自信不可忽视的重要维度。

如白居易在文论名篇《与元九书》中声情并茂地写道：

> 微之足下：自足下谪江陵至于今，凡枉赠答诗仅百篇。每诗来，或辱序，或辱书，冠于卷首，皆所以陈古今歌诗之义，且自序为文因缘，与年月之远近也。仆既受足下诗，又谕足下此意，常欲承答来旨，粗论歌诗大端，并自述为文之意，总为一书，致足下前。

白居易和好友“微之”（元稹）均被贬，二人志同道合，情谊深厚。基于相同的遭遇，他们赠送诗文，彼此酬答和互勉，“仆既受足下诗，又谕足下此意，常欲承答来旨，粗论歌诗大端，并自述为文之意”，他们阅读、欣赏和评析对方的诗作，就诗歌创作话题平等切磋，彼此长进，演绎了唐代诗坛上的一段佳话。

唐代文论家孙樵在文论篇章《与王霖秀才书》中真诚地写道：“《雷赋》逾六千言，推之大《易》，参之玄象，其旨甚微，其辞甚奇。如观骇涛于重溟，徒知褫魄眙目，莫得畔岸。诚谓足下怪于文，方举降旗，将大夸朋从间，且疑子云复生。无何，足下继以《翼旨》及《杂题》十七篇，则与《雷赋》相阔数百里。足下未到其壶，则非樵所敢与知；既人其域，设不如意，亦宜上下铢两，不当如此悬隔。不知足下以此见尝耶？抑以背时戾众，且欲哺粕啜醨，以苟其

① 在李建中主编的《中国古代文论》（华中师范大学 2002 年版）的“导论”开篇便鲜明地指出：“中国古代文论是中国古代文化的组成部分，古代文论的发生、发展及演变既以儒道释文化为思想背景和精髓资源，而古代文论本身又是古代文化巨苑中一道亮丽的风景。中国古代文论从思想观念到范畴术语，从思维方式到理论形态，无一不受到中国古代文化的影响。”

合耶？何自待则浅，而徇人反深？”作为长辈，他对王霖作品表达了欣赏之情，称赞其作新奇能引发独特的审美感受，其后以大量发问来委婉提示他写作不要迎合世俗，需要苦心经营。这是秀才寄送作品请孙樵指点后的回信。晚辈寄送作品给长辈，请求赐序或点拨，在文论史上很常见。在一些序跋或书信中他们往往就写作的话题或方式进行探讨，既表现长辈关注、提携、扶持后学，也表达了他们的文艺思想，具有多重阅读功效。

文论家赵秉文在《答李天英书》中曰：“足下之书，无乃近似之乎！精神所注，间出奇逸，稍怠之际，如病痱肿，得免秦吉了足矣。想当捧腹大笑也。……其余老昏殊不可晓，然此迄今大成，不过长吉、卢仝合而为一，未能以故为新，以俗为雅，非所望于吾友也。”此回信显然也是艺坛上求教和探讨的见证。名家赵秉文在书信末尾对求教者李天英仅凭天分、缺乏对前辈经验的吸纳的书法和诗歌创作均给予了直接批评，对其作品的不足直言不讳，提出“独自师心，虽终身无成可也”，要“尽得诸人所长，然后卓然自成一家”。此建议用词较尖锐、犀利，期待之情同样溢于言表。

切磋探讨在古代文论及中国文化发展史上有着多重意义，它与友善价值观息息相通。比如增强双方的情谊，使一方获得勉励，继续从事文化创造。白居易被贬后有些篇章不被世人认同，而好友元稹理解和接纳他，欣赏和推介他的诗作，“其不我非者，举世不过三两人。有邓鲂者，见仆诗而喜，无何鲂死。有唐衢者，见仆诗而泣，未几而衢死。其余即足下。足下又十年来困踬若此”（《与元九书》）。显然，元稹与白居易惺惺相惜，有知音之感。通过诗歌往来增强情谊，这令白居易感动不已，使他在低谷中获得一种心灵的抚慰。此外，萧纲致弟弟萧绎的《与湘东王书》、陆机与陆云兄弟之间的书信往来均是如此。又比如明代李梦阳和何景明就复古话题展开持续的争鸣，促进文论话题的迅速发展，双方经多轮探讨引发了文坛上持久的关注，也将“复古”这一文艺话题的探讨推向了深入，兹不赘述。总之，切磋争鸣是推动中国文化快速发展的重要动因之一，也是可用来涵养友善、诚信的有效资源，它也成为中国文化自信的重要动因之一。

五、变革创新

在古代文论中，还蕴含相当多的体现士人革新精神和求变导向的资源，同样值得挖掘与传承。求新、求变是推动文化不断向纵深发展的关键动因，是体现文化自信的重要元素，是使中华文化充满自信、具有生机、展现活力的重要砝码。基于学科独特的性质，古代文论中的“革新”集中体现在文论家就文学题材与内容、艺术表现与技法、文体形式及风格面貌等发表看法，避免陈旧、单一、落伍和俗套，或在长期使用中走向模式化、僵硬化，违背了文有代变、法不相因的艺术规律。

早期有王充在《论衡·超奇》中犀利地抨击汉朝弥漫文坛的泥古、复古风气，指出珍古而不贵今的荒谬表现：“前人之业，菜果甘甜；后人新造，蜜酪辛苦。”体现了今胜于昔的文学发展观。此后，钟嵘在《诗品序》中反对抄录古书、拼凑典故的不良之风，他创造性地立足于将五言诗人分三等加以品评。汉宋之际，类似变革求新的文论家还相当多。

清代文论家黄遵宪在分析了英、法等国家语言文字后，指出复古者采用古语、古字来表达思想情感，已落后于时代，于是率先提出诗歌口语化的文艺主张，开近代白话革新之先河。

> 周、秦以下，文体屡变，逮夫近世，章疏移檄，告谕批判，明白晓畅，务期达意，其文体绝为古人所无。若小说家言，更有直用方言以笔之于书者，则语言文字几乎复合矣。余又乌知夫他日者不更变一文体为适用于今、通行于俗者乎？嗟乎！欲令天下之农工商贾妇女幼稚皆能通文字之用，其不得不于此求一简易之法哉！(《日本国志学术志二文学》)

黄遵宪分析章疏、告谕、小说等文体的优势，实则批判文言文容易禁锢思想，主张用现行通俗的语言来写诗，从而达到启迪民智、激励国民的文化目的。黄遵宪视野开阔，横贯古今，力举文体革新，通过诗学观来促使士人警醒，并引发社会观念的某种变革。这种革新、求变的文化精神在当时具有相当的启蒙意义，可资涵育爱国价值观，并值得在文化转型的中国当下继承和发展，以推动文化自信的建构。

此外，林昌彝《射鹰楼诗话》中指出，“诗有烟火气则尘，有脂粉气则纤，有蔬笋气则俭。无是三者而或矫同立异，或外强中干，则亦为馁而为败。”（卷十）“若专言质实，流于枯，流于腐，流于拙，则其弊有不可胜言者！”（卷十六），猛烈抨击当时文坛上烟火气、脂粉气等俗音滥调，推崇杜甫诗歌气骨雄逸、清壮之风貌，呼吁诗歌风格多样性，主张诸品齐放、兼容并蓄等，同样具有很强的革新精神。又如，曾国藩在家书中、冯桂芬在《复庄卫生书》中，皆拈出“经济”这一关键词，提倡“经世致用”思想，以及梁启超创办刊物掀起“诗界革命”和“小说界革命”，张肇桐在《自由结婚》序言中主张民主革命，呼吁建立自由国家和共和政府，等等，无不是文论革新的体现。这在近代文学理论批评中格外鲜明。这股求新求变的思潮使近代文学理论走出传统的藩篱，并开启了文化救国的探寻之路，在使中华民族20世纪中期走出被动挨打局面的过程中发挥了重要作用。可以说，以“文学”为思想载体和话语空间推动社会变革，是近代以来中国人爱国、爱家、爱民族，文化觉醒并走向文化自信的重要方式。

六、家风家教

在2014年前后，习近平总书记提出要发扬中华家教传统，弘扬优秀家风，在社会迅速掀起一股研究古代家书家训文化的热潮。在当前可供涵养公民层面核心价值观的古代文论资源中，有相当多关乎家风形成和家训思想的语篇。它们既是家族中长辈以文学艺术为载体对子孙后代进行教育的教材，也是体现中华优秀伦理文化的载体。

《颜氏家训》兼为古代文论名著，其《风操》《勉学》《治学》等篇章涉及颜之推的文艺思想，被多部教材和选本选入。其中体现出的家训家规是儒家思想的折射，也反映出古人在言谈举止、为人处世方面的规定，以及在德行操守和品格修养方面的孜孜以求。如《颜氏家训·教子》篇记载：

> 父母威严而有慈，则子女畏慎而生孝矣。吾见世间无教而有爱，每不能然，饮食运为，恣其所欲，宜诫翻奖，应呵反笑，至有识知，谓法当尔。骄慢已习，方复制之，捶挞至死而无威，忿怒日隆而增怨，逮于成长，终为败德。孔子云：“少成若天性，习惯如自然。”是也。俗谚曰：“教妇初来，教儿婴孩。”诚哉斯语。
>
> 父子之严，不可以狎；骨肉之爱，不可以简。简则慈孝不接，狎则怠慢生焉。由命士以上，父子异宫，此不狎之道也；抑搔痒痛，悬衾箧枕，此不简之教也。

只有父母确立威严和慈祥的形象，子女才会产生敬畏、仿效之心，才能孝顺。父母在孩子面前不可过分亲昵，要讲究礼节。要对孩子严加管教，树立威信，子女才不会傲慢无礼、品德败坏。教育是不可懈怠的大事。类似论述在整部家书中甚为详密、细致，《颜氏家训》集中体现了颜之推的治家经验和教育理念，展现了他的个人见识与人文关怀，也折射出中国古代无数父母望子成龙、望女成凤的殷切之心，以及为国家培养人才、为社会输送人才的拳拳之心。又如该著《治家》篇记载：

> 生民之本，要当稼穑而食，桑麻以衣。蔬果之畜，园场之所产；鸡豚之善，树圈之所生。复及栋宇器械，樵苏脂烛，莫非种殖之物也。至能守其业者，闭门而为生之具以足，但家无盐井耳。令北土风俗，率能躬俭节用，以赡衣食。江南奢侈，多不逮焉。

基于中国传统农耕社会的特点，颜之推指出老百姓依靠耕作养殖来维系家业，勤俭持家便显得尤为重要。“至能守其业者，闭门而为生之具以足。”“北土风俗，率能躬俭节用，以赡衣食。”同时，他对江南的奢靡之风进行了犀利的批判。

《颜氏家训》在体现家训思想方面非常集中。古代文论中很多家书体同时也是文论篇章，蕴含丰富的家教文化，在当前依托它们涵养、培育核心价值观时，可从家教家风维度看出中国文化自信的形成和建构。

七、人伦关系

中国传统文论可谓无奇不有的“百宝箱”，各种珍贵宝贝琳琅满目、不计其数。从不同学科、不同领域、不同视角切入其中，均可看出它的辉煌和灿烂。就人伦关系来说，受儒家思想传统影响的古代社会形成了完整而成系统的人伦纲常和习俗礼仪，这成为维系文化不断发展的血脉和纽带。一方面，伦理文化推动了农业社会宗法制的完善和成熟，使整个社会从家庭到家族都有自己的礼仪规范和人伦遵守，个体履行相应的义务，有着强烈的归属感；另一方面，也使社会保持和谐、有序的运转，并形成很好的习俗。在传统文论可供涵养友善、和谐等核心价值观的资源中，有相当一部分蕴藏着古代的人伦密码，是建构文化自信不可或缺的组成部分。

一是基于儒家伦理规范而形成的家庭关系之和谐。如《颜氏家训·兄弟》记载：

> 兄弟者，分形连气之人也。方其幼也，父母左提右挈，前襟后裾，食则同案，衣则传服，学则连业，游则共方，虽有悖乱之人，不能不相爱也。及其壮也，各妻其妻，各子其子，虽有笃厚之人，不能不少衰也。娣姒之比兄弟，则疏薄矣。

兄弟姊妹之间有血缘亲情并同在一室、朝夕相处，成家后依然应保持和睦、友善的亲密关系，不能因生分而背离。颜之推道出了人类关系的法则：亲情、体谅与和谐。他在通篇中还多次从正面和反面提到家庭成员间的相处之道，将儒家的仁爱文化宣扬到了极致。这对稳固家庭和社会关系是颇有启迪意义的。

二是在人与人之间形成互助、友爱和共进的关系。由于是古代文学理论与批评，这一学科中反映人伦关系的篇章集中体现在书信体、序跋体和相关人物传记的记载之中，尤其是双方围绕作品展开评论，在书信、序跋中体现出文论家的个性特征或彼此的关系。典型如唐代文论家皇甫湜在《答李生第二书》中直接指出来信者李生创作上的不足：

> 生轻宋玉而称仲尼、班、马、相如为文学。案司马迁传屈原曰："虽与日月争光，可矣！"生当见之乎？若相如之徒，即祖习不暇者也。岂生称误耶？将识分有所至极耶？将彼之所立卓尔，非强为所庶几，遂仇嫉之邪？其何伤于日月乎！

显然皇甫湜是当时的名家和长辈，他认为李生轻视屈原、宋玉，讪笑九歌中的句子，表现出对艺术手法的疏忽与无知。皇甫湜希望纠正后生的观念，通过分享经验帮助他进步，这种直率令人欣赏。又如杜牧在《答庄充书》中写道：

> 观足下所为文百余篇，实先意气而后辞句，慕古而尚仁义者，苟为之不已，资以学问，则古作者不为难到。今以某无可取，欲命以为序，承当厚意，惕息不安。……斯人也，岂求知于当世哉！故亲见扬子云著书，欲取覆酱瓿，雄当其时亦未尝自有夸目。况今与足下并生今世，欲序足下未已之文，此固不可也。苟有志，古人不难到，勉之而已。某再拜。

杜牧在答信中指出庄充身上的缺点，以大量古人为例，用谦让之辞委婉地批评他急于成名的心态与做法。古语云，良药苦口利于病，忠言逆耳利于行。在古代文论中大量书信体反映了文坛长辈、名家对后学的批评和指教，既有助于传承创作知识和经验，也有助于新起之秀的发展和成长。

类似后生求教于前辈探讨文学问题的书信，还相当多，如韩愈的文论名篇《答李翊书》便是典范。倡导人伦关系的和谐，是中国文化自信的成因，也是重要组成部分。

八、评析佳作

传统文论史上，评论者往往既是作家也是理论家，或者兼有史学家、政治家等多种身份。他们写成的文论篇章迥异于以抽象思辨和宏伟体系见长的西方文论，往往采用优美的语言表达他们对文学的思考，哪怕只言片语、零碎片段，也具有很强的诗性，这体现出传统文论独特的民族特征。透过这种极具审美性的评析，后世读者至少能感受到两点：一是文论家对名篇佳作由衷的欣赏与赞美，背后彰显出他们对文学艺术的热爱，对文化建构的执着。二是文论家以美文表达批评理论观点，富有个性和魅力，读来生动形象、活泼俏皮。很多文论家同时为诗人，具有极强的审美感受力、深刻的领悟力和巧妙的表达力，写成的文论篇章可用来涵养当前核心价值观。

杜牧在好友李贺去世后，在序跋中高度肯赞李贺的诗作特点和成就：

> 皇诸孙贺，字长吉，元和中，韩吏部亦颇道其歌诗。云烟绵联，不足为其态也；水之迢迢，不足为其情也；春之盎盎，不足为其和也；秋之明洁，不足为其格也；风樯阵马，不足为其勇也；瓦棺篆鼎，不足为其古也；时花美女，不足为其色也；荒国堕殿、梗莽丘垄，不足为其恨怨悲愁也；鲸呿鳌掷、牛鬼蛇神，不足为其虚荒诞幻也。盖《骚》之苗裔，理虽不及，辞或过之。骚有感怨刺怼，言及君臣理乱，时有以激发人意。乃贺所为，得无有是？贺能探寻前事，所以深叹恨古今未尝经道者，如《金铜仙人辞汉歌》《补梁庚肩吾宫体谣》。求取情状，离绝远去笔墨畦径间，亦殊不能知之。贺生二十七年死矣！世皆曰：使贺且未死，少加以理，奴仆命《骚》可也。（《李贺集序》）

在序跋中，杜牧接连运用九个比喻来描绘李贺诗歌多姿多彩的风貌，不仅想象奇特，且色彩瑰丽。这段文字写得诗意盎然，是唐朝不可多得的美文批评。此外，曹植的书信体批评、陆机的赋体批评、刘勰的骈体批评以及司空图、元好问的诗体批评等，皆是千古美文，不仅形式华丽，也有思想情感，诗思兼备，演绎了创作和批评的“二重乐章”。尤其是《文心雕龙》和《二十四诗品》，更是中国文论发展上的巅峰之作，篇幅之限，不再举例。总之，在中国传统文论中，读者能看出理论批评家对文学的厚爱，以及在创造文化方面的独具匠心。如果没有前后形成的一贯传统，没有主体对艺术的讲究，没有创建文化的自信与才气，就不会有古代美文体批评的大量涌现。

中国传统文论作为一门有百年历史的老学科，历代学者在这片园地耕耘，成果众多。近年来，随着国家对哲学社会科学发展以及传统文化的高度重视，古代文论研究也面临着新的机遇和挑战。陆续有学者提出在民族文化复兴的当下，要让传统文论参与到中国当代文化建设中来，通过活古化今、挖掘激活等多种方式发挥传统文论的功能，为当前转型期的文化强国建设、文艺学学科体系建设贡献应有的力量。我们发现，一些学人固守传统文论学科的边界，采用较熟悉的思路和方法从事研究，很难去跨学科探索。这与当前学界和教育界共同呼吁的跨界研究之精神是相悖的。本书将“文学”与“马列·社科”两大学科进行对话，基于当前时代语境并在文化自信的视域下，通过研读历代文论作品、激活其中的有效资源，为当前涵养、培育公民层面核心价值观提供理论支持。应该说，“核心价值观”与“文化自信”都属于宏观的学术话题，研究空间极大，而本书仅从“中国传统文论”视角切入，以管窥豹。故本书纯属抛砖引玉，思考不成熟处，还请方家指正。

第五编

05

其余相关话题思考与探究

依托中国传统文论涵养社会主义核心价值观漫议

中华优秀传统文化是近年来社会和学界高度关注的热点话题，也是社会主义核心价值观最深厚的文化基因、精神纽带与价值源泉。① 社会主义核心价值观则是中华传统文化在当前的升华与超越、传承与发展。离开了民族文化滋养和培育的核心价值观，近似于无源之水、无本之木，很难获得民众的情感认同和心理接纳。依托中华优秀传统文化来推进社会主义核心价值观的涵养与培育，将有助于推动民族寻根的进程，促进文化自信的建立。

中华传统文化蕴藏丰厚，包含古代的政治、思想、精神、生活、信仰等多方面内容，它由观念形态、生活方式、精神的物化产品组成。而“中国传统文论”属于其中语言文字、观念形态的部分，是精神、思想、观念、文学等“软文化”的重要组成部分，集中体现了传统文化的精髓和要义。它涉及文论家对作家、作品、文化、艺术的各种评析，包含着古人丰富的世界观、文学观、审美观、价值观、人生观，与当前国家大力倡导的社会主义核心价值观在诸多方面有相通之处。从现有资料来看，突破经、史、子部而从集部来涵养、培育核

① 参见马金祥：《中华优秀传统文化与社会主义核心价值观内在逻辑管窥》，载《思想教育研究》2016 年第 7 期；李春山：《中华优秀传统文化涵养社会主义核心价值观的现实困境与多维路径研究》，载《思想教育研究》2016 年第 1 期；房广顺等：《社会主义核心价值观与中华传统文化的契合》，载《马克思主义研究》2015 年第 10 期，等系列论文。

心价值观的研究，目前学界才刚刚起步。①

一、百年来中国古代文论学科中的主流价值观分析

纵观中国古代文论学科百年学术史，其“主流价值观”的研究总体经历了三大阶段：早期整理、挖掘文论著作的文艺思想，围绕文艺功用提取儒、道、释文论中伦理、审美等层面的价值观；中期以专著、教材、辞典、立项等多种形式，结合学术思潮和母体文化，系统阐发传统文论价值观的来源、特征及其内涵；近年来在现代转换和中西比较的多维视域中，研究传统文论价值观的民族特色和当代意义。可以说，关于传统文论中的“价值观”研究从未停歇。数代学者筚路蓝缕，研究中国古代文论中的主流价值观取得了很大的成就，主要从如下六大层面展开。

（一）从伦理道德和文艺功用层面研究传统文论中的价值观

这方面研究较深入，即学者结合千百年来的古代文学作品，从文艺功用层面就传统文论价值观进行凝练和概括。典型如谭帆对古代功利性文艺价值观、情感宣泄价值观、娱乐性文艺价值取向的内涵和特征进行了全面的分析。②以儒家文论为核心的古代文艺观，通过“文质”统一、“情志”结合构建了传统文学的伦理价值模式。樊德三从古代众多文论著作中归纳后认为，古代文学价值功能体现在四个方面：追求“三不朽”、教化、趣味、神人以和，并论析了传统文论中的“真”，从庄子文论中探析了“诚”“信”之源泉。③而学界关于传统文论因受儒家文化的全方位影响，体现出仁爱、和谐的浓厚的伦理色彩和道德气息，基本上已成为共识。而道家作为传统文论的核心，学者们对它崇尚自由、注重审美的价值观也进行了深入阐发，并从主体、文本和接受多个维度予以了分析。只是由于时代原因，那时学者们不可能明确指出它们与当前倡导的和谐、友善等核心价值观有相通之处，或可以用来涵养培育社会主义核心价值观。

---

① 目前为止，由刘冬、罗玉峰主编的《沐浴经典——社会主义核心价值观读本》（2016）是国内首部从“文学”角度涵养和培育核心价值观的著作。该书深入挖掘古代文学经典作品中蕴含的中华文化精神与思想精华，按主题分为十二编，每编选取与主题相关的经典文章，予以注解和导读，帮助青年人在头脑中“深根厚植”社会主义核心价值观，以发挥民族经典润物细无声的育人效果。该书为通俗性著作，启迪人们从“文学”视角看核心价值观的培育。

② 谭帆：《试析中国古代文论中的价值观念》，载《文艺理论研究》1991年第4期。

③ 樊德三：《中国古代文学原理》，光明日报出版社，1991年版，第28－55页。

各种学术著作和经典教材从“文学”角度分析此学科中的价值观，与当前国家、社会和公民层面的核心价值观有一定的交叉与关联。比如分析孔子“兴观群怨”“思无邪”和“中和之美”等文艺观，以及古代的“讽谏”传统，一定程度上涉及和谐与友善价值观，论孟子“与民同乐”文艺思想涉及民本、民主价值观。这些都还需要挖掘。

（二）从文化渊源和学术思潮层面分析传统文论中的价值观

这种研究探寻传统文论中占据主导地位的核心价值观及其文化渊源。权雅宁指出，“道”既是中国文化最高的规定性，也决定着中国文论的总体特征。古代社会“道”从抽象到具体、从神圣到世俗全方位渗透，“文”的价值高下不是以距离文之“道”（技）而是以距离人之“道”（天下）的远近来判断，中国传统文论“为人生”的总体价值观尤其重视“道”对“器”的指导，道不离人，人行道上，强调主体要体会“天道”和践行“天道”，而观念论、技术论与价值论浑然不分是其突出的“中国特色”，指出了传统文论的核心价值所在。① 这是对传统文论主流价值观的凝练。李春青在《文学价值学引论》中分先秦、魏晋南北朝、明代等阶段对中国古代文学价值观的历史演变进行了系统研究，认为“生命价值”是中国古代文化精神的核心，先秦实现了从儒、道哲学观向文艺价值观的转变，他从学术思潮入手，就玄学精神与六朝文学价值观、心学与明代文学价值观的嬗变进行了深入透视②，为本题、本篇寻求角度、打开思路提供了极大启发。

此外，李壮鹰、李春青等学者还认为传统文论中的价值观与整个古代文化的价值取向紧密关联，与古代文人生存方式相关联，故开创传统文论的“文化诗学”研究之路，其系列成果均从各朝代的文化学术系统出发予以考察，在历史和文本之间穿梭，从文人生存出发探寻传统文论中的价值观，以把握古人的心灵世界和生存智慧。其研究具有一定的前沿性和典范性，在方法和思路上给了后人极大的启发。

（三）从文化和美学层面探讨传统文论中蕴含的价值观

将传统文论置于民族文化的母体中分析它体现出的价值观。如郭世轩等认为中国古代文论的价值主要体现在文化、文学和精神三个方面。“文化价值”主要表现在展现中华民族刚柔并济、自强不息的精神追求，体现了东方民族的文

---

① 权雅宁：《本土文化自觉与传统文论价值再发现》，载《思想战线》2009 年第 3 期。

② 这方面著作有李春青：《文学价值学引论》，云南人民出版社，1995 年版。

化基因和内在精神品格；“文学价值”主要表现为以抒情文学为主流的内在气质、注重情采合一的文学世界，在审美价值上注重表现与神韵，同时采取内视的观点融情入景，以实现情景交融、物我合一的浑融气象；“精神价值”则体现在内敛的精神深度、博大的精神向度和昂扬的精神高度三个方面，而这与儒家中和哲学精神追求相一致。① 罗宗强等学者紧密结合古代文学和传统儒、道、释文化对古代文论的价值进行了提炼。② 这种成果虽从“意义”角度研究古代文论，但部分关涉到古代文论内部的价值构成。

（四）重点对儒、道、释文论的价值范畴和价值观念进行了深入而系统的分析

学者们指出传统文论产生于经、史、子、集综合构成的“国学”范围内，混合在文、史、哲等多个学科中，自然体现了传统文化的某些共同基因。就儒家层面来讲，传统文论体现了天人合德、重义贵和、尊德重行等伦理思想，也包括仁、义、理、智、信等道德基本原则。此外还包括“和为贵”的价值取向、人能弘道的主体精神、反求诸己的内省途径、“执两用中”的致和方法、善假于物的工具意识、道德至上的和谐文化、天下一家的文化血脉、一元取向与多元整合等因素所形成的和谐哲学，包括天人合一的自然价值观、尊君重民的政治价值观、重义轻利的经济价值观、舍生取义的人生价值观等。道家文论体现出厚德养生以及仁慈、博爱的伦理价值观。尤其是它对生命的关注，对铸造健全人格使之达到圣人、真人、至人的理想，并进而升华到艺术境界，则格外明显。佛家文论体现出超越现实矛盾和生命痛苦，追求思想的解放和心灵的自由，这种价值观也是其超越精神的体现。学者们集中揭示了各流派传统文论的现实意义。如佛家文论价值观对于处在社会转型中的人们来说，其生活态度、终极关怀、超脱精神对于人的心灵世界和现实生活有着不可否认的正面意义。

尤其是著名学者童庆炳先生在多本论著中，就儒、道、释三家的文学观进行了深入探讨。他认为儒家文论以“社会功利性”为主、艺术性和娱乐性为辅，崇尚实用、教化、怨刺、言志和认识，以道德为本位，体现出对人格理想的追求。道家文论以出世为基本特色，在价值观上法自然、推崇审美自由，并从心斋、坐忘等层面予以了深入分析。佛家文论则以心为本，三家最终在“和”上

① 郭世轩：《论古代文论的当代价值与意义》，载《中国中外文艺理论研究》2015 年版。

② 罗宗强、邓国光：《近百年中国古代文论之研究》，载《文学评论》1997 年第 2 期。

交汇。并认为“和”是气、神、韵、境、味五个核心元范畴的民族文化之根。① 他还重点指出儒、道文论在中国古代文学艺术的发展中相互补充，形成了古代文论的人与自然合一、物我合一、主客合一的价值根据，这是非官方价值观的胜利。它和吸收以“理式”“神权”“科学”“高科技”为核心价值的西方文论形成鲜明比照。如上成果为后人研究夯实了基础，共同为我们从事“中国传统文论涵养社会主义核心价值观”这一时代课题的研究提供了重要借鉴和参考。

（五）从学术史发展和学科研究角度对文论“价值”进行探索的成果

1. 集中研究传统文论主要价值观的重要意义

在《中国古代文论的现代转换》（1997）以及围绕“失语症”和“现代转换”的大量论著中，学者们集中分析了传统文论价值观的多重意义。一是实现它在当下的学术价值。通过现代转换来传承其精髓，充分吸收它在创作、文本、欣赏诸层面上的价值精华，促进当前文艺学学科建设，推动当前批评实践的良性发展。二是实现其当下的应用价值。如传统文论中“澄怀味象”“情与气谐”“言有尽而意无穷”“韵外之旨”“传神写照”“唯道集虚”“神与物游”“得意妄言”“象周玄珠”等观念，体现了古人的审美心理，可转换用来指导当前的艺术创作。

2. 将传统文论视为整体，分析它在当前中西交融、古今流变的时代语境中体现出的多维意义研究

典型如张利群（2010）指出，阐释和评价古代文论内涵精神及其核心价值，凸显中国文论的优良传统和民族特色，对于推动古代文论研究的现代发展具有重要意义。欧宗启（2008）则探讨古代文论研究中存在“历史还原”和“话语重建”两种价值取向，就各自特点及互补性进行了分析。彭会资（1992）从沿用、生长、参照三个维度分析了古代文论的实用价值。蒲震元（2002）集中研究了古代文论的“现代价值转化”，其核心内容是通过现代阐释实现对中国古代文论中的优秀传统、科学精神、人生智慧、生命活力的科学继承。吴建民（2015）从学科意义的角度，解读古代文论在基本原理、理论范畴、多维方法三个方面的当代价值，张荣翼（2002）从古今社会知识、创作和价值三个方面的转轨论析了传统文化言说论域重建的必要性。尤其是在当前文艺学话语受西方文论影响和继承涵养传统文化的今天，传统文论中体现出的价值观念是当前建构民族文化、推动文艺学理论体系建设的一笔宝贵资源。李锋（2016）指出在

① 童庆炳：《中国古代文论的现代意义》，北京师范大学出版社，2001 年版。

中西、古今话语和文化的碰撞中，通过开阔学科视野来重新发现古代文论的价值。[①] 高迎刚从“转换与借鉴”角度对实现中国古代文论现代价值的途径进行了反思。[②] 在“中国当代文艺理论发展与文艺学学科建设”（2008）等研讨会上，陶水平等学者认为古代文论转换的要义是通过对古代文论的现代阐释，开掘其现代性价值，实质是反思与重建中国文论的现代性。[③] 此外，党圣元（1996）指出，应以当代眼光、大文论观、国学视野和文化通识意识对传统文论进行“现代阐释”与“当代选择”，发现中国传统文论的“当代性”价值和可能的理论生长点。[④] 这一系列研究均从古与今、中与西的维度尤其是“现代转换”的视域来展开。但由于时代原因，尚未意识到社会主义核心价值观的“引领”作用，未曾提到传统文论中蕴含着与“诚信”“敬业”“友善”等相通的理论资源。这恰恰成为我们关注的研究空间。

（六）其他方面之研究

在一些文论辞典、美学辞典及经典教材中，对传统文论的价值观亦有所涉猎。成复旺、王振复等学者编有古典美学范畴辞典或美学史，在审美论词条中阐发传统文论中的“虚静”“坐忘”“目击道存”“妙悟”“涵咏”和“神会”等范畴时，从道家思想层面涉及“自由”价值观；而创作论辞条中的“童心”“言志”和“性情”“性灵”涉及本真和“诚信”价值观；形态论词条中分析“乐而不淫，哀而不伤”“中和”“骨与肉”涉及“和”价值观。

此外，现有主要教材介绍龚自珍、梁启超的生平及其文论生成背景时，涉及“爱国”价值观。目前，学界几部古代文论家传记在介绍孔子、王充、司马迁、韩愈、李贽、金圣叹文论时，其著述生涯和批评实践活动涉及“敬业”价值观，只是没有明确提出来深入研究。

综上，古代文论学科建立百年来，对各种文论思想的研究成就斐然。数代学人挖掘其中主流的价值观，其中的确有一些与现在倡导的社会主义核心价值观有相通之处。目前学界前辈的研究成果从资料、观点、视角、方法等诸多方

---

① 李锋：《学科视野的延展——中国古代文论课程价值的重新发现》，载《湖北师范学院学报》2016 年第 3 期。

② 高迎刚：《转换，还是借鉴？——关于实现中国古代文论现代价值之不同途径的反思》，载《站在新的历史起点上——新时期文学理论研究的回顾与反思》，时代文艺出版社，2008 年版。

③ 陶水平：《中国文论现代性的反思与重构——关于近十年“古代文论现代转换”学术讨论的思考》，载《东方丛刊》2007 年第 1 辑。

④ 党圣元：《论文学价值观念的基本规定性》，载《学术研究》1996 年第 3 期。

面皆为研究做出了有益探索，提供了坚实的基础和极富启发性的参考价值。我们在此基础上进一步思考古代文论对当前社会主义核心价值观的涵育与蕴藏。

二、问题审视与空间开拓

在弘扬民族传统，振兴民族文化，建构当代文艺学话语和体系的新时期，传统文论必将成为一笔宝贵的文化资源，参与到当代社会价值观建构中来。从如上中国传统文论建立学科百年来对该学科主流价值观的爬梳和分析来看，其中的确蕴含着与“社会主义核心价值观”相通的因子，如先秦文论包孕于文史哲中，有关于“民主”的很多论述；传统文论受天人合一影响在内容和形式上都重视“和”；受道家影响，注重写作和风格自由；有些文论家如屈原、孔子、司马迁、苏轼等本身便具有爱国的情操或事迹，曹丕、刘勰等众多批评家树立公正评人的标准……如此等等，这方面的资源相当丰富，亟待开发。故依托中国传统文论涵养培育社会主义核心价值观，是一个具有可行性且新颖度较高的跨界课题，研究领域较为宽广。

第一，在文、史、哲不分家的古代，儒家与道家文论最初与哲学思想、政治主张紧密关联，体现天人合一、生生不息、言志怨刺、教化讽喻、与民同乐等观念，这其中的确蕴含着和谐、民主、诚信等价值观资源，其中含有一些与当前国家倡导的社会主义核心价值观有相通的部分，虽然二者在内涵、外延方面有些不同。但限于时间原因，并未展开深入而系统的研究。据笔者所见，中国传统文论学科的研究中涉及和谐、诚信时，往往从两个方面进行：一是追溯哲学渊源与文化背景时，回归到古人的思维方式、伦理观念等方面。二是侧重于从文学理论批评角度展开，或重心、落脚点在文论观点与思想的阐发上，其中蕴含的与和谐、诚信等相通的因素往往被“旁落”了，无从深入去研究。这需要引起我们的重视。

第二，传统文论中的主要价值观孕育于古代社会，与当前核心价值观在产生的经济基础、思维方式、文化语境、表达形态等方面皆存在很大的差异，目前学界研究传统文论的学者基本上从纯学术出发展开研究；而马列科社和思想政治教育领域的学者研究社会主义核心价值观，则多聚焦在范围宽广的“中国传统文化”中就它与核心价值观关联展开研究，限于学科背景尚未聚焦到其中的“传统文学理论批评”领域来。总之，从笔者近年来对两大领域的研究路数和成果分析来看，学界并未对此二者的内在逻辑、差异、变化进行深入的学理分析，而这成为笔者近年来重点关注的话题。

第三，从笔者长期翻阅资料、研读文本来看，当前古代文论学科中的确存在着大量关于古代文论家敬业、爱国方面的资源，但整体表现较为零散，并没有将其充分整理、挖掘以涵养和培育社会主义核心价值观。一是在诸如屈原、司马迁等文论家的传记、词典介绍中，叙述其生平、遭遇时，体现其爱国情怀、爱国经历、爱国思想，有的甚至与其文论主张结合得极为紧密；二是国内现有主流的古代文论教材中，叙述龚自珍等文论家生平时，较为客观、简略，由于只是梗概性介绍，重心在文论观点的阐发上，而缺乏对文论家爱国价值观的践行分析。并且共通之处在于，此学科中蕴含核心价值观的资源大多都在古代文论的观点、见解之外，即与言说内容并不十分紧密。愚以为这笔宝贵的资源亟待开发，本选题作为跨学科研究，通过转换视角、激活传统来寻求古代文论学科新的学术生长点，同时探寻涵养培育社会主义核心价值观的新途径、新方法。

第四，由于学科特点的制约，当前国内研究古代文论无论是横向专题还是聚焦在单人、单书上，都将重心落实在文艺思想、批评观点的阐发和挖掘上，对除此之外的关涉文论家爱国、敬业、诚信、友善的方面则少有关注，而这些主要存在于文论家言说内容以外的其他方面，比如文学实践、人际交往中。以“敬业”为例，现有的古代文论研究是不会关注在批评实践和处世为人中古人是如何践行“敬业”的。这方面的资源还相当丰厚，需要拉通后站在一定的理论高度，运用一定的方法去予以研究。

第五，传统文论无疑是传统文化中属“语言文字”方面的重要组成部分，它本身受到古代多种文化的滋养，内容极为丰富，而依托它来涵养核心价值观，好比在肥沃的大地上种出新时代的花朵，土壤的水分、肥料来自多个方面，对核心价值观每个词汇的培育涵养也是多元的，绝不只是单方面的。换句话说，核心价值观词汇在传统文论中的指向是多元的，是开放的，绝不是凝固的、封闭的、一元的。以“富强”为例，当前主要结合经济物质和民族政治方面定位其含义，实则古代文论中的富强，还体现在文化建设、推进改革、整理典籍、心灵世界、防止奢华腐败、中外关系处理等多个层面。在每个方面，“富强”的内涵都是有差异的，它们共同为“富强”价值观的内涵提供着养分，尤其是传统文论作为语言文字方面的传统文化，在文化和精神方面体现出的“富强”，与我们当下理解的富强（偏重于国家经济和国防巩固）是大不相同的。总之，这些无疑是需要突破物质和政治的框架，运用多侧面思维进行思考，也需要通过文本细读来逐一予以揭示。

第六，创生“艺术文明”价值观，以推动当前文艺创作及价值观的建构。

学界一般把“文明”区分为物质文明、精神文明、社会文明、政治文明和生态文明五个部分。在最初二分法的基础上有所扩大，比如“生态文明”近年来随着国家环境治理而提得格外响亮，逐渐被合法化。而通观古代文化，“文明”在器物、伦理、诗文、制度等多个方面皆有创获，其范围和内涵也要比当前理解的丰富得多。单就传统文论领域来看，文明主要侧重于指古人调动并形成一套有特色的艺术手法（如比兴、隐秀、滋味、风骨等）在诗词曲、书画等方面都鲜明体现出来，具有浓郁的民族风格。鉴于数千年来中国古人在文学艺术方面积累形成的丰富经验，既需要传承以古为今用，也可用来救治当下的文艺创作之弊（当前中国文艺在主题、风格、形式等方面存在诸多问题，已被学者所批判。详见本书第五编第三篇论文），笔者认为在喧哗和庸常的时代创建“艺术文明”不仅具有可行性和必要性，而且十分迫切，意义深远。

第七，当前“社会主义核心价值观”与“中华优秀传统文化”之间的关联备受学界关注，从各类成果和立项①来看，多从伦理道德、文化精髓层面论析，目前较少从传统中的文学、艺术、民俗等层面切入研究（参见本书第一编第四篇论文），尤其对依托“传统文学理论批评”来涵养社会主义核心价值观，在学术界几乎还无人问津。本研究预示着当前核心价值观研究由马列社科、思政、哲学领域向文学、艺术领域的转变。

第八，当前推动传统文化“创造性转化”和“创新性发展”，不仅是近年来学界前沿话题②，也是社会热点话题，它对发挥传统文化在当下的作用，推动新时代文化建设具有重要意义。而由于近几年来核心价值观研究难以跨界，故“双创”问题始终在马列、思政学科内进行，很少有成果系统思考在中国文学、艺术方面同时关联着内容和形式的友善、诚信、爱国等核心价值观，哪些部分需要剔除和过滤，哪些需要继承、再生、转化并融入当前文化建设中来。总之，在古代文论学科中核心价值观的12个关键词如何“创造性转化”和“创新性发展”，也几乎是一个未曾涉猎的、全新的时代课题，有待大力去开掘。

---

① 据笔者初步统计，截至2018年12月在历年的国家社科基金项目中共涌现出类似项目10余个。

② 参见仲呈祥：《关于中华优秀传统文化实现创造性转化与创新性发展的思考》，载《文化软实力研究》2017年第2期；李昱：《论中国传统文化及其创造性转化和创新性发展》，载《思想理论研究》2017年第5期；鞠忠美：《论中华传统文化的创造性转化》，载《理论学刊》2017年第4期；黄前程：《中华传统文化创造性转化的理论基础、历史经验与当下思考》，载《贵州社会科学》2016年第12期等系列论文。详见书末参考文献。

基于以上思考，如以跨学科思维和转换视角来重新认识2020年以后的社会主义核心价值观研究，这个话题还有"处女地"待开垦。虽然历经七年多来众多学者之努力，当前核心价值观研究成果斐然，难以进一步出新和突破，但只要吸引马列社科和思政以外的学者参与进来，其研究必将迎来新的天地。总之，在弘扬民族传统，振兴民族文化，建构当代文艺学话语和体系的新时期，传统文论必将成为一笔宝贵的文化资源，参与到当代社会价值观建构中来。故依托中国传统文论涵养培育社会主义核心价值观，是一个创新性的跨界课题，研究领域宽广，研究意义重大。

三、依托中国传统文论涵育社会主义核心价值观漫议①

(一) 可行性分析

中国传统文论是古代文化的重要组成部分，且历经百年来的扬弃，已成为民族的精华。研究这一话题，既能激活传统，拓展空间，也能对国家呼吁和民众关切做出重要的回应。

(1) 首先，学界和政府都指出中国传统文化是核心价值观的文化根基和重要源泉，是培育核心价值观不可忽视的途径和方式。在此大前提下，中国传统文论作为中国传统文化的重要组成部分，固然也在一定程度上滋养和催生了核心价值观，为其提供理论资源和话语支撑。故本课题研究具有一定可行性。

(2) 中国传统文论与核心价值观在诸多"观念"上具有相通性。三千多年前中国古人提出诸如"诗言志""审乐以知政"等理论观点，以及风骨、神韵、意境等范畴，因牵涉古人对文学艺术的各种评析，其中包孕着古人的世界观、文学观、审美观、价值观、人生观等，与当前国家大力倡导的社会主义核心价值观12词，在很多方面有相通、契合之处。

(3) 近年来学界依托中国传统文化来培育核心价值观，有一些成果做出铺垫。比如，依托传统的儒道释资源、伦理哲学观、地域文化资源和红色文化等，来培育社会主义核心价值观。但目前依托"中国传统文学理论与批评"，通过跨学科对话来进行学科资源的深入挖掘的研究，尚未发现。此选题将进一步拓展当前涵养培育核心价值观的新路径、新空间。

(4) 当前政府和学界在高度呼吁和倡导"中华优秀传统文化"的传承与弘扬，以及文化强国的建设，民族文化的复兴。而"中国古代文论"无疑是"中

---

① 这里大体保持项目申报时论证本子之原貌，望能对相关专业读者有所启迪。

华优秀传统文化”的重要组成部分，也是国家软文化的组成部分，借核心价值观的涵养、培育契机，也是对传统文化精粹的一种弘扬，通过激活传统，达到古为今用之效果。

（二）总体构想

选题从系统研读中国传统文论经典文本出发，挖掘其中蕴含的关乎富强、和谐、诚信、敬业等价值观的理论资源，探寻传统文论涵养社会主义核心价值观的作用机制和路径选择。旨在开拓中国传统文论学科研究的新空间，为当前政府大力倡导培育和践行社会主义核心价值观提供本土维度的话语支撑，为国家倡导文化自信、推进文化强国建设和实现中华民族振兴提供重要参考。选题紧紧围绕六个方面精心展开。

1. 研究中国传统文论价值观与社会主义核心价值观内在的逻辑关联

传统文论主要由儒家、道家和佛教文论组成，其主流价值观体现在天人合一、尊德重行、养气全生、教化怨刺、中和之美、仁慈博爱等方面，它是中华优秀传统文化的精髓和要义，通过古代文人对文学艺术的评析和阐发鲜明体现出来，成为当前社会主义核心价值观的根基和源泉。而核心价值观中的和谐、诚信、文明等则与它有密切关联，是它的超越和升华，是传统文论价值观在新时期的传承与演进。基于此逻辑关联，它们的形成机制值得深入探究。

2. 研究中国传统文论价值观与社会主义核心价值观的契合与出入

传统文论中诸如兴观群怨、厚德养生、得意妄言等系列价值观，是古代士人在宗法制社会和农耕经济环境下评析“人”“文”“化”而产生的，在天人合一思维主导下具有浓郁的思辨色彩和诗性特征，与他们的哲学观、人生观、美学观紧密相关；而社会主义核心价值观是在吸收传统文化、近代革命文化、社会主义文化等基础上的综合与提炼，是马克思主义在新时期的发展与升华，它具有凝练性、开放性等突出特征。二者在经济基础、思维方式、文化语境、表达形态等方面存在着极大的差异。但基于共同的文化母体，它们也有很多相通之处。本选题就二者的相似与不同、契合与出入进行深入的对比阐发和学理揭示。

3. 研究中国传统文论涵养社会主义核心价值观的作用机制与路径选择

社会主义核心价值观多个关键词充分吸收了中华优秀传统文化的资源，也获得了中国传统文论的滋养，它们在三千余年文论史中具有多义性，内涵日趋丰富，指向不断叠加。本题结合其内涵、流变，分析古人评价作家作品和阐发文学看法时从“审美”维度对富强、和谐、诚信等价值观的涵养，同时结合古代文论家的实践活动，在研读先秦至近代大量文论典籍基础上，研究涵养核心价值观的创新机制、认同机制、传播机制及整合机制。中国传统文论属于"集部"中的"诗文评"，在文史哲连成一体的古代社会，它立足于古代鲜活的文学作品，并与琴、棋、书、画等艺术门类紧密关联，因而在思想性、情感性、形象性、生动性等方面尤为突出，本题充分发挥学科优势，从"文学审美"角度探究培育、践行社会主义核心价值观的新路径。

4. 研究中国传统文论涵养社会主义核心价值观体现出的美学观念和中华美学精神

中国传统文论以文学为主，涉及书画等多个艺术门类，极为鲜明地体现出中华美学观念。本题研究揭示中华美学观的内涵与外延，推动其传承与弘扬，将为当前文艺创作和理论批评的价值建构提供多元启迪。选题探寻文学批评中的公正与理性、构思立意追求文与质的和谐、崇尚自由朴实的文风、真诚地抒怀与做人等特征，反映出受儒、道、释影响和作用下中国传统文论尚和、思辨、中庸、自由、取象等系列的美学观念，以及道法自然、大美不言、重感悟体验、重心性修养、追求文品与人品相统一等中华美学精神，这将从"文学审美"角度为涵养社会主义核心价值观提供优势资源，为新时期文艺创作提供参照和借鉴。

5. 研究中国传统文论涵养社会主义核心价值观彰显出的人文精神

受母体文化的影响，数千年来中国古人在文学批评中对富强、民主、公正、创新、友善等价值观或有涉猎或有涵育，彰显出文论家独特的精神与品格，这成为华夏民族宝贵的精神财富，值得国人在呼吁提升文化软实力、促进民族振兴的当下来传承和弘扬。传统文论涵养社会主义核心价值观彰显出的人文精神是丰富而多元的，选题紧扣文论典籍从舍生取义追求民族气节、推崇大丈夫人格、近代化浪潮中积极回应现实发出民族强音、创作中提升主体学识修炼道德情操、通过读书以明理、弘扬自强不息的民族精神等方面予以研究。

6. 研究中国传统文论涵养培育核心价值观的时代意义和当今启迪

本研究一方面转移视角，从"中国古代文学理论"入手涵养核心价值观，为当前核心价值观的培育与践行提供理论资源与话语支撑；另一方面，通过涵养工作来推动中华优秀传统文化和中华美学精神的传承与弘扬，实现选题应有的时代价值。此外，本题充分发挥中国传统文论具有思想性、形象性、情感性等鲜明的学科特征，激活传统、古为今用。对青年学生而言，使他们系统学习中国传统文论的同时，又获得对核心价值观心理与情感上的高度认同；对政府和社会而言，则通过探索以“文学审美”的方式涵养核心价值观的新途径、新方法，为在民间进一步培育、践行、传播核心价值观做出探索和示范，实现选题的应用价值。

这六个方面以“中国传统文论”为立足点和出发点，以“涵养社会主义核心价值观”为最终落脚点，构成逻辑缜密、环环相扣的有机整体。基于如上思考，当前依托中国传统文论涵养核心价值观，是近年来通过跨学科研究实现学术创新的重要选题，不仅有助于开拓古代文论学科新的研究空间，也能为当前极为成熟的社会主义核心价值观研究提供新的角度和思路，为进一步培育、践行核心价值观寻找新的途径和方法。这项研究，无论是从聚焦传统经部、子部转向集部中的“诗文评”，还是兼顾文本细读法和归纳概括法，都将在传统文论和马列社科两大领域形成新的突破，开启党的十九大后社会主义核心价值观（即当代“中国精神”）研究的新空间。

“文学审美”：社会主义核心价值观涵养和教育中的新视角

十八大首次提出了社会主义核心价值观，此后发布核心价值观教育指导纲要，此话题迅速成为全社会关注的热点与焦点。数年来，国内关于核心价值观的研究经历了早期从渊源追溯、逻辑关联、培育方式到近期传播途径、教育方式、践行成效的转变。自 2015 年以来，笔者对此话题持续关注，并相继完成《中国传统文论涵养社会主义核心价值观 10 词研究》等书稿。在收集材料、研读文献的过程中，笔者发现马列社科、政治学、文化学的学者对此话题关注较多，研究成果极为丰硕，角度也日趋多元。而文、史、哲等人文领域的学者对此话题则鲜有问津。北京师范大学吴向东教授曾指出：

> 社会主义核心价值观作为一个综合性命题，其理论研究本身就涉及哲学、政治学、历史学、文化学等多个学科；培育和践行社会主义核心价值观更是一项系统工程，涉及文学、教育学、心理学、传播学、社会学、法学、管理学等多个学科，需要在教育引导、舆论宣传、文化熏陶、实践养成、制度保障等方面狠下功夫。在这一意义上，加强社会主义核心价值的理论研究，必须整合不同学科的资源，实现跨学科、多领域的融合创新。①

这段论析精辟地指出了社会主义核心价值观的综合性特征，也表达了对学界的期待和呼吁。当前学界之所以对核心价值观跨学科研究做得很不够，是有多种原因的，但总体来看，人文学者普遍的“缺席”导致核心价值观研究在六七年后很难再有新的提升与开拓。这也预示着此话题继续研究的难度。党的十九大正式将核心价值观定位为当代“中国精神”的集中体现，政府和学界对此高度重视，在新时期如何使核心价值观“入脑入心”成为重点关注的话题。笔

① 吴向东：《为培育和践行核心价值观提供学理支撑》，载《光明日报》2015－09－10。

者作为长期从事文学研究尤其是“中国古代文学理论批评”研究的学者，现从文学审美视角谈谈当前涵养和教育核心价值观的新路径、新看法。不成熟处还请读者斧正，专家赐教。

一、当前国内培育核心价值观的范式与得失

纵观2012年至今国内对核心价值观培育与教育的各项成果，大体从宏观和微观两大层面展开，多在马列社科和思政领域内进行理论阐发，或结合管理和教育的运作机制就培育的方式进行具体分析，或在具体实践中总结、提炼经验与做法，均缺乏从文学审美维度对核心价值观培育和教育的集中探讨。

1. 宏观层面

核心价值观的培育、教育是复杂而宏大的话题，近年来学者们从宏观层面对它展开了理论探讨和具体研究。如高地在《中国共产党社会主义核心价值观教育研究》设第七章“教育内容的有效融入”，从融入高校思想政治理论课、融入各专业各学科课程教学中、融入文化建设中、融入服务管理、融入新兴媒介等宏观方面做了构想与论析。① 他指出了知识传授是一维融入，应转变为“知识与技能”“过程与方法”“情感态度与价值取向”的三维融入，即不能只是对学生进行核心价值观的知识灌输和要点普及，而应在实施过程中调动学生情感体验，使老师由经师变为人师。② 该书第八章为“新媒体与核心价值观教育”，具体地从意见领袖、议程设置和网络舆论波动三个层面谈到教育的方式与路径。基本上侧重于宏观论析，也没有触及核心价值观培育和教育的“审美”维度。

吴辉博士指出核心价值观教育具有长期性、复杂性和艰巨性，要将理论研究和宣传相结合，要重视群众的主体地位，要增加制度融入，要坚持党的路线方针。③ 其也是从理论层面论述的，无疑具有一定的高度，但类似的提法过多则难出新意，显然是马列社科研究人员的思考视角和言说方式。又如方爱东教授在著作《社会主义核心价值观研究》中设第六章“当代社会主义核心价值观的培育”，从政策调控、舆论引导、思想教育、法治建设和自身修养五个方面提

---

① 高地：《中国共产党社会主义核心价值观教育研究》，人民出版社，2013年版，第218－223页。

② 高地：《中国共产党社会主义核心价值观教育研究》，人民出版社，2013年版，第223页。

③ 吴辉、袁为海：《核心价值与共性要求》，陕西师范大学出版社，2014年版，第44页。

出的自己的看法，也较为宏观，尚无观点涉及文学审美之维度。①

邱国勇博士论及核心价值观的教育载体时指出，要加强理论教育，依托校园文化，运用媒体引导传播，以发挥党员、典型等活载体的人格教育作用、强化制度载体的引领作用，形成齐抓共管的局面。② 在《社会主义核心价值观教育研究》第八章“核心价值观教育的途径”方面，指出要完善各项机制，纳入国民教育体制和精神文明建设中去。内在机制方面，要调动受众的内在需求和动力，“在需要基础上产生的兴趣，即人们对某人或某事物的积极的情绪反映和选择性态度”。而文学审美无疑是使欣赏者内在产生自愿行为的重要方式之一，它使主体在潜移默化中接受主流价值观。外在机制方面，要强化育人环境、行为实践、激励保障、学习教育、示范带动和共管工作，让政治宣传、主动学习和自我教育三个方面都被调动起来。③ 这些论述都具有指导性，但未免过于宏大。徐贵权则从六个方面系统探讨了核心价值观培育和教育的方法论原则：基础与创新统一、共性与个性统一、可行性与有效性统一、显性与隐性相结合，柔性与刚性相统一，教育与自我教育相结合。④ 这其中都蕴藏文学审美维度的培育方式，它属于其中个性、隐性、柔性层面的教育途径。

从理论高度和工作大局上探讨核心价值观的培育与教育，国内还有不少成果。其共性在于着眼于总体指导，都侧重于从理论研究、政策宣传、媒体传播、文化建设、服务管理等较宏观的层面，探讨如何将核心价值观融入和渗透到日常工作、学习和生活中去。

2. 微观层面

2016 年前后，随着核心价值观的理论探讨与宏观研究持续数年，学界在培育方式、方法上做出了具体思考。在具体教育方法上，邱国勇博士提出要设置议题、加强权威教育，同时充分利用大众传媒，将党的宣传教育工作与受众的学习工作相结合，贯穿到日常经济、政治和文化建设中去。⑤ 刘燕博士指出在舆论作用机制方面，注重活动题材、内容与接受对象的接近性。⑥ 而高地博士

---

① 方爱东：《社会主义核心价值观研究》，中国科学技术大学出版社，2013 年版。

② 邱国勇：《社会主义核心价值观教育研究》，人民出版社，2014 年版，第 181 - 204 页。

③ 邱国勇：《社会主义核心价值观教育研究》，人民出版社，2014 年版，第 229 - 246 页。

④ 徐贵权：《社会主义核心价值体系融入国民教育方法途径研究》，中国社会科学出版社，2015 年版，第 78 - 96 页。

⑤ 邱国勇：《社会主义核心价值观教育研究》，人民出版社，2014 年版，第 267 页。

⑥ 邱国勇：《社会主义核心价值观教育研究》，人民出版社，2014 年版，第 335 页。

则指出培育和教育核心价值观，要实现载体的生活化和普及化。

李蕊指出在教育和培育中，要处理好以理服人和以情动人、言传进而身教之间的关系①，要采用多样化的隐性教育形成对既定传统教育方式的补充。要将文化育人、课堂育人、实践育人和网络育人相结合，注重熏陶塑造和示范引导。② 他们充分认识到“以情动人、生活气息、文艺载体”等方面，给了我们很大的启发，也开启了本文从文学审美维度探讨核心价值观培育和教育的新空间。

纵观现有各式成果，2012 年以来国内对核心价值观培育和教育的探讨不外乎如上两大范式，只不过不同文献在理论思考的深入度、方法途径的细密度上有一定的差异。它们虽认识到了影视文学、文艺活动可作为培育核心价值观的重要载体，但并没有深入展开。而从事文学研究的学者，又保持与意识形态研究的距离，对此话题也未曾开拓。

3. 四种认识世界的观照方式

随着“艺术学”在 2011 年被单列为一级学科以来，各艺术门类变得异常活跃起来，这方面的研究还大有可为。人类认识和把握世界通常有四种方式：理论的、艺术的、宗教的和实践—精神的。③ 其中艺术的观照方式和其他三种相比，具有独特的优势，对现实进行审美观照往往具有一定的情感性、非功利性和真实性，不同于理论层面的抽象演绎，或离开了具体物象而诉诸教条。艺术是一个庞大的家族，包含文学、音乐、舞蹈、戏剧、曲艺、园林、雕塑、书法、绘画、影视等多个门类，虽然它们表现情感的方式和媒介各不相同，但通过符号表达人的情感，通过声音、线条、色彩、形体等符号使人得到熏陶与感染则是共通的。艺术观照世界的方式是把审美观照中的意象物态化，以艺术形象的形式反映生活，它离不开感性形态，融入了生活体验和思想情感。④ 它反映的是情绪化和心灵化的主体体验过的生活，这是其独特之处。作为一种有意味的形式，艺术能直接或间接作用于人的心灵，在潜移默化或振奋共鸣中使人求善、向美。我们认为，在核心价值观的培育和践行中，从文学审美维度依托各门艺

---

① 李蕊、李佳、贾佳：《高校社会主义核心价值观教育的理论与实践》，中国水利水电出版社，2017 年版，第 62 页。

② 李蕊、李佳、贾佳：《高校社会主义核心价值观教育的理论与实践》，中国水利水电出版社，2017 年版，第 67－71 页。

③ 杨星映：《文艺学基本原理》，重庆出版社，1995 年版，第 180 页。

④ 杨星映：《文艺学基本原理》，重庆出版社，1995 年版，第 181 页。

术来展开，则能发挥其他学科所不具备的优势，在新时代开启涵养和培育核心价值观的新途径、新空间。

二、文学审美视角涵育核心价值观的必要性和可能性

当前从文学审美维度寻求核心价值培育和教育的新路径，具有独特的学科优势和重要的现实意义。与理论的、实践的方式相比，文学审美视角是在艺术的范畴内，充分发挥古今文艺篇章、文艺演出、文艺活动能以情动人的魅力，使受众的内心、情操、志向、追求等在感受、体验、感悟中潜移默化地发生改变，在文艺的熏染下获得陶冶和提升，进而对核心价值观12词有着深刻的认同和情感皈依，并化为自觉而主动的实践行为。我们认为，这在价值多元化和传播信息化的时代，比理论的鼓动、政治的宣传、外在机制的约束及推动，更有成效得多。

（一）学界已初步认识到“文艺”和“审美”之功用，但研究尚缺乏深入拓展

体现国家意识形态的“社会主义核心价值观”如同一口矿产资源丰富的宝藏，吸引无数学人前来开采。七年来，已有很多马列社科和思政教育的学者间接认识到了文艺对核心价值观培育和教育的作用。但大多数简略提及，并未深入展开。

如大连大学的李春山博士指出，核心价值观的培育和教育，要深入民众最贴心、最为实际的日常生活，使教育入情入理，富有生活气息。要内化为人的精神追求，升华为人的实际行动。李春山还提出价值观教育的三大原则：一要具体化，即用通俗的小事化难为易，要有针对性；二要生动化，即避免理论化、系统化和抽象化的说教，用喜闻乐见的宣传形式和生动语言，现代手段和时代内容等，通过典型示范和榜样力量，使读者形成更加人格化和崇高的精神追求。三要常规化。① 而所谓“喜闻乐见的方式”，“使教育入情入理”，“内化为受众主动的精神追求”，即是艺术教育所具有的独特魅力。他虽未明说，但审美无疑具有这些特质。同时也指出了以抽象说教方式来培育和践行核心价值观，具有很大的局限性，不能够适应新的时代需要。

李春山致力于核心价值观的教育与研究多年，颇有心得与看法。他指出要

① 李春山、何京泽：《社会主义核心价值观大众化研究》，人民出版社，2015年版，第90–91页。

注重以情动人，采用寓教于乐的方式进行，要用具体、形象而生动的方式，要能作用于受众的人格和精神方可内化于心、外化于行。他也在不同地方多次提到要利用好文艺作品，尤其是看到文学、影视的魅力。① 这难能可贵，只是并未就如何依托影视、文学来对核心价值观进行培育和教育做出深入思考。数年来，我们也很少见到有文学研究者在这方面做细致的展开。

再如，刘燕博士指出核心价值观教育养成机制应优化内容、创新方式，要将灌输、启发和熏陶相结合。她认为形式可多样化，以求直观、生动，要通过文艺、文学、影视等方式，借助形象来展开核心价值观的宣传和教育。② 尤其是她指出情感熏陶的三点较为可取：环境陶冶、艺术陶冶、人格感化，强调实践参与和体验。③ 这就更加明确了艺术的功能和审美的成效。类似看法还有很多。从前人的宏观论析和理论探讨来看，依托艺术对当前核心价值观进行涵养和践行，无疑是应时而生、能接地气的时代课题。作为在接受教育和长期生活中受各类文艺感染的社科学者，我们不可能对文艺极大的鼓舞、熏陶与陶冶作用无动于衷，不可能对文艺带给人精神、人格和追求诸方面改变的审美效果熟视无睹。他们的思考和点拨，启发了文学审美维度涵育核心价值观的空间和途径，不仅可能和可行，也将大有可为。

（二）目前从艺术与审美角度关注核心价值观培育的部分成果评析

纵观2012年以来的各项研究成果，学界系统总结了高校在践行核心价值观方面的典型案例和现实经验，都给了我们较大启发。教育部思想政治工作司组织编写的《高校培育和践行社会主义核心价值观创新案例》（2015）全书共11章，以不同高校弘扬社会主义核心价值观的具体案例为重点，阐明弘扬社会主义核心价值观的重大历史意义与现实意义，分析社会主义核心价值观的深刻内涵和文化根脉，总结青年学生树立和培育社会主义核心价值观的现实途径及养成方法。其中第二章重点发掘“优秀传统文化”来滋养当前核心价值观，以案例解析了大连民族学院的“再读家训”、上饶师范学院的“践行《弟子规》”等活动，这些都是基于培育核心价值观而对传统文化展开的一种传承与弘扬。第十章介绍了中山大学立足于《弟子规》《大学》等古代典籍，通过阅读经典、

---

① 参见李春山、何京泽：《社会主义核心价值观大众化研究》，人民出版社，2015年版，第90－91、104－106、123页等多处。

② 刘燕：《当代中国社会转型时期的价值重构》，人民出版社，2014年版，第314－315页。

③ 刘燕：《当代中国社会转型时期的价值重构》，人民出版社，2014年版，第317页。

立德树人等主题活动，在青年学子群体中间开展核心价值观教育。如山东大学打造互动课堂，在传统的汇报形式外，微电影、视频、快板、朗诵、趣味课件解说等学生们喜闻乐见的展现形式，显著提高了核心价值观教学效果，在国内具有典范性。此外，清华大学演绎话剧《马兰花开》，也是采用艺术的方式来传播“爱国”等价值观。这些案例，都不约而同地采用了“艺术”“文艺”的方式来培育和践行国家倡导的社会主义核心价值观。

就艺术家族中的“文学”而言，国内虽鲜有文学研究者关注此话题，但河南新乡学院的刘冬、罗玉峰联合主编的《沐浴经典——社会主义核心价值观读本》(2016)，是目前国内首部从“文学经典”角度涵养和培育核心价值观的著作。该书深入挖掘古代文学经典作品中蕴含的中华文化精神与思想精华，按主题分为十二编，每编选取与主题相关的经典文章予以注解和导读，帮助青年人在头脑中“深根厚植”社会主义核心价值观，以发挥民族经典“润物细无声”的育人效果。该著精选文学名篇，采用“原文+导读”的方式，并未将中国古代文学丰富的资源作为一个整体加以系统开发和挖掘，在文学审美维度如何进行核心价值观教育的探讨上还有待进一步深入。

而在近年来核心价值普及的通俗读本，也不同程度地涉及从古代历史和传统文化中汲取资源，寻求培育之道。如顾作义《我们的价值观十二讲》(2014)，以古人名言、历史故事及近代链接对核心价值观12词进行了阐发，其“名言”和“故事”多数取材于传统文化，但从广义上来说，也是从“文学语言”角度入手展开核心价值观培育的。这类普及性著作起到了对普通大众进行核心价值观教育和传播的功效，亦功不可没。

（三）主体身份和文论作品：中国古代文论诗性特征和文学美感的生成

中国古代文论是一种诗思兼备、具有浓郁文学审美特性的传统学科，古代很少有纯粹的“理论家”，这注定了很多古代文论篇章同时也是文学作品，批评家在写作之时表达文艺观点，同时也叙事、抒情，像作家那样追求立言不朽。古代文论家大多都反对以“学究”的思维和方式评诗论诗，他们以诗性的手法和诗性的气质来评论文学，不大愿意将治经方法用于说诗，这与其兼为诗人和文论家的双重身份有密切关联。这致使古代文论很多文本本身便是诗（如典型的诗体批评），是文学创作的结晶，是文学审美的产物。据学者研究，文学创作者论文的优势在于，他们拥有超越常人的审美感知能力和诗性语言的表达能力，拥有比别人更明亮的双眼和更敏锐的感知，并且能鲜活、生动地表达出来。此外，身份的多重性和立言的初衷还使他们博观众览，追求表达的生动和体验的深刻。

再者，中国古代文论具有浓郁的诗性特征，也使它在涵育核心价值观时具有极强的文学审美性，能带来生生不息、言之不尽的文学美感。学界曾以原始思维影响、整体性思维呈现、主观感悟与直觉灵感、隐喻和人格化批评等层面，对此做过深入探讨①，这里不再展开。一言以蔽之，这些古代文论熔铸了其诗性特征，成就了古代文论浓郁的文学之美。就古代来说，古代文论是集部中的“诗文评”，诗意性与理论性兼备；就当今来说，古代文论是文学艺术园地中的繁盛之花。

三、中国古代文论中的审美维度

中国古代文论是关于“文学”的理论与批评，它生长于抒情达意的“文学”土壤上，总体而言诗思兼备，具有很强的审美性。加之古代多数文论家也是诗人、作家，或历史学家、学者，身份具有多重性，他们基于作家作品和文学现象而发表理论观点，非常注重文章美感的营造，故很多作品读来文采斐然，美不胜收，给人赏心悦目的艺术成效。

（一）形式美

就中国古代文论而言，形式美感集中体现在运用工整和对称的语言来评诗论文，发表观点。在传统社会，文论家格外讲究偶对，提笔多语句成双，不仅形式整齐，而且音韵铿锵，具有一种和谐之美。如：

> 自终没以来，名儒博达之士，著造词赋，莫不拟则其仪表，祖式其模范，取其要妙，窃其华藻。所谓金相玉质，百世无匹，名垂罔极，永不刊灭者矣！（《楚辞章句序》）

王逸以绝妙的美文褒扬屈原的创作成就，以工整而对称的语言对屈原在辞赋上的领先地位、屈原的人格与影响等，给予了高度评价。欣赏类似美文，无疑能获得美的享受。此外，以凝练、简洁的四六文写成的《文心雕龙·辨骚》篇也对屈原做了全方位的评析，读来也是一种美的艺术享受。② 读者会在大量偶句中获得形式美感，领略语言的魅力。

---

① 相关论述，参见李建中等：《中国古代文论诗性特征研究》，武汉大学出版社，2007 年版，第三章至第六章。

② 典型如：“不有屈原，岂见《离骚》？惊才风逸，壮志烟高。山川无极，情理实劳。金相玉式，艳溢锱毫。”（《文心雕龙·辨骚》）。

如南宋诗人陆游创作《示子遹》表明自己的诗学观：

> 我初学诗日，但欲工藻绘；中年始少悟，渐若窥宏大。怪奇亦间出，如石漱湍濑。数仞李杜墙，常恨欠领会。元白才倚门，温李真自郐。正令笔扛鼎，亦未造三昧。诗为六艺一，岂用资狡狯？汝果欲学诗，工夫在诗外。

陆游系统总结了自己创作的几个阶段和心得体会，到夔州做通判后，从戎南郑。军旅生涯使他接触到火热的现实生活，不再只是从古人那里模仿和取经，而是促使自己融入时代和生活中去，获得作诗的热情与灵感。其《九月一日夜读诗稿有感走笔作歌》也是典型的诗体批评，文论家有感而发，“诗家三昧忽见前，屈贾在眼元历历”，道出了作诗的真谛。陆游的创作和文论都与“爱国”价值观息息相关，依托它们来培育核心价值观，能使读者感受到浓郁的爱国之情，也领略到从其他学科那里难以获得的语言艺术之美。此外，姜夔《白石道人诗说》中采用先总后分的叙述策略，道尽了创生“意境”的四种具体方式：

> 诗有四种高妙：一曰理高妙，二曰意高妙，三曰想高妙，四曰自然高妙。碍而实通，曰理高妙；出自意外，曰意高妙；写出幽微，如清潭见底，曰想高妙；非奇非怪，剥落文采，知其妙而不知其所以妙，曰自然高妙。

全段不仅形式匀称，而且在分述中把四种“高妙”的特征进行了概括，语段不仅思路清晰，而且形式美观。

梁启超《论小说与群治之关系》含有方法价值观资源。他采用总—分—总的行文思路表达了对兴小说的高度重视：

> 欲新一国之民，不可不先新一国之小说。故欲新道德，必新小说；欲新宗教，必新小说；欲新政治，必新小说；欲新风俗，必新小说；欲新学艺，必新小说；乃至欲新人心、欲新人格，必新小说。何以故？小说有不可思议之力支配人道故。

作为当时“小说界革命”的纲领性文章，此文论述了小说的社会作用、艺术特点和文学地位，一气呵成，非常透彻和详尽，极尽形式之美感。

（二）语言美

中国古代文论诗思兼备，充满诗情画意，与文论家独特而高超的语言技能分不开，他们善于运用譬喻、比拟、婉曲等多种辞格，使文论篇章文采斐然，具有浓郁的诗意性。① 如钟荣《诗品》以形象生动的语言描绘了古代动态的劳动场景：

> 至于楚臣去境，汉妾辞宫。或骨横朔野，或魂逐飞蓬。或负戈外戍，杀气雄边。塞客衣单，孀闺泪尽。或士有解佩出朝，一去忘返。女有扬蛾入宠，再盼倾国。凡斯种种，感荡心灵，非陈诗何以展其义？非长歌何以骋其情？故曰："诗可以群，可以怨。"使穷贱易安，幽居靡闷，莫尚于诗矣。

这段优美的文字论诗之产生，连用排比、反问、引用等多种艺术手法，写得酣畅淋漓，读来也极富张力之美。类似段落在古代文论中比比皆是，不绝于耳。最典型的如司空图《二十四诗品》，大量调取农业社会的自然景象，以诗的语言论诗的二十四种风格（又说二十四种人格境界，从主流说法）成为古代文论史上最恢宏、最典雅的诗体批评。

又如刘勰《文心雕龙·序志》篇谓："各照隅隙，鲜观衢路，或臧否当时之才，或铨品前修之文，或泛举雅俗之旨，或撮题篇章之意。魏《典》密而不周，陈《书》辩而无当，应《论》华而疏略，陆赋巧而碎乱，《流别》精而少功，《翰林》浅而寡要。又君山、公干之徒，吉甫、士龙之辈，泛议文意，往往间出，并未能振叶以寻根，观澜而索源。不述先哲之诰，无益后生之虑。"这段评析蕴含"敬业"价值观。语言在对称中趋于变化，并非严格的四六文，掺杂排比、譬喻等多种修辞手法，使刘勰的"研究现状"陈述得格外生动和鲜明。而蕴含"自由"价值观的《神思》篇则完全是用诗一样的语言表达构思和想象：

> 是以陶钧文思，贵在虚静，疏瀹五藏，澡雪精神；积学以储宝，酌理以富才，研阅以穷照，驯致以怿辞，然后使元解之宰，寻声律而定墨；独照之匠，窥意象而运斤：此盖驭文之首术，谋篇之大端。

文论家刘勰把这种自由的神奇与特征结合得淋漓尽致，语言上辩明事理、公正对称，将文学的美感彰显得淋漓尽致。

（三）品行美

古代文论中不少篇章，集中反映古人习诗、吟诵、练笔的艰辛过程，写得非常真切和具有感染力，体现出古人在创作或习得方面的敬业，也能让后世读

① 参见李建中等：《中国古代文论诗性特征研究》，武汉大学出版社，2007 年版，相关章节。

者身临其境，获得阅读和写作的多重启发。

如刘勰《文心雕龙·神思》篇从文思之快与慢两大层面论古今文人的写作特点：

> 人之禀才，迟速异分；文之体制，大小殊功。相如含笔而腐毫，扬雄辍翰而惊梦，桓谭疾感于苦思，王充气竭于思虑，张衡研《京》以十年，左思练《都》以一纪：虽有巨文，亦思之缓也。淮南崇朝而赋《骚》，枚皋应诏而成赋，子建援牍如口诵，仲宣举笔似宿构，阮瑀据案而制书，祢衡当食而草奏：虽有短篇，亦思之速也。若夫骏发之士，心总要术；敏在虑前，应机立断。覃思之人，情饶歧路；鉴在疑后，研虑方定。

曹植、王粲等人是才子型，机敏而熟练，一气呵成；扬雄、司马相如、桓谭和王充则属于迟缓型，或思虑过度，或用脑入神，都经多年锤炼，无疑是敬业的典范。他们身上体现出干一行爱一行的文化特点，他们都在全身心投入中创造出了文化精品。其追求和行动上体现出了古人的品行之美，值得我们当前在涵养核心价值观时参照和借鉴。

白居易在文论名篇《与元九书》中，真切而动情地写出了自己刻苦钻研学诗、写诗的过程，是敬业之典范：

> 仆始生六七月时，乳母抱弄于书屏下，有指“之”字、“无”字示仆者，仆口未能言，心已默识。后有问此二字者，虽百十其试，而指之不差。则知仆宿习之缘，已在文字中矣。及五六岁，便学为诗。九岁谙识声韵。十五六，始知有进士，苦节读书。二十已来，昼课赋，夜课书，间又课诗，不遑寝息矣。以至于口舌成疮，手肘成胝。既壮而肤革不丰盈，未老而齿发早衰白；瞀瞀然如飞蝇垂珠在眸子中者，动以万数，盖以苦学力文之所致，又自悲。

他动情地回忆了自己小时候刻苦读书、努力作诗的经历：白天习赋，晚上习书，间隙又习诗，可谓夜以继日，口舌生疮，手肘出茧，依然克服坚持，“盖以苦学力文之所致”，以至于未老先衰，徒增伤感。其求学故事是宝贵的励志教材，体现了他勤勉认真的品行。

此外，在传统儒家思想占据主导的社会，人伦道德观念深厚，围绕仁、义、礼、智、信而形成的品行、操守见诸文论篇章中。如存于《陆云集》中的35封《与兄平原书》，是陆云和陆机以书信谈论文学的见证，蕴含了深厚的兄弟手足情，可用来涵育“友善”价值观。他们频繁通信，就各自文章谋篇、修辞及写法进行了敞开心扉的探讨，坦诚指出彼此创作的得失，并勉励对方写出好作品。萧纲给弟弟萧绎所写的书信，也彰显出难得的兄弟情谊。总之，古代很多书信体文论中蕴含大量“友善”价值观资源，读者能被他们的观点和品行所感染。

又如，唐朝卢藏用在好友陈子昂去世后为他编辑遗文并作序《右拾遗陈子昂文集序》，从政治教化的角度高度夸赞朋友作品，确定其特点和其在文学史中的地位。卢藏用编辑朋友遗作，整理文稿，熟读作品，其“友善”之情溢于言表、感人至深。

唐代韩愈是文坛名家、一代宗师，而李翊只是后起之秀。但在书信《答李翊书》中看到了唐代文论史上的“友善”佳话。韩愈言传身教，以自己创作古文的三个阶段和经验积累来教导后学，所谓“气盛言宜”观皆承此提出。他宣传古文的重要性时从儒家仁义道德修养功夫入手，勉励李翊多在修养、学识和为人方面下功夫。从回信来看，李翊真诚谦虚，为韩愈提携后生的行为所打动——“问于愈者多矣，念生之言不志乎利，聊相为言之”，指韩愈文字没有架子，是掏心窝子说话。再者，韩愈在行动上也很友善，于公元 802 年向主持进士考试的副手陆傪推荐李翊，李翊该年顺利及第。这种勉励、提携和扶持后学的“友善”之情，彰显出长者仁慈、宽厚的胸怀，亦感人至深。类似资源，在古代文论中比比皆是，都体现出了文论家们的品行之美。

（四）心灵美

中国古代为农业国度，百姓不仅是江山社稷的基石，也是经济生产的推动者、文化财富的创造者。虽然古代社会专制制度历史悠久，独裁和垄断根深蒂固，然而民本主义似一条红线，贯穿始终，很多知识分子都具有博爱的情怀与善良的心灵。时至今日，当我们读到孟子高度重视民众的力量，认识到百姓重要性的文字时，依然倍感温暖。《孟子》诸篇记载：

> 民为贵，社稷次之，君为轻。
>
> 君之视臣如手足，则臣视君如腹心；君之视臣如犬马，则臣视君如国人；君之视臣如土芥，则臣视君如寇仇。
>
> 乐民之乐者，民亦乐其乐；忧民之忧者，民亦忧其忧。
>
> 省刑罚，薄税敛，深耕易耨。

孟子对于官、民关系的认识，相当思辨而深刻。基于仁爱而形成的重民、爱民思想，折射出一代思想家的心灵之美。而墨子鲜明地指出：“民有三患，饥者不得食，寒者不得衣，劳者不得息。三者，民之巨患也。然即当为之撞巨钟、击鸣鼓、弹琴瑟、吹竽笙而扬干戚，民衣食之财，将安可得乎？即我以为未必然也。”（《墨子·非乐上》）作为小生产者的典型代表，墨子非常体察中国老百姓，强烈反对统治阶级注重享受、沉迷礼乐，体现出浓郁的苍生情怀。这种民本思想无疑是心灵美的重要体现。这在颜之推、杜甫、白居易、顾炎武、包世臣、柳亚子那里都格外鲜明。

除重民、爱民资源可资当前培育“民主”价值观外，古代文论中还有很多体现文论家主体心灵之美的篇章，在当前涵养价值观时同样对读者具有启迪作用。典型如屈原在《九章·惜诵》中抒发道：

> 纷逢尤以离谤兮，謇不可释也。情沉抑而不达兮，又蔽而莫之白也。心郁邑余侘傺兮，又莫察余之中情。固烦言不可结而诒兮，愿陈志而无路。退静默而莫余知兮，进号呼又莫吾闻。申侘傺之烦惑兮，中闷瞀之忳忳。

这是一段体现了诗人屈原心迹的文论，叙述了他不得志而无从施展才华和抱负的苦闷遭遇。优美的文字具有鲜明的抒情性，集中表达了屈原浓郁的爱国之情及对祖国的忠贞态度，再现了屈原高洁的人格。让青年学子常读类似篇章，或者通过节目朗诵、电视散文等方式对学生进行爱国价值观熏陶，则能起到感染人心的效果。结合司马迁、王逸等文论家评析屈原其人其文，则能净化学生的心灵。

刘勰的《文心雕龙·知音》篇充满“公正”价值观资源，他提出品鉴者、评论者如采用“六观”法，从体裁风格、文辞安排、继承创新、表现手法、文本内容、音节方面来对作品予以多方位的、立体的观照，是以具象的语言谈抽象，将“平理若衡”“照辞如镜”作为欣赏、品鉴中追求“公正”的至高标准：“凡操千曲而后晓声，观千剑而后识器。故圆照之象，务先博观。阅乔岳以形培塿，酌沧波以喻畎浍。无私于轻重，不偏于憎爱，然后能平理若衡，照辞如镜矣。”这集中体现了古代文人对“公正”精神的追求，其心灵之美亦可见一斑。

（五）志向美

通读中国古代文论诸多典籍，我们发现很多文人都有一种超越的意识，不甘于物质生活的享受，而试图通过著书立说来使生命不息，通过独辟蹊径成一家之言，以实现自己的价值。在建构自己的理论体系时，希冀别出心裁，自创一格，而不走老路以落入窠臼。这体现出古人难得的文化创造力。这种志向与宏愿，在今人依托古代文论资源涵养核心价值观时很具有启发性和说服力。典型如曹植在《与杨德祖书》中写道：

> 吾道不行，则将采庶官之实录，辨时俗之得失，定仁义之衷，成一家之言，虽未能藏之于名山，将以传之同好，非要之皓首，岂今日之论乎？其言之不惭，恃惠子之知我也。

作为文坛盟主之一的曹植，与诸多文人交往密集。他们寄文赠答，投入写作，痴情不改，其深层动因是使作品“藏之于名山，将以传之同好”，这种超越直接经济效益和眼前荣誉利益的志向，承传《左传》“三不朽”而来，集中展现了古人的文化追求，值得我们学习。

古代文论中还有一种志向是，勤于练笔，笔耕不辍，对艺术孜孜以求，具有很强的敬业风范。如萧统在《文选·序》中直道心声：“远自周室，迄于圣代，都为三十卷，名曰《文选》云尔。凡次文之体，各以汇聚；诗赋体既不一，又以类分；类分之中，各以时代相次。”《文选》三十卷是我国古代重要的诗文总集，共选录先秦至梁代 130 多名作家的诗、赋、诏、表、书信等多种文体，作家多，时间长，工作量庞大。作为先秦至梁时期文章的精华和古代影响最大的选本，它充分体现出主编萧统的艺术眼光。他带领门人敬业地完成《文选》，成了南朝时期巨大的文化工程，体现了这位文论家的伟大志向和令人敬佩的文化追求。

又如元代文论家钟嗣成虽然毕生屡试不第、穷困潦倒、贫病交加，依然凭借顽强的毅力著书立说，发挥余热。他以非常独特的角度，选择了古代那些身份、地位都较为低下的戏曲家，为之立传并成书《录鬼薄》。其谓：

> 予尝见未死之鬼吊已死之鬼，未之思也，特一问耳。独不知天地开辟，亘古及今，自有不死之鬼在。何则？圣贤之君臣，忠孝之士子，小善大功著在方册者，日月炳焕，山川流峙，及乎千万劫无穷已。是则虽鬼而不鬼者也。
>
> 余因暇日，缅怀故人门第卑微，职位不振，高才博识，俱有可录，岁月弥久，湮没无闻，遂传其本末，吊以乐章；复以前乎此者叙其姓名，述其所作。冀乎初学之士，刻意词章，使冰寒于水，青胜于蓝，则亦幸矣。名之曰《录鬼簿》。嗟乎！余亦鬼也，使已死未死之鬼作不死之鬼，得以传远，余又何幸焉。若夫高尚之士，性理之学，以为得罪于圣门者，吾党且噉蛤蜊，别与知味者道。至顺元年龙集庚午月建甲申二十二日辛未古汴钟嗣成序。(《录鬼簿·序》)

《录鬼簿》共记载了金元曲家150余人，著录杂剧达450余种，成为后世研究元曲最重要的文学资料，也是当今曲学家研究必看的重要史料。钟嗣成鉴于当时戏曲家普遍受到不公正对待，通过著述来还原历史，并实现自己的价值追求，体现了中国文人的风骨和追求，十分可贵。这种文人志向和宝贵精神值得当今青年人学习。

此外，刘勰《文心雕龙》、萧统《文选》、曾国藩《经史百家杂钞》等，无一不是敬业和大志的体现。正是因敬业和志向催生了这几部“体大虑周”之巨制。

（六）变革美

一部中国文论史，在代有新变、不断创新的漫长过程中生成。就中国古代文论而言，论及文章体式变化，以及不同朝代发展新文学等，成为清代多数文人的一贯追求。如清代文论家林昌彝在《射鹰楼诗话》卷十六中深情地写道：

诗之品格多门，如雄浑、古逸、悲壮、幽雅、冲淡、清折、生竦、沉着、古朴、典雅、婉丽、清新、豪放、俊逸、清奇、妙悟诸品，皆各有所主，岂得以“质实”二字遂足以概乎诗，而其余可不必问耶？不知质实易流于枯，质实易流于腐，质实易流于拙。盖质实为诸品之一品则可，谓质实用以概诸品则不可。盖质实为诸品中之一品，则无流弊，若专言质实，流于枯，流于腐，流于拙，则其弊有不可胜言者！

他主张突破“质实”的传统格局，追求诸品齐放、兼容并蓄之文风。其曰：“诗有烟火气则尘，有脂粉气则纤，有蔬笋气则俭。”鲜明反对无气无力之诗，并以杜甫之诗气骨雄逸、具有清壮之风貌相标榜。基于近代社会巨变、国家和民族积贫积弱的社会现状，林昌彝呼吁“沉郁顿挫”的文风，这些都体现出一种图谋改革、自强不息的文化精神，不仅具有浓郁的爱国气息，还体现出一种文化变革之美。这在近代文论家张际亮、冯桂芬、陈三立、丘逢甲、梁启超等那里也表现得格外鲜明。如丘逢甲《论诗词铁庐韵》写道：

四海横流未定居，千村万落废犁锄。荆州失后吟《梁父》，空忆南阳旧草庐。

展卷重吟民主篇，海山东望独凄然。英雄成败凭人论，赢得诗中自纪年。

丘逢甲的诗歌笔力雄健而慷慨。他以激昂的情感叙写了世界格局的变化、祖国遭受的屈辱，表达了希望革新突变的强烈心愿。以诗歌传情达意，抒发心声，这是当时精英知识分子呐喊的一种方式。丘逢甲的诗体批评追忆了南阳卧龙诸葛亮咏诗抒怀，联想起唐代杜甫乱世雄谈，回忆抗击日军失败，都表现了他在世界格局风云变幻、祖国遭受侵略的时代，那种忧民与爱国的情怀，并且他还为之付出了实际行动。① 这种变革之美在传统文论中有多种表现，体现得格外鲜明。在当前涵育“爱国”等核心价值观时，亦可在品鉴中获得熏陶。

（七）自然美

在充分利用古代文论资源涵养核心价值观的过程中，读者可接触到大量古代优美的篇章，其中文论家采用意象批评的特征非常显著。而意象很多取材于大自然，诸如鸟语花香、日月山川几乎都能成为文人们发表理论观点和进行具体批评的载体或工具。

如钟嵘《诗品序》中“春风春鸟，秋月秋蝉，夏云暑雨，冬月祁寒，斯四候之感诸诗者也”等，是对家乡无比热爱的体现。清代姚鼐有一段文字写外在四季景观对作诗具有怎样的促进作用，近似直接的风格描绘，实则是文论篇章，将自然美展现得无以复加。

> 值其时其人告语之，体各有宜也。自诸子而降，其为文无有弗偏者。其得于阳与刚之美者，则其文如霆，如电，如长风之出谷，如崇山峻崖，如决大川，如奔骐骥。其光也，如杲日，如火，如金镠铁；其于人也，如凭高视远，如君而朝万众，如鼓万勇士而战之。其得于阴与柔之美者，则其文如升初日，如清风，如云，如霞，如烟，如幽林曲涧，如沦，如漾，如珠玉之辉，如鸿鹄之鸣而入廖廓。其于人也，漻乎其如叹，邈乎其如有思，暖乎其如喜，愀乎其如悲。观其文，讽其音，则为文者之性情形状，举以殊焉。且夫阴阳刚柔，其本二端，造物者糅，而气有多寡进绌，则品次亿万，以至于不可穷，万物生焉。故曰：“一阴一阳之为道。”夫文之多变，亦若是也。糅而偏胜可也；偏胜之极，一有一绝无，与夫刚不足为刚，柔不足为柔者。皆不可以言文。(《复鲁絜非书》)

此段雄健恣肆的文字是清代文论中难得的批评美文，不仅语言生动、声韵铿锵，而且色彩鲜明、气势流宕。姚鼐以诗意的笔法把美区分为阳刚和阴

---

① 1895 年 5 月 25 日，著名爱国人士丘逢甲为反抗日帝占台湾发起成立“台湾民主国”。

柔两种，完全从自然界中取象。这段话本是用来涵养“和谐”价值观的资源，众多风景体现出难得的自然之美，完全把读者带入美的殿堂。此外，古代文论中大量的意象批评，皆以展现自然之美为起点。看似抒情、言景，实则言理。以之来涵育核心价值观诸词，使读者如沐春风，被农业自然国度的大量优美意象所感染，在拥抱自然中生发热爱之情，或置身于山水田园之中，生发一种美感。

（八）情感美

古代很多文人是生活中的朋友、创作中的战友，互相唱和、郊游，往来不断，或赠送作品加以品评、勉励。一些批评篇章以史料形式记载了他们生前友善相处的场面或经历。谢灵运的《拟魏太子邺中集诗序》即是如此，他分别以曹植、王粲、王琳、徐干等建安文人的口气写诗，以寄托自己的情思。“岁月如流，零落将尽，撰文怀人，感往增怆！”这篇文前短序集中介绍了建安末年邺下文人集团聚首的盛况和文人们四散零落的感慨，读来感人至深。如能经常运用这种文论资源来对青少年进行教育，则必能发挥文学审美的功效，使价值观的涵育真正接地气，让感动发自人们内心。

文论家陈忱（1613—1662）处在明末清初大动乱之际，哀明朝覆亡，愤权奸误国，叹忠良销亡，于是发愤作成《水浒后传》。文笔老练，情感激愤，指出此书“怒”“哀”“想”“悟”兼备，得“四书”之奇，如下为序文节选。

> 嗟乎！我知古宋遗民之心矣。穷愁潦倒，满腹牢骚，胸中块垒，无酒可浇，故借此残局而著成之也。然肝肠如雪，意气如云，秉志忠贞，不甘阿附，傲慢寓谦和，隐讽兼规正，名言成串，触处为奇，又非漫然如许伯哭世、刘四骂人而已！（《水浒后传原序》）

其借小说人物刻画来揭露民族压迫，怀念故园河山，抒发亡国之悲，歌颂宋江疏财仗义。作者体察宋代移民之心，并引起深刻的时代共鸣：“穷愁潦倒，满腹牢骚，胸中块垒，无酒可浇，故借此残局而著成之也。”这段文字可用来涵养“爱国”价值观，文论家爱憎分明，鲜明地表达了自己的态度和观点。通常，具有浓郁抒情特征的文论篇章，容易打动读者之处在于情感充沛而饱满，能对读者产生强烈的冲击力，自然容易被接受或感染，而这是一般人物宣传式的材料所不具备的。

又如高旭在南社成立时发表长篇宣言书，其情感喷涌而发、气贯长虹：

> 国魂乎，盍归来乎？抑竟与唐虞、姬姒之版图以长逝，听其一往不返

乎？恶，是何言！是何言！国有魂则国存，国无魂则国将从此亡矣。夫人莫哀于亡国，若一任国魂之飘荡失所，奚其可哉！……

呜呼！今世之学为文章者、为诗词者，举丧其国魂者也。荒芜榛莽，万方一辙，将长此终古耶？其即吕氏所谓“坏在人心风俗”者耶！倘无人也以擂柱之，则乾坤或几乎息矣，此乃不特文学衰亡之患，且将为国家沉沦之忧矣！（《南社启》）

高旭以激烈的文字情猛烈抨击传统旧文化，面对腐败的清王朝统治，大力呼唤“国魂”，旨在借助文学来挽救国家的沉沦，文字一气呵成，情感炽烈，打动人心。透过直抒胸臆的文字，我们看到的是文论家那颗充满忧患、居安思危的爱国心。

由上观之，依托中国古代文学理论与批评资源涵养当前国家大力倡导的核心价值观，与其余在思想政治教育、马列社科学科领域内寻求核心价值观的培育明显不同。挖掘文学资源，寻求其中蕴藏的核心价值观资源，虽不被主流学科话语所赞同，但它具有鲜明的特色，在语言、形式、品性、志向、情感等诸多方面，具有独特的学科优势。如系统整理好古代文论中的这些资源并充分利用，则能在培育和涵养核心价值观方面获得突破，并取得更大成效。

四、方式与路径：从“文学”视角切入社会主义核心价值观的培育与涵养

从国内专门致力于马列社科与思政教育研究的学者认识及成果来看，从“文学”乃至艺术视角切入社会主义核心价值观的涵育无疑具有极大的探索空间。而反观中国传统文论的文本构成与话语方式，它作为中华优秀传统文化的重要组成部分，蕴藏大量可供对接核心价值观的思想资源，它本身就是一座富矿，只有通过不断开采和研究，才能成为当前拓展核心价值观涵养培育的新路径。

（一）需要大力研究和深入挖掘

基于总体战略和国家倡导，来对中国传统文学乃至文学理论批评中蕴含的与社会主义核心价值观相通的理论资源进行深入挖掘，这无疑是新时代培育和践行核心价值观的首要前提。传统文学是祖先留给中华子孙的文化资源，它以多种载体和方式在现实社会中延续、存在，并和人们的日常生活发生着紧密关联。但同时，传承至今的经典文学是开放的宝藏，需要后人不断地激活、弘扬，进行“双创”转化发展，才能在新时期展现魅力、发挥功效。只有通过持续研

究和深入挖掘，才能实现它与当前国家倡导的核心价值观的对话，并成为有效的话语支撑。传统文学中蕴藏有关乎爱国、敬业、友善的资源，需要通过解读、阐释才能为公众所认知，这是实现核心价值观“入脑入心”并在社会上广泛传播的基础。核心价值观与传统文学理论批评的交叉和融合，是新时期具有前瞻性和现实意义的重大课题，实现文学与马列社科的跨学科研究，理应得到政府和学界的大力支持。我们期待更多的人文学者加入这一研究行列。

（二）通过大量“吟诵”来增强读者的审美感受和体验

在市场渗透和电子传播的综合作用下，国人对图像及图文并茂的作品情有独钟，而对纯文字的感受力普遍在减弱。在此环境下，《经典咏流传》《见字如面》《中国诗词大会》等视频节目走红，也是因为充分发挥了数字化媒体作用于读者视听觉多种感官的功能。从前文分析来看，文学审美是当前涵养核心价值的新视角，中国传统文论具有浓郁的诗性和不尽的美感，它不只是用来阅读的，也可用来朗诵和聆听。在挖掘其中蕴藏的资源来涵养核心价值观时，需要通过大量吟诵来触动读者的听觉，调动其审美感受和体验，使其获得对核心价值观的情感认同。尤其是传统文论的很多作品，是古人当作文学作品写成的，非常讲究押韵和声律，《文心雕龙》等文本既是形文，也是声文、情文，通过文学吟诵来带领读者进入审美的天地，自然地被核心价值观熏陶和感染。我们认为，朗读、吟诵是当前一种值得推广的涵育方式。

（三）多元意涵的辨析及在考试中的运用

无论是将核心价值观中哪个关键词置于传统文论中钩沉，均具有多元的内涵。富强、民主等词汇源远流长，是综合而开放的，均有着悠久的历史。① 在文化历史发展长河中，它们都由最初的本义演变为譬喻义、引申义，像滚雪球般地在不断扩大，最终变得丰富和多元起来。从文学审美视角涵养核心价值观，除了研究和吟诵外，还需要对每个词在传统文学与文化中的多元内涵进行辨析，切实引导广大读者对其领会、理解和掌握。兹以“富强”为例，据笔者研究②，它在传统文论中便具有约十种内涵，大体有：①预防与制止；②礼治、乐教与政治；③为国民谋利和为百姓着想；④促进南北文化 合流；⑤以著作振世救民；⑥官员带头，上层重视；⑦原道宗经，传承经典；⑧语言变革与救国：推行白

---

① 郭建宁主编：《社会主义核心价值观基本内容释义》，人民出版社，2014 年版。

② 2015—2018 年，笔者撰写书稿《中国传统文论涵育社会主义核心价值观 10 词研究》，“富强”关键词是其中首章。

话、开启民智；⑨文论家的维新变革；⑩采用西学来振兴国家，通过输血以进取图强。这些丰富的内容来自不同篇章，需要辨析和体认。唯有放入文本中还原语境，并通过出题方式对学生进行考试，才能使其“入脑入心”。敬业、民主、友善、诚信、文明等莫不如此。限于篇幅，这里不再展开。

此外，我们认为还需要将传统文论中蕴含的核心价值观资源置于中小学考试中去，成为命题资源库，对青少年进行价值观教育。培育、传播和教育核心价值观，都需要充分考虑受众对象的身心特点。当前青少年在网络信息环境和移动终端环境下长大，学习自主性更强，不习惯说教和灌输的方式，并喜好移动式学习。如节选古代文论经典片段并采用文学审美、艺术熏陶的方式对其进行核心价值教育，则必能发挥“润物细无声”的功效。如传统文学中蕴含的核心价值观资源，直接进入中小学语文、历史、思想政治试题库；又如核心价值观每个关键词的内涵及其区分，可通过设题的方式，对学生进行知识检测和情感熏陶，从而使核心价值观真正在祖国接班人身上落地、生根。这项重要工程需要起步，作者曾在多种场合呼吁过。

（四）传播与实践

近年来，核心价值观的传播及其成效检验成为社会普遍关注的热点。在依托传统文论批评涵养核心价值观，对其中蕴藏的相关资源进行提炼后，将其进行及时传播便成为关键步骤。研究是前提，挖掘是基础，吟诵、辨析和考试则是推动传统文论中的核心价值观走向民众、进行现代转换的必然路径，传播和实践促使核心价值观真正进入千家万户，落地生根。而传播和实践的方式，我们认为有三种可以选择：一是在高校设立“课程思政”教学改革项目，尤其是将传统文学与文化类（如传统文论批评、中国古代文学、中国古代哲学）课程与核心价值观对接，依托课程来对学生进行核心价值观教育，尤其是充分考虑古代文本中的“审美”要素。二是将古代文学和文化中蕴含的与核心价值观相通的资源，通过标语、展板方式传播，并约请专家做简要概括，凝练提示。三是通过纪实片、网络、动漫、游戏等方式传播此资源，使之贴近当代青少年，真正为人们所赏识、所青睐。

“审美”不只是传统文论的专利，音乐、绘画、舞蹈、戏曲等多门古代艺术无不以审美见长。笔者以所站队的学科——中国传统文学理论与批评——为例稍作分析，权当抛砖引玉。社会主义核心价值观与传统文化有着紧密的关联，本土传统是其根基，赋予它深厚的历史底蕴，依托传统文论以外的其他学科对核心价值展开涵养和培育，将是具有广阔空间和深远价值的时代课题。党的十九大后，社会主义核心价值观被定位为“中国精神”的集中体现，2018年3月，在宪法修正案后被正式写入宪法。在新时期它有助于凝聚社会共识，其涵养、践行、传播依然在路上。充分发动多个学科对其展开跨学科研究，将是未来社会一项长远而重大的课题。

当前“艺术文明”的创建及构想

2015—2018 年，笔者在专业基础上完成了首个跨学科研究课题——《中国传统文论涵育社会主义核心价值观 10 词研究》。这个具有挑战性和原创性的课题横跨“文学”和“马列社科”两大领域，是基于寻求专业发展空间、在时代热点中触摸学术前沿、作为人文学者对国家需求做出学科回应等多个因素综合考虑的结果。在前期大量收集和研读传统文论作品、传统文化传承与弘扬和核心价值观培育与践行等方面的材料，到后期写作、补充材料和打磨完善过程中，笔者发现“艺术文明”概念的创建，十分迫切而必要。当前文化界、学术界普遍忽视了这个重要范畴。基于研读发现和学理思考，这里就创建“艺术文明”这一概念的可行性、必要性及价值意义、方式方法等做初步的探讨，以求教于方家。

一、“文明”的内涵及使用情况

“文明”是国家层面核心价值观中的关键词。自 2012 年以来，学界对其内涵与外延进行了深入的阐发，单册专著研究就有《社会主义核心价值观研究丛书·文明》（郭广银主编，2014）等。一般认为“文明”是一个社会进步的重要标志，是当前建设中国特色社会主义的重要特征。社会主义精神文明，能为社会主义现代化建设提供精神动力、智力支持和思想保证，具有重要的社会功能。

（一）多维所指

首先，“文明”在中国典籍里早有记载和阐释。《周易》“乾卦”条曰：“见龙在田，天下文明。”唐代孔颖达释曰：“‘天下文明’者，阳气在田，始生万物，故天下有文章而光明也。”说明文字的记载是人类进入“文明时代”的标志之一。而“文章”在最初则指广义的人文礼仪、典章制度，是人类为通过有效治理达到社会和谐而创造的一套精神文化。正所谓“有了礼乐制度，然后就阳光普照，展现文明了”[1]。温小勇博士解释说：“文明不仅表现为物质和精神成果的创造，还表现为与‘野蛮’相对立的人类社会的良好秩序、一种先进文化，以及由此反映出来的社会发展和进步的程度，进而文明也就有了追求个人及社会道德完善、维护社会公众利益和社会公共秩序的功能。”[2]

这阐发了文明的范围和功能。可见，文明包含极宽广，关乎个人和社会发展的程度，其内涵不能简单定位在政治文明或物质文明上。

其次，当前三本权威工具书对“文明”均有解说。《辞海》说“文明”指的是社会的进步状态，和野蛮相对。《词源》对文明的解释是：有文化的状态，和“野蛮”相对。《中国大百科全书》定义“文明”为：人们在改造世界的过程当中所创造的物质财富和精神财富的总和，是社会进步和人类开化状态的标志。

文明是文化创造到一定阶段后的体现，它有广义和狭义之分。广义的“文明”，是指人类所创造的财富的总和，包括当前的五大文明——物质文明、精神文明、政治文明、社会文明、生态文明。狭义的“文明”则偏指精神文明，关涉社会的思想理论、道德情操、风尚习俗、文学艺术、教育和科学等精神方面的内容。[3] 有学者指出，文明“涉及的领域广泛，包括民族意识、技术水准、礼仪规范、宗教思想、风俗习惯以及科学知识的发展等”[4]。可见，从不同角度来看“文明”是包含“文学艺术”在内的，或者说“文艺”亦可成为衡量“文明”的重要维度。

为防止泛化，本文主要从狭义的“精神文明”层面来解读其内涵，立足于“文学艺术”赋予的特质来解读传统文论中的“文明”资源。与当下热衷于从物质和政治层面解读文明、理解文明相比，这是一个关注度不高且较新颖的视角。

（二）使用情况

“文明”与“文化”关联紧密，同样外延宽广，包容性很强。作为文化发

---

① 中央电视台科教频道编：《社会主义核心价值观讲坛》，教育科学出版社，2015 年版，第 45 页。

② 温小勇：《怡养涵育：培育社会主义核心价值观的传统理路》，中国社会科学出版社，2015 年版，第 98 页。

③ 中共中央组织部党员教育中心组织编写：《兴国之魂：社会主义核心价值观五讲》，人民出版社，2013 年版，第 50 页。

④ 李进金主编：《社会主义核心价值观教程》，北京大学出版社，2015 年版，第 98 页。

展到一定程度、一定阶段的产物，“文明”的使用多与野蛮状态相对，既可指个体的言谈举止、行为习惯（文雅、有礼貌的状态），也可指国家经济文化发展水平、社会风尚形成程度。总之“文明”是一个在口语和书面语中大量使用、被不断泛化的概念。在马列社科学界，韩振峰、温小勇等学者对“文明”的内涵、必要性、建设方式等做过深入探讨。如将文明置于国家层面核心价值观中观照，则其多侧重于指国家和社会的美德、素质、风尚、软实力乃至文化建设。在实际使用中，出于惯性人们通常将文明划分为“物质文明”和“精神文明”两大类，凡是不能触摸或看见的诸如理论、道德、习俗、文艺、教育等内容，都置于“精神文明”之中，其中实则又涉及“文学艺术”这个庞大的家族。而历史始终是在发展的，当前认为“中国特色社会主义文明是新的文明形态，它坚持文明价值建构中的物质文明、精神文明、政治文明、生态文明和社会文明之五位一体”①。这体现了新时代政府的战略布局。“文明”的内涵与所指得到扩大，范围比传统的“二分法”更为宽广，随着社会发展和时代变化，政府和学界赋予了“文明”新的内涵，这也逐渐被社会使用，被学界采纳。

二、创建“艺术文明”的可行性分析

我们创建“艺术文明”关键词，绝非异想天开、无中生有，而是基于概念内涵及现实需要等多种因素的综合考量。

（一）对“文明”划分的认识变迁

数十年来，“文明”结构的基本构成，经历了一个逐步深化的漫长过程，反映了人们的认识在不断加深。最初人们采用二分法，把文明分为“物质文明”和“精神文明”两类，后逐渐出现了三分法、四分法和五分法等不同意见。②党的十二大指出，我们在建设高度物质文明的同时，一定要努力建设高度的社会主义精神文明。相比后来的细致划分，那时国家对“文明”的构成认识还比较粗线条。党的十六大则把发展社会主义民主政治、建设社会主义政治文明确定为全面建设小康社会的一个重要目标，于是有了文明的“三分法”，体现出国家对政治体制改革和政治文化建设的高度重视。而随着社会的进一步发展，党的十七大首次将“生态文明”写入党代会报告，要求建设生态文明：“建设生态

---

① 李进金主编：《社会主义核心价值教程》，北京大学出版社，2015年版，第96页。

② 这里多种分法参见李进金主编：《社会主义核心价值教程》，北京大学出版社，2015年版，第106页、122页。

文明，基本形成节约能源资源和保护生态环境的产业结构、增长方式、消费模式”。于是近十年来生态文明成为社会关注热点和学界研究重点。至2012年党的十八大进一步明确了生态文明建设的四项战略任务及其历史地位，于是便形成了如今文明“五分法”的格局。

可见，人们对“文明”内涵的理解及构成的划分不是一成不变的，而是据实际需求动态变化的。“文明”的范围和侧重点都会随着时代的发展而发生相应调整。纵观改革开放四十多年，“文明”所指的每一次增加，都具有鲜明的导向性，有着浓厚的政治色彩。时至今日，在社会急速发展的今天，我们顺势创建“艺术文明”，同样是基于变化的现实和中国文艺发展的实际需要。这也符合“文明”关键词发展、演进的一般规律。与此前不同的是，“文明”三分法、四分法、五分法都是官方推动的，是一种政治行为，是国家意识形态的重要组成部分，而当前“艺术文明”是学界和民间创制的，其提出将突破“文明”关键词单一的发展格局，形成国家、社会、学界共同关注文化建设的局面。可见，从不同阐释角度来看，“文明”是包含“文学艺术”在内的，或者说“文艺”亦可成为衡量文明的重要维度。

（二）西方学界对“文明”的13种认识

据学者虞崇胜先生统计，国外关于文明含义的认识目前可归纳为13种观点。主要有：文明是人类理性的发展以及征服自然能力的进步；文明是个人活动和社会活动的发展与进步；文明是人类智德的进步；文明是社会的整体；文明是人类抵御自然和调节人际关系的成果；文明是一种进步的社会秩序；文明是都市化的文化；文明是一种先进文化；文明是物质的，文化是精神的，但两者是结合的；文明是语言、文字传播知识的过程；文明囊括了社会的一切事务；文明是最广泛的文化实体。① 这是当前对“文明”较为深刻和全面的认识。其中“文明是语言、文字传播知识的过程”便涉及文艺的创作。而文艺是人类从古至今都不可或缺的重要精神活动，反映了人们在生活、劳动和学习中的审美需求，也体现了人们在心灵、境界和情操方面的追求。众所周知，文艺家族包含文学、绘画、书法、园林、雕刻、舞蹈、音乐等多位“兄弟姊妹”，并且其“成员”渗透到社会各个角度，分布极为广泛。它们很多需要借助语言、文字来传播，尤其是在传统农业社会。狭义而言，文学艺术同样包含诗词曲、散文、小说、戏剧等多种体式，是创生文化的重要渠道，也是人类文明不可或缺的组

---

① 虞崇胜：《政治文明论》，武汉大学出版社，2003年版，第47-50页。

成部分。基于此，我们认为从含义及构成上来说，创建“艺术文明”也是合乎情理、能够成立的。

（三）回归词语范围、构成的其他探索

美国学者威尔·杜兰认为，文明是社会秩序，“文明是增进文化创造的社会秩序，它包含了四大因素：经济的供应、政治的组织、伦理的传统以及知识与艺术的追求”①。其中对“知识和艺术的追求”，便体现出人类对各种艺术的创造，他从四个维度认识文明，尤其是突破“经济”和“政治”维度增加了艺术维度的考虑，体现出一种难得的远见与卓识。基于此认识，我们认为当前创建“艺术文明”也是符合逻辑的。

此外，回归到最初文明“二分法”来看，所谓“精神文明”其实也主要表现为两个方面：一是科学文化方面，包括社会的文化、知识、智慧状况，教育、科学、文化、艺术、卫生、体育等事业的发展规模和发展水平。二是思想道德方面，包括社会的政治思想、道德面貌、社会风尚和人们的世界观、理想、情操、觉悟、信念以及组织性、纪律性的状况，主要是为物质文明的发展提供思想保证、精神动力、政治保障、法律保障和智力支持。社会主义精神文明是人类文明发展的重要阶段。② 其中“科学文化”方面的“艺术”是不可忽视的组成部分，反映社会主义民众精神生活的“艺术”无疑是社会主义精神文明的集中体现，是其不可忽视的重要部分。近年来，随着国家在硕、博士点学科建制中将“艺术学”升级为一级学科，艺术学在国家高度重视社会主义文艺繁荣的今天，有着广阔的发展空间。我们认为，创建“艺术文明”与国家主流基调也是吻合的，能反映出当前对艺术发展方向和规律的深入认识。只是随着使用过程的泛化，后来“精神文明”更侧重于文化素养、道德水平和社会风尚，而几乎过滤掉了其本来就含有的“艺术创作”这一内涵，或者忽略了其中的“艺术”之所指。这是需要引起我们的反省和重视。

再回归到文明最初词义来看，它和“文化”一样以“文”为关键词构成，其本义是“光彩文明，文德辉耀”之意，《周易·乾》中有“见龙在田，天下文明”之说法，后来在实践中被不断赋予新意，有了与蒙昧、野蛮相反的意思，有明察事理、文治教化之意，逐渐发展为美好的社会进步状态之所指。而在先

---

① 威尔·杜兰：《东方的文明》，李一平等译，青海人民出版社，1998 年版，上册，第 3 页。

② 李进金主编：《社会主义核心价值观教程》，北京大学出版社，2015 年版，第 124 页。

秦礼乐文明发达的时期，《诗经》《庄子》的形成本身便具有文学艺术创作的意味，尤其是儒家早期典籍担负了对百姓实施教化的功能。以《诗》《书》《礼》《春秋》为代表的文化著作无疑是中国“文明”的杰出代表。今天来看，很多儒家典籍也兼具文艺的性质。可见，中国早期“文明”不仅包含诗、乐，也体现着古人对艺术创作的深刻认识。《诗经》和《礼记》中的文艺思想，同样是当前创建“艺术文明”的重要资源。

三、当前创建“艺术文明”的必要性分析

除理论提示、概念蕴含以外，当前建构“艺术文明”还有重要的现实原因。就艺术的构成与发展而言，它包括“艺术创作”和“艺术评论”两个重要的组成部分。以笔者较熟悉的“文学”为例，当前国内文学创作和评论存在着大量问题，不利于国家软文化的建构和当前精神文明建设的良性发展。文学乃至文艺生态的乱象丛生，成为我们呼吁创建“艺术文明”这一重要概念的直接推动力。

（一）当前文艺创作存在的典型问题

中华人民共和国成立至今70年来，国内文艺创作在数代作家的努力与耕耘下，出现了蓬勃发展的良好局面，在伤痕文学、寻根文学、改革文学、先锋文学、网络文学等多个领域先后涌现出了众多高水平作品，数届“矛盾文学奖”“鲁迅文学奖”等推出了大批新人，奖励了不少人民群众喜闻乐见的优秀作品。这在当代文学史和相关评论中皆有关注。

然而在市场经济、商业社会的主宰下，作家自身的素养与心态，创作的外部环境，作品传播的机制以及读者的欣赏习惯和接受途径等都发生了翻天覆地的变化，致使当前文艺创作出现了诸多问题。近年来已引起评论界的高度重视。徐克瑜在《当前文艺创作和理论批评的价值观迷失问题》中从文艺现实观、文艺历史观、文艺人性观三个维度，做了深刻而全面的剖析，引人深思。他指出：

> 比如当前的文艺创作集体选择了放弃、规避和逃避现实的写作策略，放弃了时代的重大社会责任与应有的历史承担：文艺或沉迷在个人私语化中自我言说，或躲在纯审美迷幻中自我欣赏，或陶醉在历史的戏说中自娱自乐，或机械照搬和挪用在我国现实生活中还根本不存在的某些西方后现代主义思潮和一些新潮前卫的文化思想、观念和理论资源来进行机械演绎和图解，或人为地制造一些噱头与玄幻，或陷于对现实生活的一些表象和

> 家庭琐事的描写中，或沉迷在个人化的欲望中自我言说，或把眼光注意在中产阶级与新富人的审美情趣上等。①

徐克谕一针见血地指出了当前文艺创作的主要问题所在。不深入生活、仅仅基于理论或概念从事写作、作品缺乏思想厚度和情感冲击力，是导致当前自我式写作盛行的重要原因。他指出这是当前作家们的“集体性逃避”，“文学已经远离时代、远离生活、远离人民、远离底层、远离苦难、远离普通心灵，有评论家说，文艺已经沦为轻松快乐的游戏工具，或逃离苦难享清福去了，或在私语化中自说自话去了”②。中国当前文艺创作质量不佳，文艺作品不被读者叫好，作家是担负有一定责任的。或者说，当前作家们“艺术文明”的意识有待增强，艺术素养也有待提高。徐克瑜先生还抨击了一些作家在对待历史上采取虚无主义和戏说态度、演绎抽象化的人性论创作思潮，把人性和性、情、欲简单等同的创作现状，从而导致文艺创作和批评的价值观迷失。我们认为，这在当前艺术家族的各个门类中都具有一定的普遍性。

艾雯指出了当前文艺创作现状的八个误区同样值得警惕，它们分别是：质量对立、以偏概全、坐标失当、时空错位、先入为主、浅尝辄止、评介阙如、自信不足，并结合改革开放四十多年来中国文学创作的现状逐一进行了详尽分析。③ 评论家指出存在的问题具有针对性，也很犀利和到位，引人深思。一言以蔽之，集中表现在当前文艺创作“不够文明”，或文明程度不高。

此外，杨燕迪指出当前戏剧界的“跟风”也比较明显，在编剧上大家都追求宏大叙事，难以静下心来打磨合情合理、感人至深的细节，编、剧两张皮的现象比较突出，舞剧包装上奢靡成风，脱离人物身份和剧情实际需要。居其宏也分析了当前音乐剧创作上迷信大投资、大场面，奢靡太过，一些剧本质量低下，音乐创作的模式化和晚会化是常见病和多发病，并且市场化对某些艺术品种也造成了戕害。④ 随着社会发展尤其是商业渗透和通俗文化的兴起，当前各

---

① 徐克瑜：《当前文艺创作和理论批评的价值观迷失问题》，载《文艺理论与批评》2010年第2期。

② 徐克瑜：《当前文艺创作和理论批评的价值观迷失问题》，载《文艺理论与批评》2010年第2期。

③ 艾雯：《认识当前文艺创作现状的八个误区》，载《中国文汇报》2013－10－25（03版）。

④ 杨燕迪等：《中国文艺创作与发展的当前现状与问题——嘉宾对谈（一）》，载《音乐艺术》2017年第1期。

门艺术在取得了一定成就的同时，也存在着大量问题，已引起众多学者的关注乃至批判，在此简单评析，抛砖引玉。

（二）当前文艺批评存在的问题及原因分析

在市场冲击与社会转型的当下，文艺批评的生态发生了重大变化。当前文艺批评的突出问题极为明显，已引起众多学人的讨论。学者艾雯指出创作队伍和成果惊人，然而评论队伍和评论效能的不济与乏力，评论介入和引导创作不够，普遍缺乏深刻性和正确性，在端正方向、提高质量上还需努力。他还从全局出发指出："今天的中国文艺，比以往任何时候都更对大众有泽惠，更为世界所看重。这，就是我们文化自信的力源和根据。"①

此外，崔凯从创作理论薄弱、创作态度浮躁、作品粗制滥造三个方面详细分析了当前文艺创作领域的突出问题，并指出当前繁荣文艺创作的关键举措应是：坚持文艺的根本方向，将人民作为表现的主体，坚持从生活出发的创作方法、坚持艺术个性化和风格多样化，同时各界要有保障措施。针对当前"机械化生产"和"二度创作"泛滥的局面，崔凯指出"文艺创作需要生活积累，更需要心无旁骛，全身心投入，潜心创作，精益求精。靠抄袭模仿、跟风克隆，急功近利搞出来的东西，充其量算作低劣商品，称不上真正的艺术创作"②。其他指出问题和不足的类似观点，虽有集中化倾向，但有些还是切中要害的，指出的原因也一针见血。

对于当前文学创作问题，从事文艺学研究的人文学者保持着冷静的理性和批判的姿态。2011 年，在北京师范大学主办的首届"文艺学新问题与教学改革"学术研讨会上，陶东风教授针对目前中国文坛创作的疲软现象，指出"回避崇高""情感缺失""拜金主义"等并不是市场经济本身造成的，而是缺乏与民主政治相配合的氛围的伪市场经济的恶果。基于此，他认为中国当前的文学创作需要一种自由、民主的市场氛围。③ 既点出了当前文艺创作存在的问题，也分析了其中原因。而赵勇教授则认为随着当前作家与影视的大面积接触，视觉思维与影视逻辑开始进驻小说，使小说的生产方式、叙事方式和语言表达方式发生了很大变化，从而呈现出写作逆向化、技法剧本化、故事通俗化、思想

---

① 艾雯：《认识当前文艺创作现状的八个误区》，载《中国文汇报》2013 - 10 - 25（03 版）。

② 崔凯：《如何突破当前文艺创作的困境》，载《中国文艺评论》2015 年第 1 期。

③ 《"文艺学新问题与教学改革"学术研讨会顺利召开》，参见 https：//www. sinss. net/2011/1114/37637. html。

肤浅化等特征，导致小说创作开始出现严重危机，濒临死亡。① 他们均以专业的解读对当前文艺创作存在的各种问题进行了揭示，就背后的原因做了剖析。这些都可从一个侧面反映出当前以文学为代表的“艺术”呈现出品质不高、格调不高的“不文明”的格局。总之，艺术界与学术界对此忧心忡忡。

基于当前深入生活、接触民众、反映人民的文艺作品不多的局面，习近平总书记在2017年发表文艺工作座谈会的讲话，高瞻远瞩地对文艺界提出了期待和要求。当前文学、影视等各领域存在的不文明局面也引起了国家领导人的高度重视，习近平总书记指出的问题引发社会各界广泛讨论。当前的确需要重新净化艺术创作环境、引导精品力作涌现。文艺的现状与人们对美好生活的期待存在一定的差距。

对于当前中国的文艺创作，有人认为20世纪40年代毛泽东《在延安文艺工作座谈会上的讲话》批评文艺创作中存在的唯心论、教条主义、空想、空谈和轻视实践、脱离群众的问题依然存在。作家王蒙针对当前小说质量和出版数量严重不匹配的局面，指出“我们缺少力透纸背的经典力作，缺少振聋发聩的文艺高潮，缺少学术创新与文化发现，缺少大师式精神火炬式的文化权威”。在浮躁的文艺生态环境下，人们对能否产生经典和名家表示怀疑：

> 文艺界人士在分析阻碍经典大家诞生的客观原因时表示：在商品经济冲击下，文艺界同样出现“GDP至上”，助长拜金主义与浮躁之风；网络等新媒体对传统文学冲击严重，年轻读者的阅读方式与兴趣发生了较大变化；缺乏文艺批评的良好氛围，“红包评论”等现象正在侵蚀文学批评应有的功能；此外，文艺创作中的“官本位”等弊病依然存在，违反文艺创作规律的现象时有发生……这些都构成了“文化生态”的复杂与多变性。

从这些都可看出当下文艺创作的巨大变异。艺术难以文明，难以为人所称颂，也就自然而然难以体现一个时代的艺术水准。丁宝德认为：“片面追求经济效益的背后，是思想与艺术的贫乏，正在蚕食我们健康的文化，使我们的价值观和正常的审美情趣发生可怕逆转。”甚至有人认为：“更重要的是主观原因，即文艺创作的心态问题，比较集中表现在以下方面：创作理念混乱，价值观缺失，甚至人格萎缩；创作态度浮躁，缺少虔诚，或高高在上，或闭门造车；生

---

① 《“文艺学新问题与教学改革”学术研讨会顺利召开》，参见 https：//www. sinoss. net/2011/1114/37637. html。

活积累少，个人素养不足，缺乏观察世界的胸怀，即使艺术表现能力高超，也因为缺乏思想深度而无法成为精品力作。”“不少人忧心忡忡：‘快餐文化’‘娱乐至上’正在侵蚀作家，传统文学赖以生存和吸引读者的重要审美原则正被消解或颠覆。”① 总之，当前各艺术门类的创作与批评的确出现了很多问题，已引起相当多学人的不满，“哀其不幸，怒其不争”，这意味着“艺术文明”的创建已迫在眉睫。只有将“艺术”从“文明”家族中单列出来，引起世人的高度重视，并逐渐通过挖掘文艺传统，分析不朽经典，创制艺术精品，建构良好风尚，才可能改变当下艺术边缘化、无力化、低俗化、市场化的不良局面。

（三）不同层面“文明”发展的失衡及其危机

从文明的具体内涵来看，它所包含的几个部分在当前社会均有发展，但显然步调不一致。中华人民共和国成立已70年，国家对物质文明建设从未懈怠，人们向往美好生活，通过改革开放促进生产力解放，发展社会生产。四十多年来国家对精神文明建设也较为重视，每隔若干年都出台文件，以整顿社会风气。而党的十八大后，政治文明、生态文明成为社会焦点，引发民生关注。相比而言，中国当前的物质文明、政治文明、社会文明和生态文明都在快速发展，而文艺的创作和批评不断地受到市场的强烈冲击和通俗文化的长期渗透，其发展与当下民众的精神需求并不十分合拍。长此以往，有可能形成失衡的格局。在此背景下，创建“艺术文明”亦有其必要性。

从如上三个方面分析来看，当前文艺创作的快速发展与当代文化建设的导向、国家经济政治改革的总体趋势是不协调的，急需提升自身的品格，才能从根本上扭转当前“文艺不够文明”的局面。为此，“艺术文明”的创建，不仅重要，而且紧迫。

四、传统文论资源的当代传承：古代语言领域中“文”何以“明”

中国古代文论集中体现传统社会人们的文学观念和审美志趣。无数作家对文学现象的看法和评析、对作家作品的欣赏和评点，都充分反映出古人在艺术道路上的不懈探索。在精心创造具有民族特色的美的艺术方面，古人积累了丰富而宝贵的经验，其中很多文论思想与批评观念反映出古人对艺术的真知灼见。这是一笔宝贵的思想财富，值得今人传承与弘扬。中国古代文论深深地扎根于

---

① 此处四段引文均见肖春飞等：《伟大的时代，为何缺少旷世力作？——从讲话精神看当下我国文学创作的现实问题》，载《新华每日电讯》2012-5-28（05版）。

本土文学与文化，具有鲜明的民族风貌，很多文学资源还可进一步融入当前文艺学科建设中，这在学界也早已形成共识。为此，改革开放四十多年来，文艺学界曾召开过多次“中国传统文论话语融入当前文艺学学科建设”的研讨会，也发表过诸多成果，为后人重视传统文论资源，反思当前文艺现实，通过传承和对话实现古今融通等，做出了重要贡献。

从如上释义来看，文明是一个非常宽广的概念，即便是定位于狭义的“精神文明”，它也牵涉艺术创作、审美心理、社会风尚和伦理建构等多方面，它在“文史哲”、社会学、民俗学、政治学等多个学科中皆有体现，或与古代人文社科多个领域皆有交叉，关联较为密切。这里作者聚焦自己的专业“中国古代文学理论批评”，集中从“语言文学艺术”层面①探讨中国古人是如何认识“文明”的，他们在建构“文明”方面运用了哪些手法，采用了哪些途径，又积淀了哪些经验，形成了怎样的传统。这些都值得深入探究。

（一）主体的自身条件及相关修养

文明是主体发挥聪明才智，运用专业知识与技能精心创造的，凝聚了主体的才思，体现了某种艺术追求和人文个性。大凡传承后世且广为传颂，具有旺盛生命力的艺术作品，都能彰显出创造主体在德、才、智等方面的特征。中国古代文论中很多资源体现出古人对艺术家（主要是作家）各种品格、修养的深入阐发，或只言片语，或深入论析，在建构中国文论“主体论”的同时，也给后世深远的启发。

如思想家兼文论家王充在《论衡·超奇》中把文人分为四类，并鲜明地表明自己的态度：

> 故夫能说一经者为儒生，博览古今者为通人，采掇传书以上书奏记者为文人，能精思著文联结篇章者为鸿儒。故儒生过俗人，通人胜儒生，文人逾通人，鸿儒超文人。故夫鸿儒，所谓超而又超者也。以超之奇，退与儒生相料，文轩之比於弊车，锦绣之方於缊袍也，其相过远矣。……然鸿儒，世之金玉也，奇而又奇矣。奇而又奇，才相超乘，皆有品差。

在王充看来，儒生虽通一经，但不够广博；通人广博有余，则不善运用（照王充论析来看，其运用主要还在把阅读、思考和见识等化入著书立说中来）；

---

① 传统社会文史哲不分家，诗乐舞三合一，各种艺术门类紧密联系，这里选取“语言文学艺术”层面，是从当前学科建制来说的。当前艺术、文学等学科都要溯源古代艺术，而中国古代文论学科则主要置于“文学”之下。

文人虽能写作，联结篇章，但相比鸿儒来说还是差远了，后者能通过著书立说宣扬思想主张，且文辞并茂，深入人心。王充不吝言辞极力赞美鸿儒，并表现出近乎五体投地的佩服，实则体现出了他对文化、文学创作主体品格的一种喜好与青睐：既能广博阅读，触类旁通，也有独立思想，并能著书立说。而这何尝不是当前文明创造主体应有的品格呢?

魏晋时期，思想家阮瑀和应玚都曾写过《文质论》，探讨过文明创造主体对文、质的态度和不同处理，观点针锋相对，极有启发性。应玚谓："二政代序，有文有质。……夫谏则无义以陈，问则服汗沾濡，岂若陈平敏对，叔孙据书，言辨国典，辞定皇居，然后知质者之不足，文者之有余。"（《文质论》）阮瑀则谓："故言多方者，中难处也；术饶津者，要难求也；意弘博者，情难足也；性明察者，下难事也。通士以四奇高人，必有四难之忌也。"（《文质论》）结合他们所处时代和争鸣语境来看，应玚认为文质不可偏废，主体外在的表现应与内在的品格、修养相吻合。仅会伪饰巧诈、利口善辩，其创造自然比不上弃智守拙、崇尚淳朴之士。这启发国人，艺术创造的形式美固然重要，但主体更应在"质"方面有所坚守。魏晋时期的文质之争，不仅是探讨作品形式和内容的结合，更是深层次上还涉及主体的做人与风格。

文学艺术的繁荣固然与思潮、时代、体制等多方面因素有关，但主体的创新意识及个性特点等，也是不容忽视的。文论家刘勰在《文心雕龙·论说》篇中对比先秦和两汉的辨士后，有一段话引人深思：

> 暨战国争雄，辨士云涌；从横参谋，长短角势；转丸骋其巧辞，飞钳伏其精术。一人之辨，重于九鼎之宝；三寸之舌，强于百万之师。六印磊落以佩，五都隐赈而封。至汉定秦楚，辨士弭节。郦君既毙于齐镬，蒯子几入乎汉鼎；虽复陆贾籍甚，张释傅会，杜钦文辨，楼护唇舌，颉颃万乘之阶，抵嘘公卿之席，并顺风以托势，莫能逆波而溯洄矣。

这鲜明的比较表明，辨士是否具有个性，是否敢于言辞并注重言说技巧，或与政治保持何种关联等，都关乎所处时代文明创造的情况。很显然，刘勰肯定先秦辨士而批判两汉士人。前者在相对宽松的政治环境中，敢于言论，擅长言辞，具有个性，讲究技巧；后者则迫于政治压力，或遭遇悲摧，或见风使舵，无师心独见。因而刘勰在《诸子》篇中对先秦诸子百家文化创造和文艺思想，有着高度的肯赞。传统文论中这种对主体条件、素养的大力论析，完全可融入当前文化建设中来，使艺术家在品格、技能、才华方面获得提升，方才对得起人民对艺术佳作的期待。

唐朝著名文论家兼散文家韩愈，在《答李翊书》中坦诚地谈及自己的创作体会，亦从文学经验层面论及文明创造主体应该具备的条件：

> ……当其取于心而注于手也，汩汩然来矣。其观于人也，笑之则以为喜，誉之则以为忧，以其犹有人之说者存也。如是者亦有年，然后浩乎其沛然矣。吾又惧其杂也，迎而距之，平心而察之，其皆醇也，然后肆焉。虽然，不可以不养也，行之乎仁义之途，游之乎诗书之源，无迷其途，无绝其源，终吾身而已矣。
>
> 将蕲至于古之立言者，则无望其速成，无诱于势利，养其根而俟其实，加其膏而希其光。根之茂者其实遂，膏之沃者其光晔。仁义之人，其言蔼如也。

主体孜孜以求，是确保创造精品佳作的前提。韩愈竭力强调艺术家要加强仁义道德修养，广博学习中又精益求精，严格要求，不断训练，方能达到炉火纯青的艺术之境。这些都是古代文论中论析创造主体的宝贵资源。此外，韩愈“不平则鸣”观指出主体遭遇挫折，要把内心的愤懑或忧伤抒发出来，王韬论诗人要自写怀抱、抒发胸臆等都是对文明创造主体条件、素养的深入认识。这些资源都值得当前创建“艺术文明”时提取和挖掘。

（二）众多范畴、术语与命题的创建

除主体维度外，中国古代文论家还把对文艺的思考凝练为理论范畴，创生了众多术语、命题乃至文论观点。这些文论术语、命题和观点，是无数古人对文学与艺术创造的总结与升华，对后世文学欣赏与批评、文学研究与传播等产生了重要影响。三千年中国古代文论史，关乎文学产生、发展、文本、欣赏、批评等诸多层面的范畴和命题，从言志、缘情、风骨到妙悟、神韵、童心，从发愤以抒情、主文而谲谏到诗穷而后工等，可谓不计其数、不绝于耳。这里重点挑选几个在当前依然具有生命力的范畴，以管窥豹。

如曹丕在《典论·论文》中提出“文气”说：

> 文以气为主，气之清浊有体，不可力强而致。譬诸音乐，曲度虽均，节奏同检，至于引气不齐，巧拙有素，虽在父兄，不能以移子弟。

文学逐步走向觉醒的魏晋之际，曹丕凭借对文坛的深入了解，基于对徐干、孔融等友朋创作差异的认识，在辨析和对比中凝练出“文气”范畴，进而指出作品之气乃是创作主体气质、个性特点的反映，文章的总体风貌和成就高下是由作者秉受的“气”决定的。这一思想对后世文论发展影响深远，成为魏晋乃至整个中国文论史上最为重要的范畴之一，也成为后世文人欣赏和评论作品的重要尺度。此外，曹丕“文气”说和“四科八体”说，以及刘勰的“风骨”说、“情采”说、“隐秀”说等，均成为魏晋南北朝重要的理论资源。就语言文学领域而言，自古文明的形成除大量优秀作品产生外，文论范畴的凝练、文艺理论的总结，也是文明生成不可或缺的重要步骤。

又如刘勰在《文心雕龙·知音》篇中从文艺欣赏和批评角度，集中总结了“六观”说：

> 凡操千曲而后晓声，观千剑而后识器。故圆照之象，务先博观。……是以将阅文情，先标六观：一观位体，二观置辞，三观通变，四观奇正，五观事义，六观宫商。斯术既行，则优劣见矣。

刘勰的“六观”从宏观与微观层面论析了诗文的六种评价标准。这对后世文人写出情采并茂、具有赏心悦目审美效果的作品，不无裨益。作为民族文论的经典总结，“六观”说至今仍具有顽强的生命力。

再如，清代文论家龚自珍在《书汤海秋诗集后》中独出心裁地提出“完”这一重要文论范畴：

> 人以诗名，诗尤以人名。唐大家若李、杜、韩及昌谷、玉溪，及宋元眉山、涪陵、遗山，当代吴娄东，皆诗与人为一。人外无诗，诗外无人，其面目也完。益阳汤鹏，海秋其字，有诗三千余篇，芟而存之二千余篇。评者无虑数十家，最后属龚巩祚一言，巩祚亦一言而已，曰：“完。”何以谓之“完”也？海秋心迹尽在是，所欲言者在是，所不欲言而卒不能不言在是，所不欲言而竟不言，于所不言求其言亦在是。要不肯挦撦他人之言以为己言，任举一篇，无论识与不识，曰：此汤益阳之诗。

“完”者，即指诗与人的协调和统一，人外无诗，诗外无人，因文见人，实现作品风貌和作家个性的完美统一。龚自珍独树一帜地将“完”作为衡量诗文成就的文明标准，强调能达“完”境，是主体真诚心声的流露，不丧失本真和个性。这一“诗歌”领域中的文明主张，传承李贽“童心”说而来但已注入了新的内涵，带有近代民主主义的色彩。

可以说，中国文论薪火相传、灿烂发达，得益于历朝历代的理论创造。正是众多文论家在这片园地上辛勤地浇水、灌溉、施肥，“文明”之花才开得格外茂盛。反观当前文艺批评界，又有多少范畴、术语和命题的创建呢？

（三）对待产品创造的方法与态度

文明的创造，除有主体素养、理论建树外，还需要主体对待文化产品持有一定的态度和方法，集中表现为追求意识、精品意识、创新意识等。

自周公制礼作乐、诸子百家争鸣、两汉儒生注经以及隋唐开辟科举后，中国古代制度、观念、礼俗、艺术方面的创造一直极为显赫，走在世界文明的前列。这与古代士人的不懈追求分不开。魏晋时期，随着文人的自觉，以曹丕为代表的一批古代文人从声名不朽的角度认识到文学创作的重要价值，摆脱了文学服务于政治的老路。曹丕《典论·论文》以掷地有声、豪迈有力的语言指出：“盖文章，经国之大业，不朽之盛事。年寿有时而尽，荣乐止乎其身，二者必至之常期，未若文章之无穷。是以古之作者，寄身于翰墨，见意于篇籍，不假良史之辞，不托飞驰之势，而声名自传于后。”体现出古代士人对文化创造（这里主要指诗文创作）的孜孜以求。曹丕批判世人“贫贱则慑于饥寒，富贵则流于逸乐，遂营目前之务，而遗千载之功。日月逝于上，体貌衰于下，忽然与万物迁化，斯志士之大痛也！”他对通过著论而“成一家言”的徐干等人则赞赏有加。以曹丕为代表的古代士人在“不朽”意识的主导下，对文艺精心创制，体现出极高的文化品位，其境界远超流俗，亦值得当代艺术家参鉴。

其后，刘勰在《文心雕龙》多处论及文章的价值和美文的魅力。如《诸子》篇感叹：“嗟夫！身与时舛，志共道申，标心于万古之上，而送怀于千载之下，金石靡矣，声其销乎！”诸子百家各抒己见而各成一派，其立论与金石同在，传世不朽。“词深人天，致远方寸。阴阳莫忒，鬼神靡遁”。刘勰以诗意的语言论及文章的巨大魅力，谓论说文能使鬼神无处遁逃。此外，他还论及诏书似光辉照耀，文诰如笔吐光彩，宽赦似露水滋润（见《诏策》篇）等，皆是对文学价值的充分肯定。其文学史意义是多元的，一方面是对前代文化创造的高度赞扬，对文学生命力的一种讴歌；另一方面也有助于勉励后世寒士去克服生活困难而进行艰辛的文学创作。刘勰还从微观上为人们做出引导，《文心雕龙·情采》篇谓：

> 故立文之道，其理有三：一曰形文，五色是也；二曰声文，五音是也；三曰情文，五性是也。五色杂而成黼黻，五音比而成韶夏，五性发而为辞章，神理之数也。

刘勰精辟地论述了美文由形文、声文和情文三者融合而成，他对汉语写作所形成的独特的民族特征把握得相当到位，从技术层面上为人们做了引导。

中国古代很多文人在遭遇挫折或人生重大打击后，不仅没有退缩和消沉，反而投身于文学的怀抱，从无数文化先贤那里寻求心灵的抚慰，获得精神支柱。典型如：

退而深惟曰："夫《诗》《书》隐约者，欲遂其志之思也。昔西伯拘羑里，演《周易》；孔子厄陈、蔡，作《春秋》；屈原放逐，著《离骚》；左丘失明，厥有《国语》；孙子膑脚，而论兵法；不韦迁蜀，世传《吕览》；韩非囚秦，《说难》《孤愤》；《诗》三百篇，大抵贤圣发愤之所为作也。此人皆意有所郁结，不得通其道也，故述往事，思来者。(《太史公自序》)

遭受宫刑的司马迁以沉痛的笔调，跨时空缅怀虽遭受苦难依然奋笔直书的文化先贤，以他们为榜样。正是这种文化追求才使他坚持完成《史记》的创作。古代士人独出机杼、创制精品的方式与态度，值得当代艺术家学习。

(四）对美文的激赏，对佳作的评析

中国古代的文学理论与批评，很多是建构在文学欣赏和评析基础之上，体现了文人们对前代和所处时代艺术佳作的品读体验和审美经验。从文学史哲学层面来看，这种欣赏和评析具有双重的文化效果：一方面催生了大量文论范畴和命题的涌现，文论观点的提出多源于文学创作实践而非书斋式的冥想苦思。另一方面也促使了一批古代文学经典的形成，这些作品进入名家视野中或学院派批评视野中，从而获得广泛的阅读与传播。《文心雕龙》的《征圣》《宗经》《明诗》《诸子》等篇多次密集地畅评作品，显示出刘勰高超的审美鉴赏力。如：

故《春秋》一字以褒贬，《丧服》举轻以包重，此简言以达旨也。《邠诗》联章以积句，《儒行》缛说以繁辞，此博文以该情也。(《征圣》)

针对民族经典概括其要义，既是文学欣赏，也是理论总结。又如：

观夫荀结隐语，事数自环，宋发夸谈，实始淫丽。枚乘《菟园》，举要以会新；相如《上林》，繁类以成艳；贾谊《鹏鸟》，致辨于情理；子渊《洞箫》，穷变于声貌；孟坚《两都》，明绚以雅赡；张衡《二京》，迅发以宏富；子云《甘泉》，构深玮之风；延寿《灵光》，含飞动之势：凡此十家，并辞赋之英杰也。及仲宣靡密，发端必遒；伟长博通，时逢壮采；太冲安仁，策勋于鸿规；士衡子安，底绩于流制；景纯绮巧，缛理有余；彦伯梗概，情韵不匮：亦魏、晋之赋首也。(《文心雕龙·诠赋》)

刘勰以优美的语言论述了枚乘、司马相如、贾谊、班固等辞赋家与其作品，自成特色，各有千秋。连续而密集地展示中国辞赋史上的经典，予以欣赏品鉴，这是对秦汉魏晋时期中国文明的一大体现。刘勰对作品的熟读，以及敏锐的审美感受力，难道不值得当代作家与评论家们借鉴吗？

再看叙事文学方面。从文论家的评析中也能看出古人对优秀文学作品的激赏。如罗烨在《醉翁谈录·舌耕叙引》）中写道：

> 说征战有刘、项争雄，论机谋有孙、庞斗智。新话说张、韩、刘、岳，史书讲晋、宋、齐、梁。《三国志》诸葛亮雄材，收西夏说狄青大略。说国贼怀奸从佞，遣愚夫等辈生嗔；说忠臣负屈衔冤，铁心肠也须下泪。讲鬼怪，令羽士心寒胆战；论闺怨，遣佳人绿惨红愁。说人头厮挺，令羽士快心；言两阵对圆，使雄夫壮志。谈吕相青云得路，遣才人着意群书；演霜林白日升天，敦隐士如初学道。

这段优美而生动的文字，集中体现了古典小说由注重“题材”到注重“情节”的重要转变。罗烨论及小说细节和处理，语言通俗化，首尾接应，铺叙与虚实之运用，情感效果与道德效果等，均显示出极高的品鉴水平，同样值得当代创造文明的艺术家和评论家们学习。

总之，中国传统文学理论与批评来源于深厚的文学创作实践土壤，与作家作品有着紧密的关联。钟嵘《诗品》、严羽《沧浪诗话》、叶燮《原诗》等文论名篇，皆是这方面的代表。它们对前代的文学经典进行理论回溯和总结，集中体现出古代作家对美文佳作的欣赏和青睐。我认为古代文论家欣赏美文、评析佳作，对于当前推进艺术文明的建构有着三重学术意义：一是通过文本选择使一批民族经典脱颖而出，成为后世读者取法的标本和习见的典范；二是在不断的欣赏和品鉴中，形成中国古人对艺术作品独到的理解，极大地推动艺术文明的形成与发展；三是在评析具体作品中，凝练而成的文艺理论和思想很“接地气”，具有较强的操作性，对后世文艺创作具有一定的指导意义。而反观当代艺术批评并参照古代的批评生态，我们发现古人评析佳作有三大突出特点：一是调动艺术感悟有感而发，不妄评，不是理论先行，搬弄名词术语的评论方式；二是能抓住要害，较精准、到位，不写无关痛痒的文字；三是整体而言，较客观和中允，极少溜须拍马，做表面文章。这正是当代艺术批评需着力改进的地方。

我们生活在社会快速发展和急剧变革的时代，随着商业的渗透、互联网信息传播的加速和大众文化的蓬勃兴起，各门类艺术创作也是成就与问题并存。改革开放40多年来，中国艺术创作取得了巨大成就，在文学、影视、舞蹈、戏剧等领域先后涌现出一批精品，产生了众多艺术家，但题材的机械和重复，作品内容描写欲望较多、关注市场而缺少深度，部分作品与民众生活脱节等问题，则较为突出。这使国内各领域学者对当前艺术创作存在着诸多看法。在网络传播、商业市场及意识形态的巨大冲击下，艺术正日益走向边缘化，处境艰难。综合以上论析，我们认为有必要创生“艺术文明”这一关键概念，以唤醒国人的广泛关注和学界精英的大力研究。在全民陷入“短、平、快”及碎片化的“浅阅读”时代，我们认为有必要从传统文学理论批评中吸取有效资源，分析中国古人论文艺创作的主体条件、内外素养、态度方法，全面总结他们在文本欣赏和评析、理论建构方面的特色和贡献，以改变当前艺术领域问题的不良现状，从而推动“艺术文明”的最终形成，营造蓬勃兴旺、和谐发展的艺术发展环境。

对当前研究生群体开展社会主义核心价值观教育的若干建议

自国家将“社会主义核心价值观”作为实现中华民族伟大复兴及“中国梦”的战略任务以来，学界对核心价值观教育的研究分别从中小学、大学生、青少年、普通国民等各个层面展开，数年来相关成果呈井喷式增长。但就教育对象聚焦于“研究生”的，目前仅有喻嘉乐主编的1部著作和朱晓燕等人的3篇文章①。研究也才刚刚起步。对于前人所论结合新媒体、运用高校两课、加强信仰教育等，作者不再赘述，这里结合我数年担任硕士生导师指导学生的观察了解，另外提出若干建议，祈望能对各界有所裨益与启迪。

一、校方与管理部门方面

在高校教育中，校方的教育理念、培养计划、管理措施直接关乎研究生培养目标、课程体系及育人环境的设置。因此当前对研究生群体开展核心价值观教育，校方及管理部门将起重要作用。

（一）顶层设计，协调联动

当前对研究生开展核心价值观教育，宜进行顶层设计，各部门协同合作，产生联动效应。有学者就曾指出过高校利用新媒体存在各自为政的零散情况：“青年群体新媒体使用类型的差异性比较明显，运用新媒体培育青年社会主义核心价值观很难局限于其中一种或者几种新媒体平台。目前各级组织已经开通了门户网站、官方微博、微信公众号等各类新媒体平台，但是这些新媒体平台之

---

① 喻嘉乐主编：《新时代研究生群体社会主义核心价值观教育研究》，浙江大学出版社，2015年版；朱春艳：《当代研究生核心价值观探究》，载《湖北广播电视大学学报》2014年第5期；胡晓风：《优秀传统文化与研究生核心价值观教育研究》，载《吉首大学学报》2015年第12期。其余题为“高校”“青年”的中国知网CAJ文章中自然包含“研究生”，但所指并不显著，主要指向“本科生”。成果在2018年后可能还有增加。

间存在‘分散用力、各自为政’的现象，缺乏有效的联通与整合。要破解这种窘境，就必须联通各类新媒体平台，形成整体效应。”① 其实，不仅在运用新媒体时如此，部门隔离、缺乏照应来对研究生实施核心价值观教育的情况还相当普遍。依笔者之见，这主要体现在两个方面：

1. 学校组织部门之间联动不够

最典型的是学校研究生院和宣传部合作互动不够，致使一些活动很孤立，或者稍显重复。如学校宣传研究生群体中关于12词的正能量，没有从研究生院开展的“学术活动月”等活动中提取和报道，宣传部作为学校主管部门之一，没有联动研究生院有组织、有步骤地就“国家、社会、个人”三个层面开展核心价值观教育及后续报道与宣传。

2. 研究生开设的课程和进行的管理、组织的活动之间缺乏联动

自习近平总书记强调要在青年群体中积极开展核心价值观教育，进行意识形态阵地建设以后，中共中央发出文件要求当前核心价值观的培育和践行要“入学校入课堂”“入脑入心”，研究生院应逐步、分批地在编写研究生教材、进行硕士培育方案更新、调整课程设置方面有所回应，尤其是积极配合研究生处组织策划的各种活动——如“研究生学术科技月”“博士生论坛”“出国留学动员会”等，形成有组织有计划的价值观培育和渗透局面。从学校目前运行来看，这还是两张皮，教材课程和人才管理、活动开设依然是各自为政，互不搭界。

(二) 紧密结合“校本特色”展开

高校在对研究生进行核心价值观教育时，宜紧密结合“校本特色”来展开。自高教实行并轨制十多年以来，中国大学经历了建新校区、扩大规模、学科升级设点，最终形成综合性建设和做大做强的格局。然而其一条线式生产、人才难以拔尖、和社会需求错位等弊端日显。目前，中国高校达两千多所，同样的“农业”类、“师范”类、“理工”类、“工商”类就有数十上百所，在教育生源竞争激烈的今天，一所高校如何办出特色，在同类中脱颖而出，有口皆碑，是必须要思考和面对的重要问题。这需要学校党委、宣传部发动研究生管理部门紧紧立足于“校本特色”来设计和动员。如学人所论：“对学校已开展的价值观教育行动、案例、经验等进行梳理提升，为社会主义核心价值观教育校本化设

---

① 许灿荣：《新媒体环境下青年社会主义核心价值观的培育研究》，载《青年探索》2015年第1期。

计提供起点。"[①] 并且要把这种设计落到"实处"，忌大搞形象工程，比如，师范类高校要打出"教师培养"这张牌，围绕杰出的教师校友、教师的基本技能培育、师生关系的建立等方面展开友善、爱国、文明等核心价值观教育，而不是盲目扩张，那样就丧失了自身应有的特色。据中国大学十余年发展的现状来看，贪多求全最后的结局就是特色不鲜明，人云亦云的结局就是培养模式相近，学生千人一面缺少校本文化熏陶。如能把办学特色和核心价值观教育相结合，就能形成人才培养的良性循环。

（三）与当下时政"热点"相结合

当前多数研究生是90后群体，他们是网络"原住民"，自出生便伴随着信息化浪潮的汹涌和微时代资源的全面爆炸，对新鲜事物敏感而好奇的他们擅长微博、微信和网络客户端等新型交际工具，随时通过智能手机和移动网络了解周围世界发生的各类新闻。"当大家在那里讨论着的时候，去做思想工作是最好不过的时机。"[②] 如果校方能组织宣传部或研究生管理部门，经常性地以社会热点为契机，展开话题讨论，从多个角度的分析中还原事实真相，合理有效地进行核心价值观的引导，通过热点事件和人物来分析"爱国和叛敌""友善和狡诈""真诚和虚伪""公正和邪恶"等价值观，在鲜明对此中让学生对民族主流的核心价值观有清晰而理想的认识，而不至于在价值多元化的时代走向价值混乱。如学人所论："一方面要加强人文关怀与心理疏导，增进情感共鸣。在引导和互动过程中，抓住人们关注的热点问题，采用多种形式针对特定的人群，尤其是大学生，及时帮助解决问题，协调各类利益，解释思想状况中的困惑，化解各种矛盾，让更多人找到归属感和认同感，形成对政府和主流意识形态的支持和拥护，在解决实际问题中逐步认同社会主义核心价值观。"[③] 可见，结合当下时政"热点"来对研究生群体展开核心价值观教育，我们认为不失为可取之选择。

（四）管理部门与导师联合

研究生教育管理部门可联合导师，联合作战，想方设法、多管齐下来激发研究生的"主体性"，切实保证此项教育的实际成效。所谓"主体性"，就是指

---

① 张广斌：《中小学社会主义核心价值观教育的十条建议》，载《中国德育》2015年第1期。

② 张双喜：《思想政治教育哲学导论》，广东高等教育出版社，2005年版，第245页。

③ 王功敏：《新媒体环境下大学生社会主义核心价值观教育的机制构建》，载《思想理论教育导刊》2015年第9期。

受教者在主动、自觉地意识到事物的重要性和必要性后，愿意开放自身心态，积极努力地想出办法、创造条件乃至克服困难去学习与接纳，在能力提高和素养提升中获得一种满足感和成就感。在社会转型期，90后高校研究生普遍受到各种不良风气的浸染和影响，变得功利、浮躁甚至激进片面起来，自小学即受《思想品德》教育至今二十余年来，很多硕士生对核心价值观的某些层面或依旧认识模糊，或对说教与灌输方式较为反感，一旦关起“心门”或持“无所谓”态度，所以此项教育很难产生实际成效。高校研究生管理部门可联合从事教育学、心理学、政治学等学科领域的老师，通过探讨核心价值观形成的身心机制有何特点、怎样运作，建构此项教育成效的评价体系与指标，对任课教师进行必要的培训，建立培育与践行的案例库、宣传经典榜样，对此项教育后期进行必要的追踪与记录等方式，在开展此项教育的“过程中”和“之后”进行实施与反馈，来激发学生们的“主体性”，真正让学生参与其中，乐学好行，体会到核心价值观教育带来的追求不懈和境界提升。

二、研究生教学方式层面

研究生与本科生的教学，在内容广度、深度和方式、方法方面具有很大的不同。当前要想让核心价值观教育在硕士生中取得理想的预期效果，需结合新媒介在教学方式上多做探索。

（一）新媒体空间的打造

出于上级管理督促和公事公办的模式，当前一些和研究生学习密切相关的官方媒体比较死板，严肃有余，活泼不足，正经有余，趣味不足。新媒体平台界面的友好度和交互性并不理想。如学人所论及：“新媒体平台的管理人员要充分运用音乐、动画、图片和游戏等多种手段来设计页面，变单调为多样，变平面为立体，变单向沟通为双向互动，通过优化用户界面，提高用户体验，才能最大限度地满足青年群体的差异化需求，以吸引更多的关注人群。”① 这才是对在信息传媒时代成长起来的90后研究生群体的理解，在世人普遍重视事物形式、讲究言说方式的今天，充实、更新研究生所使用的网站内容的同时，也应适当考虑对网页界面的必要装饰，使其符合当前研究生（主要为24～30岁的青年群体）阅览和学习的身心特点，从而增强吸引力，率先获得研究生的视听好

---

① 许灿荣：《新媒体环境下青年社会主义核心价值观的培育研究》，载《青年探索》2015年第1期。

感，使他们在亲近中愿意接受相关信息内容。总之，对当前研究生群体进行核心价值观教育，需增强各管理部门和学术网站加强相关产品的交互性和趣味性。

（二）运用交互而非单向传授方式

在对研究生进行核心价值观教育时，宜采用交互而非单向传授的方式。这属于此项教育的方式方法问题。90 后研究生群体，成长在微博、微信、博客、网络客户端等新兴媒体急速发展的时代，他们自小对其使用得心应手，习惯自然，尤其自媒体具有更强的交互性。传统课堂上主要由老师讲授、学生接受，缺乏双向互动。希望学生在接受核心价值观教育时也能够多和教师形成互动，老师和学生之间构成朋辈关系往来，以避免灌输和“填鸭式教育”带来的负面效果。如人所论：

> 加强教学内容与形式创新偏狭于硬性灌输的弊端，强调“交往”“互动”，改变，更尊重学生。“微时代”，追求自由、平等，求新、求变，青年学生更不愿接受“一言堂”的教育。①
>
> 对于不认同但践行，要着力解决思想认识提高问题。摒弃空洞虚假的宣传和命令式的说教，采取渗透和双向互动的方式，将理论灌输转化为人物故事和风俗文化等人们熟知的故事和话语，将教育内容综合使用文字、图像、视频、短评、专家讲解等各种传播技巧，促使理论教育生活化、生动化、通俗化。②

核心价值观的三个层面教育，就大的方面来说是对国家和政府意识形态阵地建构的回应，属于思想道德教育，与注重考证、拿学分、发论文的研究生“刚需”相比，比较“虚化”；就小的方面来说，核心价值观中关乎个人在平时学习生活中如何处世和做人的问题，也很“接地气”。如果教师在互动交互的教学方式上不断探索、出新，就能将公正、友善等价值观和具体案例、事迹、场景结合起来，加深对其基本内涵和生活价值的理解，至少形成深刻的印象，便于掌握和应用。如遵循成规而不积极改革，则可能适得其反，引发学生的反感与失落。关乎“三观”的这三个层面内容，必须融入具体的讨论、争鸣才能形成改造学生心灵的“内化”教育。

---

① 毛俊等：《“微时代”青年大学生社会主义核心价值观教育》，载《江苏高教》2015 年第 4 期。

② 王功敏：《新媒体环境下大学生社会主义核心价值观教育的机制构建》，载《思想理论教育导刊》2015 年第 9 期。

（三）开展"案例收集"和"经验总结"等工作

为使高校研究生核心价值观教育步入正轨，占据意识形态建设阵营，成为今后持久而规范的一种教育范式，我们认为经常性地进行此项教育的"经验总结"和"案例收集"工作十分必要。当前，有些高校的此项教育开展得如火如荼，很有特色和成效，如浙江大学研究生院的西部行、北京大学的"教授茶座"、复旦大学的"经典读书计划"、广西师范大学的"再读家训"活动、福建师范大学的打造"校园微体系"等活动，都值得及时进行总结，从中摸索更适合研究生群体身心特点并富有实际成效的教育方式。如将其作为案例汇聚后，向全省乃至全国去推广，将形成各高校探索核心价值观教育形式的高潮。近年来，很多高校似乎还没有"回过神"来，对硕士展开核心价值观的教育重视度还不够，力度也不理想，只把重心放在占据学生主体的本科生身上。笔者认为，对研究生进行核心价值观教育需要边实践边探索、边践行边推广。

（四）基于日常生活，重视情感体验

结合研究生日常生活，注重教育方式的体验性和情感化，有助于调动学生积极性，确保研究生核心价值观教育的实际成效。人们常说没有体验过的人生不值得活。研究生主要在校园学习，和社会亲密接触极少，时空之限使他们对核心价值观每个词涉及的内涵、进行内化的必要性和在实际行动中践行的重要性等，都缺乏深刻而全面的认识。但如果紧密结合日常生活，采用"接地气"的方式以小见大，通过研究生日常能接触到的事物现象来予以举例和分析，必将能增强其吸引力，使他们觉得这12个词并非不可攀登，或遥不可及，与我无关。如学人所论及：

> 要创新运用体验型、艺术化传播方式，将契合社会主义核心价值观内涵的故事创作成动漫、微博、微信、微电影等新媒体文化作品，建立一批传播社会主义核心价值观的政务或个人微博微信平台，增强其吸引力；要强化日常生活传播社会主义核心价值观的作用，大力传播身边的模范人物，让人们真切地感受到社会主义核心价值观的科学性与引领性，将抽象理论转化为群众喜闻乐见的通俗话语，实现社会主义核心价值观与人们日常生活的对接，在日常言行举止中增强对社会主义核心价值观的体认，乐意在日常生活中实践其规范和要求。①

---

① 王功敏：《新媒体环境下大学生社会主义核心价值观教育的机制构建》，载《思想理论教育导刊》2015年第9期。

可见，对青年群体进行12个词的价值观教育，使之“日常生活化”将是今后的一大趋势。这尤其考验教师和管理部门能否恰当地过滤和选取生活中最常见的、与学生内心最贴近的人物、事件和场景。这无疑也是需要鉴别力和一定的教学设计、精力投入。

通过生动、活泼和直观、形象的教育方式，引领学生进入具体的场景中，或与其中人物进行对话、引发共鸣，从而达到情感体验式的教育效果，这也是目前学界应关注和思考的问题。庄子云，不真不诚，不能动人；古代亦有“精诚所至，金石为开”之训，可见“真诚”的动人魅力。如学人所论：

> 社会主义核心价值观的传播要充分运用图片、音乐、漫画、微电影、公益广告等多种载体，将社会主义核心价值观的内核寓于其中，让青年在享受文化盛宴的同时，得到启发、受到教育。各级组织可以联合动漫和游戏企业，开发时尚鲜活的网络游戏和动漫表情等文化产品，使社会主义核心价值观的教育与引导从平面走向立体，从静态抽象转变为动态具体，声、色、图、文并茂，给青年带来视觉和听觉享受的同时，促进青年对社会主义核心价值观的思考和理解的内化。①

可见，只有运用先进科技手段或新兴艺术载体，才能达到以情动人之效果。只有打动了学生的事件或案例，才能轻轻开启其心灵之门，于陶冶、熏染中感化其精神和灵魂，获得持久的印象，形成教育效果的长久持续性。而这需要教育者懂得一些艺术的特点和审美的规律，积极地在教育方式上探索，善于利用专业所长，引导学生进入到一种感同身受、身临其境的状态之中。

三、立足研究生群体特点方面

对研究生有效开展核心价值观教育，必须结合其身心特点，重点考虑该群体的不同需求与思想状态。唯有如此，教育才能对症下药，提高成效。

（一）紧密结合研究生的需求和关注

当前对研究生进行核心价值观教育，建议与其“最关心什么”“最需要什么”“最困惑什么”紧密结合，施教和管理活动才能取得预期成效。对研究生能展开教育的显性和隐性载体包括课程、导师、管理部门、校园活动、文化氛围

---

① 许灿荣：《新媒体环境下青年社会主义核心价值观的培育研究》，载《青年探索》2015年第1期。

等，其关键部分是课程、导师和校园活动。根据作者了解，一些校园活动是二十年来不大变化的“常规性设计”，在活动的设计构想、成效目标上和核心价值观的培育与践行相结合，并不十分紧密。有的研究生管理部门在平时很重要的活动中有计划和针对性地开展的核心价值观教育，是相当有限的。很多导师终日忙于填表申请项目、中期考核或结题、评定职称等工作。现有的研究生教改项目也多是从案例库建设、教育国际化、创新能力提升等方面展开，除马克思主义学院和政法学院的部分老师涉及“研究生价值观教育”的课题外，大多数老师在学科知识讲解、专题研究和学术规范、论文写作方面施教，对于占据受教育主体的90后研究生群体目前最关心什么、最需要什么、最困惑和迷茫的是什么，了解还不够。当前高校研究生院（处）没有“智囊团”提供这方面的详细信息，致使政府倡导核心价值观七年来，在研究生群体中开展此项教育相比本科生来说，还很不成气候。已有学者呼吁，要关注青年群体新媒体的使用偏好，提升培育的针对性，通过优化新媒体平台的界面来增强其吸引力，尽可能地将此项教育重点与研究生切身相关的问题结合起来。

（二）融入治学和研究之中展开

研究生主要在导师带领下熟悉科研过程，掌握治学方法，并激发培养研究兴趣，初步形成自己的研究领域。因而对研究生开展核心价值观教育，自然应紧密结合“治学”“研究”来展开“敬业”“诚信”等价值观的教育。我们不求在一门课程或一次活动中将12个词的核心价值观全部落实到位，这也不现实，在一个阶段成功地实现2～4个词汇的教育，就是一种巨大的成功。关键是如何充分、高效利用好高校现有培育手段和践行载体。何谓研究生？顾名思义，是系统、深入学习所属学科专业知识，通过进行学术规范训练治学提升能力，来针对具体问题展开研究的一种专门型人才。训练思维、拓宽视野、增长见识等，是其副产品。

读研期间的本职工作、核心任务是学会如何治学，怎样展开研究。在每个学科领域，都有很多杰出前辈，他们在敬业精神、注重诚信方面堪称楷模，身边的很多科研名师，对本职工作兢兢业业、勤勤恳恳，遵守学术规范，讲究学术道德，是践行“敬业”“诚信”价值观的最好教科书。高校应充分利用好这种资源加以宣扬和培育，使研究生能从身边楷模、榜样身上获得启迪和鼓舞，在熏陶渐染中影响他们的思想、素养、追求和情怀，加强“敬业”“诚信”价值观的培育效果。

四、研究生课程及其延伸方面

在国家大力倡导以“文”化人，增强高校育人功能的当下，研究生课程的开设及教学，也能成为开展核心价值观教育的主阵地。

（一）课程推出与实施方面

建议高校研究生院（或研究生处）在全校开设研究生课程时，有步骤、有计划、有侧重、分批次地加强课程照应，来实施对研究生群体的核心价值观教育。从中央倡导到教育部提出培育意见，到各级政府重视和行动，再到高校响应和执行，鲜有立足于专业课、结合学科特点有意识地进行核心价值观渗透和辐射的教学改革。如编写教材（尤其是文科教材）时增加相关章节，课程设置时考虑到核心价值观的国家—社会—个人三大层面选择性地予以配置乃至反馈检查等，都会提升这一教育的成效。如学者所指出，即便是在教学理科、工科等自然科学课程的同时，也能结合科学家从事研究的历程和传记，来宣扬“爱国”“敬业”等价值观。

再者，我们认为，高校研究生课程设置和课程讲授之时，不能脱离核心价值观而纯粹停留在过去知识、方法等层面，要贯彻核心价值观关乎公民素养和思想境界的内容，研究生院管理部门要通过检查教学大纲的调整情况、课程教学效果的反馈情况等，来推动导师在课堂上有意识地对研究生进行核心价值观教育。同时，在年度组织的教改项目菜单中，至少设置一两个此类项目，以推动改革的进行，为决策部门建言献策。

此外，因高校项目主宰的体制使然，一些导师无暇顾及核心价值观在硕士生群体中的推动和渗透，一如既往地忙碌于填表、结题，沉醉于纯学术研究而对编写教材、开展核心价值观教育并进行推广普及兴趣不大。研究生院主管部门作为组织者和管理者，要联动科技处和教务处，提高教师对此项教育的积极性。尤其是在编写教材时，要实现它与学校思政课的互动和照应。

（二）结合“入职”和“社会”环节

据作者近年实习带队和参与研究生培养工作的观察和了解来看，当前对研究生进行核心价值观教育宜前瞻性地结合“入职”和“社会”这一环节。无论是专业型硕士还是学术型硕士，或者直博连读和应届就考博的博士生，在读完2~6年书后都是要走入社会的，对很多青年学子来说，这几乎是他们的“三观”进一步成熟，在校园系统、深入接受核心价值观教育的最后宝贵时光。而据作者来看，研究生核心价值观教育普遍存在和入职准备、社会锻炼脱节的情况。

当前，找到一份薪水和发展空间不错的工作的需求尤为迫切，高校主要关注“高就业率”，缺乏与研究生就业能力、入职素养等相结合的核心价值观教育。作者认为，可从这样四个方面进行此项教育，以取得实效。

其一，在平时的创业技能培训课程上，有意识地结合社会上该领域口碑较好的成功人士作为经典案例，对研究生进行“爱国”“诚信”“自由”等价值观教育，而不仅仅停留于讲授创业的基础知识、案例运作的模式，还要在课堂上和书本教学中，将涉及核心价值观的切入点和导学图渗透到经典案例的剖析中去。

其二，利用杰出校友来校做讲座或参加校庆的契机，请校友来结合报告主题适当就职场常见的“公正”“法治”“敬业”等核心价值观进行宣传和培育。校友工作多年，对这些词汇深有体会，这种资源的充分利用，既使研究生核心价值观教育不显得生硬，又能在亲身示范中达到“润物细无声”的效果。

其三，带队实习和研究生找工作回归后，加强“诚信”“和谐”等价值观的教育反馈。如老师可以结合社会转型时期生存压力巨大、竞争加剧等特点，就研究生初入职场如何保持自身与同事、与自然、与自我的“和谐”；通过简历、面试分析来进行“诚信”教育；摸排不同工作部门就其经常加班加点的特点，来进行“自由”教育；就近年来社会阶层分化、产生诸多“二代”现象以及欧打“环卫工”和“快递小哥”等现象，来进行“平等”教育；就找工作遇到的诸多骗局，来进行“法治”教育，等等。我们认为这些方面都是大有文章可做的。只要学校主管部门有意识地进行教育倾斜，做有心人，在研究生入职前“门口”环节，是处处可结合核心价值观进行教育的。

其四，在部分学科的教材编写和课程讲授上，也可有倾斜地结合入职能力来展开。教师在课堂上的案例分析和举例论证等，要为让学生更稳当地踏入社会、在职场上顺利地发挥个人所学、成为一个高素质公民来讲，在知识讲授的同时和之外，要加大核心价值观的渗透，尤其是指导教师，作为研究生 3 ~4 年最贴心的引路人，更应在这方面有所侧重。

对绝大多数青年人来说，在硕士阶段是系统接受核心价值观教育的最后环节。这对他们步入社会，进一步主动传播核心价值观教育具有重要意义。在学界普遍忽视对 23 ~27 岁硕士群体开展核心价值观教育的当下，立足于研究生课程设置和身心特点来探索这项教育的方式方法，并提高其成效性，任重而道远。

空间追寻与路径拓展

——关于“中国传统文论涵育社会主义核心价值观研究”的学术访谈①

问：邓老师您好，首先问下您为什么要从事此课题研究呢？

答：在十八大新一届中央领导班子成立后的数年里，我经常看报、看新闻，多次读到中央关于“弘扬优秀传统文化”“培育践行核心价值观”“推动中国文化走出去”“繁荣哲学社会科学”等系列重要文件和讲话。另外，在生活中从标语到展板，看到社会主义核心价值观的12词遍布大街小巷，无处不在，那个时候也能切实感受到政府和学界对培育和践行社会主义核心价值观的决心。紧随其后，传统文化备受重视，也开始“热”起来，在搜集资料的过程中，陆续读到很多学者研究核心价值观的“传统”渊源的文章，即联通二者既寻根也培育的成果。总之2012年后，国家和社会释放出的系列信号，给了我很大的启发，是展开本课题研究的直接原因。

基于此，我一直在思考：作为多年从事“中国传统文论”研究的学人，应当如何对当前国家战略和社会热点作出应有的回应呢？这无疑是学者的使命与担当。而我此前对“激活传统、古为今用”的研究较为关注，于是思考我在学科上能为涵养、培育社会主义核心价值观做些什么，提供怎样的资源。这能使新的研究更“接地气”，与国家导向、社会需求融为一体，也许更容易在申报项目时稍有优势。

问：请问您最初是怎么判断这项课题具有可能性、操作性和必要性呢？

答：这确实需要评估和论证，也是每次学术转型或做新选题时必须充分考虑的。我将从三个方面简要回答一下。

① 本访谈于2018年12月20日由研究生冯硕、王锐及著者三人共同完成。

一方面，这个学科主要涉及三千多年文论史上古人对文学的基本看法，他们提出了诸如“诗言志”“审乐以知政”等理论观点，以及风骨、神韵、意境等范畴、术语和命题，这些都牵涉到古人对文学艺术的各种评析。在研读作品后，我发现其中蕴藏着古人大量的世界观、文学观、审美观、价值观、人生观等内容，而这与当前国家大力倡导的社会主义核心价值观词汇，在很多方面有相通、契合之处，双方存在着交集，这可以说是本课题研究得以提出和进行的基础所在。

另一方面，在2016年研读材料时，我发现国内多个学科在探究社会主义核心价值观的培育问题。学者们也普遍意识到中国博大精深的传统文化是其根基之一，相关课题和论文也增多起来。但从文献梳理来看，宏观论述比较多，而相对微观一些的研究做得还不够。中国传统文论、文化与核心价值观之间的关联分析，我在写申报书的文献综述时用了很多笔墨，这里不过多展开。

此外，学界一致认为“中国传统文论”是古代文化的重要组成部分，且历经百年来的扬弃，留下的多数是民族的精华部分。比如，在武汉大学李建中教授主编的《中国古代文论》（华中师范大学2002年版）的“导论”中，便鲜明地指出：“中国古代文论是中国古代文化的组成部分，古代文论的发生、发展及演变既以儒道释文化为思想背景和精髓资源，而古代文论本身又是古代文化巨苑中一道亮丽的风景。中国古代文论从思想观念到范畴术语，从思维方式到理论形态，无一不受到中国古代文化的影响。”文论和文化之紧密关联可见一斑。而学界公认传统文化是核心价值观的重要源泉，很多学者就其涵养发表了大量成果。此课题的逻辑根基就在于此。这种认识使依托传统文论来涵养核心价值观乃至思考文化自信，有了可行性。而最初凭借学科的先知先觉，我认为传统文论中蕴藏大量关于和谐、诚信、自由价值观方面的资源，而对于爱国、公正、敬业等价值观则不确定，只有“摸着石头过河”，一边研读文献一边深入思考。后来发现天地不断扩大，传统文论中蕴含除法治和平等以外的大量资源，课题也就具有一定的可操作性。

问：您准备此课题研究，采用了哪些研究方法，能否简要介绍下？

答：做这个转型后的新课题，主要采用了三种研究方法，都很基本，也非常管用。一是文本细读法。依托中国传统文论学科，聚焦三千余年中华文论经典，买来郭绍虞、王文生、黄霖、蒋凡等学者编著的历代文论选资料，分成六大阶段从中精选篇章、细致研读、做出笔记，通过整理资料来内化吸收、形成思考，实现对核心价值观词汇的涵养和培育。二是归纳概括法。上面谈到了可能性和必要性，但关键是如何“培育和涵养”，怎么将二者融通进行对话，以古为今用。这需要对纷繁、复杂而零散的材料进行归纳和概括。应该说，这个选题兼有探索性研究和阐释性研究的双重特征，在研究过程中我始终思考本学科能为当前国家培育核心价值观贡献些什么、又能为传承中华优秀文化做些什么。在逐一研读古代文论典籍后，不断钩沉、消化，从中提炼、概括出相应观点，紧扣材料生发和归纳，呈现出中华传统文论中关于富强、爱国、公正、诚信、友善等10个关键词的丰富内涵和民族特征。三是跨学科研究法。传统文论属于“文学”，而核心价值观话题属于“马列社科”，作为我研究生涯中的首个跨学科课题，我试图通过对话来激活传统资源，通过碰撞来对国家大力倡导的核心价值观进行民族寻根。正是在对话和碰撞中，研究实现了跨界，这是单一的传统文论研究和核心价值观研究都没有做过的选题，我试图在“文学”和“马列社科”的交叉与融合中实现学术的创新。至于是否成功，这就需要读者评判和时间检验了。

问：您从事的这个课题，有着怎样的学术意义和现实价值呢？

答：简言之主要有两点：一是传承、弘扬中华本土优秀传统文化，又回应国家倡导，契合时代主旋律；二是依托学科涵养社会主义核心价值观，为进一步在全国培育、践行核心价值观提供理论资源与话语支撑，或提供一种范本、一种案例。具体来说，体现在三个方面。

第一个方面，这个选题是在现实生活中深思熟虑后形成的，它基于国家战略和时代话题做出学科思考，挖掘“中国传统文论”学科中蕴藏的核心价值观10词资源，为当前政府和学界大力依托“中华优秀传统文化”来培育和践行核心价值观奠定基础，提供另一种路径。这是大量从事文化学、马列社科、思政教育类的学者未曾做过的，也是很多中国古代文论学人未曾意识到或不屑于去做的全新话题。外出开会交流时，很多专业内朋友都很新奇，十分惊讶我竟然会选择这样一个课题，并孜孜以求地与之“恋爱”四年之久。他们觉得似乎不可思议，传统文论和富强、民主、文明等关键词还有啥关联。

第二个方面，深入阐发、研究核心价值观中10个关键词汇在中国传统文论中的多维表现和丰富内涵，并基于学科属性揭示其鲜明特征和民族传统，也有助于丰富每个关键词的理论内涵。为后续在全社会进一步践行核心价值观奠定基础、提供样本。这也是基于学科做出的学理思考。比如在研究中，有对富强、敬业、诚信词汇丰富内涵的多维思考，有对这些词汇在传统文论学科中特征的揭示与阐发。

第三，这个选题还在于通过激活传统来观照当下。一方面呼应国家导向来挖掘、传承中国优秀传统文化，通过本研究弘扬中国传统文论之精华，为文化强国建设提供话语支撑。另一方面又通过培育、涵养工作实现古、今的对接，以深入本土文论话语，为当前核心价值观的宣扬与培育提供一定的启迪和参照。

问：请问这个课题有哪些创新之处呢？

答：本课题属于跨界研究，力求在学科对话中实现学术创新。选题涉及两大学科：中国传统文论和马列社科。前者是我的专业，而后者关乎到当前社会主流价值观与价值体系的培育工作。依托中国传统文论来涵养社会主义核心价值观10词，中国文论是出发点和切入点，价值观10词的开掘和培育是落脚点、研究重心，这种研究模式本身具有学术的创新意义。随着我研究的深入，我发现其中大有空间。基于跨学科的研究，我也在准备阶段反复核查目前已中标的百余个国家社科项目，并无雷同、撞车，这也在一定程度上给了自己一些自信和勉励。

问：在您的研究过程中，曾遇到过哪些问题和挑战呢？

答：总体来说是在知识与材料、视野与方法等方面形成了一些挑战。在整个研究期间，主要遇到了三大难题：一是跨界研究，需要大量弥补马列社科方面的知识，尤其是关于价值观方面的理论和方法，所幸的是一边通过学习弥补不足，一边运用和总结，受益良多。二是党的十八大以来的七年，关于本课题的各类上层文件、领导人讲话和学界研究资料极为丰富，需要不断地“与时俱进”，搜集、完善和补充。所以我一边精心研读古代文论材料，一边关注、吸纳、分析新文献，以获得思路和信息，工作量很大。也只有这样才能让自己在“吐故”中不断“纳新”，通过细读来挖掘新意。第三是中国传统文化涉猎范围广、时间长，各类文本不计其数，需要不断穿越时空与古人对话，抓住重点篇章逐一研读并分析提炼。人到四十，身体不济，研究所必要的精力投入也成为了面临的一大挑战。但是，作为当代学人应该为国家战略、国家需求奉献自己小小的价值，这种使命感促使我不断前进、勇敢攀登，让我每当有稍许松懈的念头时，都能咬紧牙关，勉励自己坚持不懈，将研究进行到底，最终把成果奉献给学界。

问：在跨学科研究的过程中，您遇到最大的困难是什么？又是怎样克服它的呢？

答：说实话，最初几年大量涉猎图书馆 D 类书籍便是一个艰巨的过程。2012 年以后，核心价值观研究的书籍“井喷”般增加，忽然发现国内从事马列社科研究的队伍极其庞大，相关成果逐年递增，不计其数。于是，我便挑选精华和主要文献，尽可能多地搜集国内相关研究课题，逐步建立起马列社科的“话语”即学科理论是我前几年一直在做的基础性工作。当文章写成投稿时，所刊登的期刊和栏目与预期有很大差距。我的专业领域是文学，但文章大多发表在马列社科的刊物或相关专栏下，觉得与预期有一定的差距。2017 年就计划将第一本书稿出版，因为涉及“政治”等敏感话题，十九大之前审核起来非常严格，甚至要我联系相关专家写“推荐信”和评审意见。那书稿只得搁浅，在 2019 年才得以出版（见《寻根对接：中国传统文论培育社会主义核心价值观研究》）。

问：可以分享一下您做完本课题后的最大收获和经验吗？

答：关于这一点，想说的就很多了。在研究期间，为了深刻理解研究对象的内涵与外延，我先后在不同地点和社会主义核心价值观合影留念 50 余次。七年多来，社会主义核心价值观的各类宣传标语、展板遍布神州大地，数年来我与它们同呼吸、共命运，真真切切地感知到伟大时代国家战略的导向作用，感知到本课题的学术意义必将非同一般。除此之外，中国传统文论的书目卷帙浩繁，在一千多个日夜里，我不断地穿越时空，与古人同游，一次又一次地被他们的胸襟抱负、价值观念、审美心理、人格魅力和情怀追求等所深深地感染，用刘勰的话说，那就是“疏瀹五脏，澡雪精神”。万千感慨，很难用一两句话概括殆尽。此外，在跨学科研究的意识与方法，如何对文本进行适度阐发，以及在申报高级别社科课题时关注国家导向和社会需求精心选题，如何撰写学术成果并积极对接社会进行推广等方面，也有很多的心得与收获。而这是此前做纯学理性课题时所不曾拥有的。

问：围绕此课题研究，您产生了哪些学术成果，又有着怎样的社会反响？

答：现在谈“反响”，还比较惭愧。数年来，大约说来，体现在三个方面吧。

第一是学术论文成果，就此课题的前期成果，我在 2017 年发表了三篇论文，2018 年发表了近十篇。这些文章投稿后，回复采纳非常快，普遍在党校学报和社会主义学院学报上优先刊登，我也与很多编辑形成了良好的互动，建立了很好的情谊。成果大多数发表在刊物的“文化建设”或“马列社科”相关栏目中，且大部分都排在栏目的首篇，还有两篇被列为封面题目。总体而言，编辑是比较欢迎和看重的。

第二，这几年陆续围绕此课题的研究成果与社会对接，促进成果的转化。2018 年 7 月，应淮安图书馆要求，做了《中国传统文学的魅力特点及学习方法》的学术报告。同年 10 月，应江苏省建筑职业技术学院邀请，在“厚生讲坛”上做了《中国传统文论涵育“敬业”核心价值观》的报告。11 月，应徐州工程学院团委邀请，为大学生做专题报告《中国传统文论涵育“富强”价值观》。12 月，应中国矿业大学马克思主义学院邀请，面向全院研究生做专题报告《社会主义核心价值观涵育的“文学”视角——基于跨学科研究的审视与反思》。这间接上也是对研究的一种宣传，希望发挥学术功能，扩大社会影响，体现课题研究与社会对接的服务功能。

第三，这两年来外出开会，一般都提交前期研究成果。如 2017 年 8 月 25—26 日，参加由中国社科院与山东大学（威海校区）联合举办的学术会议“中华优秀传统文化与马克思主义文艺理论学科话语体系建构”学术研讨会，提交成果《依托中国传统文论涵养“自由”核心价值观的尝试与思考》收入论文集中，并在大会上做主题发言，此文修改后发表于 CSSCI 刊物《理论月刊》2018 年第 1 期上；2018 年 12 月 9—10 日，我在苏州大学文学院参加江苏省年度美学年会，提交论文《文学审美：社会主义核心价值观涵养和教育的新视角》（参见本书第五编第二篇），与省内同仁分享。南京大学周计武教授在评议时，就课题积极关切社会、切入现实的价值和品格给予了充分肯定。

总之，我只是在做自己能做的事情而已，至于成果的学术反响，诸如书评、转摘及引用等，可能还有待于书籍出版后进一步扩大。此外，在指导本科生论文时，我也引导没有思路的学生可选择这方面的话题去写作。2018 届有位本科毕业生即写古代文学与“爱国”价值观涵养。如果自己没有研究，就很难提示和引导他们。

问：做完此课题后，您在研究方面或治学上有着怎样的心得和体会？

答：这个问题问得很贴心。主要说来有如下几点：第一，我认为人文学者的研究必须多关注国家导向和社会需求，多看新闻，多聚焦热点，不断调整研究的课题和领域，将兴趣和需求对接，实现个人与国家的共振；第二，学术研究必须基于个人专业对学术前沿或社会热点作出回应，个人专业是基础，是学者始终不能丢弃的，而做出回应就是学者的使命和担当了；第三，跨学科研究是学术创新的重要途径，既能避免撞车也能够开辟新的空间和思路，值得提倡，也希望今后有机会能继续尝试和探索；第四，学术研究要甘于寂寞，肯坐“冷板凳”，切实发挥自己的优势和特长，走自己的路，把东西真正地“做出来”而不只是“想出来”。

附　录

习近平论社会主义核心价值观

——十八大以来重要论述选编

2014 年 3 月 26 日　来源：中国共产党新闻网

我们要继续坚持走中国特色社会主义文化发展道路，推动社会主义文化大发展大繁荣，深化文化体制改革，提高国家文化软实力，加强社会主义核心价值体系建设，丰富人民群众精神文化生活，增强人民精神力量。

——2012 年 11 月 15 日在党的十八届一中全会上的讲话

在漫长的历史进程中，中国人民依靠自己的勤劳、勇敢、智慧，开创了民族和睦共处的美好家园，培育了历久弥新的优秀文化。

——2012 年 11 月 15 日在十八届中共中央政治局常委同中外记者见面时的讲话

近代以后，中华民族遭受的苦难之重、付出的牺牲之大，在世界历史上都是罕见的。但是，中国人民从不屈服，不断奋起抗争，终于掌握了自己的命运，开始了建设自己国家的伟大进程，充分展示了以爱国主义为核心的伟大民族精神。

——2012 年 11 月 29 日在参观《复兴之路》展览时的讲话

中国传统文化博大精深，学习和掌握其中的各种思想精华，对树立正确的世界观、人生观、价值观很有益处。古人所说的“先天下之忧而忧，后天下之乐而乐”的政治抱负，“位卑未敢忘忧国”、“苟利国家生死以，岂因祸福避趋之”的报国情怀，“富贵不能淫，贫贱不能移，威武不能屈”的浩然正气，“人生自古谁无死，留取丹心照汗青”、“鞠躬尽瘁，死而后已”的献身精神等，都体现了中华民族的优秀传统文化和民族精神，我们都应该继承和发扬。

——2013 年 3 月 1 日在中央党校建校 80 周年庆祝大会暨 2013 年春季学期开学典礼上的讲话

中华民族具有 5000 多年连绵不断的文明历史，创造了博大精深的中华文化，为人类文明进步作出了不可磨灭的贡献。经过几千年的沧桑岁月，把我国 56 个民族、13 亿多人紧紧凝聚在一起的，是我们共同经历的非凡奋斗，是我们共同创造的美好家园，是我们共同培育的民族精神，而贯穿其中的、最重要的是我们共同坚守的理想信念。

——2013 年 3 月 17 日在十二届全国人大一次会议闭幕会上的讲话

要自觉践行社会主义核心价值观，发扬我国工人阶级的伟大品格，用先进思想、模范行动影响和带动全社会，不断为中国精神注入新能量，始终做弘扬中国精神的楷模。

——2013 年 4 月 28 日在同全国劳动模范代表座谈时的讲话

广大青年要把正确的道德认知、自觉的道德养成、积极的道德实践紧密结合起来，自觉树立和践行社会主义核心价值观，带头倡导良好社会风气。要加强思想道德修养，自觉弘扬爱国主义、集体主义、社会主义思想，积极倡导社会公德、职业道德、家庭美德。

——2013 年 5 月 4 日在同各界优秀青年代表座谈时的讲话

要加强社会主义核心价值体系建设，积极培育和践行社会主义核心价值观，全面提高公民道德素质，培育知荣辱、讲正气、作奉献、促和谐的良好风尚。

——2013 年 8 月 19 日在全国宣传思想工作会议上的讲话

国无德不兴，人无德不立。必须加强全社会的思想道德建设，激发人们形成善良的道德意愿、道德情感，培育正确的道德判断和道德责任，提高道德实践能力尤其是自觉践行能力，引导人们向往和追求讲道德、尊道德、守道德的生活，形成向上的力量、向善的力量。只要中华民族一代接着一代追求美好崇高的道德境界，我们的民族就永远充满希望。

——2013 年 11 月 26 日在山东考察时的讲话

提高国家文化软实力，要努力夯实国家文化软实力的根基。要坚持走中国特色社会主义文化发展道路，深化文化体制改革，深入开展社会主义核心价值体系学习教育，广泛开展理想信念教育，大力弘扬民族精神和时代精神，推动文化事业全面繁荣、文化产业快速发展。夯实国内文化建设根基，从每一个人抓起。要继承和弘扬我国人民在长期实践中培育和形成的传统美德，坚持马克思主义道德观、坚持社会主义道德观，在去粗取精、去伪存真的基础上，坚持古为今用、推陈出新，努力实现中华传统美德的创造性转化、创新性发展，引导人们向往和追求讲道德、尊道德、守道德的生活，让 13 亿人的每一分子都成为传播中华美德、中华文化的主体。

当代中国价值观念，就是中国特色社会主义价值观念，代表了中国先进文化的前进方向。我国成功走出了一条中国特色社会主义道路，实践证明我们的道路、理论体系、制度是成功的。要加强提炼和阐释，拓展对外传播平台和载体，把当代中国价值观念贯穿于国际交流和传播方方面面。

中国梦的宣传和阐释，要与当代中国价值观念紧密结合起来。中国梦意味着中国人民和中华民族的价值体认和价值追求，意味着全面建成小康社会、实现中华民族伟大复兴，意味着每一个人都能在为中国梦的奋斗中实现自己的梦想，意味着中华民族团结奋斗的最大公约数，意味着中华民族为人类和平与发展作出更大贡献的真诚意愿。

——2013 年 12 月 30 日在中共中央政治局第十二次集体学习时的讲话

要大力培育和弘扬社会主义核心价值体系和核心价值观，加快构建充分反映中国特色、民族特性、时代特征的价值体系。坚守我们的价值体系，坚守我们的核心价值观，必须发挥文化的作用。民族文化是一个民族区别于其他民族的独特标识。要加强对中华优秀传统文化的挖掘和阐发，努力实现中华传统美德的创造性转化、创新性发展，把跨越时空、超越国度、富有永恒魅力、具有当代价值的文化精神弘扬起来，把继承优秀传统文化又弘扬时代精神、立足本国又面向世界的当代中国文化创新成果传播出去。只要中华民族一代接着一代追求美好崇高的道德境界，我们的民族就永远充满希望。

——2014年2月17日在省部级主要领导干部学习贯彻十八届三中全会精神全面深化改革专题研讨班开班式上的讲话

把培育和弘扬社会主义核心价值观作为凝魂聚气、强基固本的基础工程，继承和发扬中华优秀传统文化和传统美德，广泛开展社会主义核心价值观宣传教育，积极引导人们讲道德、尊道德、守道德，追求高尚的道德理想，不断夯实中国特色社会主义的思想道德基础。

核心价值观是文化软实力的灵魂、文化软实力建设的重点。这是决定文化性质和方向的最深层次要素。一个国家的文化软实力，从根本上说，取决于其核心价值观的生命力、凝聚力、感召力。培育和弘扬核心价值观，有效整合社会意识，是社会系统得以正常运转、社会秩序得以有效维护的重要途径，也是国家治理体系和治理能力的重要方面。历史和现实都表明，构建具有强大感召力的核心价值观，关系社会和谐稳定，关系国家长治久安。

培育和弘扬社会主义核心价值观必须立足中华优秀传统文化。牢固的核心价值观，都有其固有的根本。抛弃传统、丢掉根本，就等于割断了自己的精神命脉。博大精深的中华优秀传统文化是我们在世界文化激荡中站稳脚跟的根基。中华文化源远流长，积淀着中华民族最深层的精神追求，代表着中华民族独特的精神标识，为中华民族生生不息、发展壮大提供了丰厚滋养。中华传统美德是中华文化精髓，蕴含着丰富的思想道德资源。不忘本来才能开辟未来，善于继承才能更好创新。对历史文化特别是先人传承下来的价值理念和道德规范，要坚持古为今用、推陈出新，有鉴别地加以对待，有扬弃地予以继承，努力用中华民族创造的一切精神财富来以文化人、以文育人。

要讲清楚中华优秀传统文化的历史渊源、发展脉络、基本走向，讲清楚中华文化的独特创造、价值理念、鲜明特色，增强文化自信和价值观自信。要认真汲取中华优秀传统文化的思想精华和道德精髓，大力弘扬以爱国主义为核心的民族精神和以改革创新为核心的时代精神，深入挖掘和阐发中华优秀传统文化讲仁爱、重民本、守诚信、崇正义、尚和合、求大同的时代价值，使中华优秀传统文化成为涵养社会主义核心价值观的重要源泉。要处理好继承和创造性发展的关系，重点做好创造性转化和创新性发展。

——2014年2月24日在中央政治局第十三次集体学习时的讲话

各级领导干部都要树立和发扬好的作风，既严以修身、严以用权、严以律己，又谋事要实、创业要实、做人要实。严以修身，就是要加强党性修养，坚定理想信念，提升道德境界，追求高尚情操，自觉远离低级趣味，自觉抵制歪风邪气。严以用权，就是要坚持用权为民，按规则、按制度行使权力，把权力关进制度的笼子里，任何时候都不搞特权、不以权谋私。严以律己，就是要心存敬畏、手握戒尺，慎独慎微、勤于自省，遵守党纪国法，做到为政清廉。谋事要实，就是要从实际出发谋划事业和工作，使点子、政策、方案符合实际情况、符合客观规律、符合科学精神，不好高骛远，不脱离实际。创业要实，就是要脚踏实地、真抓实干，敢于担当责任，勇于直面矛盾，善于解决问题，努力创造经得起实践、人民、历史检验的实绩。做人要实，就是要对党、对组织、对人民、对同志忠诚老实，做老实人、说老实话、干老实事，襟怀坦白，公道正派。要发扬钉钉子精神，保持力度、保持韧劲，善始善终、善作善成，不断取得作风建设新成效。

——2014 年 3 月 9 日参加十二届全国人大二次会议安徽代表团审议时的讲话

习近平谈文化自信

2016 年 7 月 13 日　来源：人民网－人民日报海外版

谈中华优秀传统文化：

★中华文化是凝聚人心的理想信念

中华民族具有 5000 多年连绵不断的文明历史，创造了博大精深的中华文化，为人类文明进步作出了不可磨灭的贡献。经过几千年的沧桑岁月，把我国 56 个民族、13 亿多人紧紧凝聚在一起的，是我们共同经历的非凡奋斗，是我们共同创造的美好家园，是我们共同培育的民族精神，而贯穿其中的、更重要的是我们共同坚守的理想信念。

——2013 年 3 月 17 日，第十二届全国人民代表大会第一次会议

★中华文化是海内外中华儿女共同的精神基因

中华文明有着 5000 多年的悠久历史，是中华民族自强不息、发展壮大的强大精神力量。我们的同胞无论生活在哪里，身上都有鲜明的中华文化烙印，中华文化是中华儿女共同的精神基因。希望大家继续弘扬中华文化，不仅自己要

从中汲取精神力量，而且要积极推动中外文明交流互鉴，讲述好中国故事、传播好中国声音，促进中外民众相互了解和理解，为实现中国梦营造良好环境。

——2014年6月6日，会见第七届世界华侨华人社团联谊大会代表

★中华民族的根和魂

泱泱中华，历史悠久，文明博大。中华民族在几千年历史中创造和延续的中华优秀传统文化，是中华民族的根和魂。

——2014年12月20日，庆祝澳门回归祖国15周年大会暨澳门特别行政区第四届政府就职典礼

★中华文化崇尚和谐　中华民族爱好和平

中华民族历来是爱好和平的民族。中华文化崇尚和谐，中国“和”文化源远流长，蕴涵着天人合一的宇宙观、协和万邦的国际观、和而不同的社会观、人心和善的道德观。在5000多年的文明发展中，中华民族一直追求和传承着和平、和睦、和谐的坚定理念。以和为贵，与人为善，己所不欲、勿施于人等理念在中国代代相传，深深植根于中国人的精神中，深深体现在中国人的行为上。

——2014年5月15日，中国国际友好大会暨中国人民对外友好协会成立60周年纪念活动

★讲清楚中华文化　阐释好中国特色

宣传阐释中国特色，要讲清楚每个国家和民族的历史传统、文化积淀、基本国情不同，其发展道路必然有着自己的特色；讲清楚中华文化积淀着中华民族最深沉的精神追求，是中华民族生生不息、发展壮大的丰厚滋养；讲清楚中华优秀传统文化是中华民族的突出优势，是我们最深厚的文化软实力；讲清楚中国特色社会主义植根于中华文化沃土、反映中国人民意愿、适应中国和时代发展进步要求，有着深厚历史渊源和广泛现实基础。

——2013年8月19日至20日，全国宣传思想工作会议

谈文化自信：

★全党要坚定4个自信

全党要坚定道路自信、理论自信、制度自信、文化自信。当今世界，要说哪个政党、哪个国家、哪个民族能够自信的话，那中国共产党、中华人民共和

国、中华民族是最有理由自信的。有了“自信人生二百年，会当水击三千里”的勇气，我们就能毫无畏惧面对一切困难和挑战，就能坚定不移开辟新天地、创造新奇迹。

——2016 年 7 月 1 日，庆祝中国共产党成立 95 周年大会

★更基础、更广泛、更深厚的自信

文化自信，是更基础、更广泛、更深厚的自信。在 5000 多年文明发展中孕育的中华优秀传统文化，在党和人民伟大斗争中孕育的革命文化和社会主义先进文化，积淀着中华民族最深层的精神追求，代表着中华民族独特的精神标识。我们要弘扬社会主义核心价值观，弘扬以爱国主义为核心的民族精神和以改革创新为核心的时代精神，不断增强全党全国各族人民的精神力量。

——同上

★坚定道路自信、理论自信、制度自信、文化自信

严肃党内政治生活是一篇大文章，其中最重要的是围绕坚持党的政治路线、思想路线、组织路线、群众路线，坚持和完善民主集中制、严格党的组织生活等重点内容，集中解决好突出问题。要固本培元，把加强思想政治建设摆在首位，引导党员特别是领导干部筑牢信仰之基、补足精神之钙、把稳思想之舵，坚定中国特色社会主义道路自信、理论自信、制度自信、文化自信，增强党的意识、党员意识、宗旨意识，坚守真理、坚守正道、坚守原则、坚守规矩，做到以信念、人格、实干立身。

——2016 年 6 月 28 日，中共中央政治局第三十三次集体学习

★说到底是要坚定文化自信

构建中国特色哲学社会科学，一是要体现继承性、民族性。要善于融通马克思主义的资源、中华优秀传统文化的资源、国外哲学社会科学的资源，坚持不忘本来、吸收外来、面向未来。坚定中国特色社会主义道路自信、理论自信、制度自信，说到底是要坚定文化自信，文化自信是更基本、更深沉、更持久的力量。

——2016 年 5 月 17 日，哲学社会科学工作座谈会

★增强文化自觉和文化自信

加强和改进党对文艺工作的领导，要把握住两条：一是要紧紧依靠广大文艺工作者，二是要尊重和遵循文艺规律。各级党委要从建设社会主义文化强国的高度，增强文化自觉和文化自信，把文艺工作纳入重要议事日程，贯彻好党的文艺方针政策，把握文艺发展正确方向。

——2014 年 10 月 15 日，文艺工作座谈会

★建立在 5000 多年文明传承基础上的文化自信

我们从哪里来？我们走向何方？中国到了今天，我无时无刻不提醒自己，要有这样一种历史感。伫立在天安门广场的人民英雄纪念碑有一组浮雕，表现的是 1840 年鸦片战争到 1949 年中国革命胜利的全景图。我们一方面缅怀先烈，一方面沿着先烈的足迹向前走。我们提出了中国梦，它的最大公约数就是中华民族伟大复兴。……中国有坚定的道路自信、理论自信、制度自信，其本质是建立在 5000 多年文明传承基础上的文化自信。

——2015 年 11 月 3 日，第二届"读懂中国"国际会议期间会见外方代表

习近平谈传统文化的创造性转化与创新性发展

中华优秀传统文化是我们最深厚的文化软实力，也是中国特色社会主义植根的文化沃土。提高国家文化软实力，要努力夯实国家文化软实力的根基。他认为，夯实国内文化建设根基，一个很重要的工作就是从思想道德抓起，从社会风气抓起，从每一个人抓起；其次是要继承和弘扬我国人民在长期实践中培育和形成的传统美德，努力实现中华传统美德的创造性转化、创新性发展，引导人们向往和追求讲道德、尊道德、守道德的生活，让 13 亿人的每一分子都成为传播中华美德、中华文化的主体。

——2014 年 10 月 13 日，习近平在中共中央政治局第十八次集体学习时强调

中国优秀传统文化的丰富哲学思想、人文精神、教化思想、道德理念等，可以为人们认识和改造世界提供有益启迪，可以为治国理政提供有益启示，也可以为道德建设提供有益启发。对传统文化中适合于调理社会关系和鼓励人们

向上向善的内容，我们要结合时代条件加以继承和发扬，赋予其新的涵义。希望中国和各国学者相互交流、相互切磋，把这个课题研究好，让中国优秀传统文化同世界各国优秀文化一道造福人类。

第四，科学对待文化传统。不忘历史才能开辟未来，善于继承才能善于创新。优秀传统文化是一个国家、一个民族传承和发展的根本，如果丢掉了，就割断了精神命脉。我们要善于把弘扬优秀传统文化和发展现实文化有机统一起来，紧密结合起来，在继承中发展，在发展中继承。

传统文化在其形成和发展过程中，不可避免会受到当时人们的认识水平、时代条件、社会制度的局限性的制约和影响，因而也不可避免会存在陈旧过时或已成为糟粕性的东西。这就要求人们在学习、研究、应用传统文化时坚持古为今用、推陈出新，结合新的实践和时代要求进行正确取舍，而不能一股脑儿都拿到今天来照套照用。要坚持古为今用、以古鉴今，坚持有鉴别的对待、有扬弃的继承，而不能搞厚古薄今、以古非今，努力实现传统文化的创造性转化、创新性发展，使之与现实文化相融相通，共同服务以文化人的时代任务。

——以上均见习近平在纪念孔子诞辰2565周年国际学术研讨会暨国际儒学联合会第五届会员大会开幕会上的讲话，载《人民日报》2014年09月25日02版

中华民族有着深厚文化传统，形成了富有特色的思想体系，体现了中国人几千年来积累的知识智慧和理性思辨。这是我国的独特优势。中华文明延续着我们国家和民族的精神血脉，既需要薪火相传、代代守护，也需要与时俱进、推陈出新。要加强对中华优秀传统文化的挖掘和阐发，使中华民族最基本的文化基因与当代文化相适应、与现代社会相协调，把跨越时空、超越国界、富有永恒魅力、具有当代价值的文化精神弘扬起来。要推动中华文明创造性转化、创新性发展，激活其生命力，让中华文明同各国人民创造的多彩文明一道，为人类提供正确精神指引。要围绕我国和世界发展面临的重大问题，着力提出能够体现中国立场、中国智慧、中国价值的理念、主张、方案。我们不仅要让世界知道“舌尖上的中国”，还要让世界知道“学术中的中国”、“理论中的中国”、“哲学社会科学中的中国”，让世界知道“发展中的中国”、“开放中的中国”、“为人类文明作贡献的中国”。

对历史文化特别是先人传承下来的价值理念和道德规范，要坚持古为今用、推陈出新，有鉴别地加以对待，有扬弃地予以继承，努力用中华民族创造的一切精神财富来以文化人、以文育人。

要处理好继承和创造性发展的关系，重点做好创造性转化和创新性发展。

——2014 年 2 月 24 日习近平在十八届中央政治局第十三次集体学习时的讲话

中国特色社会主义文化，源自于中华民族五千多年文明历史所孕育的中华优秀传统文化，熔铸于党领导人民在革命、建设、改革中创造的革命文化和社会主义先进文化，植根于中国特色社会主义伟大实践。发展中国特色社会主义文化，就是以马克思主义为指导，坚守中华文化立场，立足当代中国现实，结合当今时代条件，发展面向现代化、面向世界、面向未来的，民族的科学的大众的社会主义文化，推动社会主义精神文明和物质文明协调发展。要坚持为人民服务、为社会主义服务，坚持百花齐放、百家争鸣，坚持创造性转化、创新性发展，不断铸就中华文化新辉煌。

——习近平在十九大报告中谈"双创"

参考文献

一、中国古代文论类

著作类：

敏泽：《中国美学思想史》（一、二、三卷），齐鲁书社出版，1987 年版。

牟世金主编：《中国古代文论家评传》（上、下），中州古籍出版社，1988 年版。

余英时：《中国思想传统的现代阐释》，江苏人民出版社，1989 年版。

王运熙、顾易生主编：《中国文学批评通史》（七卷本），上海古籍出版社，1989—1996 年版。

樊德三：《中国古代文学原理》，光明日报出版社，1991 年版。

李春青：《文学价值学引论》，云南人民出版社，1995 年版。

陈德礼：《人生境界与生命美学：中国古代审美心理论纲》，长春出版社，1998 年版。

于铭松：《理想与现实：儒家价值观与东亚经济发展》，开明出版社，2000 年版。

童庆炳：《中国古代文论的现代意义》，北京师范大学出版社，2001 年版。

郭绍虞、王文生主编：《中国历代文论选》，上海古籍出版社，2001 年版。

黄曼君主编：《中国 20 世纪文学理论批评史》（上、下册），中国文联出版社，2002 年版。

穆克宏、郭丹编著：《魏晋南北朝文论全编》，江苏教育出版社，2004 年版。

蒋述卓、刘绍瑾、程国赋、魏中林：《二十世纪中国古代论学术研究史》，北京出版社，2005 年版。

叶金宝：《儒家和谐思想的当代价值》，广东人民出版社，2006 年版。

黄念然：《20世纪中国古代文论研究史》，东方出版中心，2006年版。

唐凯麟、曹刚：《重释传统：儒家思想的现代价值评估》，华东师范大学出版社，2008年版。

李春青：《20世纪中国古代文论研究史》，山东教育出版社，2008年版。

吴建民：《中国古代文学理论的当代阐释与转化》，凤凰出版社出版，2011年版。

论文类：

罗宗强、邓国光：《近百年中国古代文论之研究》，载《文学评论》1997年第2期。

丰坤武：《中国古代文论中的人文观念》，载《文史哲》1992年第6期。

汤贵仁：《中国古代文论中的政本位观念和人本位观念》，载《文史哲》1989年第1期。

任美衡等：《价值、形态与方式：传统文论的现代转型及其省思》，载《当代文坛》2015年第6期。

谭帆：《试析中国古代文论中的价值观念》，载《文艺理论研究》1991年第4期。

权雅宁：《本土文化自觉与传统文论价值再发现》，载《思想战线》2009年第3期。

欧宗启：《历史还原，还是重建？——论中国古代文论研究的价值取向》，载《当代文坛》2008年第3期。

郭世轩：《论古代文论的当代价值与意义》，载《中国中外文艺理论研究》2015年刊。

郭洪纪：《儒家传统文论的道德理序和价值诠释》，载《青海师范大学学报（哲学社会科学版）》1993年第4期。

童庆炳：《试论中国古代文论的价值根据》，载《文艺理论研究》2006年第5期。

李锋：《学科视野的延展——中国古代文论课程价值的重新发现》，载《湖北师范学院学报》2016年第3期。

党圣元：《论文学价值观念的基本规定性》，载《学术研究》1996年第3期。

张羽翼：《中国传统文论的当代价值》，载《忻州师范学院学报》2002年第

3 期。

彭会资:《中国古代文论的现实价值》,载《广西师范大学学报》1992 年第 4 期。

蒲震元:《重视中国古代文论的现代价值转化工作》,载《中国文化研究》2002 冬之卷

高迎刚:《转换,还是借鉴?——关于实现中国古代文论现代价值之不同途径的反思》,《站在新的历史起点上——新时期文学理论研究的回顾与反思》,时代文艺出版社,2008 年版。

蒋述卓:《传承与延续:叩问中国古代文论的当代价值》,载《学术月刊》2006 年第 6 期。

二、社会主义核心价值观及传统文化研究类

著作类:

钱逊:《推陈出新:传统文化在现代的发展》,清华大学出版社,1999 年版。

周昌忠:《中国传统文化的现代性转型》,上海三联书店,2002 年版。

衣俊卿:《文化哲学十五讲》,北京大学出版社,2004 年版。

唐君毅:《中华人文与当今世界》,广西师范大学出版社,2005 年版。

黄凯锋:《当代中国价值观研究新取向》,学林出版社,2008 年版。

孙熙国、刘志国:《全球化与中国传统文化的现代转换》,山东大学出版社,2009 年版。

圣瑞、孚翁:《中国传统文化现代化研究》,三秦出版社,2010 年版。

张国祚:《中国文化软实力研究要论》,社会科学文献出版社,2011 年版。

林毓生:《中国传统的创造性转化》,三联书店,2011 年版。

李宗桂:《传统与现代之间:中国文化现代化的哲学省思》,北京师范大学出版社,2011 年版。

李培林:《社会转型与中国经验》,中国社会科学出版社,2013 年版。

中共中央组织部党员教育中心组织编写:《兴国之魂:社会主义核心价值观五讲》,人民出版社,2013 年版。

白钢主编:《制度自信十讲》,人民日报出版社,2013 年版。

田建明:《中国软实力战略》,国家行政学院出版社,2013 年版。

方爱东:《社会主义核心价值观研究》,中国科学技术大学出版社,2013

年版。

袁银传主编：《价值观·核心价值观·核心价值体系：中国特色社会主义核心价值观》，武汉大学出版社，2014 年版。

石芳：《多元文化背景下的核心价值观教育》，人民出版社，2014 年版。

金元浦等：《文化复兴——传统文化的现代价值》，中国人民大学出版社，2014 年版。

费孝通：《中国文化的重建》，华东师范大学出版社，2014 年版。

许俊：《中国人的精气神——社会主义核心价值观国民读本》，人民出版社，2014 年版。

何锡蓉：《当代中国的精神旗帜——社会主义核心价值观研究》，上海人民出版社，2014 年版。

吴育林等：《当代中国价值问题与价值重构》，人民出版社，2014 年版。

吴辉、袁为海：《核心价值与共性要求》，陕西师范大学出版社，2014 年版。

郭广银主编：《社会主义核心价值观研究丛书》，江苏人民出版社，2014 年版。

郭建宁主编：《社会主义核心价值观基本内容释义》，人民出版社，2014 年版。

温小勇：《怡养涵育：培育社会主义核心价值观的传统理路》，中国社会科学出版社，2015 年版。

中央电视台科教频道编：《社会主义核心价值观讲坛》，教育科学出版社，2015 年版。

李进金主编：《社会主义核心价值教程》，北京大学出版社，2015 年版。

韩震总主编：《社会主义核心价值观·关键词》，中国人民大学出版社，2015 年版。

齐冰：《社会主义核心价值体系的哲学基础研究》，中国社会科学出版社，2015 年版。

教育部思想政治工作司组织编写：《高校培育和践行社会主义核心价值观创新案例》，知识产权出版社，2015 年版。

曹雅欣：《国学与社会主义核心价值观》，光明日报出版社，2015 年版。

谢青松：《马魂 中体 西用——中国文化发展的现实道路》，人民出版社，2015 年版。

沈卫星：《社会主义核心价值体系认同面临的挑战与应对》，学习出版社，2016年版。

徐伟新等：《社会主义核心价值观研究》，中共中央党校出版社，2016年版。

李建华等：《社会主义核心价值观的构建与践行研究》，人民出版社，2017年版。

李春山、何京泽：《社会主义核心价值观大众化研究》，人民出版社，2017年版。

江畅、周海春、徐瑾等：《当代中国主流价值文化及其构建》，科学出版社，2017年版。

论文类：

何显明：《传统文化创造性转化的社会实践基础》，载《哲学研究》1999年第7期。

陈维义：《"富强、民主、文明、和谐"应当成为社会主义核心价值观的集中体现》，载《理论前沿》2008年第4期。

杨义芹：《十八大以来关于社会主义核心价值观的研究述要》，载《理论与现代化》2013年第4期。

李军：《坚持"创造性转化、创新性发展"方针 弘扬中华传统文化——认真学习习近平同志在纪念孔子2565周年诞辰国际学术研讨会上的重要讲话精神》，载《光明日报》2014-10-10（01）。

陈永杰：《创造性转化传统文化的方法论研究》，载《理论视野》2015年第4期。

宋乃庆：《中华优秀传统文化与社会主义核心价值观的培育和践行》，载《思想理论教育导刊》2015年第4期。

房广顺等：《社会主义核心价值观与中华传统文化的契合》，载《马克思主义研究》2015年第10期。

王秋雷：《传统文化视域下的社会主义核心价值观研究》，载《高等财经教育研究》2015年第1期。

高影：《社会主义核心价值观理论研讨会综述》，载《当代中国价值观研究》2016年第3期。

黄前程：《中华传统文化创造性转化的理论基础、历史经验与当下思考》，载《贵州社会科学》2016 年第 12 期。

马金祥：《中华优秀传统文化与社会主义核心价值观内在逻辑管窥》，载《思想教育研究》2016 年第 7 期。

李春山：《中华优秀传统文化涵养社会主义核心价值观的现实困境与多维路径研究》，载《思想教育研究》2016 年第 1 期。

余华、王曦：《培育和践行社会主义核心价值观的成效与经验研讨会综述》，载《社会主义核心价值观研究》2017 年第 4 期。

龚艳：《社会主义核心价值观本质和内涵研究综述》，载《大学教育》2017 年第 1 期。

李昱：《论中国传统文化及其创造性转化和创新性发展》，载《思想理论研究》2017 年第 5 期。

仲呈祥：《关于中华优秀传统文化实现创造性转化与创新性发展的思考》，载《文化软实力研究》2017 年第 2 期。

李昱：《论中国传统文化及其创造性转化和创新性发展》，载《思想理论研究》2017 年第 5 期。

陈先达：《中国传统文化的创造性转化和发展》，载《前线》2017 年第 2 期。

陈先达：《中国传统文化需创造性转化和发展》，载《红旗文稿》2017 年第 5 期。

鞠忠美：《论中华传统文化的创造性转化》，载《理论学刊》2017 年第 4 期。

冯远：《推进中华文化创造性转化和创新性发展》，载《光明日报》2017 - 07 - 03（2）。

邓斌：《中华优秀传统文化与社会主义核心价值观建设》，东北师范大学，2016 年博士论文。

殷洁：《中国传统文化创造性转化视阈下的社会主义核心价值观》，东华大学，2017 年博士论文。

朱莉：《先秦儒家思想对社会主义核心价值观的涵养作用研究》，山东大学，2015 年博士论文。

三、中华传统文化与核心价值观之关联研究类

殷忠勇：《社会主义核心价值观与中国优秀传统文化》，载《思想理论教育

导刊》2014 年第 9 期。

黎昕等:《优秀传统文化的传承与社会主义核心价值观的凝练》,载《福建论坛》2012 年第 9 期。

欧阳军喜、崔春雪:《中华传统文化与社会主义核心价值观的培育》,载《山东社会科学》2013 年第 3 期。

郭曰铎:《传承与升华:中华优秀传统文化和社会主义核心价值观的有机融合》,载《青岛科技大学学报》2014 年第 4 期。

程林辉:《弘扬中华优秀传统文化与培育社会主义核心价值观》,载《桂海论丛》2014 年第 5 期。

李荣启:《弘扬中华传统文化与社会主义核心价值观》,载《中国文化研究》2014 秋之卷。

段超:《少数民族传统文化传承创新与社会主义核心价值观培育和实践》,载《中南民族大学学报》2014 年第 6 期。

肖琴:《中国传统文化与社会主义核心价值观关系再探讨》,载《湖湘论坛》2014 年第 5 期。

杜芳、陈金龙:《中华优秀传统文化与社会主义核心价值观的涵养》,载《中国高等教育》2014 年第 23 期。

齐俊斌、莫丽琴:《传统文化视域下社会主义核心价值观内涵探析》,载《华夏医学》2014 年第 5 期。

季明:《正确把握弘扬中华优秀传统文化与培育和践行社会主义核心价值相互关系》,载《理论学习》,2015 年第 2 期。

房广顺等:《社会主义核心价值观的传统文化意蕴探析》,载《理论探讨》2015 年第 1 期。

刘芳:《中华优秀传统文化:社会主义核心价值观的精神滋养》,载《思想理论教育》2015 年第 1 期。

刘水静:《酝酿社会主义核心价值观要立足中华优秀传统文化》,载《湖北社会科学》2015 年第 1 期。

张晓宏:《社会主义核心价值观与中国传统文化的逻辑关联》,载《学理论》2016 年第 1 期。

易刚:《中国传统文化与社会主义核心价值观的关系探究》,载《毛泽东思想研究》2015 年第 4 期。

魏佳:《论社会主义核心价值观与中国传统文化的关系》,载《思想理论教育导刊》2015 年第 12 期。

季明：《正确把握弘扬中华优秀传统文化与培育和践行社会主义核心价值相互关系》，载《理论学习》2015 年第 2 期。

黄建跃：《论立足中华优秀传统文化培育社会主义核心价值观的理据》，载《重庆理工大学学报》2015 年第 10 期。

张树昭：《立足传统文化培育社会主义核心价值观——兼论中华文化自信》，载《贵州社会主义学院学报》2015 年第 1 期。

王泽应：《论继承中华优秀传统文化与践行社会主义核心价值观》，载《伦理学研究》2015 年第 1 期。

王岚：《论少数民族优秀传统文化与社会主义核心价值观的契合》，载《西南民族大学学报》2015 年第 7 期。

杨威等：《培育和弘扬社会主义核心价值观路径探究——基于优秀传统文化的分析视角》，载《齐鲁学刊》2015 年第 3 期。

方晓珍：《社会主义核心价值观与中国优秀传统文化的关系分析》，载《思想理论教育导刊》2015 年第 11 期。

林国标：《中国传统文化对社会主义核心价值观的涵养机制及路径选择》，载《中共天津市委党校学报》2015 年第 3 期。

田海舰等：《中国传统文化价值观与社会主义核心价值观的培育》，载《河北大学学报》2015 年第 2 期。

肖贵清：《中华优秀传统文化与社会主义核心价值观的内在关联》，载《南京师范大学学报》2015 年第 6 期。

胡晓风：《优秀传统文化与研究生核心价值观教育研究》，载《吉首大学学报》2015 年第 12 期。

陈俊：《文化传承与大学生社会主义核心价值观教育的逻辑关系及教育要义》，载《教育评论》2015 年第 4 期。

王秋艳等：《家训家风：创新社会主义核心价值观教育的新形式》，载《信阳师范学院学报》2015 年第 1 期。

房广顺等：《社会主义核心价值观与中华传统文化的契合》，载《马克思主义研究》2015 年第 10 期。

刘芳：《社会主义核心价值观研究述评》，载《北京行政学院学报》2015 年第 2 期。

李春山：《中华优秀传统文化涵养社会主义核心价值观的现实困境与多维路

径研究》，载《思想教育研究》2016 年第 1 期。

黄前程：《中华传统文化创造性转化的理论基础、历史经验与当下思考》，载《贵州社会科学》2016 年第 12 期。

仲伟通：《中华优秀传统文化与社会主义核心价值观的内在契合》，载《中国石油大学学报》2016 年第 3 期。

钱广荣：《论弘扬社会主义核心价值观与传承中华优秀传统文化的辩证统一关系》，载《社会主义核心价值观研究》2016 年第 1 期。

王洪波：《中华优秀传统文化与社会主义核心价值观》，载《中国矿业大学学报》2016 年第 3 期。

刘美娇、黄洪雷：《浅析社会主义核心价值观与中华优秀传统文化的有机契合》，载《云南农业大学学报》2016 年第 2 期。

金丽馥：《社会主义核心价值观视域下高校中华优秀传统文化教育路径探究》，载《江苏师范大学学报》2016 年第 4 期。

张岩磊、高苑：《汲取中华优秀传统文化精华弘扬社会主义“法治”价值观》，载《学术交流》2016 年第 2 期。

冯文全、王馨兰：《论社会主义核心价值观及其培养方法——基于中国传统文化的视角》，载《教育与教学研究》2017 年第 7 期。

郭青：《民族传统文化中的社会主义核心价值观凝练》，载《贵州民族研究》2017 年第 7 期。

焦连志：《中国传统文化与社会主义核心价值观认同研究综述》，载《和田师范专科学校学报》2017 年第 2 期。

姚灵丽：《中国传统文化与社会主义核心价值观研究综述》，载《农村经济与科技》2017 年第 16 期。

郑伟：《如何理解中华优秀传统文化涵养社会主义核心价值观》，载《当代中国价值观研究》2017 年第 2 期。

王凌宇等：《中华优秀传统文化涵养大学生社会主义核心价值观的路径研究》，载《思想教育研究》2017 年第 4 期。

田夏彪：《民族文化认同教育双向统一——论少数民族传统文化精神与社会主义核心价值观融合》，载《宁夏社会科学》2017 年第 2 期。

王立：《社会主义核心价值观与中华优秀传统耦合机制探究》，载《黑龙江高教研究》2017 年第 5 期。

余华、王曦：《培育和践行社会主义核心价值观的成效与经验研讨会综述》，载《社会主义核心价值观研究》2017 年第 4 期。

四、传统文化的“创造性转化与创新性发展”研究类

罗红杰：《中国传统文化创造性转化和创新性发展的路径探析——以传统家训文化为例》，载《大连干部学刊》2017 年第 11 期。

王素芳：《中华优秀传统文化的创造性转化和创新性发展——以儒家文化为例》，载《吉林教育学院学报》2017 年第 3 期。

贾建梅等：《中国共产党对中国传统文化的创造性转化与创新性发展》，载《商丘职业技术学院学报》2017 年第 5 期。

刘冬雪：《延安时期毛泽东对传统文化的创造性转化及启示》，载《唐山师范学院学报》2017 年第 3 期。

李昌平：《把传统文化创造性转化与创新性发展融入培育和践行社会主义核心价值观全过程》，载《中国民族报》2017 - 8 - 11（9）。

王鹤岩、徐福祥：《民族认同视角下中华优秀传统文化的创造性转化和创新性发展》，载《齐齐哈尔大学学报》2017 年第 11 期。

刘宣琳：《传统文化的创造性转化和创新性发展研究》，载《蚌埠学院学报》2016 年第 1 期。

黄之晓：《高校推进中华传统文化创造性转化和创新性发展研究》，载《当代职业教育》2016 年第 9 期。

马金祥：《中华优秀传统文化与社会主义核心价值观内在逻辑管窥》，载《思想教育研究》2016 年第 7 期。

郗戈、张梧：《弘扬核心价值观要实现传统文化创造性转化》，载《光明日报》2015 - 02 - 26。

熊静雯：《论社会主义核心价值观对儒学民本思想的创造性转化与创新性发展》，载《天水师范学院学报》2015 年第 5 期。

刘晓文、姜秀英：《社会转型期中国传统诚信文化创造性转化和创新性发展》，载《思想政治教育研究》2015 年第 3 期。

周斌：《实现传统家训创造性转化的原则与策略——基于培育和践行社会主义核心价值观的视角》，载《探索》2016 年第 1 期。

王炳香：《实现传统文化创造性转化、创新性发展需要认识和回答好的几个问题》，载《人文天下》2015 年第 2 期。

王琳：《弘扬核心价值观要实现传统文化的创造性转化》，载《理论导报》

2015 年第 4 期。

韩一丁、张锡坤：《如何培育社会主义核心价值观实现中华优秀传统文化创造性转化》，载《吉林党校学报》2015 年第 4 期。

晏振宇、孙熙国：《传统文化创造性转化的路径》，载《中国特色社会主义研究》2015 年第 6 期。

余源培：《关于传统文化创造性转化的思考》，载《中共宁波市委党校学报》2014 年第 3 期。

王艳华、许以民：《论传统文化创造性转化的基本途径》，载《长春师范学院学报》2006 年第 6 期。

王业兴：《中国传统文化的现代转换对民族凝聚力的影响》，载《中国文化研究》2000 年第 2 期。

朱高正：《从重建“文化主体意识”析论传统与现代化的关系——读林毓生先生〈创造性转化的再思与再认〉有感》，载《学术月刊》1996 年第 9 期。

五、文化自信研究类：

王南湜、侯振武：《文化自觉、文化自信、文化自强何以可能》，载《毛泽东邓小平理论研究》2011 年第 8 期。

张雷声：《文化自觉、文化自信与社会主义核心价值体系》，载《思想理论教育导刊》2012 年第 1 期。

沈壮海：《文化自信之核是价值观自信》，载《求是》2014 年第 18 期。

薛秀军、赵栋：《文化自信：全面深化改革的强大精神引擎》，载《理论探讨》2015 年第 6 期。

刘林涛：《文化自信的概念、本质特征及其当代价值》，载《思想教育研究》2016 年第 4 期。

范晓峰、郭凤志：《关于中国特色社会主义文化自信的几点思考》，载《思想教育研究》2016 年第 7 期。

田克勤、郑自立：《坚定文化自信的三个基本维度》，载《思想理论教育》2016 年第 10 期。

张远新：《文化自信：更基础、更广泛、更深厚的自信》，载《兰州学刊》2016 年第 10 期。

徐奉臻：《“文化自信”的定位内涵及功能路径》，载《社会科学家》2017 年第 10 期。

秦志龙、王岩：《论坚定文化自信的三个基本问题》，载《社会科学主义》2017 年第 1 期。

刘仓：《论习近平文化自信的多维理路》，载《山东社会科学》2017 年第 12 期。

吴小英、王士昌：《论习近平文化自信观》，载《文化软实力研究》2017 年第 5 期。

王成、邓倩：《理论意蕴、内在属性和实现路径：马克思主义引领中国特色社会主义文化自信多维解读》，载《理论导刊》2017 年第 12 期。

韩震：《论中华民族文化自信的三种根基》，载《北京日报》2017－02－13（13）。

王卫兵：《全球化语境下的文化自信：缘起、问题、出路》，载《长白学刊》2017 年第 3 期。

王尧、李建军、陈剑晖：《“文化自信与当代文学发展”笔谈》，载《中国社会科学》2017 年第 11 期。

李旭辉、宋丹丹：《文化自信研究现状评析》，载《经济与社会发展》2017 年第 5 期。

张勇、胡福明：《文化自信是制度自信和国家竞争实力的基础》，载《红旗文稿》2017 年第 4 期。

徐立文、舒建华：《习近平总书记提出“文化自信”的必然性探析》，载《社会工作与管理》2017 年第 1 期。

刘莎莎：《近三年来国内学术界关于文化自信的新研究综述》，载《河南青年干部管理学院学报》2018 年第 1 期。

邵龙宝：《文化自信的内蕴、特征及其传承培育》，载《兰州学刊》2018 年第 1 期。

后 记

2015年前后，我在完成首个江苏省社科基金后期资助项目“中国文论核心元范畴‘象’研究”后，开始着手新课题的寻觅。从新颖度、可持续性等方面综合考量，选择了当时国家急需的社会主义核心价值观培育和践行作为方向，旨在依托所学专业中国传统文论来探寻核心价值观的涵养问题。在大量研读古代文论文本、国家领导人讲话与官方相关文件后，最终定题为《中国传统文论涵育社会主义核心价值观10词研究》。此后数载时间，在教学之余陆续完成了读者眼前的这部书稿。应该说，作为学术转型后的首个跨学科研究课题，本书具有一定的探索性和尝试性。当时主要定位于国家需求，充分考虑国家导向并结合学科特点来展开思索和研究。社会主义核心价值观的培育和践行是持续时间长、关乎社会全局的热点话题，各领域都展开了研究。一般认为其来源主要有三：中国传统文化、近现代革命历程、西方文化。在2012年以后，学界从“传统文化”角度探寻核心价值观渊源的成果非常多，也给了我极大的启发。而中国古代文论是传统文化的重要组成部分，依托这一学科来涵育核心价值观，从逻辑上是成立的，在实际中也是有依据的（详见本书第五编第五篇）。无论在思考、撰写、投稿中遇到多大阻力，我都坚信这一前提。只是由于当下人文学科壁垒森严，或学者的惯性使然，人们不大愿意去对话和跨界，这方面研究也尚处于空白，这便激励我去迈开步子探索。

作为首本论文集，这部书稿是在课题研究过程中陆续完成的。最初并没有出书的打算，自然也不比寻常学术著作那样有很强的系统性、学理性和完整性。随着思考的拓展和写作的深入，积少成多后就有了四五编，可在一个大体近似的主题下汇编成书。在三年多的筹备和研究中，最初是收集和研读材料，写文献综述，于是生成第一编。其后，读到对传统文化要进行“创造性转化”与“创新性发展”的领导讲话和学术成果后，自然选取从核心价值观词汇的涵养入手谈它们的“双创”问题，成为本书稿第二编。当年博士论文研究的是魏晋南北朝文论，对《文心雕龙》《颜氏家训》《世说新语》三部著作翻阅较多也较熟悉一些，于是依托民族典籍来探寻核心价值观之涵养，便成为第三编。大约近两年大量读到“文化自信”的研究成果，学界对此话题格外关注，而它和核心价值观一样都在传统文化、文论那里产生了“交集”与“共振”，于是便有了第四编。第五编则是相关的零散思考，收录了从“文学审美”视角开拓价值观的培育与践行，以及新时期创建“艺术文明”的构想，对研究生群体核心价值观教育的若干建议、关于本课题跨界研究的学术访谈等文章。虽然五编侧重点各不相同，但都紧密围绕“中国传统文论”和“社会主义核心价值观涵育”展开，故暂且统一在目前的书名中，虽并不十分如愿，但作为论文集且从成书过程（先写出后合成）来看，也只能如此。在统稿过程中，虽不能保证每篇文章都围绕核心价值观的“双创”来展开，但尽可能地去贯彻这一理念。希望能为国内从事马列社科和思想政治教育的学者们提供些许启迪和参考。

十余年来，我一直遵循着“古为今用”的学术理念，也陆续发表过将“传统”和“当代”对接的若干小文章。本书稿是此做法的进一步延续，我试图思考传统文学理论批评能为当下的文化建设提供什么，而这与 2018 年 10 月在河北大学参加的第 21 届中国古代文论学术研讨会“活古化今”之主题相吻合。参会的胡晓明教授、阮国华教授、涂光社教授等，都提出中国当代文化的重建需要向传统取经，研究古代文论要有“现实关切”，目的是今天的需要，要挖掘、激活古代文化和文论资源，使其参与到当前的文化建设中来，忌讳在空洞的命题上大做文章。这种呼吁得到学者们的一致认同，尤其给我留下了深刻而难忘的印象。本书稿无疑是对“活古化今”学术使命的积极响应。当时书稿已完成大半，听完学者们的看法，更加坚定了我完成此课题的信心和决心。

这部论文集是三年期间陆续写成的，由于著者处在上有老、下有小的“夹心饼干”阶段，其过程也费尽周折。综述 2016 年最先完成两篇，核心价值观的“双创”话题及与传统文化的“关联研究”综述 2018 年寒假完成，春季投稿后较受欢迎，多家学报立即采用。从编辑反馈来看，聚焦民族典籍来培育核心价值观的几篇，是对习近平总书记“让文字活起来”的积极响应和学科回应，也给人耳目一新之感，得到了几位责编的首肯。第三编核心价值观的“双创”话题是 2017 年 9 月—2018 年 7 月在北京师范大学文学院访学期间写成的，还记得那个春季我在北京七里庄寓所得了肩周炎又患口腔溃疡，每天依然按部就班地撰写书稿，稳步推进。第四、五编是三年期间利用零碎时间陆续写成的，因跨度较长、琐事缠身，也几乎是在一种煎熬的状态中坚持完成的。因此，思路、行文、观点和风格可能存在出入，恳请读者诸君见谅。总之，这部不太成熟的书稿是“见缝插针”式写作的产物，是“不惑”之年的一份人生答卷。

学术研究也是人生的重要组成部分，它彰显出一名学者的追求和探索。客观来说，依托传统文论涵养核心价值观这一课题，做得比此前的课题更为艰难和辛酸，迈入中年体力不济以及跨学科是首要原因。其间忐忑与质疑并存，坚持与动摇共生，酸甜苦辣各种滋味和感受一应俱全，既有经验也有教训，这些都成为今后学术研究中的宝贵财富。理想是丰满的，但现实往往是骨感的。本课题最初拟从古代文论、近现代文论、古代家书家训、成语谣言四个方面展开核心价值观的涵育研究，构成一个体系，也使它具有可持续性。由于现实的各种原因，本书稿可能是前期研究的一个终结。今后适当时期从成语、谣言角度写几篇文章后便收回脚步，还是继续从事自己的“老本行”——中国古代文论的纯学理性研究。因此，无论这部书稿在图书馆放置到“文学”或“政治”的哪一类书架，无论它会流入哪类读者手中并受到何种评价，都将其作为人生的一段经历吧！

书稿部分篇目前期曾陆续发表于《理论月刊》《社科纵横》《三峡论坛》《长江论坛》《贵州省委党校学报》《山西高等学校社会科学学报》等刊物，因出发点是“中国传统文论”而落脚点是“社会主义核心价值观”，故很多文章出乎意料地率先被“文化建设”“马列·社科”栏目的责编采纳和录用，并成为其栏目首篇或将标题置于封面，足见编辑们的敏锐和喜好。此处对刊用拙稿的诸多编辑深表谢意！此课题研究具有一定的综合性，应用色彩也较鲜明。值得欣慰的是，为推动学术研究服务于社会，书稿的部分篇章近年来曾在中国矿业大学马克思主义学院、徐州工程学院、江苏省建筑职业技术学院、淮安图书馆等单位由我做过专题报告，一方面推介了研究成果，另一方面也结识了不少学界朋友。再次向诸位邀请专家致谢！这些都是本研究的一点小小收获与回报吧！

由于书稿是论文集，单篇写于不同时期，在领导讲话、官方文件和文论史料方面可能存在多次引用，统稿尽量处理。全书在校对时对文字做了梳理和引文核实，文责自负。书稿既可供从事古代文论研究的学者拓宽视野，也可供马列社科领域从事核心价值观研究的学者们参阅。书稿第一编原本计划更新至2019年12月学界的最新文献，考虑到交稿出版再到读者手中，仍有一年多间隔，只得作罢，还得由读者“与时俱进”去发现和积累新成果。恳请你们谅解。

感谢编辑为本书出版付出的辛勤工作！感谢我的家人多年来对我从事科研工作的无私支持！感谢研究过程中池忠军教授、李春青教授、高淮生教授、张文德教授等学者的亲切关怀和宝贵建议！

平生首次从事跨学科研究，经验不足加之能力有限，书稿可能存在着诸多问题和欠缺，很多方面论述还不尽周严和深入，还请广大读者批评、斧正，多提宝贵建议。

邓心强

2019 年春于江苏徐州